WARRIOR OF ROME

罗马战士

北方之狼

THE WOLVES OF THE NORTH

[英] 哈里·西德博特姆 著 戴青 译

時代文藝出版社

图书在版编目（CIP）数据

罗马战士. 北方之狼 / (英) 哈里 · 西德博特姆著；戴青译.
—长春：时代文艺出版社，2018.10
书名原文：Warrior of Rome

ISBN 978-7-5387-5793-4

Ⅰ. ①罗… Ⅱ. ①哈… ②戴… Ⅲ. ①长篇小说－英国－现代 Ⅳ. ①I561.45

中国版本图书馆CIP数据核字（2018）第063596号

出品人 陈 琛
产品总监 郭力家
责任编辑 杨 迪
装帧设计 孙 利
排版制作 张 月

罗马战士：北方之狼

[英] 哈里 · 西德博特姆 著 戴青 译

出版发行 / 时代文艺出版社
地址 / 长春市泰来街1825号 时代文艺出版社 邮编 / 130011
总编办 / 0431-86012927 发行部 / 0431-86012957 北京开发部 / 010-63108163
官方微博 / weibo.com / tlapress 天猫旗舰店 / sdwycbsgf.tmall.com
印刷 / 三河市万龙印装有限公司
开本 / 710mm × 1000mm 1 / 16 字数 / 290千字 印张 / 23.25
版次 / 2018年10月第1版 印次 / 2018年10月第1次印刷 定价 / 39.80元

图书如有印装错误 请寄回印厂调换

致詹姆斯·基尔

所谓的塞西亚荒原实际上是一片大草原，几乎没有树林……这里的塞西亚人又被称为游牧民，因为他们生活在篷车中，而非房子里……他们吃煮熟的肉，喝发酵的马奶……鉴于他们的身体特征和生活环境的特殊性，塞西亚人的种族和其他人类的差异，超乎我们的想象。

——伪－希波克拉底的作品《空气、水和土地》

目　录

序　幕

（公元263年春）

死神万般幻化，

冥冥之中，

人类也踏上了形形色色的死亡之路。

——卢奇安《托克萨里斯，或友谊》

博斯普鲁斯王国，潘提卡彭

院中四下无人，空气中充斥着木炭燃烧的气味，远处传来金属打磨的阵阵声响，没有任何异常。这一带无比荒凉，不难判断出这间屋子已经被废弃了很久，但直觉告诉杀手还是需要检查一番，因为这种地方往往吸引着酒鬼、流浪汉，还有私奔的情人。一想到这儿，他的面部开始扭曲。

晌午已过，初春微弱的阳光洒在博斯普鲁斯王国的首都潘提卡彭。这座城池的东侧是卫城，西侧是城门。可惜城墙再厚、堑壕再深，潘提卡彭还是难逃一再被攻陷的命运。不远处是一座灯塔和阿波罗的神庙，现在没人敢去点亮这座灯塔，怕引来船只，而历史证明，骁勇善战的太阳神也舍弃了这座城市。前方是博斯普鲁斯王国国王列斯库波里斯的皇宫。这位国王号称自己是伟大君主，然而周边的蛮族游牧民们却都称他为乞丐之王。杀手感到颇为愉悦：恶人自有恶报，况且这个浑蛋还拖累了自己的国家。

杀手完全可以马上离开，不过太阳就要落山了。他很清楚，没有采取必要措施的话，黑夜里，什么事都有可能会发生。于是他转身走回了那间废弃的屋子。

从门缝儿中望去，尸体全裸，正面朝上。杀手从皮革包中掏出了在屠宰场经常用到的工具：绳子、劈刀、解剖刀、锯齿刀。过去的苦难让他明白，即便接下来要做的事情无比残忍，他还是必须狠下心来。

杀手将这些工具整齐地摆放在尸体旁边，思考着该如何开始：还是先难后易吧，不然一会儿累了，再进行困难的步骤难免力不从心。他明白自己得抓紧时间了，即使在这偏僻的地方，谁知道会不会出现个万一呢？

他拿起锋利的解剖刀，毫无顾忌地划开尸体的左眼眼睑，血液混合着其他体液瞬时渗出。接着他把没有拿刀的拇指插入刀口，一阵搅动，把眼球拽了出来。眼球脱离眼眶的时候发出了吸吮的声音。紧接着他再用刀割断了视神经，困难地用绳子在滑不溜丢的眼球上打了个结。

接下来杀手用同样的手法挖出了尸体的右眼。此时夜幕即将降临，他还有不少活儿没做完。

他把两个眼球系好后，拿起锯齿刀。要知道舌头可不是那么容易就能被割下来的，另外鼻子、耳朵还有生殖器中存在很多软骨，这把锯齿刀显然更适合处理这些部位。剩下那把劈刀则用来处理四肢。

肢解完毕，杀手把割下的各个部分系在了尸体的腋下。他筋疲力尽，身上还沾着血。但是还有一件事需要他处理。他伏在地上，低下头，舔舐尸体身上的血，接着吐出来。这一举动他重复做了三次，嘴里一股血腥味，恶心得令他直作呕。

“天啊，太野蛮了，这是人干的事吗？”

潘提卡彭的治安队长柯度斯毕欧斯没有搭理他的新下属，他正仔细观察这个废弃的屋子。两耳细颈酒罐的碎片散落在地上，有的碎片看起来像是最近砸的。角落里有一些粗麻布，木头蒙上了一层灰。对面的角落里是肮脏破旧的床垫。没有家具、没有涂鸦、没有衣服，也没有工具和武器。屋子里除了中间那具恐怖的尸体，再没有其他值得注意的东西。

治安队长看着这具尸体，说："肢解的方式并不野蛮，甚至可以说是，恰到好处。"

新来的治安队员也认同柯度斯毕欧斯的说法。

现在天气温度依旧很低，没有蝇虫破坏这具残缺的尸体。柯度斯毕欧斯蹲下身，用双手拉扯被截断的四肢。随即他微微抬起尸体的头，解开下面的绳子。绳子很硬，上面的血迹已经凝固。于是他很快地解下系在腋下的捆着其他身体部位的绳子。这部分绳子也一样沾着血，但是手感上却很黏滑。他起身，命令两个奴隶将尸体洗净。

殡葬师正忙着，柯度斯毕欧斯便自己洗干净了一只被割下的手，仔细观察起来。

柯度斯毕欧斯去年刚被任命为治安队长，他年轻有为，胸怀大志，只在需要的时候才会掩饰自己的抱负。《伊利亚特》是他的启蒙书，他直到现在都以阿喀琉斯为榜样：努力让自己做到最好。

殡葬师已经忙完了，站在柯度斯毕欧斯身后。此时屋里弥漫着浓烈的灰土夹杂着血液的腥味。柯度斯毕欧斯把那只手交给新来的手下，俯下身子，将目光集中在尸体上。他由下往上地观察着肢解部位切口的角度。可是躯干上并没有值得注意的地方，不难判断凶手处理得很干净。他接着观察起了尸体脖子上一圈紫色的凹痕，然后捏住死者的下巴，将手指伸进尸体的嘴里，细致地感知死者的口腔。

之后柯度斯毕欧斯直起身子，让殡葬师将尸体翻个面儿，清洗背部。

"谁建造了这座城市？"

新来的治安队员有些诧异："米利都人。"

"不，在那之前，我是说，英雄时代（约公元前12世纪到公元前9世纪）。"

“是美狄亚的兄弟阿普瑟托斯。塞西亚之王阿加埃特斯将这片土地赠予了他。”少年自豪地回答。

柯度斯毕欧斯点点头，俯下身子观察起尸体背后细小的紫色斑痕，接着用手感触这一排排的锯齿状痕迹，他发现这些痕迹是由浅白色的线条连接起来的。

“当美狄亚和伊阿宋偷走金羊毛时，美狄亚的父亲派阿普瑟托斯追捕他们。为了逃脱父亲的责难，美狄亚联手伊阿宋杀死了自己的亲弟弟，并将他的尸体肢解。罗德岛的阿波罗尼奥斯的诗歌《阿尔戈船英雄纪》中有这样的记载，不过我并不记得他们会割掉舌头或者生殖器。”

“他们为什么要这样做？”

“阻止恶灵一直追逐他们。想象一下，没有腿，灵魂怎么追赶他们？没有手拿刀，灵魂怎么伤害他们？”

“基利耶，这可是现实生活啊？！”

“那又有何差别呢？出生在优越、富有的家庭的人，总会说自己是阿伽门农或者埃阿斯之后。或许罗马人是对的吧，我们希腊人一直活在过去。书读多了，也不见得是件好事。”

新人小心翼翼地问道：“他是被勒死的吗？”

“是的。死者是一个奴隶。”

“因为他的手很粗糙，长了老茧？”

柯度斯毕欧斯笑了笑，觉得这孩子也算敏锐。“并非如此。很多自由民的手也是这样的，比如说农民或者装卸工。我做出这样的判断，是因为他的牙齿和背上的伤痕。”

“牙齿？”

“奴隶的面包是拿碎屑做的，里面有很多空壳、沙粒，因此磨损了牙齿。”他边说边觉得自己的语气似乎太自大了，他觉得这是一个恶习，但时不时地，以阿喀琉斯为榜样的自己会不由自主地忘却要压抑自负的初衷，说话似乎在贬低别人。

“基利耶，您说的对。”

“最近有多少奴隶失踪或逃跑了？”

“四个。一个女孩儿，一个小婴儿，两个成年男子。”

“那两个男奴隶的主人是谁？”

“一个是金属工狄摩西尼，索罗迈特之子。”

“那他的奴隶手上必然会有印记。”

“另一个属于使节马库斯·克洛迪乌斯·巴利斯塔，需要我派个信使告知他吗？”

“太晚了，他今早刚起航。”

新来的治安队员将拇指放在食指和中指之间祈愿：“上苍保佑，杀人犯千万别和他们一起上船了。杀手必然会玷污这艘船，甚至会给他们带去劫难。”

柯度斯毕欧斯哈哈大笑：“这艘船上有一个热衷于杀戮和酷刑的人呢，到时候真不知道谁吃亏啊！”

第一部

异民的邦国

（迈俄提斯湖以及塔奈斯河，公元263年春）

周游异民的邦国。

考察人间的善恶。

——《圣经·德训篇》(39.5)

第一章

“我不认为波利比奥斯会逃走。”巴利斯塔用希腊语说着。这个高大的北方佬转过头，看着其他四个人。

他们五人靠在罗马战船的船尾栏杆上，因裹着黑色的斗篷且携带着武器，显得格外雄壮。配着海浪溅起的飞沫，他们看上去像是阴郁的先驱者，笼罩着一种无法言说的凶残气场。

西南方向吹来的春风颇为凛冽，推动着这艘巨大的战船向前行进，划破迈俄提斯湖碧绿的水面。旁边，一只博斯普鲁斯小艇顺着水流摇晃着。

“他从不缺乏勇气。”马克西姆斯也用希腊语回答，他昨晚在潘提卡彭喝高了，正努力抵抗着宿醉带来的恶果。这个希伯尼安保镖现在眼睛几乎都睁不开了，配上鼻子末端的伤疤，看上去特别让人厌恶，“去年日耳曼人来米利都和狄迪姆发生的事儿，也不能赖他啊。在高加索，他也没给自己丢人。一路走来，从赫卢利人手里赎回几个人质根本就不算个事儿啊。”

军官卡斯特里西乌斯将兜帽往后推了推，露出了棱角分明的脸庞，“在游牧民的草原上行进，可能会耽误吧。赫卢利人跟塞西亚人没什么两样，想想他们对帝国发动的一次次突袭吧，很有可能人质们早都没了。有人说他们会杀掉犯人，用犯人的皮做衣服、头骨做酒杯。

所以说在赫卢利人的地盘行动，甚至像我这样被神灵庇护的人都要多想想。”

“听说他们还操驴子呢！”马克西姆斯补充道。

“他们还说你们希伯尼安的国王跟马睡呢！”希腊书记官希波托俄斯的光头在稀薄的阳光下格外闪耀，“全都是瞎说，人啊，什么怪事都往偏远的地方扯。”

“哦……”马克西姆斯看上去有点儿尴尬。

希波托俄斯紧接着说：“一个正经有教养的人，一个知识分子，应该敞开怀抱，迎接在游牧民中穿行的一切可能性。不要忘记七贤中阿纳卡西斯就是一个塞西亚人。”

“好像他抛弃了他的游牧民同胞，去雅典住了吧。”巴利斯塔默默补了一句。

马克西姆斯会意地笑了。

希波托俄斯倒是没在乎他俩。“对于像我这样的相术习者而言，与游牧民打交道，既是挑战也是机遇。希罗多德就说过很多令人神往的游牧民的故事。布迪尼人拥有浅红色的头发、灰色的双眸，眼光锐利，似乎能看穿一切。还有阿尔吉帕人，不管男人还是女人，生下来就是秃顶、翘鼻子、大下巴。而相面师，如果真能看清在如此诡异面庞背后隐藏的真实灵魂的话，将是一件很了不起的事。而在这其中最厉害的，就是看懂赫卢利人的灵魂。”

“你刚才不是说有人真相信这种屁话吗？”卡斯特里西乌斯打断了他的长篇大论，“希罗多德也说有人长着羊腿，有的部落所有人都只有一只眼睛，还有人每年总有几天会变成狼呢！”

希波托俄斯笑了笑。“我亲爱的使节，您可不比常人。人们总觉得您就是在那群普通士兵里鹤立鸡群罢了，根本不了解您的学识。您真是远远优于您的祖先。”

卡斯特里西乌斯压制着自己的怒火，紧紧地抿着嘴唇。

“当然啦，”希波托俄斯没有停下来的意思，“这些关于游牧民族的事情大多是神话故事。希罗多德说过他只是转述了别人告诉他的事情而已，他也没承诺都是真的。然而，他说过生存气候和生活方式将决定一个人的性格，这句话你们可挑不出毛病。所以说，迈俄提斯湖一直这么碧波荡漾，游牧民的性格也不会发生改变。”

这一行五人中，有一人始终一言不发，似乎他根本就没听进去。

这是一个老人家，长得出奇地丑。稀疏的头发耷拉在大脑袋上，嘴唇很薄，一看就知道是脾气不好的人。

“如果波利比奥斯发现了我们被派去的真实目的，他完全有理由逃走啊。”

卡尔加库斯说完，所有人都选择了沉默。他们本能地四下观望。本来在战舰上就没什么私人空间，何况甲板上还有其他三十五名乘客。

战舰百夫长和舵手跟他们有一定距离，指挥官在跟舵手说话。似乎没有人跟他们五个很接近，只要他们说话声音小一点儿就不会被其他人听到。

“除了我们五个和两个宦官，没有其他人知道。”巴利斯塔说。

卡尔加库斯轻蔑地哼了一声，他喃喃自语：“狗屁！”

他说话的音量刚好让周围的四个人都能听到。

巴利斯塔此时叹了一口气。早在日耳曼尼亚安格鲁部落时期，卡尔加库斯就在他身边；当他作为人质被送往罗马帝国时，卡尔加库斯也在身边。不管是过去的奴隶，还是到现在的自由人，这位上了年纪的喀里多尼亚人一直跟着巴利斯塔，一直在那儿抱怨。巴利斯塔算是宽容的，他也只允许自己手下中，有两个人可以这么做。一个就是卡尔加库斯，而另一个开始说话了。

“这个老浑球儿说的对。”马克西姆斯说，“整艘船的人估计都知道了。宦官就跟娘儿们似的，成天就知道瞎哔哔。”

“皇帝也是够蠢的，相信这样一帮货色。”卡斯特里西乌斯也加入了讨论，“要么是男的，要么是女的，他们这样男不男女不女的，根本就是违背自然规律的怪物。哎，本来一个就够受的，这一来还是一双。跟乌鸦似的。”

“说的太对了，就像乌鸦一样。”马克西姆斯点点头。

“不管是不是那群宦官在嚼舌根，”卡尔加库斯说着，“也不管是不是谁被绑架了要给钱，他们都不该指望我们能完成这个任务，他妈的怎么可能？谁能说服赫卢利人背叛他们的日耳曼人盟友呢？他们只会夺走皇帝那少得可怜的金子，割断我们的喉咙，把我们藏着的全部钱财抢走，更惨的是，我们敬爱的国王加里恩努斯根本就不在乎！”

“也不能这么说，”巴利斯塔说，“费利克斯和鲁提鲁斯得去北方，说服格莱突吉人去攻击他们的哥特伙伴，塞比尼鲁斯和芝诺要去西边让卡皮人、泰法利人和格匹德人进攻其他的哥特部落。他们的任务也没比咱的好到哪里去。”

“说的太好了！”卡尔加库斯不无讽刺地说，“我们也只能跟他们比比，寻求安慰是吗？快来瞧瞧，皇帝恶心的这帮人将为服务皇家死掉了。其实吧，那群操驴子的赫卢利人可能还真杀不了我们，毕竟在见到他们之前，我们得先过迈俄提和乌鲁根底这两关呢！搞不好没见到他们，我们就已经嗝屁了！”

这五个人又陷入了沉默。巴利斯塔在想，或许卡尔加库斯是对的，不过干吗要承认这件事情。其实他服务过的这些罗马皇帝给过不少让人头疼的旨意，但是加里恩努斯的要求让他觉得格外恶心。

微风拂过，水面荡起层层绿波。博斯普鲁斯小艇在前面开路，水手荡着双桨，扬起层层水花，在阳光下闪耀着。小艇向着东南方向驶去，战舰跟着这艘小艇，呈斜角穿过水面，向那个低矮、阴暗的陆地进发。巴利斯塔望着那片陆地，心里有一种不祥之感。

战舰百夫长向他们走来：“快到了，大人。”他用拉丁语向使节巴利斯塔、副手卡斯特里西乌斯汇报。“要不了几个小时，我们就要到阿萨拉了。”百夫长笑了笑，“当地人管这个地方叫蚊城。”

当战舰驶入河道时，希波托俄斯震惊于这里的死寂。无风，两侧的芦苇和莎草耷拉着脑袋。河水乌黑、浓稠，在斜阳的照射下泛着光。在如此压抑的寂静之中，划桨嘎吱的声响，还有小鸟和昆虫的鸣叫，都显得如此不真实。

战舰沿着开路艇的航道向前驶去，在一处低矮、杂草丛生的码头上停了下来。迈俄提人已经全副武装等着他们了。僵直的守卫们立在浅滩中，他们的存在是在告知人们：你们已经到达这座城市。这些守卫属于塔佩特斯部落，这个部落里的人既能打鱼，也能种地，堪称全能的土匪。尽管这一百人左右的守卫看上去很邋遢，装备落后，但是他们身上那种蛮族的戾气，让人觉得瘆得慌。

战舰上的士兵和保护使节的士兵手持武器、严阵以待。这些罗马战士加起来也就四十来人。

天色渐晚，但这个地方比起开放的海域要温暖很多。希波托俄斯扇走身上的昆虫，看着开路艇放下登船梯、艇上的指挥官上岸。这位博斯普鲁斯舰队的指挥官与当地人攀谈了一阵，用手比画着什么，此时罗马战舰上的战士们觉得有些无聊，便微微倚靠在盾牌或者舷缘上，小声地说着话。

然而希波托俄斯并没有放松警惕。从西里西亚土匪头子到巴利斯塔的书记官，他能活到今天可不光是靠运气。其实一般书记官自然是接触不到这么多暴力事件，但是跟着巴利斯塔，就得习以为常。

指挥官与当地人的对话总算是结束了。一部分当地人跑进了树林里。开路艇的指挥官示意战舰上的人上岸。潘提卡彭王室安排使节的信使第一个上岸。队尾的传令官用拉丁语喊道:“西徐亚大使，最完美的绅士马库斯·克洛迪乌斯·巴利斯塔殿下，以及他的副手，最完美的绅士盖乌斯·奥里利乌斯·卡斯特里西乌斯殿下驾到！”

这两者职位都很高，因此能被列为“最完美的绅士”。但是希波托俄斯注意到其实他们被降级了。传令官也不是刻意为之。其实两人都不应该是这个地位，卡斯特里西乌斯是骑兵长官，巴利斯塔则是在刻意隐藏自己的身份。按照罗马惯例，皇室是不会把最高等级的人派往远方与蛮族接触的，更何况这个任务很有可能令人有去无回。

当使节们带着自己的随从和十一人的护卫队上岸时，对方有个人站了出来。跟其他的当地人相比，他没有那么脏乱。

“伯里克利，亚西比德之子。”他的希腊语口音很重，“跟我走吧，带你们去皇宫。”

希波托俄斯一直忍着笑意。

巴利斯塔领着大家，跟着引路人一直往前走。树林中比较暗，道路也很狭窄。希波托俄斯觉得这里真是设埋伏的好地方。一想到这里，他下意识地摸了摸匕首。

天色还未完全黑，一行人从树后面走了出来。他们的面前是一片向上延伸的草地，草地两侧是粗糙的木栅栏，栅栏的末端是破旧的堡垒。

“啧啧，这是国王的宫殿啊。”希波托俄斯感叹道。

“这是堪比黄金迈锡尼（Golden Mycenae）的坚固要塞啊！”卡斯特里西乌斯接着讽刺道。

二人相视而笑。难得这两人在讽刺阿萨拉时达成了共识。

“你能引用荷马的诗句呢。”希波托俄斯故意装作很诧异的样子。

“去年在阿尔巴尼亚，日子可真不好过，基本没有说话的人，也没什么书可看，只能看看诗歌，看着看着就喜欢上了。”卡斯特里西乌斯制止了两人的嘴仗。

这座宫殿是用木头和茅草搭建起来的。宫殿里点着的火把冒着烟，看上去还是很暗。走进之后，他们闻到了一股熏鱼的气味，感觉到里面有很多人。

为了交流方便，巴利斯塔一行人从博斯普鲁斯带来了一位翻译，据说这位翻译会说八种蛮族语言。但是现在他的天赋没有派上任何用场，因为这位国王会说希腊语。

国王坐在仿制罗马治安官象牙椅的木制王座上，与巴利斯塔寒暄了几句。这位国王似乎有些着急，开口询问礼物。巴利斯塔心中自然是有数，他递上了一柄精致的长剑。国王贪婪地欣赏着。过了一会儿，他似乎觉得这柄剑不错，才宣布宴席开始。

希波托俄斯的座位比较靠后。两边都是塔佩特斯人。他左侧的那位操着一口蹩脚的希腊语，不停地讨论着钓鱼这个话题。他说迈俄提斯湖是钓鱼最好的地方，有鳊鱼、鳀鱼、比目鱼，等等，其中最好的当数鲟鱼。还有啊，春天的时候，金枪鱼回来这里产卵，这种鱼群的迁徙是一件特别有意思的事儿。

尽管如此，希波托俄斯心情也不差。过去的八个月日子很是艰难。去年 9 月，一行人十分匆忙地离开高加索，为了到达尤克森（即今黑海）上的法希斯岛翻越重重峻岭，然后又在那儿租船前往博斯普鲁斯，当时租船也花了一大笔费用。

潘提卡彭的冬天很难熬。入冬时分，天气越来越冷，刺死米特拉达梯六世的那柄著名的青铜剑，竟因此而冻裂了。破旧的宫殿似乎悼念着这个国家过去的辉煌。卫城上是被烧焦的阿波罗神庙，以及同样破损的得墨忒耳神庙、狄俄尼索斯神庙和西布莉神庙。这里曾经是希腊文明的前哨，可是现在辉煌所剩无几，在这样一个所谓的都市里，人们往往打扮成萨尔马提亚族的风格，而当听到自己蛮族的姓名时却几乎不回应。

隆冬时分，希波托俄斯见到了他有生以来最大的一场雪。云墙从西北赶来，下起了鹅毛大雪，似乎空气都跟着凝固了。这样的一场大雪竟持续了好几天，潘提卡彭完全被雪覆盖了，雪厚得能埋下孩子。雪停之后，天气更冷了。天空万里无云，呈现出一种诡异的黄色，所有的一切似乎都静止了。没多久，大海也被冻住了，目之所及的海面都是白茫茫的一片。2 月份的时候，他和巴利斯塔一起驾着马车来到了法纳戈里亚。一路上他们看到有人凿冰钓鱼，有的用三齿鱼叉捕鱼。严寒的天气下，人们的日子过得都不容易，不过幸运的话，捕获的鲟鱼能有海豚那么大。

希波托俄斯住的屋子里有可供暖的火炕，这着实是万幸，他觉得要是没有供暖，自己肯定会被冻死。

“穿过博斯普鲁斯，金枪鱼将围绕黑海，顺着太阳的方向游动，到达特拉佩佐斯时，它们已经长大到可以捕捞了。”

其实希波托俄斯很清楚，他们不需要在这个地方待那么久。古人大大高估了马尤泰的面积。当刮西北风时，一天左右他们就可以从潘提卡彭到达塔奈斯河河口。但是博斯普鲁斯国国王坚持，甚至可以说请求他们，于是他们的旅行两次受阻，一次是塔佩特斯，一次是皮塞索瓦。很久以前，在罗马的帮助下，博斯普鲁斯牢牢地控制着迈俄提的部落。现在列斯库波里斯五世，赫拉克勒斯的子孙，竟抱希望于一支罗马战舰、一群普通士兵和自己仅剩的部分小型战舰让他的命令能够稍稍影响到当地的势力。

在亚历山大港，希波托俄斯曾听到一个来自缪斯神庙的哲学家发表演说，主题是权力与武力。哲学家说这两者截然不同。武力是通过部署军队来实现，反过来其实也消耗了自身的力量。而权力不一样，权力是通过复杂的、微妙的设计实现的，这其中包括违背指令的后果。因此权力将会一直存在下去。坐在这个充斥着熏鱼臭气的“宫殿”里，希波托俄斯知道这个哲学家是在瞎扯。当军团品尝到被蛮族打败的痛苦或者一直深陷国内战争难以脱身时，罗马的权力动摇了，帝国边陲开始蠢蠢欲动。

“现在，当经过锡诺普时，金枪鱼已经长大到可以进行捕捞和腌制了。”

希波托俄斯和旁边的这个蛮族人一样，爱吃熏鱼。也许这又黑又咸的熏鱼只是穷人的食物，不过味道还可以。但是关于金枪鱼繁殖到死亡的故事他是听够了。

为了解闷，他开始用相术观察身边人的面相。相术如果用得好，你会发现身边人的本性，从而对心术不正的人有所防备。

希波托俄斯望向巴利斯塔的随侍卡尔加库斯和马克西姆斯，前者太丑，后者太多伤疤，也许有一天他能尝试着去分析这两位的面相。当地人呢，太脏了，根本看不了。当目光游走到两个宦官身上时，他无奈地耸了耸肩。

他开始观察卡斯特里西乌斯。之前他就观察过这个军官，但是宿醉影响了他的判断。因此他想再次窥探卡斯特里西乌斯的灵魂。

此时卡斯特里西乌斯坐在希波托俄斯的对面，正和一个当地战士交谈，对话似乎很愉快。而希波托俄斯很淡定地观察着对方，全然不在乎邻座的人会觉着他的所作所为很没有礼貌。

希波托俄斯盯着卡斯特里西乌斯，放空大脑，让他的专业知识占据主导。这个人有好的一面：他突出的下嘴唇意味着这个人很柔和、对生灵有慈悲之心。但是缺点更为突出：他的鼻子不大，鼻尖非常纤细、锋利，这意味着易怒。他的下巴很短、棱角分明，意味着这个人莽撞、不良、嗜杀戮，甚至会变为邪恶的一方。他的眼睛非常漂亮，但是这并不能改变他身上的劣处。眼睛是心灵的窗户，而美丽的眼睛会隐藏灵魂的真相，甚至会产生背叛。有鉴于此，希波托俄斯认定卡斯特里西乌斯是一个非常具有威胁性的恶人，必须多加警惕。

突然一阵笑声从宫殿前方传来。那是国王的笑声，不知为何让人觉得突兀。那国王身体前倾，拍着大腿，对着巴利斯塔大笑着。显然国王是喝高了。希波托俄斯觉得巴利斯塔在那儿肯定也浑身不自在，比他好不到哪里去。现在，这个高大的北方佬很有礼貌地同国王交谈着。

三年了，希波托俄斯已经在巴利斯塔身边三年了，但他还是看不透这个人。他思忖过所有巴利斯塔面相的细节，但是得出的结论往往大相径庭。巴利斯塔双眼下垂，向两边倾斜。著名的相术师帕勒蒙判断，这意味着对方正酝酿着邪恶。然而他的双眸却是深蓝色，深得发黑，时而在阳光下闪着光。这说明对方是一个富有同情心的人，做事小心谨慎，甚至会变得谨小慎微、遇事退却。

国王哈哈大笑，希波托俄斯注意到巴利斯塔低下头看着食物，叹了口气。也不怪他如此惆怅：幼年被迫离开自己的家乡日耳曼尼亚，现在又被赶出罗马，离开自己深爱的妻儿。世人皆知这任务就是危险的徒劳，他们就是牺牲品。此外他还被诅咒着。去年巴利斯塔睡了一个苏阿尼阿皇室的公主，真是惹火上身。那蛇蝎心肠的婊子竟然是赫卡忒的女祭司。当他们离开时，这个当代的美狄亚狠狠地诅咒着巴利斯塔，那是希波托俄斯听过的最恶毒的诅咒：

杀死他的妻子。杀死他的孩子。杀死所有他爱的人。但是不要杀死他，让他活着，饥寒交迫、虚弱无力、孤孤零零、担惊受怕。就让他在蛮荒之地流浪，永恒放逐、永恒漂泊、永恒仇恨。

希波托俄斯感觉巴利斯塔也看到他垂下了眼睛，深深地叹了口气。

第二章

罗马战舰绕过帕塔如角（亚述海东部海岸的岬）几小时后，离塔奈斯不远了。马尤泰的两个部落已被甩在身后。他们在海上漫游了三天，现在前方等着他们的是乌鲁根底的哥特人，哥特人身后是广袤的草原和居住在那里的赫卢利人。

海风逐渐平息，一百七十名桨手将战舰驶入这片混浊的海域。三列桨杆同时举起、下落，看上去就像疲惫水禽的翅膀在挥舞。当桨手们停下来时，他们发现水草已经布满了桨面。

羊皮桨套的气味、船员们的汗臭和尿骚、太阳将木头和船体上的沥青晒得暖烘烘的味道……这一切混杂在一起组成了战舰特有的气味，而这熟悉的气味让巴利斯塔觉得安心。他背对着舵手、面朝着船尾，坐在椅子上观察着船上的一切。其实巴利斯塔自己想席地而坐，但是罗马使节必须得保持威严。为了保持这种威严，罗马宫廷必须给她的使节安排一群与之身份相符的随从。船上的人员包括巴利斯塔的副手卡斯特里西乌斯，他的亲信马克西姆斯、卡尔加库斯和希波托俄斯，去年在高加索带上的苏阿尼阿人塔奇恩，还有一个年轻的奴隶沃尔夫斯坦以及卡斯特里西乌斯和希波托俄斯的两个奴隶。除了他的亲信，船上还有从拜占庭派来的护卫队：百夫长赫德奥纽斯以及手下的十名战士。另外也有一部分官员：宦官马斯塔巴特斯和阿曼提乌斯，翻译官比奥玛索斯，传令官瑞古鲁斯，两个抄写官，两个信使，肠卜师波尔塞纳。此外还有六个奴隶，因此船上随从共有三十五人。

巴利斯塔满眼鄙夷地看着围着宦官的官员们。这其中至少两个人是弗鲁曼塔里伊，在士兵中估计至少也有一个。在战火纷飞的时代，罗马皇帝谁都不信。多年以前，由于父辈的所作所为，巴利斯塔和加里恩努斯作为人质被带到了朝堂之上。巴利斯塔的父亲是罗马边境蛮族战争的领袖，加里恩努斯的父亲则是当时重要的罗马元老院长官。尽管两人曾经关系紧密，甚至可以说是朋友，但当加里恩努斯黄袍加身后，两人的关系就开始变味儿了。当两年前，巴利斯塔迫于压力称王之时，罗马皇帝对他再无信任可言。尽管巴利斯塔立即写信表示忠心，依旧于事无补。他很清楚，自己和家人、手下能活下来，已经是一件值得庆幸的事了。

"我还是不相信波利比奥斯会逃走。"巴利斯塔自顾自地说着，心里想着远在西西里岛的妻儿。

"有什么奇怪的。"百夫长赫德奥纽斯不以为然。

巴利斯塔回过神来，他隐约感觉到自己身边站着沃尔夫斯坦，没有发现百夫长、马克西姆斯、卡尔加库斯和希波托俄斯也已经过来了。

"大人，您没必要多想。"赫德奥纽斯突然用军人正式的语气说话，基本听不出来他的北非口音，"奴隶们就是一群不牢靠的浑蛋，不值得您费心。只要有机会，他们就想跑。奴隶比士兵还糟糕，只有让他们害怕，他们才能乖乖听话。所以说他们都是敌人，只有在十字架的庇护下这群畜生才会说实话。"

巴利斯塔不太喜欢赫德奥纽斯。这位百夫长个头中等，身体强壮，一脸戾气。他的手下觉得他抠门儿、脾气还坏，真是倒霉了跟了这么个货色。他可能觉得自己是传统风格的百夫长：只要让手下害怕就行。

“百夫长大人，您真是会总结啊。”马克西姆斯很是不满，“这得考虑他们的出身。有些人一生下来就是奴隶，可是有些人是被逼无奈，贩奴人见有机可乘就把这些人卖了当奴隶。还有一部分是流放去挖煤的罪犯。”

“所以呢？都是一样的货色！”赫德奥纽斯打断了马克西姆斯，“一日为奴，终身为奴，这可不是鞭子打出来的。成为奴隶之后，他的灵魂就被玷污了。”

“你是说我的灵魂被玷污了？”马克西姆斯平静地反问，“在战场上，我被人从背后打晕了，之后就落到了成为奴隶的下场。”

巴利斯塔笑而不语。马克西姆斯的这段故事有各种版本。他还说过自己因为睡了敌人的女人，在逃跑中被袭击了。

“成为奴隶，往往是造化弄人。”马克西姆斯总结道。

“并非如此，马库斯·克洛迪乌斯·马克西姆斯。”希波托俄斯也加入了讨论，说了一番颇具哲理的话，“所谓的奴役和自由不过是法律的创造罢了。真正的自由、真正的奴性，深深扎根在每个人的心里。君子的灵魂永不会被奴役。第欧根尼尽管被镣铐束缚，他的灵魂还是自由的，而波斯的皇帝，尽管坐在萨珊王朝的宝座之上，内心却充斥着欲望、贪婪、愤怒，那么他就是个奴隶。”

赫德奥纽斯选择沉默，他对巴利斯塔的亲信们实在是没什么好感。

“所以说，我敬爱的希伯尼安人，”希波托俄斯继续说着，“马库斯·克洛迪乌斯·马克西姆斯不过是个名字而已，尽管您是罗马公民，我却很担心您依然是一个奴隶，贪图世俗的享受，贪念美味佳肴、丰乳肥臀。”

上了年纪的卡尔加库斯开口了：“波利比奥斯是累了，不想再等了，谁知道什么时候才能获得自由身呢？！”他啐了口痰之后抱怨：“您他妈的花了多久才给我自由身，还有那个聒噪的希伯尼安人！”

巴利斯塔清楚年轻的沃尔夫斯坦在打着什么主意，他也知道在这样一个奴隶社会里，他的亲信之间的矛盾。

“全体船员准备！”罗马战舰舰长大声吼道。

巴利斯塔向前方望去：六艘北方长船纵向驶来，他们不紧不慢地靠近这艘罗马三桨战舰。

没等罗马使节过去，哥特人先来找他们了。

跟着巴利斯塔，卡尔加库斯走过大江南北：罗马、阿莱拉特、西斯高卢、以弗所、米利都、安条克，等等。在他看来，希腊城邦中东北角的塔奈斯，真是狗屎不如。不过年迈的卡尔加库斯眼神不太好。其他人看到的是坐落在塔奈斯河三角洲上一个低矮的城镇。

巴利斯塔一行首先经过了一片废弃已久的区域，曾经的屋子被大树穿透，曾经的大道都是垃圾和野草。

接着他们来到了码头。空气中弥漫着锯材、泥土、鱼以及燃烧时产生的些许气味。码头上的木材看上去很新很粗糙，而码头后面的建筑一副摇摇欲坠的样子。有趣的是，一座布满灰土和碎石块的山将港口与市区恰到好处地划分开来。阳光很刺眼，卡尔加库斯只好眯着眼睛观察着这座城市，这里很小，能容纳的居民不多，大约几千名。卡尔加库斯很确定：这个地方真是狗屎不如。

他们继续往前走。卡尔加库斯观察到塔奈斯的城墙已有破裂，东倒西歪，有些部分甚至已经完全坍塌了，目前这些碎石都半堆在防护沟渠中。乌鲁根底的卫兵百无聊赖地守着瓦砾堆上的城门，挥手示意，让他们进来。

城镇里面竟然比外面的情况更糟糕。通往广场的街道已清理完毕，但是胡同里还是布满了倒塌房屋留下的瓦砾。被火烧黑的房梁探出头来，嘲笑人类的无力。踩在布满瓦砾的地上，让人觉得有一种踩在雪地里的感觉。很显然，这座城镇几乎没什么人住，已被洗劫一空。

广场已经处理干净，商贩们也回来了，很多人架起了自己的货摊，商品包括南方的油和酒以及北方的兽皮、奴隶、蜂蜜与黄金。市政厅已经修缮过，奇怪的是市政厅的屋顶使用苇草而非瓷砖搭建。门卫让巴利斯塔一行在门口等待。一旁奴隶们正修缮体育馆。

巴利斯塔耷拉着脑袋等待着。身后的马克西姆斯和塔奇恩无意识地保持着同样的姿势。在一片废墟中，他们看上去似乎在忏悔。

卡尔加库斯只是静静地观察着巴利斯塔，心里又升腾起嫉妒。巴利斯塔可是含着金汤匙出生的孩子，他享受着母亲的疼爱，同时也是父亲的骄傲。要知道巴利斯塔的父亲伊桑格瑞姆是盎格鲁人的战斗领袖，有很多的女人和孩子，伊桑格瑞姆跟他的孩子并非关系都好，他与长子莫尔加的关系就很恶劣。因此巴利斯塔的诞生，相当于给了伊桑格瑞姆一个新的机会，让他能够和儿子建立起良好的关系。

而卡尔加库斯呢？他不知道自己的父母是谁，早早就被贩奴人卖掉。关于童年，他仅有一些的印象：模糊的女人的脸，还有炭火的味道。

可是卡尔加库斯是看着巴利斯塔从婴儿成长为战士的，他知道这个孩子遭了不少罪，而其中没有一件事是巴利斯塔的错。他总是拼尽全力，一直努力做正确的事情。于是那份嫉妒消失了，他只是想好好照顾巴利斯塔。实际上他俩亲密无间，偶尔两人会开诚布公地聊天。一个抱怨、一个嘲讽，相互欣赏、相互依赖。卡尔加库斯明白他很在乎巴利斯塔，在他的眼中，巴利斯塔其实还是那个孩子。

卡尔加库斯开始后悔自己在船上讲的那番话，巴利斯塔终究是给了他自由身，他应该感恩。此时他又想起了丽贝卡，她是巴利斯塔妻子的奴隶，远在西西里岛。他希望能够给这个犹太女人和她照顾的孩子西蒙自由。如果能从草原上回到西西里岛，他一定会祈求巴利斯塔给丽贝卡和西蒙自由，如果可能的话，他希望能够娶这个女人。巴利斯塔一定不会拒绝他的，毕竟他年纪这么大了。也许以后，他还会有自己的儿子。幸运的话，那个孩子会像他的妈妈。

如果他们能从这里回去，之后会发生什么呢？要知道巴利斯塔身上背负的诅咒是多么的可怕——让他在蛮荒之地流放，永恒的放逐、永恒的漂泊、永恒的仇恨。诅咒不仅仅是针对巴利斯塔——杀死他的孩子，杀死所有他爱的人！那个苏阿尼阿的公主的确是漂亮，巴利斯塔毕竟也是一个男人，怎么偏偏就睡了这么个蛇蝎心肠的骚货。卡尔加库斯觉得，那些黑暗的神明不可能听不到这毒妇的诅咒。虽然不知道结局如何，他觉得报应是早晚会来的。

去年在高加索的日子就很不好过。卡尔加库斯好几周都被困在一个狭窄的石塔中，没几步就是虎视眈眈的阿兰人。在那里还困着其他几个人，包括随行的宦官马斯塔巴特斯以及沃尔夫斯坦。希波托俄斯亦因此变得神经兮兮，醉心于什么相术。不停地说什么眼睛是灵魂的窗户，时不时地盯着你看，让人心里发毛。卡尔加库斯实在是受不了了，没过几天就想着要是能亲手杀了他该多好。

改变的不光只有希波托俄斯。卡斯特里西乌斯也曾前往阿尔巴尼亚。谁也不知道他在那儿经历了什么，回来之后也变了。其实在人生道路上，他遇到过不少事，还因为犯罪被派往矿场。这家伙也是命大，都挺过来了。在之前的时间里，军团里引入了法律，他也升为骑士阶层，有权号令他人。他自己总开玩笑，说死亡的恶灵害怕他，而正义的卫士对他多有关照。现在的他畏首畏尾，总念叨这些有的没的，让人心烦意乱。

一个强壮的哥特人出现了，他比巴利斯塔还高，长发，手臂上的肌肉和脖子上的金环相得益彰。

“我是优斯奥之子，派瑞格瑞姆。”男子用日耳曼尼亚语说道，“如果阁下方便的话，乌鲁根底之王希望您能现在前往皇宫。”

议政厅里面很黑。卡尔加库斯适应了昏暗的环境后，才看到大厅的形状类似于正方形，三侧的长椅一直延伸到黑暗深处。这让他想起了普南城的议事厅，但是这里不仅仅有希腊人，还有候在长椅旁的哥特战士。

他们正对面的是放在长椅中的王座。深色木制的座椅背后刻着两只乌鸦。座椅上的人正是乌鲁根底之王海撒纳。海撒纳已步入中年，体格魁梧、双肩宽广。他膝盖上放着一把宝剑：这是他的父王最出名的一柄剑——铁血。他的名字海撒纳就是铁血一号的意思。这位乌鲁根底的王可不好对付，他继承了父辈的传统，成为一个沃登式君主。三十年前，乌鲁根底的人口少得可怜，只有一群从北方迁移过来的人们，有人当了强盗，有人做小生意养家糊口。而在奥瑞克和海撒纳的领导下，他们经过不懈的奋斗以及战争的洗礼，成为松散的哥特世界里一支不容小觑的力量。

“德海姆，盎格鲁人伊桑格瑞姆之子，你怎么会来到我的国土？”海撒纳说着北部民族的语言，令人惊讶的是，他的声音很温和、很好听。

巴利斯塔用希腊语回答：“我以马库斯 · 克洛迪乌斯 · 巴利斯塔的名字，以罗马皇帝普布里乌斯 · 利奇尼乌斯 · 埃格那提乌斯 · 加里恩努斯使节的身份来到这里。圣上将待赎回的乌鲁根底和赫卢利囚犯托付于我。”

海撒纳笑了笑，继续用日耳曼尼亚语说话：“真是个吃力不讨好的任务啊。毕竟我们手里没有罗马的囚徒。去年我的侄子派瑞格瑞姆从爱琴海回来的时候，在拜占庭城外，他恩准那个罗马官员，赫勒斯庞特行省的长官赎回了所有罗马俘虏。你要知道在塔奈斯生活的希腊人和罗马人都是我的臣民！”

巴利斯塔沉默了。

“赫卢利人嘛。希望你能说通纳乌罗巴特斯，还有他手下那群猴精的战士们。”

议事厅中其他的哥特兵哄笑了起来。

巴利斯塔用日耳曼尼亚语礼貌地回答：“那我诚挚地请求您让我通过您的领土，去赫卢利人那儿碰碰运气。”

“如你所愿。”海撒纳说道，“还好你是我的座上宾，要知道你在我这儿也有不少老朋友。”

海撒纳右侧的部分士兵纷纷站了起来。卡尔加库斯看到巴利斯塔和马克西姆斯的肌肉绷紧了。但是在昏暗的灯光下，他没有认出对方。

海撒纳盯着巴利斯塔说：“韦德里克，博拉尼人菲列迪根之子，今天也是我的贵宾。在我的殿堂上，可不存在仇恨。”

卡尔加库斯下意识地握紧了剑柄。几年前，巴利斯塔杀死了博拉尼战舰上的所有人。当时他们不肯投降，巴利斯塔只好动手了。

“韦德里克和他的随行人员明日离开。”海撒纳说，“德海姆，你和你的人可以在海港附近的宫殿里休息，等到船只调整完毕，你们就可以出发了。”

韦德里克说话的语气中都充斥着仇恨：“我是海撒纳的客人，我尊重邀请我的人。虽然不是在这里，我跟这个罗马人的狗奴才，叫什么巴利斯塔的必然有个了断。高高在上的神明会将这个杂种带到我的剑下！”

巴利斯塔睿智地回答：“不管你去哪儿，宿敌总会不期而至。”

第三章

除了等待，巴利斯塔什么都做不了，不过对此他早已习惯。这个北方佬命途多舛，儿时作为人质被送到罗马帝国，长大后阴差阳错地成了弑君者，后来又被拽到了凶残的希伯尼安首领的面前。

其实年轻时候的巴利斯塔不习惯等待，他往往祈求上苍，要么赶快结束，要么就一直耗着。当时他很单纯地认为，人生应该有意义、有目标，生活中的种种际遇，决定权都应该掌握在自己的手中。然而，中土世界这四十年来的磨难让他深刻地明白了以前自己所谓的“想法”是何等的幼稚，不仅他的生活一团乱麻，而且此时的他正前往自己的故土——那片儿时生活过的土地。在希腊的悲剧故事中，人类不过是上苍的玩具，他的人生似乎被一个无所不在的神明玩弄于股掌之间，他只能仰望着那位坐在恺撒大帝皇位上的神，默默地接受、等待，任自己走向毁灭。

从某种角度来说，这次等待的地方倒还算凑合。新建的宫殿，屋内干净宽敞，能容纳三十五人左右。这让他想起了日耳曼尼亚故土的宫殿。在这里没有隐私可言，本来在别人的国土这实属正常现象，但不知为何巴利斯塔心里一直觉得不舒服。他站在窗边俯视海港：罗马战舰和哥特长船已不见踪影，取而代之的是往来的商船和盘旋在半空中嘶鸣的海鸥。

来到这里的第一个清晨，他看着雾霭笼罩在宽阔的水面上，远方树木笔直地矗立着，有鸭子游过。

第一天晚些时候，哥特祭司出现了。哥特祭司被称为古伽。他的身上挂满了镯子，长长的头发上编织着符咒、骨头还有其他奇怪的物品。后面跟着一个奇丑无比的老妇，佝偻着背，浑身脏兮兮的。这祭司说自己叫乌鲁图图夫，然后便一言不发。乌鲁图图夫给他们捎来了牲畜和粮食，包括几只鸡、两头猪、四头羊，以及部分小麦和黑米。官员们基本不与人来往，就连翻译也不怎么搭理。百夫长在码头上严格地训练着自己的兵。马克西姆斯和卡斯特里西乌斯去了集市，肯定是为了买醉、找女人。希波托俄斯也不见了。还有两个宦官，大门不出二门不迈，整天黏在一块儿。卡尔加库斯盯着河流，塔奇恩静静地陪在他身边。自从去年巴利斯塔和卡尔加库斯把他从阿隆塔斯河救上来以后，塔奇恩基本不离这二人左右。他喝醉酒的时候用希腊语发毒誓，时刻准备着为二人献身。巴利斯塔觉得要不了多久，在这片大草原上，塔奇恩很有机会兑现他的誓言。

巴利斯塔过着简单的生活：吃饭、睡觉、看书。这里的书少得可怜，市场上也没有好东西——宦官阿曼提乌斯用他贪污的钱买了一个镶嵌着蓝宝石和石榴石的胸针。卡斯特里西乌斯把当地所有的史诗都买了下来。巴利斯塔倒也不在意：他比较喜欢荷马史诗和罗德岛的阿波罗尼奥斯，最近的诗歌不是他的喜好。巴利斯塔自己买了塞勒斯特的《历史》和塔西佗的《编年史》，去年冬天他已经读了一部分《历史》，现在他专注于阅读塔西佗撰写的卡利古拉统治的历史。两位作者那尖锐的、基于实用主义的悲观精神让他产生了共鸣。人性本身就是脆弱的，政治腐败，所谓自由，也不过是一纸荒唐。

第五天早上，巴利斯塔实在是没耐心了。他叫来了卡尔加库斯和塔奇恩，去见海撒纳。昨晚下了一夜的雨，白茫茫的水流将城墙下的灰尘洗净。城门处乌鲁根底的守卫们对巴利斯塔一行的出现不以为意，只是派了一个士兵引领他们走进城市。

现在的市场很是安静，奴隶们还在体育馆无精打采地工作着。市政厅的门紧闭着，附近都没有人。

巴利斯塔推开门、走进去。屋里没有人，内部有一种阴暗压抑的氛围。他们没看到国王的宝座，微弱的阳光下只能够看见跳动着的灰尘。

巴利斯塔坐下来思考着，卡尔加库斯坐在他身边。塔奇恩因为这里的空荡感到不安，在屋里踱着步子，盯着阴影处，似乎会有什么诡异的东西蹦出来。

“博拉尼人跑来了，现在他们和乌鲁根底人都不见了。”巴利斯塔有些疑惑。

“是啊，这是什么意思呢？”卡尔加库斯回答。

“基利耶，我觉得太诡异了。”塔奇恩很严肃，“这里充满着敌意。”

突然一道拉长的影子出现在宫殿之中，哥特祭司背对着阳光站在门口，他的身后自然形成了一个光圈，头发上的物体在阳光下闪闪发亮，他的身后还站着那个老妇人。

“海撒纳，奥瑞克之子，已经离开了。”祭司说道。

“他去哪儿了？”

“其他地方罢了，他们会来找你的。”

“什么时候？”

“要不了多久。您现在还是快回去吧。”

“为何？”

“那里更安全。您的仇家可不少。有些神明也憎恨您。不管您是德海姆还是巴利斯塔，想要您命的人太多了。”

这一点无可辩驳、毋庸置疑。

他身处于一个炎热的东部城市，这里满地都是尘土。人们匆匆忙忙、喧哗尖叫。马克西姆斯和他在一起，显得特别年轻。

一队人马正在逃出隧道口。他们是罗马士兵，他们正在慌忙逃窜。卡尔加库斯呢？那个老家伙在那儿，还好他没事。士兵们抱头鼠窜、推搡惶恐。如果巴利斯塔不下命令，波斯人就会占领这座城市。但是马穆拉还在那儿。

马克西姆斯正在吼叫着，有个士兵撞在了巴利斯塔身上。没辙了，巴利斯塔只能下命令了。马克西姆斯还在尖叫着："不，不，你不能丢下他不管！"那些拿着斧子的人正在行进。梆、梆、梆，他们正在挥舞着斧头！卡尔加库斯说着："必须得下决定了，要不然所有人都得死！"

隧道顶上累积的灰尘飘扬而下，碎裂的声音尖锐刺耳，坑木倒下，隧道塌陷，尘土飞扬。

马穆拉还在那儿。

巴利斯塔从噩梦中猛然惊醒，梦中的画面如烟般飘散，只留下深深的恐惧。

他心跳飞快，强逼自己不要闭上眼睛，害怕那恐怖的场面再度浮现。现在什么都没有，没有那个高大的、带着兜帽的身影，没有那双充斥着仇恨的灰色双眼。他仔细地环顾着这个房间，确定没有奇怪的东西。尽管屋子里没有灯，但借着宫殿里的光还是能看清这个房间。房间里除了他自己，没有其他人。马克西米努斯·色雷克斯不在这里。

距离巴利斯塔杀死罗马皇帝色雷克斯，已经十六年了。马克西米努斯是个彻头彻尾的暴君，野蛮残酷，冷血无情。但是巴利斯塔对他立过军人的誓言，最后他却食言了。其他的反叛者还让尸体身首异处。自此开始这暴君的鬼魂就一直缠着巴利斯塔。尽管不常出现，马克西米努斯的每次出现都把巴利斯塔吓得魂飞魄散。朱莉娅说这只是因为疲惫和恐惧导致的噩梦，朱莉娅是个无神论者，对她来说自然容易。巴利斯塔可不是，虽然他由衷地希望朱莉娅是对的。

突然，如洪水决堤一般，噩梦的景象再度袭来。马穆拉他做错了什么呢？可是最后还是死了，巴利斯塔把他的朋友，遗落在深深的、深深的黑暗里。

第二天早晨，船还没有到，巴利斯塔一行人中午在宫殿里吃午饭。

“为什么海撒纳称呼赫卢利人为长头人？”巴利斯塔问道。

“因为头骨。”希波托俄斯回答，“他们就是希波克拉底描述的玛卡若法利人。这种人会用绷带紧紧地缠在婴儿的头骨上，不让他们的头骨正常地生长，最后孩子们的头骨会长得又长又尖，很畸形。等过了几代人，这种特征便渐渐固定了下来。父母秃头，孩子也会秃头，父母有灰眼睛，孩子也会有灰眼睛，所以说，头骨又长又尖的父母，他们的孩子头骨也是一样的，不是吗？”

“这个有点儿意思。”马克西姆斯说，“如果游牧人想把敌人的头骨做成酒杯，那头骨越大，酒杯里装的酒就会越多啊。”

“别瞎开玩笑。”宦官马斯塔巴特斯开口了，自从到达了塔奈斯之后，这是他第一次跟大家说话，“他们跟别的民族不一样。他们会向自己的战神献祭囚犯。俘虏以一百人为单位，对一百人中的第一人，他们会将酒倒进他的脑袋里，再割断他的喉咙，把流出来的血接在罐子里，滴几滴在剑上，然后喝掉剩下的血。剩下的九十九人，他们会砍断这些人的右胳膊和头颅。然后将这九十九个人胳膊上的皮剥下来，做成箭袋。砍下来的头呢，会在跟耳朵齐平的位置处割一个圆环，然后剥下头皮，用牛肋骨刮干净头皮，再将头皮缝在一起做外套。剩下头骨，里面镶着金子，外面裹着皮革。当他们迎来了贵宾，这些头骨就成了酒杯，他们会和宾客分享他们的战斗故事，他们认为这就是勇气的象征。哎，总而言之，这片阴森的草原上住着一个恐怖的民族。”

希波托俄斯笑了：“我亲爱的大人，也就你会信这种故事。希波克拉底是这么写的，这种游牧人体质太过虚弱，下体柔软、冰冷，跟女人一样，又天天骑在牲畜上，实在是性无能。有钱的游牧民更惨，头两次上女人不行也就算了，后来他们发现自己就是举不起来，于是开始放弃了他们男人的特征，言行举止越来越像女人，这种人被称为安娜瑞斯。马斯塔巴特斯，你跟他们肯定处得来。”

巴利斯塔啃着羊腿说着：“一百个人里只杀了一个啊？在北方，盎格鲁和撒克逊人出海时，十个俘虏里就得献祭一个。”

“不是的，基利耶。”马斯塔巴特斯说，“他们在一百个中先杀掉一个，喝他的血，剩下的都是要砍头的。”

“还不是出海抢劫。”卡斯特里西乌斯补充道。

“那些长得奇形怪状的人又来了。”卡尔加库斯提醒。

护身符和骨头碰撞的声音传来。高大的祭司走了进来，身后那个老妪佝偻着背，疾步跟上。

“船明天到。我的王海撒纳命我护送各位。”

如果未受到审判、未被净化的杀人犯来到神圣的地方，他就会发疯发狂、疾病缠身。这是人们都知道的事情，因为人类无法蒙蔽神灵的双眼。然而，站在赫卡忒神庙前的神秘人并不这么认为。

赫卡忒神庙位于塔奈斯北部。海港、连接海港的道路、通往回收房屋的部分街道已打扫干净，但是城市的大部分地方一片荒凉。乌鲁根底和赫卢利的联合部队在过去的十年里给这片土地带来了毁灭性的打击。当地的百姓被奴役，居所被洗劫一空。神明的殿堂只有一小部分幸免。庙宇中的雕塑和祭品，无论珍贵与否，都被抢走或者摔碎。

万幸的是庙宇本身尚未被烧毁。

神秘人环顾四周，看着神庙的断壁颓垣。这里如同地狱般黑暗萧索。仅有远处一扇小窗和门口微微透出的一丝光亮。两根圆柱似乎占据了这里一大半的位置，柱子后面是残存的赤色雕塑。

突然传来一阵生锈的铰链划过地面的尖锐声响，有一个人影从门口蹿了进来。

他来了。

“拿到东西了吗？”

这个人突然问道，迅速定位黑暗中人影的位置。

“在这儿。”

新来的人找到了对方的位置，向前走去。那人的脸上显现出了孩童般贪婪的神色，欣慰地笑了，着急地打开手中的包裹。他毕竟只是个奴隶啊！奴隶就是一堆垃圾，生来就不值得信任。

那是一些蓝色和猩红色的块状物，通过折射，这些物品放大了微弱的光芒。奴隶将其递给对方，对方佯装检查着。

“你说过的……”奴隶放低了声音。

“是的。”那人把这些宝石放进腰间袋子中，递给奴隶一个沉甸甸的钱包。奴隶打开钱包，把钱币倒在手上，嘴里念念有词，一个个检查。

神秘人转过身，悄声拔出了剑，而贪婪的奴隶完全没有觉察到危险正在靠近。

紧接着一个转身，挥剑，动作流畅。空气中传来钢铁舞动的声响，奴隶才觉察出不对劲，他惊讶地张大了嘴，尖声大叫——他的左腿上出现了一个极深的刀口。他猛地摔倒在圆柱上，又撞了一下，也借着柱子支起身体，于是他拽着左腿，挣扎着想逃出去，血洒了一路。

杀手快步追过去，往奴隶右腿上补了一刀。奴隶彻底倒下了，四肢瘫软趴在地上，还在挣扎着想要逃走，杀手不紧不慢地跟着，尽量避开有血的地方。

奴隶苦苦哀求，发誓只要让他活下来做什么都行。而这个神秘的杀手没有丝毫怜悯地看着他，似乎正享受着杀戮带来的快感。

其实此刻的哀求无济于事，杀手对着奴隶的后颅骨一阵狂捅。

尸体躺在地上，杀手走了出来。一切完成得干净利落。他走到一处圆柱的后面，拿出了事先放在那里的皮革包，拿出了线和一些工具。下一个步骤困难、残忍，却是不得不做。杀手质疑采取下一步的必要性：这是个奴隶，死了也没人在乎，他们的神明也不会复仇。但是棋差一着，有可能是灾难性的后果。杀手知道可能的灾难性后果。还是得下手，不怕一万，就怕万一。

肢解完成后，他走到河边，看着水鸭相互争斗。他拿出那些石榴石和蓝宝石，在昏暗的天色下，这些石头的色泽显得暗淡无光，都是身外物，留着又有何意义。这样想着，他把这些宝石扔进了河里。

第四章

肠卜师波尔塞纳将还冒着热气的肝脏放到巴利斯塔面前。

"神明似乎并不满意。你自己看看，这些器官都是畸形的，显示的征兆很不吉利，尤其是这块肝。"

巴利斯塔盯着祭司沾满鲜血的手里捧着的脏器，一言未发。他见证过无数次罗马的祭祀，但却从未花心思研究。他不是从根本上否定罗马神明的存在或者那些所谓的征兆，只是他毕竟不是"罗马"人。在帝国生活了那么久，他心里依旧信仰着故土的神明。可是罗马人很相信这些东西，考虑到队伍的士气，他也就一直坚持着这些传统。

巴利斯塔知道，在这种情况下，他只能说："选一头新的祭品。"

肠卜师认真地将手洗净。随着羊的惨叫声渐渐变弱，又一头羊被宰杀了，空气中弥漫着血的腥气。祭司一声令下，笛手们开始祈祷。

这些仪式让人不悦，因为实际上这就是在耽误出发的时间。他们要向上游进发，可是此时船只只能在原地待命。巴利斯塔心里琢磨：真的有神明显灵？还是这个肠卜师想要凸显自己的重要性？！他们这个行当很看重自己的地位。从潘提卡彭开始，波尔塞纳就觉得自己不受重视，从他的表现来看，他既不在乎自己的使命，也不在乎现在是在给一个他自己视为野蛮人的北方佬工作。

便携式圣坛上的小火苗吐着火舌，发出滋滋的声响，人们奉上酒，并进行焚香。

肠卜师将酒洒在羊的额头上。羊抖了抖，似乎点了点头，认可了它的牺牲。祭司再将咸面粉撒在羊背上，将神圣的匕首递过去，低沉地祈祷着。

奴隶举起这只羊，通过他的力量让这只羊不再间歇性地抖动。肠卜师将羊头拉得离圣坛更近一些，接着手起刀落，割破羊的喉咙，血刚好洒在圣坛里。

奴隶动作轻柔地把羊放在地上，此时这里充斥着各种气味：血腥味、酒香味、焚香味，还有牲畜和人类身上的气味。肠卜师划开羊的肚子，鲜血和肠子奔涌而出。肠子很大，看上去像香肠，似乎能看到上面有一点儿粉色和蓝色。波尔塞纳继续将其他的器官掏出来。

波尔塞纳一点点把羊的内脏解剖出来：心、肝、肺，等等。看上去就像是丧心病狂的助产师。

巴利斯塔皱着眉头，看着祭司一点点地检查、研究羊的内脏。这怎么可能有征兆?！巴利斯塔突然想到了一个故事，他记不清是亚历山大还是阿格西劳斯了：因为一直没有好的征兆，主人公便把有吉祥征兆的纸条偷偷放在手掌里，然后把内脏放在手上，当将内脏展示给众人的时候，人们都惊呆了，觉得得到了好的征兆。此时，巴利斯塔心生一计。

“还是没有吉利的迹象。”祭司说道，“要么再杀一只，要么明天再来。只要违背了上苍的旨意，哪怕一分一毫，都会遭受天谴的！”

“不是的。”巴利斯塔说，“我们现在离罗马非常遥远，在现在这种紧急时刻，罗马的神明一定是在担忧东部的城市。但是现在我们在北边，入乡随俗，我们应该采用北方的惯例。”

“这怎么能行……”肠卜师一脸惊讶，“他们就是一群野蛮人！”

“我们不也身处在蛮荒之地吗？”巴利斯塔喊道，“古伽！”

哥特的祭司神色淡定，似乎早就知道这一切会发生。

“乌鲁根底哥特人的习俗跟盎格鲁人很像。祭司，请您告诉我神的旨意。”巴利斯塔说。

“不，不可以！”肠卜师突然叫道，“您怎么能相信这些野蛮人……”

“这里我做主，我会向皇帝和神明交代的。”

“您这是让整个队伍陷入危险之中！自然神将背弃我们，他们会将怒火发泄到我们的头上！奥古斯都加里恩努斯也会知道你所干的一切！”

“我知道。”巴利斯塔说着，让那个哥特祭司继续。

祭司从他的黑貂斗篷中拿出一卷白布。老妪将白布在一块干燥的地方铺平，随后匆匆退下。祭司仰头望向天空，举起双臂，吟诵着什么，召唤着神明。

召唤北方神明需要花费一些时间。毕竟北方神明众多，还有许许多多的名字和别号。祈祷时，风吹过祭司的长发，符咒和骨头碰撞发响。巴利斯塔的队伍中，大多数人都露出了怀疑的神色。但巴利斯塔觉得这个哥特祭司很有本事，让人不寒而栗。

当感觉到神明的旨意时，祭司不再吟诵。他放下手臂，拿出符文棒，将其扔在白布上，然后他跪在地上，捡起了三根签，期间他一直抬着头，眼睛始终望向天空。随后他低下头，认真地审视签上的纹路。

之后古伽抬起头，坚定地看着巴利斯塔。

“这一路必然充满荆棘。人们付出生命的代价。但是不是今天，灾难将发生在未来。”

“多远的未来？”

“符文没有说。”

巴利斯塔点点头，他对自己儿时见到的占卜术充满信心——哥特人使用柳木，是盎格鲁的木头。不会有问题的！

“一旦准备完毕，立即起航！”

言毕，巴利斯塔转向守着羊尸的奴隶，吩咐道：“处理干净，炖了这些羊，我们在船上吃。”

大家开始忙碌起来，此时两个宦官来找巴利斯塔。这是头一次阿曼提乌斯主动跟巴利斯塔说话。

“基利耶，能请您派士兵搜查一下这里吗？我的奴隶失踪了，而且……”他似乎要哭了，“我的胸针，在潘提卡彭买的，镶嵌着蓝宝石和石榴石的胸针，不见了！”

“我很遗憾。”巴利斯塔回答，“但是我们的确是没时间了。他可能已经逃离了这座城市，好几艘商船今早就出发了。如果他藏在废墟里，我们人手也不够搜查的。”

阿曼提乌斯似乎还想说什么，马斯塔巴特斯制止了他，带着他离开了。

一个前臂有刺伤的奴隶发出了一些声响，吸引了巴利斯塔的注意，巴利斯塔示意他可以说话，他说道：“基利耶，这些神明的旨意怎么处理？”

巴利斯塔看了一眼祭品的内脏，说道：“扔到河里去。神明不要的话，鱼会吃的。”

在迈俄提斯湖，塔奈斯河的河水逐渐浑浊，形成了一片巨大的、布满淤泥的三角洲。马克西姆斯和巴利斯塔一起，坐在主舰中部。两岸芦苇密布，偶尔能看到水边生长的柳木。不远处沿岸能看到更多的树，诸如橡树、椴树。

阿曼提乌斯还是非常沮丧。“我宁愿给他自由，他知道我多喜欢那个胸针！”

“为什么你们罗马人给那么多奴隶自由呢？这可不是苏阿尼阿人的

作风。”塔奇恩说，“跟着我们的奴隶，生就是我们的人，死就是我们的鬼，没有任何希望可言。这是我们的风格。”

马克西姆斯笑了笑，说：“罗马人会告诉你，他们天性仁慈，他们的灵魂就是如此圣洁美好。其实吧，有的人这样做或许是心善，但是大部分人这么做只是为了显示他们有钱。就好比喝醉了酒，故意把贵重的东西摔了一样。心里想着：快来看看，我是一个多么伟大的人，钱财就是过眼云烟，我都数不清给了多少奴隶自由。”

“哈哈，这是我认识你以来，头一回没全说错。”卡尔加库斯说，“但是，你总会忽略背后最重要的东西。使劲儿用你，再保证给你自由，就是胡萝卜加大棒啊！如果你逃跑，那只有死路一条，但是如果你表现得很乖，那么，也许有一天，只是也许，会最终获得自由。”

“只有傻子才会指望奴隶会对你忠诚。”赫德奥纽斯说。

马克西姆斯看向了别处。此时百夫长喋喋不休地骂着手下的兵。南部岸边似乎有什么动静，但是他还没看清就结束了。

突然那边又发出了声响，有东西在山脚的树林中移动，而且还不止一个。

“老斯巴达人是对的，就让这些年轻的奴隶逃跑，然后在城里追捕他们，再杀鸡儆猴，挑几个刺头杀了，剩下的就会一直提心吊胆，不敢乱跑了。”

马克西姆斯这下看清楚了，三个骑士，穿着毛皮，戴着尖顶的帽子，他们正骑着游牧人的小马快步前进。

“我也看到了。”巴利斯塔悄声说，“阿兰人？”

“对。有三个，在跟踪我们。”马克西姆斯目露凶光。

“那个古伽也看到了。”巴利斯塔说道。

此时哥特祭司正眺望着远处。

“他似乎不是很在意。”马克西姆斯回答。

“才不呢。”

而另一边，卡斯特里西乌斯正在和赫德奥纽斯争论。“奴隶制对社会没有任何实质性的改变，我亲爱的百夫长大人。哪怕是个傻子都知道，我们人类心中是有高贵道德的。就比如说我吧，哪怕我在挖矿的时候，我良知的守护者也从未遗弃我。”

马克西姆斯靠近巴利斯塔，耳语道：“现在来理清思路。我们正在前往赫卢利人地盘的路上，为了到达那个鬼地方，我们必须要经过阿兰人的领地，真他妈的倒了血霉，我们去年刚在里海之门击溃他们。”

“萨夫拉，”巴利斯塔说，“阿兰人的国王叫萨夫拉。”

“真是绝了，”马克西姆斯感叹，“现在，我们亲爱的萨夫拉国王正坐在帐篷里，盘算着怎么找我们算账呢！他的神明真是显灵了，把我们送到他手里了。”

“的确。”巴利斯塔点头。

“而且那个浑球儿绍尔玛格，不知道会跟萨夫拉说些什么。说实话，苏阿尼阿的太子爷怎么可能原谅我们呢？毕竟因为我们，他没国王当了。”

“苏阿尼阿王室也不像宽宏大量的人啊。”

“阿兰人后面，还有派松妮萨，你睡过的那个蛇蝎毒妇，对你下了那么狠的诅咒。”

“是啊。”

“接着，我们会碰到韦德里克和那群博拉尼人，分分钟想找你报仇雪恨。我们在明，敌人在暗，我们都不知道他们在哪儿。”

巴利斯塔搂着马克西姆斯的肩说：“别怕，我罩着你！”

“那就好。”

“无论如何，想想我们以后的路吧。另一个跟我们有仇的哥特种族特维吉，已经咫尺之遥。他们就住在西边，离我们大概几百英里。”

“太漂亮了！”马克西姆斯无奈地笑了笑，“我们没什么好怕的了。还能有比这更糟糕的吗？”

普布里乌斯·埃格纳提乌斯·阿曼提乌斯致路奇乌斯·卡普尔尼乌斯·庇索

塞索里努斯，禁卫军长官，最卓越的绅士：

大人，我衷心地祝福您身体健康、一切顺利。

当您的人找到我的时候，我们正要离开潘提卡彭。此人伪装得真是巧妙，刚开始我以为他就是个胡搅蛮缠的随军小贩。他将您新的指示传达给我，去年他因为送机密报告，离开了队伍。冬天在博斯普鲁斯遇到他们时，我便斗胆记录了他们的状况。正如讨论过的，我个人认为列斯库波里斯五世一定会对奥古斯都加里恩努斯效忠。毕竟，他只是个贫穷的君王，跟企图篡位的马克利亚努斯和奎伊图斯之间，只存在金钱关系。我还想要跟您强调一点，请您密切注意列斯库波里斯面临的窘境：对外软弱无力，内部还存在窝里反的迹象。

去年在高加索，由于客观原因无法给您写信，因此我一直保存着所写的报告，等着出高加索之后寄给您。我必须忏悔当我收到您给我的新命令时，我希望您能够召唤我回去。虽然我出生在阿巴斯吉的穷乡僻壤，可是我从小是在罗马长大的。除了为奥古斯都服务，我也不知道自己能做些什么。毕竟我只是一个宦官，不能像一般男人那样强壮。所以我由衷地希望您能早日召唤我回去，让我沐浴着奥古斯都加里恩努斯的荣耀回到罗马，遥祝罗马皇室平安，感恩您的宽宏大量。

阿曼提乌斯放下笔，抚平自己的白色长袍，伸伸脚趾放松身体。自己在信里提的要求太过分了吗？还是这个要求提的太早了？是不是应该用一个荷马典故，修饰修饰语言？塞索里努斯就喜欢引用荷马史诗，但是每次都用错。万一自己也用错了，后果肯定非常严重。阿曼提乌斯决定不要画蛇添足了，他再次提起笔，在信中描绘迈俄提族和乌鲁根底人的外交会面。

阿曼提乌斯越想越来气，最后在信中开始抱怨：

马库斯·克洛迪乌斯·巴利斯塔没有遵守罗马大使应该遵守的纪律。当我们离开潘提卡彭的时候，巴利斯塔的一个奴隶逃跑了，在塔奈斯，我的奴隶也逃跑了，还带着我最贵重的胸针。然而他根本没有尽职尽责，竟然拒绝替我搜查，找出那个逃跑的奴隶。还有更过分的，当肠卜师发现内脏显示是恶兆的时候，巴利斯塔竟下命将内脏扔进河里，让一个莫名其妙的哥特祭司进行了一场恐怖的野蛮仪式。

信件书于军营中，驻扎在塔奈斯河旁边的第二夜，距离六月初一还有十四天。

第五章

马斯塔巴特斯看到乌鲁根底的士兵正在搭帐篷。士兵们砍下小树，挑选、修剪着树枝。古伽监督他们工作。头一次那个丑陋的老妪没有跟着他。其他几个哥特人在看护篝火。现在可以明显地闻到泥土和烧柴的味道，作为一名宫廷宦官，马斯塔巴特斯觉得那气味特别恶心。毕竟在皇宫里，环境优雅舒适，哪像在野外，生活得如此艰辛。

这是乌鲁根底人在塔奈斯河岸边搭的第三个帐篷，第一个建在南岸。目前长船航行顺利，哥特人的桨手操作熟练，但是他们似乎并不着急，并且河道九曲回肠，河水流淌缓慢。因此这三天他们到底走了多远，现在也说不好。

巴利斯塔一行航行得也不顺畅。本来河道曲折、芦苇遍布，不时还有一些更小的河道乱入，加大了行进的难度。一队队天鹅从他们头上飞过，成群的野马在这片湿地上出没，栗色的皮毛在夕阳下闪耀着光泽。他们还经过好几片废弃的荒地，上面布满了植被。

哥特人现在将树枝紧紧地斜插在土地上，将顶端系在一起，再将毛毯铺在架子上。他们动作如此利落，显然古伽正督促着他们。旁边篝火正熊熊燃烧，不时传来木柴碎裂的声响。

尽管马斯塔巴特斯厌恶这片荒芜的草原，害怕草原上的游牧人，但是他其实还是很乐意看到部分乌鲁根底人游牧民的作风：他们问他要不要一起去参加塞西亚蒸汽浴。这让他觉得自己穿越到了过去，像是希罗多德书中写到的人物。而且他也总算找到个事由离开阿曼提乌斯，通常情况下，宦官们总是抱团的。毕竟由于身体原因，他们没有办法组建自己的家庭，从头到尾都是孤身一人。除了马斯塔巴特斯，有谁能理解阿曼提乌斯的娘气：易脸红、易出汗、声音尖锐、嘴唇和胸部都像女人一样柔软。一般被阉割之后，宦官就会变得越来越像女人，但是马斯塔巴特斯觉得虽然他被阉割了，但并不代表就得放弃男性的其他特征。自从奴隶逃跑、胸针丢失之后，阿曼提乌斯越发烦人了，成天就像个女人一样吵吵闹闹、哭哭啼啼。还是得先离他远点儿，没了那个把儿，宦官就能像女人一般没节制?

帐篷搭好了，古伽检查好之后，便在篝火旁指挥着士兵们。他们将燃烧的树枝踢开，火花打着旋儿。他们用铁钳夹出滚烫的石头，放在四脚支起的铁盘上。其中一个哥特人带着皮质手套，抓着桦树皮包裹的把手抬起铁盘。他小心翼翼地将铁盘端到帐篷旁边，跪下来，慢慢地端着滚热的铁盘爬进帐篷。

准备完毕，古伽便邀请宾客们进入蒸汽浴中。巴利斯塔先走了进去，他块头很大，差点儿把入口给堵住了。马克西姆斯随后进入。出于礼节，马斯塔巴特斯跟在他后面进去。今天马斯塔巴特斯穿着远征队通常的着装：靴子、裤子，还有短款的束腰上衣。他还特别戴着短剑和匕首。有人可能觉得一个宦官穿戴成这样就是在装模作样，其实带着武器很实用，也让他自己觉得完整。

帐篷里很黑。马斯塔巴特斯怕看不清，怕碰到中间发热的铁盘，便笨拙地爬到帐篷的右侧，碰巧他右边就是端铁盘的哥特人，为了不露怯，他便学着那个哥特人的样子，盘腿席地而坐。巴利斯塔和马克西姆斯坐在距哥特人较远的一侧。部分乌鲁根底人也走了进来，最后进来的是古伽，他把一个希腊式油灯放在了铁盘旁边，随后关紧帐篷。

帐篷中很是闷热。马斯塔巴特斯感觉到汗水在背上滚动着，腋下胯下全是汗。帐篷中滚热的铁盘发出滋滋的声响。在油灯光晕的衬托下，在座的人们，看上去都有些恍惚，似乎来自于另一个世界。

古伽拿出了一个装着种子的口袋，马斯塔巴特斯知道那是什么。这些种子来自于一种类似亚麻的植物，但是这种植物比亚麻高、根茎更粗，在塞西亚这种植物会长得更高。在这方面，其实马斯塔巴特斯知道的不比希罗多德少，但是马斯塔巴特斯并没有亲身体验过。这是第一次体验乌鲁根底哥特人的习俗，因此他有些紧张。哥特人肯定是经历过什么，自此之后这个种族便爱上了这种种子，并称之为大麻。

古伽将一把种子撒在滚烫的石头上。不一会儿一股浓烈的芳香味儿扑面而来，帐篷中充斥着蒸气，比希腊蒸汽浴中的蒸汽要多得多。这浓烈的烟气让马斯塔巴特斯感觉双眼不适，似乎钻进了他的嗓子里，让他难以呼吸。帐篷的另一侧，古伽正用北方的语言交谈着。此时巴利斯塔似乎听从了他们的指导，向前探起身子，靠近灼热的铁盘，猛地吸了一大口。然后憋了好一会儿，接着呼了出去，露出了满足的笑容。旁边的哥特人也跟着笑了。马克西姆斯跟着吸了一口。此时大家传递着斟满酒的双耳杯。

轮到马斯塔巴特斯了，他憋着气的时候觉得这玩意儿在肺里真不舒服，使得他呼气的时候咳嗽了起来。令人惊讶的是，他觉得自己明明吸了一大口气，呼出来的时候却所剩无几。一个哥特人轻柔地拍着他的背。他喝了一大口莱斯博斯酒，觉得浑身有一种舒适的酥麻感。

帐篷的另一侧，巴利斯塔和马克西姆斯哈哈大笑。哥特人也跟着笑。甚至那个刻板的古伽也跟着放松了些。马斯塔巴特斯很羡慕男人之间的意气相投。他可不是自己想当宦官的。在罗马帝国，阉割是违法的，可是罗马皇帝，还有部分富有的罗马人，喜欢养着阉人，让他们看着自己的女人。阿巴斯吉不在帝国中，当地的国王为了利益，会挑选好看的男孩儿阉割，再卖给罗马人，怕男孩儿的家人复仇，他会把男孩儿家中所有的男性亲戚全部杀死。马斯塔巴特斯从来没想过因为自己姣好的容颜，毁掉了自己，也毁掉了自己的家。

马斯塔巴特斯左侧的哥特人微笑着递给他一杯酒。他觉得这个哥特人很有魅力，强壮、野性、让人害怕、充满阳刚之气，一个真正的男人就该这样。

马斯塔巴特斯吸了更多的烟，他决定放空大脑，尽情享受酒精和烟草带给他的欢愉。

月光下，塔奈斯河散发着银色的光芒，安静地流淌着。营地在比较偏远的东侧。此处位于乌鲁根底边疆，是赫卢利人和阿兰人存在争议的区域，因而没有安排驻扎士兵。现在营地里所有的人都喝高了，在寂静的夜里，他们突兀的笑声显得尤为刺耳。

河流静静地流淌着，河岸边有一个孤独的身影。他观察着、等待着。那人心里，疯狂、纯净以及危险的想法交织存在着。如果未受到审判、未被净化的杀人犯来到神圣的地方，他就会发疯发狂、疾病缠身。这个杀手竟然在复仇女神赫卡忒的神庙里终结了那个宦官的奴隶。但是他现在觉得自己身体强健，没有任何发疯的征兆。然而，有几夜，他做了噩梦，那个被他杀死的小女孩儿就站在他床边。那女孩儿是去年被杀害的。只有那一次，这个杀手犯了错。净化的习俗很是麻烦，但是自那次之后，他明白这个流程是必须完成的。

猫头鹰的叫声让夜晚的动物们停止了行动。他看着滚滚流动的河水，想到了美狄亚和她的哥哥阿普瑟托斯。

夜晚无风，很是寂静。不难听到有人移动到橡树附近的声音。他直起身子，另一人不断靠近。这时传来了一只鸟儿飞起的声响。

等待的人想着：今晚肯定有事发生。

“你在哪儿？”那人压低了声音，很是焦急。

等待的人没有说话，一动不动，想着可能的天谴。

“你在那儿吗？”

“在这儿。”

那个奴隶在阴影中显现出了身子。

“在这儿！”神秘人站了起来。

奴隶微笑着走了过来。“我不确定你会在那儿。”

“你应该相信我。”

“我当然信。我信你。只是，我很难相信，你会花钱替我恢复自由。”

“的确是很难相信，但的确也是真的。你将重获自由！”

神秘人递给那个奴隶钱币。奴隶虔诚地捧着钱币，捧着似乎是救赎自己的砝码。他扑通一声跪了下来，亲吻着神秘人的手，连声说道：“太感谢您了！太感谢了！”

“没有关系。其他人才该谢谢我。但是他们会感激我吗？他们会知道我做了什么吗？”

奴隶觉得他的话很诡异，疑惑地抬起头。神秘人迅速地紧紧地掐住了奴隶的脖子，完全出乎奴隶的预料。他只能拼命地用手抓着神秘人的手、抓着对方的胳膊，希望尽快将对方的手扳开。神秘人一只手掐着奴隶的脖子，另一只手紧紧地抱着奴隶，然后使劲儿把他的脖子往后按。

在明亮的月光下，他们的姿势远远看上去竟像一对亲热的爱侣。奴隶的挣扎没有发挥实质性的作用，他的脸开始发紫、两眼充血、眼珠暴出。突然一阵强烈的尿骚味传出。

奴隶的抖动越来越弱、越来越弱，最后停止不动了。杀手僵直地站起来，急促地呼吸着。他伸展着自己的背，按压着酸胀的手指。他发现在厮打中，自己至少有三个指甲断了。杀手弯腰，拿出了肢解时的标配。

寂静的夜幕里传来微弱的弦琴声和人们哄闹的响声，还有草丛中昆虫的窸窸窣窣，偶尔河中传来鱼儿跳出水面的动静。没什么值得担心的，杀手心无旁骛地开工了，他鼻腔中充斥着河泥、芦苇、屎尿的味道，不一会儿，又掺杂进了血液的腥味。

杀手看着这具尸体，毫无怜悯之心。奴隶就是邪恶的化身，只知道欺骗，不值得同情。他的所作所为是正确的、公正的。神明会认可他的行动，他给这片草原带来公正。

现在杀手拿出了劈刀，尸体脚踝下刚好垫着掉下的木头，于是他砍了两三下后，就将尸体的双脚砍下。杀手捡起尸体的脚，又想到了美狄亚和阿普瑟托斯。相传当美狄亚的父亲派人追捕她时，她把兄长的尸体肢解后扔到河里，让追赶的差役忙于收尸，以此拖延时间，延缓对方的追捕。杀手将那只脚扔进河里，随后又举起了另一只脚。

从英雄时代到铁血时代，这条河见证了多少生命的逝去。

第六章

清晨，白雾茫茫。环顾四周，似乎一切都失去了色彩，仅剩下苍凉的灰。营地异常寂静。水面上，漂浮着一双被切割的脚。

“在哪儿？”巴利斯塔手扶着剑，问道。

“下游。”战士回答。

巴利斯塔闻讯立刻出发，身后跟着马克西姆斯、沃尔夫斯坦和三个骑兵。此时篝火已经燃尽，酒杯和酒囊散落在乱草丛中。地上还躺着几个喝高了的人。看上去一片狼藉。

到达现场后，巴利斯塔观察起被割下的脚。此时，他头疼欲裂，身上一阵一阵地冒着冷汗。虽说自己也喝了不少酒，他还是觉得哥特人就他妈的在扯淡，那个大麻吸完之后竟宿醉一样难受。

营地外的草格外长、格外潮湿。巴利斯塔的靴子和裤子都遭了秧。他觉得这里雾更大，都看不清远处的河道了。

士兵们在前方开路，他们穿过橡树，割开芦苇，带着巴利斯塔一行来到了河边。一棵高大的榆树倒在河里，树枝拦住了被肢解的尸体。

“你们怎么发现的？”巴利斯塔问道。

“大人，我们来这儿拉屎。”

“你动过尸体？”

“只是把尸体往上拉了一下，远离急流，所以尸体没有被水流冲到下游。”

巴利斯塔仔细端详着附近的芦苇和泥地，隐约感觉后面有人走动。他判断附近有士兵来过，但没有留下其他痕迹。所以说，这里不是第一案发现场，尸体是漂过来的。巴利斯塔命令跟来的两个士兵将尸体捞上岸，二人一看就是酒喝多了，一脸菜色，不想去捡尸体。

“这是命令！”巴利斯塔厉声道。

“我们听从指挥，对每个命令都做好了一切准备。”

河水冰凉，宿醉的士兵们真心不愿意执行这项任务，但是军有军规，他们只能照办。他们行动迟缓，一步步往河里挪，走了一会儿，冰凉的河水就漫过大腿。士兵们吃力地摸索着被肢解的尸体，然后拉住尸体的一边，粗暴地将它拽到岸边，送到巴利斯塔的面前。

尸体全裸，在河中浸泡时间较长，皮肤非常苍白。尸体的手、脚和生殖器已经被切除。脸也被毁了：耳朵和鼻子被割除，眼珠子也挖了出来。尸体的伤口上还附着着黏性的液体。宦官阿曼提乌斯看到这一幕完全受不了了，跑到旁边吐了起来。其他人也恶心得胃里直反酸。然而得知这个骇人的消息后，越来越多的人围了过来。

巴利斯塔将手搭在沃尔夫斯坦的肩上，大声问道：“这是谁？”

没人回答，尸体被毁得惨不忍睹，没人能认出来这是谁。

巴利斯塔调整了剑鞘的位置，蹲下来仔细地观察这具尸体。他回忆起自己多年前在阿瑞忒城的河道里检查过的一具尸体。当时他可比现在清醒多了，也能够理清思路。现在饱受宿醉痛苦的他，做什么事都力不从心。

更让人上火的是，还有人在用希腊语念着辟邪的祈祷文。巴利斯塔很厌烦这种行为，现在念有个屁用。

尸体的脖子上有淤痕，皮肤上有指甲抓破的口子。沃尔夫斯坦弯下身，帮巴利斯塔把尸体翻过来。尸体上没有其他的伤痕，巴利斯塔可以断定，这个人是被勒死的。

他们把尸体平放在地上，此时巴利斯塔突然猜测：在被肢解时，那人可能还没有死。想到这儿，他胃里一阵反酸。想什么呢，他自己安慰自己，这个人是被勒死的，肢解时他肯定已经死了。

“短发、皮肤黑，要么是希腊人，要么是罗马人，不是哥特人。”古伽出现在巴利斯塔身后，他依旧带着那个丑陋的老妪。

“是的。”巴利斯塔答道。他现在记不清死亡后人体僵硬的时间和再度放松的时间，况且在冰冷的河水里泡了那么久，时间还真不好说。

“我以为像阿兰人这样的游牧民，只会割敌人的头皮或者斩首呢。”希波托俄斯说着。

巴利斯塔明白了，希波托俄斯也注意到有人前三天跟踪他们的骑兵。虽说巴利斯塔和马克西姆斯没有跟任何人提起过。古伽也不像会跟别人提起这件事的人。但是希波托俄斯可当过土匪，他不可能没有经历过跟踪和追捕。但奇怪的是希波托俄斯没有汇报这件事，也许他也像巴利斯塔一样，不愿意因为这件事情影响士气。

翻译官比奥玛索斯开口了，一副专家的模样：“不是的，游牧民们总是会割掉对方的右手或者右臂。而且他们会把人皮拿来做马饰。他们也会挖人眼珠子，不过一般他们只会挖掉活人的。他们不光会对要奴役的俘虏下手，以后可以赎回的俘虏，他们照样挖。除了赫卢利人，没有人比他们更野蛮了。”

“有人说我们苏阿尼阿人野蛮，跟他们比起来，我们强太多了！”塔奇恩说着。

巴利斯塔又开始犯恶心了。他刚看到那具尸体的舌头也被割掉了。他开始用鼻子吸气，用嘴呼气，沃尔夫斯坦觉察出巴利斯塔的不对劲儿，给他递去了一些水。

“这让我想起了诗歌里写到的，”马斯塔巴特斯说着，“应该是史诗里写的。”

巴利斯塔抬起头来看着卡斯特里西乌斯，他对史诗颇有研究，而卡斯特里西乌斯只是耸耸肩，没有发表意见。

“不是史诗，是悲剧啊。”比奥玛索斯接茬儿说，“埃斯库罗斯的悲剧作品，克吕泰墨斯特拉让埃癸斯托斯杀了阿伽门农，还将她丈夫的尸体肢解了。”

巴利斯塔知道，有不少人和他一样想起了另一个蛇蝎妇人：派松妮萨。她现在离苏阿尼阿不远，她的哥哥绍尔玛格还跟那群游牧人在一起。

“在索福克勒斯的《厄勒克特拉》里，这个情节最出名。”马斯塔巴特斯很是不屑，“但我还是觉得，这种处理手段更像某部史诗中的情节。”

巴利斯塔没有太在意这些讨论，他注意到了尸体上的伤口，处理得很干净，干净得像这一切都是彩排过的。

“肯定有人知道，”马克西姆斯吼道，“罗马军队里有谁不见了吗？”

“我的奴隶不在帐篷里。”卡斯特里西乌斯想起了什么，“我被吵醒的时候他就不在，到现在也没看见他。”

“是他吗？”巴利斯塔指着尸体问道。

卡斯特里西乌斯凑近了观察尸体。

“的确，可能是他。”

雾气持续到第二天，营地里气氛十分压抑。环境湿冷、人们在纵酒狂欢后也提不起精神。关于卡斯特里西乌斯的奴隶被残忍杀害，营地里有各种猜测，但是人们并不在乎这个奴隶的死活，他自己的主人都不在意，更何况是他们。乌鲁根底士兵觉得，这个奴隶的死跟他们也没多大关系。死一个奴隶也不是什么罕见的事，因为得病死的、累死的、主人弄死的，不计其数。

沃尔夫斯坦、马克西姆斯和卡尔加库斯随侍在巴利斯塔左右。这几天巴利斯塔就在帐篷里待着。宿醉后，他们的饮食就很不规律。马克西姆斯在第一天上午就开始喝酒了。几个人在帐篷里的对话很是散漫，什么都聊，但是聊着聊着又会说起这宗凶杀事件。

“这不是哥特人的风格。”巴利斯塔说着，“韦德里克那帮博拉尼人，要报仇会直接冲着我来的。”

马克西姆斯打了个酒嗝：“我觉得更可能是阿兰人，或者是苏阿尼阿浑蛋绍尔玛格，还有可能是他那个蛇蝎心肠的妹妹。这么残忍的肢解手段，就是那个毒妇的风格。”

“女人心，海底针。咱们都得当心啊！”卡尔加库斯突然想起了这句俗话，“不过，这起谋杀可能跟这些都没有关系。那个奴隶在阿尔巴尼亚跟着卡斯特里西乌斯的吧。估计从那个时候开始，噩运就降临到他头上了。卡斯特里西乌斯，那个矮小的罗马人还声称自己是马其顿人，我们可都知道他是来自高卢的。他还吹牛，整天就是什么神啊鬼啊的，说坐在他肩头有好的灵，所以死亡不敢找上门。娘的，真是有病，他跟希波托俄斯一样，对那些神神鬼鬼的东西着了迷。”

“相面术是吧。”巴利斯塔估计卡尔加库斯都不清楚希波托俄斯痴迷的东西要怎么说，他挑了几块鸡肉嚼着，“哎，这起凶杀有很多可能性啊！”

第三天，天还没亮，沃尔夫斯坦就醒了，昨夜的大风将雾气吹散了，可沃尔夫斯坦还是感觉到空气中仍有一些水汽。他将篝火再次点燃，为巴利斯塔他们做早餐，包括培根、面包和比较清淡的麦芽酒。

太阳探出头的时候，沃尔夫斯坦去到河边，将巴利斯塔衣服上的泥土和血渍洗掉。河面很平静，突然有一条鱼跃出河面，水纹慢慢荡开。一个乌鲁根底的守卫兵无聊地盯着水波发呆。

沃尔夫斯坦刚出生的时候，过的并不是这样的日子。他洗着衣服的时候，突然想起了儿时的一首诗：

> 我从不畏惧剖开任何人的胸膛，
> 我从不质疑我的灵魂，
> 那是人类高贵的灵魂：
> 会控制自己的感情，
> 会守护自己的思想。

如果伦巴第的奴隶没有到那儿，如果他们没有烧毁自己的村庄、屠杀他的家人，他将会成长为一名战士，而不是一个苦工。那些可怕的事情也不会降临在自己的头上。

> 疲惫的灵魂不堪命运的玩弄，
> 任凭愤怒流窜，
> 终究一事无成。

沃尔夫斯坦刚度过自己的第十三个冬天，他还很年幼。如果有一天获得了自由，他肯定会找之前虐待过他的奴隶主复仇。他还是有可能追踪到他们的。他从苏维汇海（今波罗的海）被卖到罗马帝国，又从罗马帝国被卖到以弗所。他将沿着这个路线重新走一遭，从以弗所北侧穿过爱琴海，跨越黑海，前往琥珀之路（Amber Road）。这是一条复仇之路，将布满荆棘和鲜血。西边的泰法利人，据说会鸡奸部落里的少年，那是沃尔夫斯坦也曾遭受过的屈辱，这些少年需要通过杀死野猪和野熊来洗脱，而沃尔夫斯坦也将让那些使他受过屈辱的人血债血偿。

野兽的低鸣声让沃尔夫斯坦回过神来，他看到西边有很多尘土升起。

“车来了。”乌鲁根底的卫兵说道。

第七章

巴利斯塔眼前是一行长长的四轮篷车。他算了算，一共有十辆。每辆都是由八头公牛拉着。他们行动迟缓、颇为聒噪，掀起了阵阵灰尘，围成了一个圆圈。拉车人让这些公牛停在河边喝水，看上去密密麻麻、颇为壮观。

“哟，萨尔马提亚的，你们的娘儿们呢？”一个乌鲁根底兵嘲讽道。

驾车的哥特人脸色一下子沉了下来。

乌鲁根底兵用北方话告诉巴利斯塔：“拉车可是女人的事儿。以前萨尔马提亚人是这里主事儿的，现在就是我们的奴隶。这帮人不敢让我们看到他们的女人。”说着那人笑了，“他们的女人的确是好货色，胸大，屁股上肉多。这群女人要是被我们乌鲁根底的男人上了，是不愿意再回去跟她们的男人好的，哈哈哈！”

古伽命令士兵们闭嘴，然后用一种巴利斯塔听不懂的语言，与拉车人说话，可能是萨尔马提亚语吧。这种时候，那个恼人的比奥玛索斯才能发挥点儿用场。萨尔马提亚人确认了古伽说的话，便继续看着他们的公牛和捆在车后面的马匹。

“现在车也到了，跟着我的哥特人将坐船，顺流而下去塔奈斯。”古伽用日耳曼尼亚语和巴利斯塔说着，“我将一直带领你们前往赫卢利。他们的冬季牧场离这里不远，但是之前他们出发前往夏季牧场了。要撵上他们，还有一段很长的路要走。”

“多谢。”巴利斯塔说。

“当我们遇到他们时，我在想你会后悔做出与他们会面的决定。这里人人都知道，他们可不好惹，他们的首领纳乌罗巴特斯更是难缠。有传言说他根本就不是人类，而是恶魔。”古伽笑了笑，似乎预想到了双方的会面。

“我别无选择啊。”

“我猜也是。这群萨尔马提亚人能帮您载行李。我自己就只留一辆车，给我和我的仆人用，剩下的都归您。”那个老妪笑了笑，露出了仅剩的一颗牙。

马克西姆斯靠近巴利斯塔耳语道：“还好那个老太婆能跟着我们走，你说，那个上了年纪的哥特佬会不会上了她？”

第二天一早，哥特人就动身了，到了中午的时候就没影儿了。巴利斯塔分配着剩下的篷车。而那些微薄的赎金被一分为二。士兵们将金子放进了卡斯特里西乌斯和巴利斯塔用的车里。赫德奥纽斯命令他手下的辅助弓箭手轮岗看着这两辆车。显然，队伍里没有人会信任萨尔马提亚人，让他们看着这些财物。毕竟被征服和被戴绿帽子会对一个男人造成重大的影响。现在他们看着这七个萨尔马提亚人，就像看着七个时刻准备着冲进营地、把篷车里全部财物抢走的奴隶一样。翻译官比奥玛索斯、肠卜师波尔塞纳、其他帝国官员，更不用说那两个敏感的宦官了，都知道这种人不值得信任。

为了躲避寒冷的北风，巴利斯塔一行人聚在了柳树下。看着面前萧索的场景，大家也提不起精神，聊着些有的没的。

“如果我给别的男人戴了绿帽子，还被他发现。”马克西姆斯戏谑道，“我希望他身上可千万别有武器。”

言罢，他们都望向了离他们最近的萨尔马提亚人。那人靠在篷车旁，是个高大英俊的金发人。身上的装扮是典型的游牧民风格，令人惊讶的是，他浑身上下都很整洁。他还佩戴着一把长剑，很适合一个骑兵。此外他还带着一柄长匕首，腰带上系着赶牛鞭。

“乌鲁根底人可能是在吹牛。”巴利斯塔看着他们，觉得萨尔马提亚人应该不会像乌鲁根底人描述的那么不堪。

“其实，相比于自己的女人，他们更在乎的是自己的剑。”希波托俄斯说着，“他们崇拜剑，将之视为自己的主神，对自己的剑立下最神圣的誓言。但是，如果他回到家，看见另一个男人的箭袋挂在自己家门口，他会等那个男人睡完他老婆再回来。”

“嘿，这个好！”马克西姆斯笑了，“一部落的懦夫，甘愿戴绿帽子。”

“你得把话听完啊！”希波托俄斯接着往下说，“你要知道，游牧民的女人都长得特别丑。她们呼吸着大草原上潮湿、厚重的空气，喝着冰雪化成的脏水，成天无所事事，坐在篷车上拉货，身体一点儿都不紧实。她们还肥，身上全是肉，关节都松了，还浮肿。”

“这个不好说吧，我觉得听上去这些女人还可以啊。”马克西姆斯说着，“其实有时候，我觉得女人还是应该多点儿肉。冬天抱着特别暖和……”

“扯皮呢！”翻译官直接打断了他的话，“希罗多德记载过阿伽杜尔索伊部落的故事，游牧族的滥交就是从他们开始的。萨尔马提亚人跟他们的远亲阿兰人一样，一夫多妻或者一妻多夫的。有很多老婆也不是什么好事，想想她们还会跟其他男人睡啊，啧啧。我敢说，赫卢利人也是一样。”

“地理学家斯特拉博就说过，游牧民的女性比较好上。”希波托俄斯也开口了，“但是她们身上味儿大，从来不洗澡。”他说这句的时候，特别看向了马克西姆斯。

卡斯特里西乌斯补充道:“我可听说了，只有在战争中杀死过三个敌人，她们才能跟男人睡。”

“她们会把自己的右侧乳房割掉，便于射箭。”巴利斯塔说。

“她们的母亲会要求她们把割下来的乳房烧掉。”翻译官大人又开始卖弄学问了。

风更大了，吹着他们头上的树枝咔嚓作响。乌云渐渐聚集，似乎马上要下雨了。

“越来越冷了呢。”马克西姆斯摸摸手臂。

“到了大草原，只会更冷。”卡斯特里西乌斯摇摇头，“那里基本全年都是寒冬，北风中夹杂着冷雨，冰雪中人们只能瑟瑟发抖。”

“在那般严寒的天气里，驴子和骡子都会被冻死，牛的角也会被冻断。”马斯塔巴特斯也加入了讨论，“只有住在底下的小动物才能存活下来。”

“夏天仅会持续几天，那几天还会有雾。极少数情况下，才会看见太阳，但天还是冷，阳光也不会带来多少温暖。”卡斯特里西乌斯说。

希波托俄斯似乎想要在学识上赢过翻译官，压压他的气焰:“那可不是斯特拉博说的。他说大草原上的夏天那是相当炎热，一般人可受不了，作为一个有文化的人，我其实很期待看到那片土地上的神奇物种，听说有变色龙，还有比鹿跑得还快的科洛斯（colos)，这种动物会通过鼻孔喝水，还会把水分储存在大脑里。”

“那些女人很肥，身上还有味道？嗯，其实我觉得也不错啦，只要她们愿意陪我睡。”马克西姆斯嘟囔着，“实际上，就算她们一开始不乐意……”

一阵狂风吹过，不一会儿就下起了雨。雨下得不大，但出现了风飑，大风呼呼地吹着营地和篷车。连野兽都躲了起来。

“行了，大家都赶紧站起来。”巴利斯塔命令道，“把东西都放进篷车里。”士兵一边行动起来，一边把头埋在肩膀下躲雨。

巴利斯塔走到装着金子的篷车旁边，向守护着篷车的士兵问道：“你们的头儿呢？”赫德奥纽斯将头伸出来，半敬了军礼。巴利斯塔下达指令：“让你手下的人，一半做守卫，一半去把东西装到篷车上。”

“但是……”

“怎么了，百夫长？”巴利斯塔的语气很是冷酷。

“没，没事了。我们听从指挥，对每个命令都做好了一切准备。”他一下抓着一个，一会儿踢着另一个，命令手里的兵赶快行动起来。

巴利斯塔冒着雨去找肠卜师和其他工作人员的篷车。他爬上篷车的后挡板，钻进遮盖布中，藏在里面的人面色苍白，闷闷不乐。“所有人都去帮忙装货了，你们在这儿干吗？”言毕，其他人盯着肠卜师。短暂的沉静后，肠卜师点点头。巴利斯塔跳下车，罗马祭司带领着车上的人下来，一脸不情愿。

巴利斯塔站在中间，帮忙进行这场运输行动。雨水打在他的脸上，湿润的长发粘在双肩上。他感觉到有人在看他。此时穿着黑色斗篷的古伽站在篷车的驾驶位置上，盯着忙乱的人群，盯着巴利斯塔，像一只盯着腐肉的乌鸦。古伽笑了，他很享受看着罗马人乱成一锅粥。

第一天，旅程很不顺利。篷车车队出发的时候，天色已经很晚了，偏偏还遇上了暴雨如注的糟糕天气。雨水将一切都淋湿了，连拉车的牛颜色都变深了，车后的马耷拉着头，似乎都抬不起步子。篷车行进的速度，自然是异常缓慢。肠卜师一行人没有装货经验，不知道怎么用罩布盖好物品，走着走着雨水就渗了进去。而萨尔马提亚的驾车人显然很有经验，他们将自己包裹得很严实，只露出眼睛和鼻子。剩下的坐在车上的人可是惨了。

等夜幕完全降临的时候，他们开始搭建营地。在这样恶劣的天气下，搭建工作进行得异常艰难，更不用说要点燃篝火了。人们变得越来越焦躁，嘴里咒骂着，拿奴隶撒气。这一天，他们最多也就走了三英里的路。

第二天早上，情况大大好转。希波托俄斯睡了个好觉。他和他的奴隶与卡斯特里西乌斯、比奥玛索斯、赫德奥纽斯和其他两个奴隶分到了一辆车上。在没有行进的时候，篷车上还是很舒服的。

希波托俄斯从车上下来，观察着周遭的环境。乌云已经移到了南方。依据一排树木的位置，可以判断塔奈斯河就在他们的左手边。温暖的太阳悬挂在宽广的天空上，苍穹像是被刚刚洗过，蓝得澄澈透明。今天他们的早餐是黑面包、干肉脯和咸鱼。随后他们便准备上路了。

希波托俄斯确认巴利斯塔今天不需要他做书记官之后，就询问巴利斯塔是否可以让他训练其中一匹马。让他高兴的是，尽管他们一共只有十二匹马，巴利斯塔特别批准其中的一匹马专属给他用。这位曾经是土匪的罗马帝国书记官给自己的座驾套上马具，一跃上马，在大草原上奔驰着。除了河边的树木，四周都是广袤的草原。远处是一些低矮的山丘，形状非常规律。环顾四周，巴利斯塔发现这里没有可以藏身之处，也没有看到之前在塔奈斯河跟着他们的人。

四轮篷车组成一行前进着。远远望去，那些高大的车和拉着它们前进的牛就像儿童的玩具。希波托俄斯看着前方的巴利斯塔跟着车队，顺着地势忽上忽下前进着。这列车队，打头的是古伽和他的车，巴利斯塔和他的手下们跟随其后，他们占了一辆车，接下来士兵们占了两辆车，后面的是肠卜师和其他罗马官员的一辆车，物资占了三辆车，宦官们占了一辆车，卡斯特里西乌斯和他的车在最后。希波托俄斯猜想巴利斯塔这么安排，是为了让那个哥特祭司带路，然后两个高级官员一前一后。但是，基于过去当土匪的经历，他觉得把一半的黄金放在最后一辆车上是不稳妥的。

无论巴利斯塔是出于何种考虑做出这样的安排，车队已经顺利出发了。鞭子的挥舞声、野兽的叫声以及车轱辘旋转的声音混杂在一起，传到希波托俄斯的耳朵里。风儿吹过，这些声音似乎在草原上可以传播得更远。

早在塔奈斯城镇中，巴利斯塔就鼓励大家去购买弓箭、练习战斗。现在希波托俄斯已将装备穿戴整齐，想在马背上练习射箭。但是马上射击难度很大，因为马在运动时，骑手也会随之起伏晃动，因此他很难把剑搭在弓上，这令他十分懊恼。最后，他好不容易把弓箭搭好，可是箭又不知道被射到哪儿去了，消失在草丛中无迹可寻。

练习了好一会儿，希波托俄斯还是不得要领，最终放弃了。他把弓箭放了回去，从鞍座里摸出了一本书。卡斯特里西乌斯、赫德奥纽斯和比奥玛索斯在大草原上策马扬鞭。希波托俄斯没有理他们，在早晨的阳光下读着帕勒蒙的《相面术》，他的马拴在旁边，踱着步子。

中午的时候，希波托俄斯骑着马、漫步回到车队。大家伙儿打算边驾着车边吃午饭。经过领头的篷车时，希波托俄斯听到巴利斯塔和古伽的对话，二人意见不合。

“这是自找麻烦。”巴利斯塔说。

“可是我们这样的车队，在草原上太显眼了，会引来祸患。”古伽给出了自己的意见。

“草原上会有骑兵巡视的。”巴利斯塔回答。

“这片牧场，阿兰人和赫卢利人是有争议的。因此他们派出来巡视的骑兵都是年轻健壮的战士。这些侦察兵会将强盗土匪的注意力吸引到我们身上。要知道，我们乌鲁根底人对这片草原可是知根知底，您就不行了。”这个哥特祭司的话着实无可辩驳，巴利斯塔也只好放弃了。

第二天，旅途更加顺畅。车队至少行进了八英里。第三天，大家也都适应了这种行进方式。尽管偶有乌云飘过，天气还是挺好的。希波托俄斯骑马跟在巴利斯塔篷车旁边。巴利斯塔篷车的驾驶座上，坐着萨尔马提亚车夫和北方奴隶沃尔夫斯坦。之前在拜占庭，希波托俄斯曾经想接近这个年轻的奴隶，但是沃尔夫斯坦直接拒绝了他。希波托俄斯倒没有生气，他能理解沃尔夫斯坦的态度。这个可怜的孩子，在被巴利斯塔收入麾下之前，曾经落入各种可怕的主人手中，饱受折磨。这是过去的事了，希波托俄斯也睡过自己的奴隶那耳喀索斯。但是希波托俄斯觉得，沃尔夫斯坦这个孩子真是个英俊的蛮人，太诱人了。

希波托俄斯故意摆出一副帅气的样子，靠近沃尔夫斯坦跟他说话，但是篷车拉动时的声响很大，掩盖住了希波托俄斯说话的声音。等弄清楚希波托俄斯的来意，沃尔夫斯坦又一次直接拒绝了他。被拒绝两次的希波托俄斯心里不悦，但是表面上装出一副和蔼可亲的模样，聊着一些有的没的，偷偷地从相面术的角度，观察起了沃尔夫斯坦。

这个男孩儿不像一般的北方佬。个头不矮，红金色的头发、蓝色的双眸，皮肤看上去可不像一般北方人那样粗糙，脚踝也没有那么粗。其实从某种角度上说，沃尔夫斯坦看上去更像一个纯粹的希腊人：体形健美、面庞俊美、脸棱角分明、嘴唇薄而细长。他的头不大不小，由此可判断这个人具有智慧、理性和仁慈。双耳位置匀称，说明这个人很机敏。手指纤长，指甲比较宽、比较白，显示出这个人具有良好的理解力和记忆力。他说话的声音低沉深邃，有悲伤的意味，同时也暗示了这个人具有远大的志向和强烈的渴望。当然，一个人的面相中，最重要的是他的眼睛：眼睛是心灵的窗户，通过一个人的眼睛，你可以看到他的灵魂。

这个年轻人的美貌会遮蔽很多人的双眼，但是通过科学地相面术分析，希波托俄斯能够看到这个孩子可怕的内心活动。他蓝色的双眸中似乎有一抹绿色，双眼有向下垂的趋势，拥有这样的双眼，暗示着这个人喜欢思考、崇尚暴力。他的眼神灵动，却总是透露着不安，说明他拥有一个叛逆的、愤怒的灵魂。复仇之火在他的心中熊熊燃烧着，这个孩子将遭遇很多严酷的历练，也会给他身边的人带来麻烦。

“大家注意！赫卢利人！”古伽的喊叫声打断了希波托俄斯的思考。车队紧急停车，希波托俄斯一手找着剑，一手勒住了马的缰绳。

大约半英里左右，六个骑在马上的战士一字排开，出现在他们的视野中，这群赫卢利战士背着光，停在对面，看上去似乎来自冥界。

第二部

北方之狼

（大草原，公元263年，

春季到秋季）

赫卢利人的习俗异于常人。

——普罗科匹厄斯　VI.14.2

第八章

普罗科匹厄斯说的太对了，赫卢利人就是异于常人，这么多年，巴利斯塔走南闯北，也见了不少世面，却从没见过长成这样的人。这六个人几乎一模一样：红色的头发搭配着山羊胡，只要皮肤裸露的地方都文着某种纹章或者奇怪的文字。他们穿着笨重的游牧民外套，但是真正让人觉得惊异的，并非他们的穿着打扮，而是他们的头颅：大且尖，是普通人的两倍。他们晃动着脑袋，就像是远古的食肉野兽或是来自冥界的怪物。

“抱歉我们来晚了。”一个赫卢利人用日耳曼尼亚语跟他们交流，口音听上去很像巴利斯塔，“我们本应该在河边迎接诸位的，那是我们牧场的边界。但是我的兄弟菲利姆斯病了，耽误了一些时间。”

经过仔细观察，巴利斯塔发现这六人在年龄和体格上存在差距。发号施令的人年纪比较大，正坐在马鞍上，身子微微向前倾着。他的脸色苍白憔悴，眼睛下方有蓝青色的斑点，看上去已经病入膏肓。

“古伽，您又来了。”领头的赫卢利人说着，语气中有些许警惕意味，“还带着你的那个老巫婆呀。”

哥特祭司稍稍点点头，他身旁的老妪咯咯地笑着。

这个赫卢利人随后转过身子，面向巴利斯塔。他将右手手掌平放在额头上：“我是安东努巴卢斯，这是我的兄弟菲利姆斯、贝鲁斯、阿卢伊斯、奥克乌斯和法拉斯。”

出于礼貌，巴利斯塔鞠了一躬：“我是马库斯·克洛迪乌斯·巴利斯塔，受罗马皇帝普布里乌斯·利奇尼乌斯·埃格纳提乌斯·加里恩努斯所托，作为罗马特别大使出行至此。在我本民族，我的名字是德海姆，我的父亲是……”

“伊桑格瑞姆之子，斯塔卡德之孙，盎格鲁战神沃登之子。赫卢利人或许会忘记自己的名字，但是不会忘记您的家族和您祖父的名字。”赫卢利人接着巴利斯塔的话说道。

此时，除了上了年纪的卡尔加库斯以外，罗马大使一行都一脸诧异地看着巴利斯塔，而巴利斯塔选择无视。

“我的祖辈会这样介绍自己。”

“我们赫卢利人在有些方面比较守旧。”

“身为盎格鲁人，请相信，我们从未忘记过自己的历史。”巴利斯塔微微一笑，“请让我为您介绍我的副手，盖乌斯·奥里利乌斯·卡斯特里西乌斯。”

赫卢利人再次将右手掌放在额头上，卡斯特里西乌斯点头致意。

“但是您似乎没有提及您的父辈。”巴利斯塔突然说道。

“老天爷才知道呢。我们是赫卢利人，大家都是好兄弟。”

“您的领袖纳乌罗巴特斯的父亲是苏阿度阿斯，祖父是韦散度斯。”巴利斯塔说。

那个赫卢利人笑了：“我们可不会一直记着祖先。在这片大草原上，很多东西都在改变，环境在变，人也在变。现在的赫卢利人已经不是斯塔卡德那个时候的赫卢利人了。”

“我明白。”

“我们的营地在东边。如果可以的话，您和您的同伴可以一起前往我们的营地。我们的奴隶正在准备食物和蒸汽浴。”

赫卢利人在前方领路，跟在后面的巴利斯塔仔细观察着他们。这些赫卢利人都很高大，他们的马匹却很小，每个人都带着弓箭，弓箭包上的花纹与他们身上的文身一致。他们也配备长剑和匕首，马鞍后面还放着一个牛皮盾。他们身着羊皮外套，没有盔甲，是典型的轻骑兵装束。

马克西姆斯骑马赶了上来，跟巴利斯塔说话："你注意到他们的战利品了吗？"

巴利斯塔只觉得飘扬的缰绳和马具上的鬃毛三角旗十分惹眼，他定睛一看，发现那根本不是马鬃，是人的头发还连着头皮，颜色有的深、有的浅，不计其数。他们的箭袋，是由人皮制成，还保留着人皮上文身的图样。

"他们口中说的'haliurunna'是什么意思啊？"马克西姆斯问。

"就是哥特女巫。这种女巫能联通地下世界，和恶灵交流。据说她们可以预知未来、改变天气、召唤死人。"

"还有，为什么你跟赫卢利人之间相互知根知底？"

"下次再说吧。"

"下次是哪次？"马克西姆斯说完，两人沉默了一阵。

"谁告诉他们我们喜欢大麻的？"

巴利斯塔没有回答。

马克西姆斯若有所思。"那个女巫，感觉就是恶灵的化身。"

广袤的草原在他们的面前延伸开来，上面点缀着各种暖色的花朵，包括郁金香和鸢尾花。蓝天白云间，有四只白嘴鸦围攻一只秃鹫。

渐渐地，他们看到了一排草冢。

比奥玛索斯说道："这是草原上的战士和领袖们的坟茔。晚上，这些坟冢会发光，会有阴森的声音传出，这是灵魂们在举行集会。无论谁打扰了他们，都会遭受天谴。"

篷车嘎吱嘎吱地穿过了两个较大的坟地，前方就是赫卢利人的营地，有一些帐篷和四到五个较小的棚子，是吸大麻用的。大约六个奴隶正等待着赫卢利主人的归来。除了没有文身，奴隶与赫卢利人的装扮并无二致。他们的头发没有染色，头骨也是正常人的样子。再往远处是一大群动物，以马匹为主，还有羊和骆驼。据观察，此处聚集了一百多匹马，多为栗色，也有部分马匹是浅灰色，相对于赫卢利人的数量，他们养的马实在是太多了。

这里的蒸汽浴太闷了，马斯塔巴特斯觉得头晕，还有点儿恶心，就连身边人的笑声，都让他觉得格外刺耳。他有这种感觉不是因为吸了太多大麻或者饮酒过量造成的，而是赫卢利人的酒本身就很特殊。尽管在他自己的臆想中，他是不会受到这些烟和酒的影响。

这群赫卢利人虽说异于常人，但是对待客人却是相当热情。没等车辆牲畜安排好，宴席就已经准备就绪。宴席之前没有任何仪式，不要说献祭或者祈祷，就连最基本的奠酒都直接跳过了。大家伙儿席地而坐，没有所谓的规矩，爱坐哪儿坐哪儿。奴隶们在上完食物之后，就直接坐在主人旁边，大声地和人们交谈，就像罗马的农神节一般放肆喧哗。

宴席上没准备面包，但是有各种各样的美食：质量上等、口味浓烈的奶酪，炖羊肉，肉肠，马斯塔巴特斯听说肉肠是马肉做的之后，吃得更起劲儿了。别人递给他一个装着饮品的皮囊，他问都没问就直接往嘴里灌，这玩意儿劲儿很猛，他浑身上下发汗，辣得直咳嗽，旁边的赫卢利人哈哈大笑，有人用希腊语告诉他这是酿造的马奶。于是他开始小口小口地喝了起来。这种马奶跟一般的酸奶不一样，显然要浓烈很多，希腊人的习惯是往酸奶里加蜂蜜，或者去除其中的油脂。但是马斯塔巴特斯喝惯了之后，觉得赫卢利人的这种酸奶倒也别具一格。

马斯塔巴特斯正想好好放松下来，一个赫卢利人突然跳了出来，狠狠地抓住了他的耳朵往前拽。马斯塔巴特斯跌跌撞撞地站起来，胡乱地挥舞着手，想要保护自己。人们哄堂大笑，刚刚“袭击”他的人笑得手舞足蹈。巴利斯塔走过来，拍拍马斯塔巴特斯的肩膀，告诉他赫卢利人是想邀请他一块儿喝酒。

大快朵颐之后，人们便拎着剩余的酒囊，各自走进了大麻棚。马斯塔巴特斯跟着巴利斯塔、马克西姆斯和卡尔加库斯一块儿走了进去。棚子里还有那个神秘莫测的古伽和安东努巴卢斯等四个赫卢利人。

一个赫卢利人弹起了七弦琴，哼唱起战斗的歌曲。听到他的歌声，巴利斯塔和卡尔加库斯脸上的笑容转瞬即逝，马克西姆斯将手摆在剑柄上。安东努巴卢斯严厉苛责歌者，让他停下，接着跟巴利斯塔他们赔着笑脸，让歌者换了一个曲目，尽管听不懂对方在唱些什么，马斯塔巴特斯仍能感觉到这是一首情歌。看着那个歌者，他觉得这首歌好像这个赫卢利人在对一头驴子表白，忍不住笑了。

大家感觉这个演奏者似乎没有停下来的意思，便又开始聊起来，但是大部分人都在说北方话。

马斯塔巴特斯左侧是病怏怏的菲利姆斯，菲利姆斯会一点儿希腊语，他苦笑着对马斯塔巴特斯说：“国王凯勒巴思领导着我们的国王纳乌罗巴特斯。”

马斯塔巴特斯也不知道该怎么回答他。“您是如何学习希腊语的？”马斯塔巴特斯赶紧岔开话题。在皇宫里他学了不少察言观色的本事。

菲利姆斯脸色一下就缓和了。“我和博拉尼人、乌鲁根底人一起去过罗马帝国。当时我们在特拉佩佐斯，那儿有很多罗马士兵，他们成天喝酒、十分懒惰，没有一点儿军人的样子。我们只是在城墙下放了三具尸体，那群罗马兵就跑了。我们洗劫了那个地方。真是个好地方啊，好多金子、银子，还有好多酒和娘儿们，真是数不胜数，我还带了好多人回来做奴隶。”

马斯塔巴特斯也不知道该怎么回答好，含糊地“嗯”了一声。

“有个娘儿们，是个希腊人，叫奥林匹亚丝，长得真俊！”菲利姆斯咳嗽了几声，表情黯淡下来，“她是我的第四个老婆。给我和我的弟兄们带来了很多乐趣。但是现在我病了，要死了，她该怎么办呢！”这个赫卢利人说着说着竟抽泣起来，一点儿都不避讳。

马斯塔巴特斯突然觉得这个棚子十分狭小。大麻的烟气又重又闷。赫卢利人那奇怪的头颅看上去更扭曲了，卡尔加库斯也似乎更丑了。他感觉非常恶心，胃里直反酸水，他得赶紧出去透透气。

他跌跌撞撞地离开座位，嘴里不住地道歉，几乎是爬着出了棚子。耳边传来众人的哄笑声。

棚子外的空气很凉爽，马斯塔巴特斯感觉自己总算解脱了，猛地吸了一大口新鲜空气。他踉踉跄跄地扶着一根绳子，然后靠在上面，喘着粗气。

今夜很平静，无云，星空灿烂。

“马奶喝多了？”有人说话，听上去这人也是喝高了，不过语气很和善。可是马斯塔巴特斯根本摸不着头脑，不知道对方在哪儿。

“这儿，”那人递过来一个双耳瓶，“这个是阿诗尼，算不上什么好酒，不过挺清爽的，能帮你清清肠胃。”

马斯塔巴特斯喝了几口，感觉舒服了很多。他很诧异有人对他如此体贴。

“谢谢您。”

“没事。”那人拿回了酒，自己也喝了一大口。他轻微地晃着身体。“夜色真好。”

“是啊。”

“神秘的夜晚，胡吃海喝的一晚。跟我一块儿散散步吧。”

马斯塔巴特斯感觉自己在做梦，跟着那人就走了。那人拿着火把引路。

“有个坟墓被挖开了。肯定是盗墓贼。我们过去看看吧，看看是不是晚上那些灵魂会一起饕餮。”

“可是……”马斯塔巴特斯并不想这么做。

“怕了？”对方咧嘴笑了，借着火光可以看得出对方的牙齿很白，“其实我也有点儿。不过一起去看看吧，除非你没胆量，不够爷们。”

马斯塔巴特斯还是跟着他走了。那人有一种男人味儿，这种气质很吸引马斯塔巴特斯。

远离营地，天色越发地黑了，仅剩下火把的光亮。隐约可见巨大的、圆形的坟冢。凑近了看，其中一个被打开了，像一个黑色的深渊，是通往地狱的大门。

马斯塔巴特斯跟着他走了进去，下面是一个走廊。走了大约二三十步的样子，他们来到了一个挖空的环形地下墓穴，前方是一辆残存的木制手推车。

他们继续往前走。这个墓穴很大，二十步宽。墓穴里空空荡荡，充斥着泥土和腐烂的气味，四处分散着部分骨头和皮囊。所有有价值的东西都被偷光了。

马斯塔巴特斯观察着这些骨头，至少有十五个头骨，其中一部分是马的头骨，剩下的都是人的。

“他们杀了很多仆人陪葬。”马斯塔巴特斯说。

“有可能。不过也有赫卢利人告诉我说这个坟墓会被重复利用。”他举起火把，此时马斯塔巴特斯看到这里有两个入口。一个是封死的，一个敞开着。“有时一个墓穴里不止一个墓室，盗墓贼往往也会多打几条通道。”

“他们的灵魂呢？”马斯塔巴特斯问道。

那人又喝了一口酒。他似乎清醒了一些。“不是所有的灵魂都是恶灵。只有死得不明不白的灵魂才会伤害活人。神明将允许他们惩罚那些夺取他们生命的人。塞西亚人的传统允许他们的仆人陪葬，所以他们死得其所。”他给马斯塔巴特斯递过去那瓶酒，“像你们这样，生活得挺不容易吧。”

马斯塔巴特斯喝了一口酒，想理清自己的思绪。“当然了，正常的男人，一个完整的男人，都把我们当成不祥之人。就像东部的祭司，像残疾人，像猴子，正常人见到我们就回避、就躲、就跑。哎，被人当成扫把星，您觉得这容易吗？”

那人思忖了一会儿。“我曾经遇到过一个梦卜者，或者只是个江湖骗子。他告诉我，如果演员、穷人、诡辩者、西布莉的祭司、还有宦官，在梦里跟你说话，千万不能相信。他们只会给你带来虚妄。”

“你为什么带我来这儿？”

“你不应该相信毕达哥拉斯，不应该相信那些通过色子、棕榈什么奇怪的东西卜卦的先知。你应该相信死人，死人最讲信用。”他伸出一只手，抚摸着马斯塔巴特斯的脸。

“你难道不认为我们这种人是不祥之物？你不会在意我们这种人的死活的。”

“我喜不喜欢有什么要紧的呢？这是老天爷的旨意啊。”他的手指向下抚摸着马斯塔巴特斯的脸颊，似乎在测量着什么，“你知道你是什么吗？”

马斯塔巴特斯往后退了好几步，那人眼神冷峻，气氛无比诡异，谁都不知道下一步会发生什么可怕的事情。

“看来，你的确是不知道啊。”在火光的照耀下，那人的眼睛里泛着红光。他站在马斯塔巴特斯和未封锁的通道之间。

“我们该走了！”马斯塔巴特斯的声音中充满了焦虑。真是个傻子，一个喝多了的傻子，他妈的怎么能像个女人一样被对方骗了。

对方抽出了剑。火光下那柄剑反着光。

马斯塔巴特斯又向后退了一步，心脏跳到嗓子眼了。

对方狠狠地盯着他。

“河边的那个奴隶，是你杀的？”马斯塔巴特斯问道。

“还不止呢。”

马斯塔巴特斯想拔出剑。他忘记了自己手里还有那个双耳瓶，结果手一松，瓶子摔得粉碎，酒溅在了靴子上。

对方一动不动。

马斯塔巴特斯动作笨拙，但还是拔出了自己的短刃。

宦官也是男人，没必要放弃作为男人的勇气！

对方挥舞着手里的剑。

“你为什么要杀我？！”

那人顿了顿，似乎一直在期待对方提出这个问题，似乎他曾经回答过这个问题。

“这是为你好，也是为别人着想，因为神明……”

马斯塔巴特斯趁机冲了过去，短刃直指对方的身体。

对方显然没有想到马斯塔巴特斯会突然行动，有些反应不及。马斯塔巴特斯的剑距离对方仅有一手之距，杀手及时用剑挡住了，墓室中传出金属碰撞的声响。马斯塔巴特斯在惯性的作用下继续向前撞过去，杀手踉跄地向后躲闪。

马斯塔巴特斯清醒地认识到他已经避开了杀手，到了通道口。他正打算跃过门口那残缺的手推车时，竟然扭到了脚。他狠狠地摔在那辆手推车的残骸之上，短剑也甩了出去。

冷风让他迅速恢复知觉，脚踝的剧痛感传遍全身。但是他尽力爬了起来，去摸索自己的剑。当他抓住剑的时候，旋即翻过身体，将剑刃对着后方。

此时一道火光闪过，强烈的撞击打飞了他手里的剑。

短剑飞到了墓穴的暗处，传出了钢铁撞击地面的声响，随即无影无踪。

杀手赶上来了，他一手举着火把，一手拿着长剑，直指马斯塔巴特斯的喉咙。

马斯塔巴特斯心里默念：

不，不要求饶！不要放弃你的尊严！

做个真男人！

二人呼吸急促，墓穴里安静得只剩下二人的呼吸声和火把燃烧时发出的刺啦声。

要做真……

长剑狠狠地刺了下去。一种从未有过的剧痛蔓延开来。马斯塔巴特斯的身体蜷曲着，他无法喊叫、无法呼吸，他被自己的鲜血呛住了。失去意识之前，他隐约看到自己的双腿在地上颤抖着。

黑暗迅速包围了他。

第九章

“凶手是同一个人。”巴利斯塔判断。

墓穴中现在有八个人，其中五个是罗马人：卡斯特里西乌斯、马克西姆斯、希波托俄斯、百夫长赫德奥纽斯和巴利斯塔，一个哥特祭司，还有两个赫卢利人：安东努巴卢斯与菲利姆斯。巴利斯塔言毕，剩下的七个人都一言不发。

之前墓穴里挤满了人，目瞪口呆地看着眼前的惨状。巴利斯塔让卡尔加库斯把闲杂人等通通赶走了。他现在很着急，需要冷静：这里尘土弥漫，出去的路只有盗墓贼挖的通道，有随时塌陷的可能。要不是因为这起命案，他现在只想赶快离开这个鬼地方。

墓穴里的景象惨不忍睹。被肢解的尸体躺在赫卢利先人的遗骸上，火把的照耀下，他们的影子映在墓室的墙上，随着火光的波动晃动着，就像冥间的蝙蝠。这样的环境让人觉得压抑不安，似乎要被永远地困在这里。

“为何要把割下来的部分放在他的腋下？”马克西姆斯问。

“是给冥神的祭品，”赫德奥纽斯回答，“就像我们把野兽的心脏、肝脏等器官献祭给神明一样。杀手把杀死对方当作是一场献祭，从而平息神明的怒火，获得神的庇护。”

“或者是基于一个更实用的理由，”巴利斯塔回答，“一个灵魂没有舌头便无法控诉，没有双手便无法施暴。”

“没有那根把儿也操不了对方。”马克西姆斯补充道，“不过他杀的是一个阉人，这倒是省了点事儿。”

“杀手不仅仅只杀死奴隶。”巴利斯塔沉思。

“也不能这么说，这个宦官曾经也是奴隶。”百夫长说道，“一日为奴，终身为奴。江山易改，本性难移。我记得一次是在拜占庭，我去洗澡，在更衣室里，我正要把我的衣服放进储物柜中……”

巴利斯塔没有搭理赫德奥纽斯。大麻和酒精影响着他的大脑运转。不说话，他能更好地思考。这两具尸体都是在营地外发现的。第一具尸体是在哪儿被杀的，不好说。毕竟那个奴隶的尸体可能顺着塔奈斯河漂到这里。第二具尸体，从血迹上判断，案发现场就是这个墓室。马斯塔巴特斯不可能一个人离开营地，来到这个墓穴，肯定有人引诱他来到这里。

“有个人猛地冲了过来，差点儿把我撞倒，还不道歉。”

马斯塔巴特斯不可能跟着一个陌生人离开营地，特别是进入墓穴。那么杀手应该是他认识的人，是我们营地里的人。那个人，究竟是谁？

“我气不打一处来，一拳头就把他打趴下。那人的奴隶也跑了过来，我也把他打趴下了。”

他为什么要这么做？！

“打架的时候，你可以看出对方究竟是一个怎样的人。”

当然，不排除买凶杀人的可能性，营地外有人出钱，让杀手潜入营地下手。这不是博拉尼人的作派。也不是哥特人的作风。北方部落不会这么办事。可能是阿兰人的国王萨夫拉，在里海之门吃了败仗之后怀恨在心，但是在这里，更有可能是绍尔玛格或者派松妮萨。在苏阿尼阿皇室看来，谋杀不过是一件稀松平常的小事。他们为自己独具匠心的杀人方式感到自豪：毒杀、斩杀、淹死、窒息而死，等等，而且派松妮萨还向他下了那么恶毒的诅咒。

“那个人只是个有点儿小钱的利西亚杂碎，曾经也是奴隶，不过后来获得了自由。”

然而杀手杀人的动机呢？这跟外边的人似乎并无关联。

“更衣室里大家都没穿衣服，但是我就是能看出来这人是个什么货色！”

巴利斯塔想起了自己的奴隶波利比奥斯。他真的只是跑回了潘提卡彭？还是有什么可怕的事情发生在他身上？如果是后者，那么杀手在很早之前就一直与他们同行。

“他就是个宦官。”安东努巴卢斯说道，“无关紧要。”

“他是个真……”巴利斯塔不知为何说不出“爷们”二字，“我是说，他不缺乏勇气。去年，当我们的船在黑海上被海盗围攻时，他勇敢地站了出来，与对方搏斗，他不应该死得这么凄惨，这么不明不白！”

“你不是不喜欢这帮玩意儿吗？”马克西姆斯说，“那年在西利西亚，我们洗劫萨珊王朝宫殿的时候，你只是嫌两个宦官哭得太烦人，就把他们给宰了。你当时是怎么说的来着？好像是‘我们从不在乎这些玩意儿’。”

巴利斯塔压着怒火。当时他确定他的妻儿都已经过世，十分悲恸，精神崩溃。但是他不会说出这个原因，不愿再回想这件事。马克西姆斯是有病吧，哪壶不开提哪壶。

“看尸体的头发，杀手应该是用他的头发擦拭自己的剑。”古伽说希腊语口音很重。

的确如此。巴利斯塔注意到马斯塔巴特斯的咽喉和肢解的地方都流出了大量的血，但是不足以造成尸体头发上有大量结块的血。巴利斯塔隐隐约约想起了自己儿时在罗马皇室里听到的诗句。他背出其中一些片段：

> 想想吧……墓穴中的故人，依旧享有荣耀，尽管对方残忍地杀害了他……放在腋下，为了洗礼，在他的头发上拭干剑刃上的血迹……

“你在说什么？”马克西姆斯问道。

“索福克勒斯的《厄勒克特拉》中的文章。克吕泰涅斯特拉为了洗清手刃亲夫阿伽门农的罪孽，就用阿伽门农的头发拭干凶器上的血迹。毕竟为了战争他献祭了自己的亲生女儿伊菲革涅亚，这是阿伽门农的错。马斯塔巴特斯看到卡斯特里西乌斯奴隶的尸体时，提到了这些诗句。可惜现在，死去的是他自己。”

巴利斯塔停下来继续思索。

墓穴里一片沉寂。

“马斯塔巴特斯说过，他很确定凶手的做法不仅仅是肢解那么简单，这仪式不是来自于悲剧，而是某篇史诗。”巴利斯塔看着卡斯特里西乌斯和希波托俄斯。

一个热衷于史诗，一个号称是见多识广的希腊人，但是二人都没有说话。

突然，巴利斯塔感觉到头顶上的土有些松动，而且都这个时候了，他自己也累了，心情十分压抑。他必须马上离开这个墓穴。

巴利斯塔突然对赫德奥纽斯说：“安排葬礼。”

还没出墓穴，巴利斯塔就听到了阿曼提乌斯抽泣的声音。

洞穴漆黑，伸手不见五指，人们尖叫着。打斗的声音传来。远处火把跳跃的火焰，让这一切看上去就像是地狱里的场景。

马穆拉挂了彩，倒在地上。他在叫喊着什么，但是巴利斯塔听不见。他只感觉头顶上土的重量给他带来了压迫感。他呼吸困难，似乎被什么东西掐着脖子，在他身后有一道微弱的光，沿着那道光，他将逃出生天。

马穆拉叫喊着什么，他向巴利斯塔伸出手。波斯人越来越近，洞穴上的土落到巴利斯塔头上，那感觉就像给祭品的头上撒面粉。他隐约听到敌人斧头挥舞的声音，他必须马上离开，他最后看了一眼马穆拉，马穆拉的眼神中充满着疯狂和愤怒，他转身逃跑。

他踽跚着走进了那束光中。

梦境逐渐升腾、消散。

巴利斯塔躺在黑夜里。

可怜的马穆拉，那是一个值得信赖的人，他也曾经那样的信任我。

巴利斯塔当时不在阿瑞忒的坑道里，但是命令是他下的。当时他有何选择的余地？救下马穆拉，但是让其他人死吗？但是，他下了那道命令，让他的朋友活埋在泥土中，在黑暗里。

自从发现马斯塔巴特斯的尸体之后，车队向东前进了四天。

卡尔加库斯这些年跟着巴利斯塔走过不少地方，颇有些见识，但是他还是没见过像大草原这样的地方。这似乎是另外一个世界。尽管走了四天，但是卡尔加库斯也不知道走了多远：似乎走了很远，又似乎根本没有移动。这片大草原看上去无穷无尽，一眼望不到头。

队伍里大多数人都觉得如此千篇一律的风景好无聊，但是卡尔加库斯却觉得很舒服。五月的天气，偶尔有雨，大部分时候天气晴朗、阳光普照。卡尔加库斯很享受这趟旅程，享受这样的风景：四周一片平坦，草丛中点缀着花朵，蓝色、黄色、淡紫色。草原上还分布着远志草、野苏子和高大的、枝状烛台形的毛蕊花。但是最多的植物当数苦艾，四周都弥漫着苦艾独特的香气。

大草原也不是完全单调，偶尔也有坟群出现。车队会突然在下坡处发现一些狭小的河道，河流反射着阳光，亮晶晶的，看上去十分美好。沙锥鸟飞过河流觅食，河中有白鲑、丁鲷、梭子鱼，甚至包括小龙虾，老鼠以及其他比较大的啮齿动物分散在洞穴中。马克西姆斯声称自己还看到了其他动物。像是野驴和山羊，还有一只狐狸跟它的幼崽嬉戏。不过上了年纪的卡尔加库斯表示什么都没看到，也许那个希伯尼安人在唬人呢。

白天是一幅景象，而夜晚则是另一幅景象。在白天，除非你远离喧闹的车队，不然你不会听到草原的歌声。但是在夜晚，当草原上的生灵们都睡着了，你就能听到那声声吟唱了。春风拂过刚探出头来的小草。叶尖摩挲，让人产生出一种遗憾的忧伤之感，甚至有些战栗，夜莺和猫头鹰也加入了夜的乐章。这几夜，万里无云，月光明亮澄澈，这宽广的夜空让卡尔加库斯渐渐感觉到身为人类的渺小。他想起了丽贝卡和西蒙，期望着自己舒适温馨的家庭生活。如果，如果这次他能侥幸活下来，他一定把丽贝卡娶回家。巴利斯塔可能向往着回到北方，但是卡尔加库斯没有这种想法。过去在北方，他可是个奴隶。但是在南方，他获得了自由。他只想躺在西西里温暖的阳光下，享受着天伦之乐。

第五天早晨，巴利斯塔、卡尔加库斯和马克西姆斯三人一同骑马，远离众人。

“现在，您能告诉我您和那些长头怪的渊源了吧？”马克西姆斯问道。

“不知道你听没听说过，”巴利斯塔回答，“赫卢利人曾经住在北疆。他们的领土位于波罗的海的斯堪的纳维亚半岛上，位于我们的东北处。在我爷爷的时代，赫卢利人不想再被当时的领袖统治，便杀死了他。”巴利斯塔笑了笑。

“我们日耳曼人不会像波斯人或者罗马人那样过分抬高自己的领袖，但是赫卢利人的领袖也太没有领导人的地位了：大家都平起平坐，一起吃饭喝酒，随意调侃。”说到这儿巴利斯塔又笑了。

“于是他们选择了一个新的国王苏尼都斯，这个人很符合赫卢利人的风格。赫卢利是一个非常好战的民族，战士众多。他们很快就征服了斯堪的纳维亚上的其他部落。强大的古提以及野蛮的斯瑞提菲尼都败下阵来。苏尼都斯想收手了，但是赫卢利战士们不答应，天天斥责他们的领袖，讽刺他，说他是个懦夫。赫卢利人的贪婪在不断膨胀，鉴于他们手刃领袖的历史，苏尼都斯也不敢采取什么行动反对战士们。于是他们跨越波罗的海，征服了俄乌特斯，他们继续南下，袭击范围不断扩大，引发了其他部落的强烈不满，包括瓦累尼、法柔底尼、柔底尼、阿维尼斯和盎格鲁。”

巴利斯塔顿了顿。卡尔加库斯熟知这个故事，没有认真在听。

“然后呢？”马克西姆斯问。

“后来，他们趁我祖父斯塔卡德不在的时候侵略了我们的地盘，奸杀了我祖父的第一任妻子和两个女儿。祖父盛怒之下联合其他部落对抗赫卢利人，并说服已降服的部落策反。祖父亲手杀死了苏尼都斯，赫卢利人也被驱逐出去。再往后苏尼都斯的儿子韦散度斯成了新的领袖，带领赫卢利人来到了这片草原，很多俄乌特斯人也跟着他们离开了。”

马克西姆斯笑了，问卡尔加库斯：“你知道这个故事吗？”

“当然。”

“所以你们不告诉别人是怕进一步破坏士气？”

“也可以这么说。”巴利斯塔回答。

“我能理解。”马克西姆斯说着，“现在我们身处在茫茫草原上，有一个神秘的杀手紧紧跟随我们，四周还都是你的敌人。这形势，简直是瓮中捉鳖。但是，如果真有奇迹发生，我们或许可以活着到达目的地，我们将见到你的部落、你的家族。”

“就好像在冰面上捕猎一头熊，结果弓却是坏的。”卡尔加库斯突然来了一句。剩下两个人都没有搭理他，他倒是自得其乐。

三人都沉默了一阵。

“你们认为杀手可能是谁？”巴利斯塔问了一句。

“讨厌奴隶和宦官的人，”马克西姆斯笑了笑，“听上去我挺有嫌疑的。”

“所以说，你不觉得是那个老巫婆？”巴利斯塔反问。

“我觉得不是，不过也不好说。那个老太婆长得真是可怕。”

“千万不要被女巫的甜言蜜语、温暖拥抱所诱惑，那都是假象。所有的甜蜜都会腐败，你只能躺在床上品尝恶果。”卡尔加库斯说道。

“闭嘴！”巴利斯塔笑了，“你每次一高兴就引用北方的格言，但是总让我特别无语。”

“格，格什么？”

“就是俗话。”

“你确定不是博拉尼人干的？”马克西姆斯问。

“我很确定。他们想要的是我的命，可不会跑去杀死奴隶和宦官。”

“派松妮萨诅咒你爱的人都会死，可是，那个恶婆娘不太可能觉得你会爱上一个宦官，所以也不是她或者她的兄弟，那么阿兰人的嫌疑也排除了。”

巴利斯塔赞同地点点头。

“我想过，这件事可不可能是乌鲁根底的国王干的。”马克西姆斯说，“他可不想被赫卢利人攻击，况且他还派了个古伽跟着我们，那家伙可不是什么好对付的角色。”

“如果海撒纳知道我们此行的目的是让赫卢利人与之反目，我们不可能活着通过他的领土。”

三人再次陷入沉默，前方出现了一些坟墓。

“但是如果你是对的，这是出于政治上的考虑，”巴利斯塔突然开口，接着之前的话说，“现在我们身处荒郊野外，和外界基本隔绝了，但是那些皇帝国王什么的还在蠢蠢欲动，我们只是他们的计划下的一枚棋子。波斯人肯定是不希望乌鲁根底人跟赫卢利人打起来，东方佬们是希望他们两家打起来，其他的哥特人来攻击帝国。作为东部秩序的矫正者，帕米拉的奥登纳图斯向波斯人宣战了。他们希望奥登纳图斯因为在黑海南侧追逐北方人分散注意力。那么西边的冒牌者波斯杜穆斯就知道加里恩努斯要来攻打他了。如果加里恩努斯必须在爱琴海和希腊应付哥特人的袭击的话，波斯杜穆斯尚可偷安一隅。”

“可是杀了一个奴隶和一个宦官，对外交能有什么影响吗？”马克西姆斯很是疑惑。

“如果赫卢利人知道有一个杀手一直跟着我们，他们肯定不愿意我们接近他们的国王。”巴利斯塔说，“因此，杀人也可能是出于政治上的考虑。”

卡尔加库斯清了清嗓子，吐了口痰。“那你是出于什么样的政治考虑，在西里西亚杀了那两个宦官？”

巴利斯塔狠狠瞪了他一眼。

“你当时精神崩溃了，”卡尔加库斯继续说着，“那么现在的事件，跟你当时的状况一样。没有什么政治或者其他特别复杂的原因，就是有人疯了。”

“那是谁呢？”马克西姆斯问。

“这个嘛，”卡尔加库斯回答，“其实搞不好根本就不是人干的。没有人见过那个杀手。”

他们经过了第一个坟冢，其顶端是一尊古老的石雕，刻画着一个战士手持着剑，正注视着什么。

第十章

希波托俄斯觉得自己像故事里的人物。不是那些希腊故事，而是游荡着前往世界尽头的冒险故事，就像《极北之地历险记》。这趟旅程注定无比艰难，荆棘密布。希波托俄斯想起了伊德蒙的故事：他向“阿尔戈”号的船员表示，根据他的预言，这次探险将会遇到重重阻挠，但他自己却注定不能平安返回。希波托俄斯觉得这句话里，“这次探险将会遇到重重阻挠”符合他现在的处境。

这片广袤的草原给他们带来了很多乐趣。下午，人们踏着风信子和郁金香回到营地。马蹄上带有百里香和苦艾混合的香味。在希波托俄斯看来，草原上人们的风俗习惯很值得研究探索。他可不是那种看什么都得联想到希腊文明的人，他觉得自己更像希罗多德，是一个观察者、而非批判者。无论到哪儿，都应当入乡随俗，尊重对方的风俗文化。

像希罗多德一样，像跟随亚历山大的智者一样，希波托俄斯正在未知的领域中探索，开辟全新的认知。这也是为什么他能如此愉悦加入到宴会后的仪式中来的原因。

风吹得篝火不停晃动，火光似乎照亮了黑夜。空气中弥漫着木材、动物粪便和烤羊肉混合的气味，很是辛辣。会一点儿希腊语的菲利姆斯坐在希波托俄斯的身边。作为接下来这个仪式的参与者，这个病怏怏的菲利姆斯不太想说话。篝火的另一侧，巴利斯塔正在和安东努巴卢斯交谈，卡尔加库斯和马克西姆斯在同其他游牧民交流。他们都在说北方话，希波托俄斯一句也听不懂。

没有人说话，希波托俄斯只好安静地啃着羊肉，喝着小酒。美好的夜晚并没有使他想要大喝一场、放浪形骸，清醒的他便只好开始钻研相术。尽管赫卢利人很有趣，希波托俄斯却没有研究他们的心情。这群人头骨畸形、皮肤灰白粗糙，但是其他方面跟普通人并无异样。其中有一些人的身上还显示出了良好的品性。反正到赫卢利领袖纳乌罗巴特斯的宫殿还有不少时间，以后再观察他们也无妨。现在希波托俄斯想要好好研究两个人，虽说他早想研究这两个人，但是这一拖就拖了三四年。

卡尔加库斯就在对面，火光照耀着他的脸庞，观察起来十分方便。现在他和身边的人聊得正欢，方便进行长时间的观察。这次的难度在于必须克服自己对对方丑陋外表的厌恶之情，透过表象观察到他的内在灵魂。

这个老头子的头很大，头大往往意味着智慧、理解力强和有远大志向。但是卡尔加库斯的头也太大了，像剧院的穹顶，这就意味着缺乏知识和理解力，没有什么过人之处。他的头形很扭曲，表明这个人不谦逊、没有契约精神，不是一个值得信任的人，不过也不是太糟糕。

卡尔加库斯的下巴也很长，证明这个人能够控制自己的火气，但是可能说话总是挑不对时机。希波托俄斯知道后者完全符实，但是前者他却说不好。

卡尔加库斯正了正身子，抓了抓大腿。在一块儿洗过很多次澡，希波托俄斯知道他的生殖器特别大。在古代，罗马皇帝赫利奥加巴卢斯的弗鲁曼塔里伊肯定会把他抓回去，供那个变态皇帝寻找乐子。希波托俄斯不记得帕勒蒙或者卢克修斯的书里记载过有关生殖器的内容，奇怪这两位相术大师都没有记载这方面的内容。但是在希波托俄斯看来，生殖器太大可不是好事。要知道小生殖器才是文明人的象征，生殖器太大，说明此人很野蛮、很暴躁，不能很好控制自己。

眼睛是最诚实的证人。希波托俄斯盯着卡尔加库斯的眼睛。这个北方佬的眼睛似乎蒙了一层雾，证明对方上了年纪。他的双眼带有些许的蓝色，眼睛很小。小眼睛通常会与蛇、猴子、狐狸这样的动物联系在一起。他的眼睛更像蛇：邪恶、聪颖、残暴、机警、胆怯、可驯服、善变、脾气大。希波托俄斯觉得最后一点特别符合。

显然卡尔加库斯还跟对方聊得正欢。他的眼睛没有太多动作，认真听赫卢利人讲话时前额和眉毛皱在一起。这就是希波托俄斯需要的启示。帕勒蒙写道，如果你看到这种眼睛，证明对方是一个遭人恨的人，是一个敌人，如果他还皱着眉，说明他不会守信、阴险狡猾。

希波托俄斯往后挪了挪身子，最终他做出了精准的判断。他抿了口酒，觉得筋疲力尽，但是他没有时间休息。

尽管这次聚餐大家的心情都比较沉重，马克西姆斯还是喋喋不休，手舞足蹈，像鸟儿啄食一样不住地点头。希波托俄斯很难忽略掉这个希伯尼亚人缺失的部分鼻尖，很容易让自己分神。于是他又喝了一杯酒，更仔细地观察起来。

马克西姆斯的鼻子暗示着乱伦和对性交的热爱。他的头发是黑色的，短、长度不均匀，但是很厚。黑发说明这个人狡猾、善于欺骗，厚实的毛发暗示了他似野生动物一般野蛮。他的眉毛很长，都要碰到鬓角了，说明这个人欲求强烈，跟猪一样能吃能睡。他的胡子很短，就比胡楂儿看上去多一点儿，但脖子上的胡子很多。在旁人看来，可能只是觉得没有刮好，但是专业的相面师能看出其中的深意。这体现了能量、力量，甚至是慷慨，就像一头雄狮。但是这些都是细节，关键在于人的双眼。他的双眼几乎没有静止过，眼珠子一直在滴溜溜地转，这说明此人缺乏真理的支撑，总会有一些扭曲的想法，本质上是邪恶的。

一个赫卢利人从黑暗中走向菲利姆斯。肩胛骨占卜术即将开始。奴隶将三头羊的肩胛骨奉上，递给菲利姆斯。在场的每一个人，包括马克西姆斯，都安静了下来。这些骨头特别白，显然是被刮过了，可能还经过了沸水处理。菲利姆斯拿起这些骨头，在场的所有人都知道他会问什么——上苍，我现在应该死去吗？

最后菲利姆斯将骨头递给奴隶。奴隶用钳子将这些骨头一块一块地放入篝火中。骨头经过高温处理再冷却后，将会出现裂纹，而如果一根骨头上有纵向的长裂纹，那么神明即做出了肯定的回答。

在场的人们安静地等待着。耳边只有风声、篝火燃烧的声音和猫头鹰的叫声。希波托俄斯想着为什么是这样的神明守护着这片无边无际的草原海洋：赫卢利人信奉的神明，可都是厉害的角色，个个冷血无情。

菲利姆斯咕哝了一声，咳嗽了几下。奴隶走上前去，把这些骨头用钳子取出。现在这些骨头已经全部烧焦，奴隶把它们放在地上冷却。

菲利姆斯盘腿而坐。他的命运已经注定，只待揭开谜底，但是他表面上很平静。有一阵他咳嗽得很厉害，但是他强忍着支起了身子，一动不动地坐着。

黑暗中传来马匹的嘶鸣声。菲利姆斯挥手致意。奴隶递给他第一根肩胛骨。他仔细地观察着那根骨头，嘴唇颤动着，好像在读书。稍过片刻后，他将这根骨头放在一旁。这个骨头上有三处可识别的横向裂纹。

菲利姆斯挥手致意，奴隶递来第二根骨头。他没有花费太长时间观察这根骨头，希波托俄斯瞥见那根骨头的表面上全是细纹。

菲利姆斯似乎不愿意观察最后一根骨头。他放下那根骨头，站了起来。

希波托俄斯看见那根骨头上，有一条清晰的纵向长裂纹。

菲利姆斯离开众人，消失在黑暗中。

“不对、不对！”赫卢利人阿卢伊斯哈哈大笑，“你应该这么抽出箭矢。”

此时阿卢伊斯和沃尔夫斯坦都骑在马上，前者教后者射箭。为了更好地教导沃尔夫斯坦，阿卢伊斯侧倾着身子，靠近沃尔夫斯坦，沃尔夫斯坦觉得特别诧异：他屁股都离开马鞍了，怎么能掌握平衡不摔下来？！

阿卢伊斯教沃尔夫斯坦如何把箭架在弓上。他们现在用的是这些游牧民的特制弓箭，比较特别：右手拇指将弓弦往后拉，食指扣住拇指指甲，整只手向左侧转，使得食指的关节能够扣住箭矢。

“现在再试一次。”

沃尔夫斯坦让他的马小跑起来。虽说他尽力夹紧大腿保持平衡，这个盎格鲁少年似乎还是在马上摇摇欲坠。手不抓着缰绳，他觉得很没有安全感。马儿逐渐加速，风速也变得越来越快。装满稻草的麻袋越来越近。他让马儿走了一条跟往常不太一样的路径靠近目标。对一个初学者而言，他很难专心兼顾这一系列动作。他将箭搭在弓上时，特别注意将箭杆放在弓的右侧，弓弦紧紧地嵌在他的拇指上。他心里边抱怨着游牧民连射个箭都与众不同，边尽力想要瞄准目标。但是马在奔跑着，他的身体也一直跟着晃，根本瞄不准。最后箭指在了麻布袋的上方的时候，他射出了那一箭，显然还是射偏了。他抓着缰绳，让自己的马快步绕了一大圈，垂头丧气地回去了。

早晨车队出发时，巴利斯塔询问赫卢利人能否教他和他的部分随从，像游牧民一样骑马射箭。安东努巴卢斯、法拉斯和年轻的阿卢伊斯同意了，似乎很乐意向巴利斯塔一行展示自己的技能。有七个人加入了这场教学活动之中。百夫长赫德奥纽斯说他的轻骑兵都经过完备的训练，不需要赫卢利人的指导，听完赫德奥纽斯的话，古伽轻蔑地笑了笑。也没有人去问萨尔马提亚的车夫们是否愿意加入进来。

巴利斯塔、马克西姆斯和希波托俄斯基本技巧掌握得非常快。卡斯特里西乌斯和卡尔加库斯相对比较慢，后者根本没有达到熟练的程度，塔奇恩干脆直接放弃了。现在只有沃尔夫斯坦还在尝试中，他整整一个早晨都在练习，觉得又热又累。

对沃尔夫斯坦而言，这是一个好机会。早晨当巴利斯塔提出让赫卢利人教他们射箭时，沃尔夫斯坦就做好了准备，他一定要向巴利斯塔祈求得到学习射箭的机会。每个学习技能的机会都不能错过。当他恢复自由之身后，他需要这些技能去找以前的仇家们算账。令他高兴的是，巴利斯塔二话没说就答应了。在没有被奴役之前，他经常骑小马。但是这种高大的萨尔马提亚战马，他还是第一次接触。骑小马和骑战马的感觉完全不同。他觉得只用双腿控制马匹非常艰难，现在，不仅仅是马匹，他还要用拇指控制弓弦，同时瞄准目标，这简直是不可能完成的任务。

“你必须要放松，小伙子。虽说萨尔马提亚人训练的马比不上我们的，但是它还是知道什么时候该怎么做的，所以给它一个大概的方向就好。你只要拉开弓弦，保持住我刚才教你的姿势，你要觉得弓箭就是你手臂的一部分。来，你再看我射一次。”

阿卢伊斯动作十分流畅，一跃上马后便迅速让马匹加速飞驰起来，爽快地号叫着。他抽出箭矢，拉满弓弦，一击即中。没等击中麻袋的声音消去，第二支、第三支箭接连飞了出去。他让马匹掉头，在飞奔回去的路上又射了三箭，精准度之高，可谓百发百中。

沃尔夫斯坦吐了口痰，苦艾的味道刺激着他的嗓子。他沮丧地笑了笑："你是怎么做到的？"

"从小就开始学这个，自然就会了。你再试一次。"

沃尔夫斯坦勇敢地再次将箭矢搭在弦上。其实他的拇指已经受伤了，拇指上的水泡都磨破了，正流着血。他用力夹紧大腿，稳住身板。马匹向前加速，那一瞬间他觉得头晕。绿草和野花在他眼旁加速飞过，眼前的目标开始变得模糊。紧绷的弓弦压迫着他的拇指。他觉得越发晕眩了，于是放开了弓弦。箭矢还是距离目标甚远。他让马儿停了下来。

沃尔夫斯坦觉得远处的地平线在移动。似乎蓝天也跟着后退。它们越退越快、越退越快，似乎抛弃了这片广袤的草原。草丛、苦艾、野花通通都急速奔跑着，消失了。沃尔夫斯坦觉得有什么东西在向后拉着他，他感觉身体很重，头脑很闷。

"你没事吧？受伤了吗？"

"没事。"沃尔夫斯坦倒在地上。

阿卢伊斯扶起了沃尔夫斯坦的头，给他喂了些马奶，但是他全部咳了出来。

"对不起啊！我忘记了你们外来人不喜欢这种酿制的马奶。我再给你找点儿其他的东西。"

沃尔夫斯坦闭上眼睛，躺在地上。

"试试这个。"阿卢伊斯又一次扶起了沃尔夫斯坦的头，给他喂了些兑了水的酒。沃尔夫斯坦喝了下去。过了一会儿，他睁开眼睛，坐了起来。可是他感觉整个大草原还是在运动着。

"你从来没有在这种环境下待过这么久吧。我应该让你多喝一点儿的。"

"不是，不是这个原因。我现在觉得，觉得好奇怪啊。感觉大草原在动。"

“这种情况，即便是出生在这里的人也遇到过。那是恶灵要将你拉向地狱，很多人因此而死。”

阿卢伊斯蹲在地上，拉起了沃尔夫斯坦的手，看到了他拇指上的伤口。“小子，你很坚强。你忘记了疼痛而坚持练习，你会成为一个赫卢尔。”

“赫卢尔？我是一个奴隶啊。”沃尔夫斯坦的语气中透露出苦涩。

“赫卢尔指的是战士，是和我们一起并肩奋战的勇士。”

“你们不会弄瞎奴隶？”

阿卢伊斯笑了。“你看到我们的奴隶了吧。我们为什么要做这种傻事？如果一个奴隶展现出了他的气魄，那么他就赢得了他的自由。他的确不能成为猩红勇士，但是他可以成为我们的赫卢尔。”

“猩红勇士？”

阿卢伊斯摸了摸自己亮红色的头发：“我们生来就是‘红色血统’，只有拥有纯正赫卢利血统才能成为猩红勇士，但是纳乌罗巴特斯麾下很多英勇的士兵都是奴隶出身，其中还有一个是特拉佩佐斯带来的希腊奴隶呢！”

沃尔夫斯坦又喝了一口酒。

“我们该回去了。”阿卢伊斯说。

沃尔夫斯坦还想继续练习。

“我们明天再练，我会给你带一个戒指过来，保护你的拇指。”

阿卢伊斯扶着沃尔夫斯坦站起来，坐到马上。他吹了个口哨唤来坐骑，一跃而上。

二人回程的路上没有说话。

沃尔夫斯坦脑袋里充满了关于奴役和自由的新想法。

第十一章

最近这些日子，巴利斯塔都和卡尔加库斯、马克西姆斯在一块儿。这片草原无边无际，他们似乎一直在赶路，看不到头。他们觉得时间仿佛也静止了，但实际上，现在距离他们踏入大草原已经过了十四天，距离发现马斯塔巴特斯的尸体过了十一天。

他们向东行进，远处有一片坟地。他们慢慢地看着坟包离自己越来越近，慢慢地离自己越来越远。他们时不时地会碰到溪流，溪流不深，但是篷车每次都得很艰难地跨越过去。有时他们会看到绿茵茵的草丛中有一个固定的白点，可能是一颗巨大的白色卵石或者发白的头骨，但在这里，白点往往是牛或其他动物的白骨。

巴利斯塔看着一只凤头麦鸡俯冲下来，愤怒地嘶鸣着，似乎是要赶跑靠近它的巢穴的侵略者。

"至少过了河之后，一路上都没有看见阿兰人的影子。"马克西姆斯说。

"放屁！"卡尔加库斯回答，"看看这些灰尘、这些篝火，我们每天还只前进十英里。太他妈好跟踪了吧。还真不好说有多少小狗日的跟在我们屁股后面！"

"的确如此，"巴利斯塔很是忧郁，但卡尔加库斯说的不假，"对手的大部队可能在远远地观察着我们，让侦察兵观察我们燃烧篝火的烟雾，或者深夜派人靠近我们查看情况。”

“不可能，”马克西姆斯说，“一小队骑兵要是来到这里，会被恶灵盯上的。”

巴利斯塔和卡尔加库斯一脸怀疑。

“这片草原上充斥着恶灵，还有其他邪门的生物，赫卢尔奥克乌斯是这么告诉我的。”

“你还真信啊！”巴利斯塔反问。

“干吗不信？他是土生土长的赫卢利人，怎么会不知道。”

卡尔加库斯哈哈大笑，还不小心呛着了自己，咳个不停。

“笑啊，你再笑啊，老浑球儿！”马克西姆斯很是不屑，“等着看那些个脏玩意儿把你的蛋扯下来、吸你血的时候，看你还能不能笑出来！”

“你他妈的是真傻！”卡尔加库斯小声嘀咕。

“奥克乌斯说哥特的女巫，就像跟在古伽身边的那个，可以和这些死灵交配，生下更多那种脏玩意儿。根据‘诸神的黄昏’这个传说，包括死灵在内，所有这些诡异的东西都会从大草原上钻出来，掀起一场腥风血雨。”

“要是那一天真来了，这些恶灵之类的玩意儿还真不算什么。”巴利斯塔说，“那时群星陨落，死人复活，太阳被吞噬，等等，要担心害怕的玩意儿多了去了。”

“随你怎么说好了，反正在这里，晚上我是不敢一个人出去的。”马克西姆斯坚持自己的想法，这片土地上发生的种种怪事，让他觉得自己是对的。

“啧啧，真是勇气可嘉，你可是个干保镖的呢！”卡尔加库斯讽刺对方。

“我操，臭老头儿，之前是谁他妈的说那个宦官可能是被恶灵杀死的？”

“我是说过，但是我可不是像你这样听信了什么故事之后，自己就想不开了。我俩都知道，自从巴利斯塔杀死了马克西米努斯·色雷克斯之后，那个老家伙就阴魂不散，一直缠着巴利斯塔。其他的叛变者割下他的头，还不埋葬他，因此他的魂灵就只能徘徊在世上，永远不得超生。”

关于色雷克斯的这件事情，知道的人不多：卡尔加库斯和马克西姆斯，他的妻子朱莉娅，他曾经的书记官德米特里厄斯，还有他的朋友图皮奥。可惜图皮奥已经过世了。

“我不这么认为。”巴利斯塔说道，“距离上次色雷克斯的鬼魂出现、骚扰我已经过了好几个月，而且他每次出现的时候，并没有对我动用暴力，只是威胁我，说什么在阿奎莱亚，要我不得好死。可现在，我们离意大利北边甚远，不可能会是色雷克斯。”

“不要忘了，我们还被那个赫卡忒的女祭司狠狠地诅咒了。”马克西姆斯补充道，“那个蛇蝎妇人可是召唤了她的女神，赫卡忒，这位黑暗使者将会带着那些地下世界的恶灵们来找我们算账的。”

“所以你担心赫卡忒派来恩浦萨对付我们？那也就是吓吓小孩儿的玩意儿。记得在美索不达米亚的时候，德米特里厄斯那个小家伙就认错了人，结果把他吓得够呛。”卡尔加库斯笑着笑着又咳了起来。

“其实我觉得复仇女神更可怕吧。狗头、蛇发、乌黑的身体、布满血丝的双眼，啧啧，想想就起鸡皮疙瘩。谁都知道复仇女神可是手下无情、残忍狠毒。”

巴利斯塔注意到就连卡尔加库斯也做了一个十分希腊人的辟邪动作：将拇指放在食指和中指之间。在罗马帝国住得久了，不论是谁都会受到潜移默化的影响吧。

“其实，最近还有一个人总会出现在我的脑海里，”巴利斯塔说，

“严格来说，在我的梦里——马穆拉。”

“这不是你的错。”马克西姆斯一听到这个名字，就开始安慰巴利斯塔。

“对啊，当时你也没得选。”卡尔加库斯同意马克西姆斯的观点。

说完，三人又陷入了沉默。北边有一些乌云朝他们所在的位置逼近，一只秃鹫在他们车队上方的高空飞翔，下面则有几只白嘴鸦在盘旋。面前，由于风势很大，大草原似乎已经不再那么平静，草叶在大风的作用下翻滚着。

“你说，马穆拉能活下来吗？”巴利斯塔问。

“不可能。”卡尔加库斯回答得斩钉截铁，“就算洞穴塌方没把他压死，波斯人也会把他干掉的。”

“完全不可能。其实我们都知道的，塌方之前马穆拉就死了。”马克西姆斯说。

“如果他万幸生还，肯定会恨我的。”巴利斯塔叹了口气。

“他要是没死，那才真是活见鬼了！”马克西姆斯再次强调，“他已经死得透透的了。”

“没人给他的尸体留下一枚银币，摆渡者会理睬他的尸体吗？”

“这样的话，就像你们希腊人、罗马人说的那样，他将在冥河边永永远远地徘徊着。”马克西姆斯说着，“那么他不可能再大老远地来到这片草原，掐死他根本不认识的人。”

“狗屁，你们俩真是有病啊，想太多了吧！”卡尔加库斯咕哝着，“你俩怎么傻得跟小孩儿似的，想着什么能吓唬你们。我们应该担心的是这片大得没边的草原，在这片土地下可能有什么脏东西，想要吃掉我们的精神和意志。”

“呵呵，”马克西姆斯说，“这个再加上两个被肢解的死尸，真是太他妈的爽了！”

“我觉得以后，还得有事。”巴利斯塔摇摇头。

“有人过来了。”卡尔加库斯提醒道。

一个赫卢尔从车队中飞驰过来。离近了，他们才看出来是安东努巴卢斯，他的表情十分严肃。

“德海姆，伊桑格瑞姆之子，我需要你的帮助。”他说话时将右手掌放在了前额上，“这是代表我的兄弟菲利姆斯提出的请求。”

斧头砍在木头上，发出梆梆梆的声响。赫卢利人和他们的奴隶正赶着牛，将木材从河岸往上拉。萨尔马提亚的车夫们也派去帮忙了。在鞭子的抽打下，牛发出了低沉的鸣叫声。

架子已搭好，人们在不断地添加干柴，浇上油和其他易燃物。不一会儿，柴火堆就堆得很高了。

巴利斯塔看着忙碌的人们，想到了衰老和死亡。

……今朝亦或明夕，
君将笼罩在荣耀的金辉下，
但是死亡总会到来。
或在战争中，
或在病榻上。
或在火海中，
或在水域里。
死亡终将不期而至。
或在锋利的剑刃下，
或在凌厉的刀锋中，
或者，
是那不可抗拒的衰老。

到那时，
曾经明亮的双眸，
将永永远远地蒙上黑暗。
说什么都为时尚早，
勇敢的战士啊，
死亡终将摧毁你。

如果命运女神赐予他长寿，在老去时，他那雾蒙蒙的双眼中将看到什么样的景象？他的脑海中浮现了陶洛米尼乌姆的别墅，他仿佛看到自己坐在花园的长椅上，果树刚好帮他挡住了西西里的阳光。向下望去，纳克索斯湾不断延伸展开。伊桑格瑞姆和德海姆已经长成了大小伙子，高大健壮，金色的头发在阳光下似乎闪着光。而他的孙子也在他们的膝下玩耍嬉闹。

突然一下，画面就变了。他看见自己坐在父亲的王座之上，篝火熊熊燃烧，战士们痛快地吃肉喝酒，胳膊上的环形物闪闪发光。一个吟游诗人，歌颂着他的祖父斯塔卡德，歌颂着盎格鲁的战争领袖们，歌颂着万能的主神沃登。

然而他想象不到自己的儿子们，他们是在罗马帝国长大，对于北方民族没有什么认识。更不可能有朱莉娅了，她父亲是罗马帝国的元老院议员，她怎么可能甘心做一个北方部落首领的妻子。其实他还有同父异母的兄弟莫尔加。如果儿时巴利斯塔不是作为人质送往帝国，他现在应该为了争权夺利，已经和莫尔加打得不可开交。

巴利斯塔开始思考关于老年的深意。其实古代斯巴达人就很尊重老年人。斯巴达的最高权力机构是长老会议，这个会议是由长期为城邦服务的前任检察官组成的。依照这个制度，斯巴达城邦的命运就掌握在了一小拨老人的手中。罗马人呢？罗马人似乎也是尊重老年人的。很多人在找人画自己的肖像时，都倾向把自己画得更苍老、更消瘦，好显得自己为帝国鞠躬尽瘁。但是不是所有罗马人都想自己看上去衰老，而且现在的斯巴达跟过去也发生了翻天覆地的变化。或许无论是希腊人还是罗马人，他们对老年人的尊重也仅仅是纸上谈兵。如果他们真的尊重老年人，那么为什么无数的哲学家们还在强调这样做的必要性呢?

篝火堆马上就要完成了。赫卢利人在平台上铺好锦缎和垫子，端上食物和酒，还有武器。他们的奴隶和萨尔马提亚人正忙着铺上引火物料。差不多都要准备好了。

在巴利斯塔的部落里，如果某人在年轻的时候立下过功劳，他的年龄越长，地位也就越高。他的地位跟亲戚也会有关系，如果亲戚是年轻的战士，他自己也会更受到尊重。在其他部落里，情况就糟糕了。阿兰人的部落里，如果一个人没有在战场上牺牲，并且活到了很大岁数，那么他就会被派去当车夫，过着妇女或者孩子一样的生活：天天被骂得狗血淋头，不受待见，过得十分窝囊。

这些年，巴利斯塔走南闯北，见识颇丰，但他从来没见过哪个部落，会像赫卢利人一样心狠。简直能跟印度的天衣教相提并论了。卡拉努斯当着亚历山大的面在巴比伦爬上了柴堆。扎马卢斯将雅典变成了他的道场，在皇帝奥古斯都的见证下，以自焚结束自己的生命。但是这些印度哲学家们的行为，有其内在的智慧和信仰。他们的狂热基于自愿，而非社会习俗的强迫所致，也没有人被逼着执行这种残忍的习俗。

时间到了。菲利姆斯被带出了自己的帐篷。

巴利斯塔思忖着：哪怕被骂得狗血淋头，菲利姆斯会不会宁愿待在帐篷里不出来。

菲利姆斯颤颤巍巍地走到了斜坡下，另外两个赫卢利人扶着他走了上去。

巴利斯塔看着安东努巴卢斯向他走来，心里感到十分厌恶。

“您知道您应该怎么做。”安东努巴卢斯对他说。

巴利斯塔的确知道，已经有人向他解释过了。这件事情不能由亲戚或者奴隶完成，而现场的赫卢利人要么是猩红勇士，要么是奴隶。安东努巴卢斯表示能执行这一任务是一种荣耀。等到一行人见到赫卢利之王时，纳乌罗巴特斯也会因为这件事对巴利斯塔有好感。话都说到这个份上，巴利斯塔知道自己是逃不了了。

其他赫卢利人退下，巴利斯塔走向柴火堆，爬到顶上。他这一生杀过太多人，但是从来没有这样下过手。

菲利姆斯躺在昂贵的垫子上。一柄剑放在他的胸前，他的双手搭在这柄剑的剑柄处。鞭子和装着箭的袋子放在他的身边。盾牌、其他武器、放着饮品的罐子和装着食物的碗环绕着摆放在四周。菲利姆斯现在脸色苍白，紧紧地盯着天空。

柴火堆下，赫卢利人拿着剑敲打着盾牌，吟诵着什么。巴利斯塔闻到了刚刚点燃的火把的气味。

菲利姆斯说了什么。

巴利斯塔没有听见，他弯下腰凑近了听。

“这样做需要勇气。”菲利姆斯说。

巴利斯塔也不知道他指的是什么。

菲利姆斯又开口说话了：“我不会骚扰你的，绝对不会。告诉奥克乌斯和法拉斯，我们很快会再见的。”

巴利斯塔点点头。

“下手利索点儿。”

巴利斯塔拔出匕首。

“不要想太多，直接动手。”

这句话在他的脑海中不断出现。巴利斯塔杀死过太多太多的人了，但是今天实在是特殊情况，他担心自己下不了手。

“不要想太多，直接动手。”

巴利斯塔跪在菲利姆斯头颅的旁边，伸出手将对方的胡子拨开，抬起他的下巴，他希望此时这个赫卢利人会闭上双眼。

“不要想太多，直接动手。”

巴利斯塔割断了菲利姆斯的喉咙。

菲利姆斯紧紧地握住了剑柄，身体不住地颤抖着。脖子上鲜红的血喷涌而出。

过了一会儿，菲利姆斯的身体停止了颤动。在他布满文身的脖子上有一道深色的伤口，血液正慢慢地往外渗，垫子上也浸满了血。

巴利斯塔放松自己的手臂，站了起来。

下台之后，巴利斯塔向他的亲信们走去，卡尔加库斯将手搭在他的肩上。

与此同时，赫卢利人手举着火把，在吟唱着什么。

巴利斯塔这时才注意到他的手里还紧紧地握着那把匕首，衣服上沾满了血迹。

赫卢利人点燃了巨大的篝火堆，火焰熊熊燃烧，升腾起浓烈的烟雾，向天空飘去。在空旷的草原上，好几英里外都能看到。

宦官阿曼提乌斯坐下来稍事休息。他拉了拉他的长袍，挪了挪自己的屁股，随后开始读起他刚写的信。信的开头还是比较传统。

普布里乌斯·埃格纳提乌斯·阿曼提乌斯写给路奇乌斯·卡普尔尼乌斯·庇索

塞索里努斯，禁卫军长官，最卓越的绅士：

我衷心祝福您一切顺利。

写这封信的时候，是我们在塔奈斯河扎营，得到篷车后的第三天。

这封信包括了关于哥特人提供的车队的大致描述，对赫卢利人的印象，还有巴利斯塔家族和赫卢利人之间令人意想不到的渊源——这一部分，他写得格外华丽夸张。快到信的结尾了，阿曼提乌斯看得更仔细了。

赫卢利人没有展现出强烈的敌意，但是在这段时间，有两件事情，您应当知悉。第一，我在上封信里提到过，巴利斯塔没有遵守帝国的纪律和规矩，而现在，他变本加厉。外交大使团队中的很多人大量饮用这群游牧人酿造的马奶、吸食蛮人的大麻，这使得他们整日似乎都醉醺醺、晕乎乎的。因此咱们的大使团队的指挥权也都全在我们尊敬的巴利斯塔大人的手里。在这里的每一天，马库斯·克洛迪乌斯·巴利斯塔身上罗马文明人的面具就被一层层揭下，他内在的蛮人的野性不断涌现。今天，为了遵从这群游牧人的习俗，他竟然亲手杀死了一个人。实在是天理不容，大逆不道！

第二件事，就连下笔我都觉得害怕。当我们在塔奈斯和附近安营扎寨的时候，也就是距离六月初一还有十二天时，盖乌斯·奥里利乌斯·卡斯特里西乌斯大人的奴隶被人杀害了，我们在河边发现了他的尸体。而仅仅就在六天以后，我们刚刚与赫卢利人相见的第二天早晨，我的同僚，我在这个团队中唯一的朋友，普布里乌斯·利奇尼乌斯·马斯塔巴特斯的尸体，被发现于一个古老的蛮人墓穴中。他同样被无情地杀害、被残忍地肢解。竟然还有一个蛮人说他死不足惜，反正只是一个宦官！一定是有什么人或者鬼怪盯上了我们！而且因为死的都是奴隶和宦官，没有人在乎我们的死活。我现在只希望神灵能够保佑我的生命安全。

书于大草原，六月十三日前七天。

在这片空旷的草原上，时间也变得模糊了起来。

第十二章

马克西姆斯庆幸自己不用去杀那个赫卢利老头菲利姆斯。这件事已经过去好几天了，但是奇怪的是，马克西姆斯一直在想这件事。就算是巴利斯塔，也会很难受的。马克西姆斯想起了过去有一天，他和老卡尔加库斯一块儿喝酒聊天。在哪儿来着？是以弗所吗？不不不，比那更早。可能是在西里西亚，某个荒芜的小镇上。不对，是在塞浦路斯，凯里尼亚在塞浦路斯。就在那儿的一个酒吧，酒吧里那个金发小妞的嘴唇真性感。她叫什么来着？克莱丽郝吧，大概就是这么个名字，说什么自己出身豪门，还是个黄花大闺女，就是后来被绑架了，流落成这个德行。你让她说她的身世，她就像个麻雀一样叽叽喳喳地说个不停，比鹌鹑还招人厌。后来卡尔加库斯就开始说，说什么巴利斯塔就是一个天生的杀手，跟马克西姆斯完全不一样。这个老苏格兰人当时肯定喝了不少，但是他也许说的是对的。

马克西姆斯从来没有为杀人这件事感到苦恼。战士在战场上，不就是干这个的吗？如果不想当农民天天倒腾那些屎啊、尿啊的当肥料，不想当奴隶被人鸡奸，你就必须得学会如何战斗，置敌人于死地。在希伯尼亚，可没什么哲学家、什么智者，整天念叨着有的没的，马克西姆斯这种人，更不可能去当牧师了。

马克西姆斯杀掉的人，大都是因为对方想要杀掉他。剩下的呢？

嗯，都是些下三滥的货色，他们死了，对人对己也许都是一件好事。可能死了之后转世能做个好人。卡尔加库斯呢？他这个人，从不表现出仁慈包容的一面，就像那些神经错乱的基督教徒。

巴利斯塔似乎对自己亲手杀了那个赫卢尔耿耿于怀。其实在那个恶毒的公主诅咒他以后，他就总是恍恍惚惚的，都不像他自己了。杀了那个赫卢利人之后，情况更是变本加厉。他时不时地也能讲一些冷笑话，但是在他身上有些东西似乎已经丧失了。他看上去总是很忧郁。他明明应该是这场远征队的领导者，但是现在看上去更像一不小心加入进来的路人。马克西姆斯非常担心巴利斯塔，他觉得现在只能来一场战斗，才能让巴利斯塔恢复正常。

马克西姆斯这么关心巴利斯塔，一方面是因为他欠巴利斯塔的。巴利斯塔当年在角斗队伍中买下了自己，后来又给了自己自由。有人说这算是报恩吧，但是其实不尽如是。当年马克西姆斯觉得当个角斗士也还可以，他自己挺享受观众们的欢呼声。在角斗场里杀人，在战场上杀人，这两件事在本质上有什么差别？也就是杀人的地点不同罢了。他想起自己曾在很多奇怪的地方杀过人，想起了高卢尼姆苏斯外侧巨大的沟渠。

简言之，马克西姆斯关心巴利斯塔并非仅仅只是因为巴利斯塔将他从角斗场里“救”了出来。他觉得自己亏欠巴利斯塔。过去在非洲，巴利斯塔曾经救了他的命，现在他还能回想起当时的场景。那张凶神恶煞的脸，那柄举起的剑，而巴利斯塔及时赶到，杀死了那个人。

马克西姆斯发誓，没有还清欠下的巴利斯塔的债，他是不会奢望什么自由之身的。但是那次，在打败敌人后一片狼藉的山坡上，马克西姆斯获得了自由。因为当时大家都觉得肯定是活不下去了，但是尽管如此，事实就摆在那里，他们都没有死，他也还欠着巴利斯塔的债。总有一天，马克西姆斯会将欠巴利斯塔的还清。但实际上，马克西姆斯很愿意跟巴利斯塔在一块儿，他很欣赏这个男人。

巴利斯塔、卡尔加库斯和马克西姆斯一起骑着马前进，后面跟着塔奇恩。他们默默地观察着四周的一切。沃尔夫斯坦和奥克乌斯距离比较远，赫卢利人在教沃尔夫斯坦，帮助他掌握北方游牧民的射击技巧。这会儿阿卢伊斯有事，奥克乌斯就来帮忙。在他们面前，大草原铺展开来，但是此处不再是那么平坦。这会儿一阵风吹来，草原跟着掀起了绿色的波浪。花儿在其中格外显眼。

巴利斯塔和卡尔加库斯还在想着前些日子杀手的案子。

“就是一个神经病。”卡尔加库斯说。

“我才不会像你那么自信呢。”马克西姆斯插了句嘴。

“不是什么神啊鬼啊的。”巴利斯塔说。

“那可不好说。不光有公的恶灵睡了那个可怕的哥特老太婆呢。希波托俄斯不是说了那些游牧民的事儿嘛。他们其实就是赫拉克勒斯在大草原上，睡了某个母恶灵的产物。这个母恶灵的亲戚还在草原上飘荡呢。就在骑着马，处于某个前不着村后不着店的位置的时候，你会突然看见一个漂亮的小妞。她把她的胸露给你看。啧啧，你一下就不行了，跳下马要去上她。结果呢，你以为等着你的是女人温暖的阴道，最后突然发现身下全是蛇。然后人就被活活咬死了。一瞬间，尸体已经开始腐烂发臭。”

说完，卡尔加库斯做了个鬼脸。

“听说利比亚也经常发生这种事。”巴利斯塔说。

“希波托俄斯这个人吧，虽说有点儿神志不清，但是知道的还真是不少。”马克西姆撇了撇嘴。

“话说回来，这些谋杀案的元凶，肯定是个疯子。”马克西姆斯对巴利斯塔分析道，“你说过，在一些古老的希腊书籍里有类似的东西。但是只有疯子才能在现实生活中如此肢解尸体。”

“那是谁呢？”

“我们队伍里可不缺神经病。”卡尔加库斯说，“那个古伽。头发上系着骨头，嘴里总是念念有词，说什么自己能跟阴间对话。说起来，不还有那个其丑无比的老太婆跟着他嘛。”

“那个老太婆可不像有力气，能杀死一个成年男人。哪怕死掉的只有奴隶和宦官。”马克西姆斯说着，“而且之后还得肢解不是。”

“如果那个老太婆真是个女巫，她可以召唤一个恶灵鬼魂什么的，来替她下手啊。”卡尔加库斯回答，“那个百夫长赫德奥纽斯呢？一看也不像个好东西，还特别厌恶奴隶和宦官。”

“其实队伍里我们还有很多人都不了解，比如说翻译官，还有那个肠卜师。”巴利斯塔分析，“那些雇佣兵也是。唯独能确定的是他们中间肯定有弗鲁曼塔里伊。”

“希波托俄斯呢？”马克西姆斯说道，“他总是盯着你的脸看，说能看到一个人的灵魂。还有卡斯特里西乌斯——咱们就是分析分析哈，我知道他跟我们一起经历了很多——谁知道在阿尔巴尼亚他经历过什么？在我看啊，这两人都挺神经的。”

“他俩倒是都看了很多书。”卡尔加库斯点点头。

“哥特人觉得，读书就好比在精神上把蛋给切了。”巴利斯塔说道，“也是有道理的。”

马克西姆斯突然看到了什么。南边，在南边有异动。

“希波托俄斯和卡斯特里西乌斯的确是变了，自从在高加索他俩就不正常。”巴利斯塔继续说着。

有人！就在小溪那排树的位置，有黑影。十人、二十人，哦不，应该比二十人还多，他们正在移动，向北移动。

“看那儿。”马克西姆斯示意。

卡尔加库斯看不清楚，但是巴利斯塔看到他们了，塔奇恩也看到了，他骑着马加速过来，和巴利斯塔一行会合。

四十余骑兵，正向车队赶来。

希波托俄斯在车队前面，和四个赫卢利人一块儿骑着马。这些游牧人不怎么说话，说了，也是用北方语说的。希波托俄斯听不懂，他也不以为意。这些人中，安东努巴卢斯和贝鲁斯可以说希腊语。希波托俄斯偶尔用希腊语和他们寒暄两句。不过大部分时间，他自己都没有说话，觉得倒也自在。

身后车队延伸开来。哥特牧师的车在第一个，剩下的九辆车排成一列跟着。再往后是赫卢利人的马匹、备用坐骑和驮畜。赫卢利人的奴隶管理着这些马匹，让它们保持秩序。

希波托俄斯还挺喜欢这片草原的。一阵风吹过，草叶跟着晃动，天空中，云朵向南飘去。这片草原空旷，给他一种强烈的自由感。在这里，似乎一切都可能发生。身边的赫卢利人，他们的生活简直就是希腊文明生活的反例，但是他们也很有趣，让人想要去更进一步了解他们、探索他们。他们有自己的国王，据说这位国王大人似乎想成为一个暴君，但是他们似乎又存在着一种原始的民主制度。显然他们可以明确地说出自己的观点，不用遮遮掩掩。希波托俄斯特别欣赏他们是凭借自己的真本事得到晋升。赫卢利人国王纳乌罗巴特斯的主要干将，过去是特拉佩佐斯的一个希腊奴隶。在这里，一个人可以凭借其在战场上的英勇表现和议会中的建言献策得到晋升。除了猩红勇士这个等级之外，出生、财富根本不算什么。一个人的过去并不会影响他现在的发展，这在罗马帝国，可是想都别想。希波托俄斯觉得也许跟这群赫卢利人在一起也不赖，他也不是一辈子都得跟巴利斯塔绑定了。巴利斯塔基本也不太用得上自己这个书记官了，也许不久之后，他就会离开这个北方佬的队伍。

一只长脚秧鸡突然跑了出来。一阵风吹过，掀起了这只鸟的羽毛，看上去活脱脱像一只吓坏了的鸡。

阿卢伊斯突然很着急地吼着什么。希波托俄斯顺着他手指的方向望去，前方有五十余人的骑兵，肯定是阿兰人。现在双方距离超过半英里左右，但是对方来势汹汹，距离越拉越近。

安东努巴卢斯一声令下，赫卢利人们开始行动起来：阿卢伊斯向着车队头车的位置飞奔而去。法拉斯和贝鲁斯朝车队尾部进发，他们在往不断逼近的阿兰人另一侧进发。

安东努巴卢斯正要出发前对希波托俄斯说："阿兰人想要你们罗马人的黄金和我们的马匹。我们打算环绕这个车队，你也要做好战斗的准备了。"他笑了笑，继续用希腊语说道："可别死了。"言罢，他顺着阿卢伊斯前进的方向飞驰而去。

希波托俄斯手足无措。他环顾四周，没有在北边看到巴利斯塔他们的踪迹。他妈的，这帮人在这么关键的时候跑去哪儿了？他看到领头的篷车正在调转方向，萨尔马提亚车夫不断地挥舞着鞭子，拉车的牛显然没有反应过来，踉踉跄跄地。阿兰人离他们更近了。希波托俄斯已经可以看清这队人马的情况。一群高大威猛的骑兵坐在体型比较小的草原马匹之上。这情景看上去很滑稽，但是他们是一群危险分子。他们没有穿戴盔甲，也没有举着旗子。现在他们分开了：二十人到三十人的大部队向车尾进发，另一个队伍向车队中部进发。还有一个十人左右的小分队，绕过了前面的骑兵们，直对着希波托俄斯的方向冲过来。

该怎么办啊？希波托俄斯觉得自己应该向北边撤离。如果阿兰人只是冲着黄金和马匹来的，他就能逃过一劫。但是接下来他可就只有自己一个人在这片无际的草原上了。关于这一点，他可没有做好心理准备。而且他希望自己能给赫卢利人一个好印象，以后他可能还得指望着这群赫卢利人呢。他想着自己的财物都在最末尾的那辆篷车上。

他的盔甲、金钱、奴隶，还有书可都在那辆车上。要知道那里面有帕勒蒙的书呢！他决不能让这群野蛮人夺走了他自己的东西！他拉紧了缰绳，向着车队队尾进发。

希波托俄斯抄近路，穿过领头的篷车，显然想环绕这个车队的计划是无法实现了。阿兰人马上就要到了。他已经听到了对方的叫喊声。

当他经过第三、第四辆篷车时，他看到那群雇佣兵在往外张望着。他们看上去一脸茫然，根本没有摸清楚状况。他妈的，都什么时候了！他知道自己得有所行动了。

“你们的头儿呢？”

依旧是茫然的样子。

“我靠，赫德奥纽斯人呢？！”在这种时候，他仍旧记得在军队里，要用拉丁语发号施令。

“不知道，基利耶。”

希波托俄斯只想爆粗口。该用他的时候跑哪儿去了？他大爷的。这个浑球儿之前就是个土匪头子，遇到事儿了就知道自己先溜之大吉。可是现在自己该怎么做呢？他也没指挥过军队。而现在这些雇佣兵们眼巴巴地看着他，这时候，如果是巴利斯塔，他会怎么做？

“在前面这辆篷车里的士兵，你们去前面保护大使的篷车。”他大声吼道，“剩下的，跟我来！”

士兵们还是茫然无措的样子。

“上啊！”希波托俄斯嘶吼着。

这些士兵们推推搡搡地从篷车上下来，由于篷车还在移动中，他们一个个东倒西歪，甚至有的连武器都没有拿住，简直是一盘散沙，毫无纪律性可言。

“跟我走！”

希波托俄斯再度向车队队尾进发。他适当放慢了速度，想让那些跑步的士兵能跟上他。此时他回过头看，这些士兵还是一个都没跟上来。

阿兰人到了车队尾部。马群中发生了打斗。他们只有两个赫卢利人和六个奴隶，基本得以一敌三。马匹显然受到了惊吓，嘶鸣着四散狂奔。混乱中扬起阵阵灰尘。更靠近一些的时候，他看到部分阿兰人聚集在了车尾。希波托俄斯加快了速度，运气好的话，那些雇佣兵能跟上来一起战斗。

希波托俄斯的车夫手拿着鞭子，叉开腿站在驭车座上。他挥舞着皮鞭，任何想要靠近篷车的阿兰人都得挨上一鞭子。但是篷车后部离他太远了，他顾不上。有两个阿兰人看出来了漏洞，靠近篷车的后侧。其中一个骑兵还牵着一匹马。

希波托俄斯移动到篷车的一侧。他扶着马鞍站起来，一只脚跨过来架在离篷车较近的脚蹬上，此时他的马保持着慢跑的速度，尽量能跟篷车的移动速度保持一致。但是这个速度很难把控，不一会儿似乎又要跟不上马车了，于是只能让马儿加速。他很是不稳，但是也抓紧检查了自己的佩剑和武器。他准备好要跳上篷车了。此时嘶吼声越发靠近了，有一支箭直直地冲着他的头飞来，说时迟那时快，在那一瞬间他跳了出去，那支箭就在他的耳边飞过。

可惜他跳的位置不好，他的小腿狠狠地撞在了篷车上。头直接撞到了驭车人身上，感觉就像撞上了一棵树。他硬生生地被弹了出去，只能用指甲死命地扣着篷车上的木头。

有人抓住了他的肩膀，他现在整个人是上半身趴在驭车座上，下半身还在车外面。他拼了命地挣扎着站起来，此时由于遭受了攻击，整个车都像疯了似的晃动。希波托俄斯打心眼里感激这个车夫，车夫嘴里咕哝了些什么，就把他往车厢里赶。篷车移动的哐当声，马的嘶鸣还有人的尖叫不断地传来。

车夫向后面赶来袭击他们的阿兰骑兵挥舞着皮鞭，而对方轻松闪过，并适当放慢了速度。紧接着，那个骑兵拿出了自己的弓箭。

希波托俄斯一手扶着篷车，一手拔出了自己的剑，走进了车厢中。

他的眼睛花了些时间适应了相对阴暗的车厢。他举着剑提防外围可能的攻击，身边围绕着啜泣声、吼叫声以及钢铁碰撞的声响。

他的左侧蜷缩着两个正在哭泣中的奴隶，其中一个是那耳喀索斯，他们徒劳地祈求希波托俄斯一定要救他们。

另一侧背对着希波托俄斯的是翻译官比奥玛索斯。翻译官紧紧地握着剑，拼尽全力想要抵抗一个阿兰人的攻击。这个阿兰人背后有一具尸体倒在地上，可以清晰地看到血和尿的痕迹。

希波托俄斯转过来帮助翻译官。他移动到自己的右侧。篷车依旧颠簸着，他走路很是踉跄。

阿兰人看见这幅情景哈哈大笑，他正对着希波托俄斯挥舞着自己的剑。希波托俄斯连忙举起了自己的剑。瞬间火花溅起，阿兰人有些不稳，抓紧时间收回了自己的剑，重新掌握好平衡。准备着发动下一轮攻击。

就在那一瞬间，希波托俄斯、比奥玛索斯和阿兰士兵只是摇摇晃晃地站着，试图找到平衡。车厢里锅啊、盘子什么的，在这个阴暗的空间中滚动着。

阿兰人假装要攻击希波托俄斯，然后突然转向翻译官就是一剑，击中了比奥玛索斯的前臂。比奥玛索斯痛苦地低吼了一声，连忙往后退。那一瞬间他也失去了平衡，摔倒在地，因为剧烈的疼痛蜷缩在地上。

希波托俄斯连忙发动攻击。此时阿兰人因为身体没有站稳，竟向希波托俄斯的方向倒去。希波托俄斯也来不及反应，二者的身体狠狠地撞上了。敌人茂密的胡须扎在了希波托俄斯的脸上，靴子也发出了碰撞的响声。在晃动的车厢中，二人暂时都无法恢复平衡，举起剑厮杀。那一瞬间他们紧紧地碰撞在一起，都已经能闻到对方呼出的空气。

希波托俄斯连忙抽出左手，抠对方的眼睛，阿兰人则掐住了希波托俄斯的脖子，把他甩了出去。

在恢复平衡的过程中，二人也举起了自己的武器。篷车颠簸着，二人就像在风浪中的水手一般晃动，他们都在伺机而动，要置对方于死地。阿兰人黑色的双眸中充斥着杀意。

篷车突然猛地晃动了一下，希波托俄斯感觉不妙。他急忙用左手抽出挂在右侧的匕首，保护自己的左侧。

前方另一个阿兰人登上了车。希波托俄斯佯装要攻击之前的敌人，然后突然后退，将匕首刺向刚上车的敌人。

突然篷车向左侧倾斜。三人同时向右侧倾斜，防止自己摔倒。倒在地上的翻译官差点儿把希波托俄斯绊倒，万幸希波托俄斯扶住了一旁的柱子。可惜敌人也恢复了平衡。现在希波托俄斯两面受敌，他能看到对方武器闪着寒光。希波托俄斯明白，要么敌死，要么我亡，而现在的局势对自己非常不利。

突然左侧的阿兰人发出了一声尖叫。手里的剑掉到了地上。他双手握着自己的左腿——在他左侧大腿上有一把小匕首刺了进去。那耳喀索斯下手之后，赶紧往后撤。

希波托俄斯和第一个阿兰人同时发起了攻击，他们都希望对方因为刚才的尖叫分了神。此时希波托俄斯突然单膝跪地，降低了自己的高度，对方的剑就在他头顶上划过。阿兰人用力过猛，剑直接刺穿了车厢。希波托俄斯抓住了机会，刺中了对方的右膝。阿兰人痛苦地倒下了，血流了一地。

刚刚车厢被刺穿的位置，一束亮光射进了车厢。

希波托俄斯向第二个阿兰人走去，此时这个阿兰人依旧痛苦地弯着腰，长发挡住了脸，他一咬牙，把匕首从大腿上拔出来，扔掉了。双手紧紧地捂着伤口。他感觉到希波托俄斯正向他走来，于是他猛地抬起头，一脸惊恐，张开的嘴就像他茂密的胡子上的红色窟窿。希波托俄斯直接把剑刺进了那个窟窿里，瞬间传来牙骨以及头骨碎裂的声音。阿兰人倒下了，希波托俄斯拔出了剑后扔到一边，接着抬起对方的下巴，用匕首割喉，血溅了希波托俄斯一身。

结束了这个人的生命，希波托俄斯想起去找自己的剑，可是当时有些冲动，也不知道扔到哪儿去了。四周一片狼藉，都沾满了血迹。但是希波托俄斯手里还有匕首。他趴着向外移动，就像一头野兽一样靠近另一个阿兰人。

那个阿兰人手里没有剑，也来不及拔出自己的匕首，只好赤手空拳地进行防卫。希波托俄斯直接用匕首刺向对方，对方也毫无招架之力，直接倒下了。希波托俄斯一次又一次地将手里八英寸长的匕首刺向对方的胸膛和腹部，很长时间才停下来。

希波托俄斯站起来，此时篷车也已经停了下来。

他随手抄起一把剑，踉踉跄跄地穿过散落在地上的财物和尸体，朝着篷车尾部走去。抬起头，他看到不远处，又有三个阿兰骑兵向着这辆静止的篷车赶来。

苍天啊，这什么时候是个头。

第十三章

巴利斯塔将众人带到附近一条小溪的河床。这条溪不深，河底很扎实，水刚刚没过马蹄子。小溪的两侧没有树，但是有茂密的芦苇，岸边一片葱绿。一对沙锥鸟突然飞了出来，在他们的周围打转。

当他们发现阿兰人的行踪之后，巴利斯塔便喊回来了北边的沃尔夫斯坦和奥克乌斯，在阿兰人截住车队之前，巴利斯塔就带着他的人躲到了这条小溪的位置，敌人没有发现他们的踪迹。

现在他们已经能听到前方传来的激烈的打斗声，尽管看不见车队附近打斗的状况，但是巴利斯塔凭借他的经验可以确定，现在他们的位置是正确的。巴利斯塔回头看着自己的人手。马克西姆斯、卡尔加库斯、沃尔夫斯坦、塔奇恩和赫卢尔奥克乌斯一字排开。他让他们猫着腰，小心翼翼地骑着马慢跑前进，小溪中溅起的水花在阳光下闪着光，像一颗颗飞起的钻石。

小溪转向东流动，巴利斯塔觉得这里也只能掩护到这个位置了。他举手示意，让后面的人停下。接着他轻声下马，把自己坐骑的缰绳递给马克西姆斯，他将食指竖在嘴唇前，示意所有人保持安静。另一只手做出手掌向下按的动作，让所有人不要轻举妄动。大家会意地点点头。

巴利斯塔爬上岸，他没有戴头盔或者帽子，只希望自己的金发不要挂在芦苇上。他的披风和束腰外衣都是黑色的，但是经过长期的旅行，已经变脏变旧了很多，不是很显眼。在靠近河岸高点的地方，他俯下身子，小心地扒开芦苇，向前蠕动。或者他是太小心了，现在，争斗的地点距离他们至少有两百码。

巴利斯塔拥有丰富的野外作战经验。他本来就是盎格鲁人，父辈们教给他很多知识，他的阿累夷人舅舅也给他传授了不少技巧。在罗马军队中二十五年的时光使他自己积攒了大量实战经验。可是现在的状况让他感到惊讶，他竟然估计错了对方的行进速度。离他们最近的阿兰人仅有大约五十码。不过阿兰人的注意力都在车队上，没有注意到他们。

车队已经停了下来，保护车队的环形方阵也没能够完成。现在的情形看上去更像一个拉丁字母 C，只是这个 C 的上端弯曲的部分格外直。巴利斯塔观察到是因为第二辆篷车附近有一头倒下的公牛。在巴利斯塔的正前方，也就是这个 C 行左侧下方的位置，有三个阿兰人正在围攻这辆篷车。巴利斯塔注意到古伽在车尾，萨尔马提亚车夫在前面，一个赫卢利人在中间。显然这群阿兰人不是想要发动真正的攻击，而是要让篷车上的人应接不暇。

在左侧稍远一些的地方，六个左右阿兰人骑兵正在离开第二辆篷车，一部分马匹也跟在后面移动，地上躺着三具尸体。看来这场攻击失败了，这辆车是巴利斯塔的篷车，车中存放着一半的黄金和送给纳乌罗巴特斯的其他礼物。

从巴利斯塔这个位置，基本看不到战场上的其他情况了。大抵是阿兰骑兵们来来回回地发动着袭击，车队四周灰尘滚滚。看起来，局势对己方非常不利。

五个战士和一个孩子能扭转局势吗？这场战斗范围大、情况混乱。或许也是有可能的，我方也并非一点儿优势都没有。阿兰人离他们距离也很近，这对他们发动攻击是有帮助的。于是他匍匐着返回河岸，去找剩下的同伴。

巴利斯塔牵回自己的马，跨上马鞍，示意剩下的人围过来，小声地跟他们说明了自己刚刚看到的情况。接着用北方话，向大家说明了自己的计划，为了让塔奇恩明白，巴利斯塔放慢了语速。

“除了奥克乌斯以外，阿兰人的射箭技术比我们都强多了。所以我们最好接近他们，将他们从篷车处吸引过来，近距离战斗，真刀真剑地干。运气好的话，我们能赢。可惜的是我们现在都没有穿着盔甲，但是我们的马匹更为高大。现在大家用左手牵着披风，挡住自己的身体，装作自己有盾牌的样子。我们按照野猪鼻子的形状行进，我打头，沃尔夫斯坦在最后。”

那孩子露出了不满的神情，似乎想说什么，巴利斯塔一个眼神制止了他。

“现在，我们出发吧。”

离他们大约五十码的位置有一个缓坡，是类似鹿或者野马这样草原上体型较大的动物饮水的地方。他们从这个位置爬上去，并迅速集结成约定队形。

三个阿兰人还在纠缠着第一辆车上的人们。其他的敌人中，有四个下了马，把他们的坐骑交给了还骑着马的同伴，他们打算进攻第二辆篷车。现在双方的距离大约有一百码。

巴利斯塔左手牵着斗篷，装作有盾牌护住自己的左翼，右手拔出了剑。同往常一样，马克西姆斯在右侧，后面是塔奇恩，卡尔加库斯在左侧，后面是奥克乌斯。巴利斯塔注意到奥克乌斯手里握着弓。最后面是沃尔夫斯坦，这个孩子处在一个相对安全的位置。

巴利斯塔一行按照约定的队列笔直地冲过来。在第一辆篷车上的一个阿兰人注意到了他们的行踪，大叫起来。奥克乌斯立即射箭将其击倒，但是另两个阿兰人也在同伴的呼喊中发现了巴利斯塔一行人，他们一边呼喊着一边攻击篷车，并没有注意其他的同伴是否听到了自己的警告。

巴利斯塔一行笔直地向着剩下的阿兰人冲过去，地面似乎都跟着震颤了。阿兰人竟纷纷跳上马，抓紧离开了，甚至都没有回过头来补射几箭。

巴利斯塔放慢速度，呼喊所有人集合，他叫喊的声音非常大，感觉到血似乎已经涌到了耳朵根部。这些日子以来，巴利斯塔头一回感到兴奋，感到自己是活着的，自己是一个可以操控自己命运的战士！

他们骑着马巡视各个篷车的情况，士兵们从第二辆篷车中探出了脑袋，小声地欢呼着。或许这些士兵不像巴利斯塔想象的那么糟糕，或许他们的百夫长还是能发挥部分作用的。古伽和安东努巴卢斯从第一辆篷车中探出身子，巴利斯塔向他们挥手，安东努巴卢斯将右手手掌放在自己的前额上，古伽什么反应也没有。

到达车队中段的时候，巴利斯塔看见七个撤退的阿兰人，朝着另一个大约十人左右的阿兰人队伍逃跑。那十人的队伍截住了车队中间的一辆篷车，围住了一小拨西利西亚雇佣兵。双方距离大约三十步位置的时候，他们调转马头飞奔而去，往后射出了很多箭。但是阿兰人撤离的时候，他们的人基本是想起来就往后射一两箭，不过还是对罗马士兵造成了一些威胁。

等阿兰人跑到呈半圆形的车队的中间时，遭遇了六人左右的篷车车夫的射击，萨尔马提亚人射箭极快。这里地上倒着几个罗马人，站着几匹草原上的小马，还有至少两个阿兰人倒下了。巴利斯塔觉得阿兰人的骑术堪称一流，但战斗的时候简直是一盘散沙。

阿兰人边撤边吼叫着通知自己的同伴，接着弯下身体，贴紧坐骑的颈部往南逃去。不一会儿，便不见了踪影。

巴利斯塔让手下的人停下来，大家都喘着粗气。如果这些阿兰人不会集结后再度折返，目前情况还是比较顺利的。巴利斯塔让自己不要往坏的方面想。很多年前在多瑙河，将军加卢斯曾经告诉他，在战场上发号施令的关键准则是心无旁骛。现在巴利斯塔必须考虑如何解决面前最严峻的问题。

三个阿兰人正朝着最后一辆篷车飞奔。这辆车已经远离队列了，驾车的车夫也已经死了，倒在地上。巴利斯塔看得见篷车里的一举一动。要知道车上装着一半的黄金以及全部礼物，他应该先考虑这辆篷车吗？如果想要在这场意外中生存下来，他们必须首先对付的是阿兰人的主力军。

篷车西侧，情况异常混乱。一群马似乎受到了惊吓，各种乱窜、乱踢、乱咬，马身上的汗都在反着光。可以观察到大部分马都没有骑手控制。从扬起的阵阵灰尘中，可以看见里面的骑手们都弓着背、猫着腰，其中阿兰人居多，只有一两个赫卢利战士的身影偶尔闪现出来，不一会儿又淹没在马群中。

巴利斯塔觉得，现在自己就像是一个刚刚学会游泳的人，正在看着波涛汹涌的河流。如果带着大家进入这么混乱的战斗中，逃出生天的几率有多大？

在巴利斯塔左侧，奥克乌斯已经等不及了。他的亲兄弟们就在这个漩涡般的战场中战斗，可能已经牺牲了，他决不能坐视不管。

“老规矩。”巴利斯塔说，“我们五个人要保持一致，冲进去，找到敌人近身搏斗，如果我们冲出去了，按照一样的阵形，返回去继续战斗！”

所有人点头。

“准备好了吗？”

“是的。”

“全体听令——出发！”

巴利斯塔希望这群阿兰人会像之前的敌人一样溜之大吉，可惜事与愿违。巴利斯塔知道这下可不容易冲出去了。

巴利斯塔的预想得到了证实，十人左右的阿兰兵面色铁青，架好了弓箭。

巴利斯塔一行加速往里冲，位于中间的他骑着马，弓着身子向前猛奔。要是有盔甲就好了，万幸他并没有被箭击中，此时一阵强烈的马汗味扑面而来。

但是他左侧的马中箭了，箭直直地插进了它的胸膛！那匹马瞬间失去了奔跑的节奏，前蹄跪倒向前倾斜。巴利斯塔看见卡尔加库斯想要从马鞍上跳下来，可是似乎已经来不及了！老天爷啊，那匹马不会要压在他身上吧！

巴利斯塔听到强烈撞击的声音。他此时冲到前面去了，看不见后面的状况。正好一支箭划过他的脸庞，沃尔夫斯坦想从左侧冲上去，顶替卡尔加库斯的位置。但是奥克乌斯制止了他，自己冲上前去，保持在巴利斯塔的左翼位置。

巴利斯塔正前方的阿兰人抽出了剑。巴利斯塔没有任何迟疑地冲了过去。两匹马正面相撞。力度之大，巴利斯塔都差点儿从马鞍上摔了出去，他及时地抱住了马脖子。巴利斯塔自己的马停了下来。阿兰人的马则一屁股坐在了地上，骑手也只好抱住了自己的马，一时半会儿很难再爬起来。巴利斯塔迅速恢复坐姿，御马前进，马也迅速调整好，一跃而过。

巴利斯塔此时想从左侧冲出去，而右侧一个阿兰兵杀了过来。巴利斯塔急忙掉转剑刃，只听两剑相撞，发出了嗡鸣声。

此时混乱中出现了一个缺口，巴利斯塔冲了出去，确定附近没有敌人。他重新返回战场，骑马的时候他感觉到，自己的马似乎前脚已经瘸了。他看到两个阿兰人围住了沃尔夫斯坦，这个孩子挡住了第一次袭击，第二次袭击则差点儿击中了他的头颅。

沃尔夫斯坦又挡住了一剑，但是左侧却暴露了出来。一个阿兰人趁势举起了剑，巴利斯塔大声向沃尔夫斯坦吼叫，但是他的声音完全被淹没在这一片混乱中。

突然一支箭刺穿了阿兰人的喉咙，他倒下了，而他的小马还在向前奔跑着。

奥克乌斯从后侧出现，正在找准角度射击沃尔夫斯坦另一侧的敌人。

而那个阿兰人此时看到了冲过来的巴利斯塔，便掉转了马头正对巴利斯塔。巴利斯塔见势，向着对方正面挥剑，阿兰人也朝着同样的方向举起了剑。眼看着二人又要对上，巴利斯塔立即调整剑刃位置，狠狠地插进了对方的前臂。敌人痛苦地大喊。巴利斯塔没有错过良机，直接将剑刺进了对方的胸口。

马克西姆斯从侧翼出现，身上沾满了鲜血。巴利斯塔感觉到坐骑似乎有些不稳，他自己也不清楚这匹马能撑多久，但是这个时候不要想太多。现在马克西姆斯、沃尔夫斯坦和塔奇恩都在这儿，而奥克乌斯不见了踪影，卡尔加库斯摔倒在地。

半圆形的阿兰人战队出现在他们面前。

“所有人聚拢！”巴利斯塔吼道，“杀出一条血路！”

他们四人排成一行、正要出发时，阿兰人突然掉转了马头。他们就这样飞奔着离开了战场。

奥克乌斯赶了上来。

“他们走了。”奥克乌斯说，“这群小兔崽子把我们大部分的牲口都赶跑了，但是现在他们全部逃走了。我们，能喘口气了。”

希波托俄斯看着篝火上的烟。底端的烟是银灰色的，非常浓密，好像是古老的橄榄树的树干。但是越往上走就越淡，风将这些烟吹向了南方。

希波托俄斯觉得不敢相信：他活下来了，看到了眼前的篝火。

当他看见三个阿兰人向他冲过来时，他已经返回到车厢里。他让那耳喀索斯靠近他，告诉他干得漂亮。而那个男孩儿一直在发抖。希波托俄斯捡起了阿兰人的剑，递给了那耳喀索斯，告诉他但凡有人敢上来，就杀了对方，如果干得好，他将获得自由。言罢，那耳喀索斯颤颤巍巍地拿起了剑。

希波托俄斯也是这么告诉另一个奴隶的，他是百夫长的奴隶，结果却是一点儿用都没有，那个奴隶只知道哭。希波托俄斯狠狠地踢了他几脚。

翻译官也踉踉跄跄地站了起来。他已经给自己的胳膊上系上了止血带。他想捡起地上的剑时却又摔倒了。希波托俄斯从地上捡起了一把弓递给了他。希波托俄斯自己的弓箭也应该在这里，而且他记得自己看到过其他的武器，可是现场一片狼藉，好像狂欢之后的场景，根本不知道在哪儿。

希波托俄斯站在车厢的前面。他掀起了车帘的一条缝，观察室外的情况。一支箭正朝他飞来，他连忙后退。

外面传来了打斗的声音，既有阿兰人的，也有赫卢利人的。在车厢阴暗的环境里，希波托俄斯默默等待着，努力地控制自己的呼吸，压抑自己内心的恐惧。

似乎过了很久很久，外面的噪音逐渐降低了。希波托俄斯掀起了车帘的一角，发现阿兰人已经不见了。

希波托俄斯走出车厢，观察外面的情况。有一些脱缰的马站在那里，有的还在奔跑，剩下的都挂了彩，要么低着头停在一处不动，要么一瘸一拐地走着。地上散落着很多残缺的兵器和弓箭。还有很多的尸体：三个雇佣兵，赫卢利人阿卢伊斯以及贝鲁斯，两个赫卢利人的奴隶，翻译官的奴隶和两个萨尔马提亚车夫。另外有三个人受了重伤：卡尔加库斯、一个雇佣兵和一个罗马队伍中的官员。奇怪的是卡斯特里西乌斯和百夫长赫德奥纽斯不见了。没有人在混乱中看见他们，也没有人知道在这场混乱之前他们在哪儿。

现场死了十二个阿兰人。看着赫卢利人剥下他们的头皮，现在的希波托俄斯很是淡定。他觉得赫卢利人干这个事情的时候，技术还挺不错的，长刀使用得很到位。不过遇到有文身的阿兰人时，剥皮会比较麻烦：安东努巴卢斯告诉过他有文身的皮是最好的战利品，带着这些皮，皮的主人在转世之后还得给杀死他的人当牛做马。希波托俄斯知道，作为一个文明的希腊人，这些习俗、思想是令人震惊的、厌恶的。但是希罗多德说过，入乡随俗。再说了，自己是谁？有什么资格评论别人的习俗？尸体剩下的部分被扔在大草原上，作为给这里禽兽们的食物。

第二天，在这场战斗中牺牲的自己人将被火葬。这个仪式不像菲利姆斯的火葬那样精致神秘。现在没有多少时间了，而且尸体也太多了。赫卢利人的祭品很是贵重：黄金、皮毛、药膏等等。希波托俄斯对于这一点深表崇敬：对尘世这些贵重物品的漠视，让他们能够有自由专注于真正有意义的事情上——人类的灵魂。

篝火架很大。剩下的人花了伏击当天剩下的时间加上第二天早晨搭建而成。他们拆了两个篷车做木柴用。这一点也让希波托俄斯感到钦佩：这种做法其实很实用，不仅增加了燃料，也缩短了行李车队。毕竟，他们现在也少了两个车夫。

篝火堆很大，有足够的空间放下阿卢伊斯和贝鲁斯的尸体。当他们的尸体烧完后，剩下人的尸体会被放入篝火中进行火葬。等到赫卢利人夏天再回到这里驻扎营地时，他们会捡回这两位猩红勇士的骸骨。安东努巴卢斯告诉他后面还有很多仪式呢。希波托俄斯想着：是啊，无论如何，入乡随俗。

巨大烟雾升腾起来，几英里外都能看到。

“他们会再来吗？”巴利斯塔提出了这个所有人都在思考的问题，但是没有人回答。

“谁知道呢。”安东努巴卢斯打破了沉默，“但是他们没有旗帜、没有盔甲，也没有贵族和他们随行。这说明他们可能只是一支想要证明自己的年轻战士的队伍，甚至可能只是阿兰人管辖的阿奥索伊或者斯拉科奥伊部落，或许，他们就是土匪。”

更年长的赫卢尔法拉斯摇了摇头：“我不这么认为。他们消息确切，他们知道罗马外交礼物装在哪辆篷车上。而且他们也太拼命了。土匪可不会为了一次抢劫，丢了十二个弟兄的命。”

希波托俄斯赞同法拉斯的观点。

法拉斯继续说道：“他们可能故意不拿旗帜、不穿盔甲，就是为了迷惑我们，让我们觉得他们是土匪。阿兰人的国王萨夫拉可是只老狐狸。他可能想要罗马人的黄金和我们的马匹，可能只是想要报仇雪恨。而且如果纳乌罗巴特斯威胁对他宣战，他还能推脱得一干二净。”

安东努巴卢斯回答：“如果他们还敢过来，我们一定要给他们好看！我们会安排好哨兵、安排好车阵。明天开始，我们将在行进过程中执行严格的纪律。”

希波托俄斯注意到了他没说的部分。现在队伍里只剩下二十人左右的战斗力了：安东努巴卢斯和法拉斯、两个赫卢利人之前的奴隶、六个罗马雇佣兵、八个萨尔马提亚车夫、哥特古伽、巴利斯塔、马克西姆斯和他自己。

“昨天派出去的两个信使，多久能到达纳乌罗巴特斯的营地？”巴利斯塔问道。

阿兰人一撤退，安东努巴卢斯便给予了四个奴隶自由。其中有两个人被任命为信使，向东北和北边出发报信。

“这段距离不近。”安东努巴卢斯回答。

“他们回来要多长时间？纳乌罗巴特斯的人什么时候来接我们？”巴利斯塔立即问道。

安东努巴卢斯和法拉斯你看看我，我看看你，法拉斯耸了耸肩。

“如果马不停蹄地赶路，可能今天傍晚能到。”安东努巴卢斯回答。

“那我们什么时候可以获得支援？”

“国王集合军队得花些日子。之后过来大概需要三天的时间。”安东努巴卢斯笑了笑，“不过我们也在向他们进发。”

“如果一切顺利，至少四天，”巴利斯塔总结道，“很有可能是五天到六天。”

“如果一切顺利。”安东努巴卢斯点点头。

第十四章

卡尔加库斯狠狠地摔了下去，被马匹踢来踢去。马匹奔跑的时候，他感觉到整块大地都在震颤。他的右肩和右臂伤得最重，这种疼痛感难以用语言形容，他疼得直嚷嚷。有人抬起了他的头，他感觉到嘴唇上有液体，便喝了下去，那液体可真难喝。他还噎住了，把刚喝下去的东西都咳了出来。他耳边传来了熟悉的声音，告诉他“喝下去”“喝下去”。他只好喝了下去。然后他被平放在地上。渐渐地，疼痛感和身边的噪音似乎渐渐退去。黑暗再度袭来。

他觉得自己回到了西西里，躺在埃特纳山脚的别墅里。马克西姆斯牵来了一匹萨尔马提亚的栗色骏马，它叫作阿奇内克斯。只有像马克西姆斯这样的蠢货才会觉得这匹马厉害——其实这种马可是相当狡猾——他的名字来源于某种东方武器。现在巴利斯塔正牵着那匹马，马克西姆斯在给马装上盔甲。这匹马明显是感觉到了盔甲的重量，连连往后退。

他出现了很多幻觉，他现在觉得疼痛是白色的，接着变成了暗红色。昏暗中他似乎看到了一个人影，那人头上扎着骨头。他正在小声地和巴利斯塔说话，是那个古伽。不一会儿，又有人给他灌那个难喝的液体。不一会儿他又失去了意识。

不知怎的，马克西姆斯就已经给那匹马上好了马鞍。现在他们在一个宽敞的石头做的库房里。这里很冷、很黑。那匹马站在那里不动，耳朵向后撇着，还翻着白眼。马克西姆斯跳上了那匹马。然后过了一会儿，什么都没有发生，似乎这匹马变乖了。于是巴利斯塔松开了手，马儿跑了起来。巴利斯塔退到了大门的位置。这匹马时而站起、时而猛冲，在这个有限的空间中奔跑着。马克西姆斯一直硬撑着，紧紧地抱着马，就像只猴子在马背上。

马总算停了下来，喘着粗气。马克西姆斯咧开嘴笑了。这匹马退到了靠墙的位置。马克西姆斯指挥马向前，可是这匹马根本就不理他。于是马克西姆斯又踢了几回，结果这匹马故意借着后腿的力量，让前面的两腿悬空，整个站了起来。马克西姆斯只好紧紧地抱住马。于是这匹马干脆向后倒，让马克西姆斯狠狠地撞在了墙上。马接着压在了马克西姆斯的身上，可怜的马克西姆斯中计了，前面压着这匹马，后面则是石墙。

马有些踉跄地站了起来，马克西姆斯躺在了地上。卡尔加库斯手里拿着鞭子，从大门处跑过来，巴利斯塔跟在后面。这匹马竟故意地踢了马克西姆斯好几脚，然后小跑到了离马克西姆斯较远的库房的一侧。这畜生真是太恶毒了，简直跟人一样狡猾！

黑暗渐渐退去，疼痛感再度袭来。耳边似乎传来了他被踩踏时的声音。浑身上下都疼死了！渐渐地，卡尔加库斯睁开了眼睛。

巴利斯塔正弯着腰，查看他的情况，巴利斯塔冲着他笑了。

马克西姆斯俯视着卡尔加库斯，说：“还没死呢，老头子！”接着这个家伙递给巴利斯塔一些硬币，一脸失望的表情，说：“我们打赌你能不能活着，看来是我输了！”

巴利斯塔扶着卡尔加库斯坐起来，给他喂了点儿掺了水的酒。

卡尔加库斯坐在他们的篷车上，他明显感觉到篷车行进的速度加快了，车身摇晃得很厉害。卡尔加库斯注意到他们给自己铺上了厚厚的垫子和地毯，但是由于车身的震动，他还是感到非常痛苦，他的胳膊用木板固定住了，肩膀上也有绳子系着。

“过了多久了？”卡尔加库斯问道。

“老浑球儿，”马克西姆斯叹了口气，又递给巴利斯塔一些钱币，“我打赌你醒过来说的第一句话是‘这是哪儿’。”

“三天了。”巴利斯塔说，“那天你恢复了知觉，但是我们怕你太痛苦，就给你喂了很多酒，吸了不少大麻，所以昨天你一天意识都很模糊。”

“我的胳膊？”

“断了，古伽帮你接上了。他很担心你的肩膀。”

“我也是。”

“你记得发生了什么吗？”马克西姆斯问道。

“这他妈还用问？！一匹马压在我身上了。”

“其实吧，”马克西姆斯笑了笑，“你从马上跳下来了，但是落地不稳摔倒了，把自己的胳膊摔断了。你真是老了，笨手笨脚。”

“沃尔夫斯坦呢？”卡尔加库斯问。

“他没事，”巴利斯塔回答，“他给你做了些吃的，放在火盆上热着呢。”

“鸡汤，可他娘的香了。”马克西姆斯咂咂嘴。

“其他人呢？”

“咱们的人，死的都是些士兵。不过卡希斯特里希乌斯和百夫长失踪了。”马克西姆斯说。

“在这里失踪，啧啧，小命难保啊。”

沃尔夫斯坦端着鸡汤进来了。巴利斯塔和马克西姆斯让出了位置，沃尔夫斯坦喂给卡尔加库斯吃，还给他带来了酒和大麻。不一会儿，卡尔加库斯就又困了。

卡尔加库斯第二次醒来的时候，看到了塔奇恩。

“感谢老天爷，您没有死。”

“运气还行吧。”

“如果您死了，我欠您的这辈子也还不了了。”

“说什么呢。”卡尔加库斯觉得现在谈这个好像不是时候，他示意让塔奇恩把酒递过来，“帮我拉开车帘子吧。”

“不过，基利耶，您如果死了，我还是可以继续向巴利斯塔大人还债。”

“阿兰人会再回来吗？”

“很有可能，不过我们行进的速度飞快，而且安东努巴卢斯和巴利斯塔大人也一直在忙着保护我们的安全。”

“怎么说？”

“赫卢利人一直侦查附近的情况，就跟你们说的，像，像……”

“像间谍一样？”

“是的。”

“除了侦察呢？”

“现在车队排成了两行前进。队首和队末的车一掉头，咱们的车队就能组成一个密封的车阵。哦对了，现在咱们只有八辆篷车了。两辆车装货，一辆车装士兵，剩下的士兵都骑着马跟着，一个跟着那个宦官阿曼提乌斯的篷车，一个跟着巴利斯塔，然后每辆篷车都配了一个士兵，剩下的马在两列车队中间。”塔奇恩咧开嘴笑了，“您看，我们都准备好了！”

卡尔加库斯的声音里却满是忧虑：“我们还有多少人能战斗？”

塔奇恩数起了指头：“伤员算吗？”

“不算。”

“失踪的呢？”

“肯定不算啊。”

“那萨尔马提亚的车夫呢？”

“算。”卡尔加库斯有点儿不耐烦了。

塔奇恩又算了一遍：“二十三。”

“这他妈死定了。”卡尔加库斯叹了口气。

卡尔加库斯躺下来，看着大草原的日出。现在已经到了六月，天气开始变热了。现在他只要轻轻一动，浑身上下都跟着疼，而且他头也很闷。

“巴利斯塔在哪儿？”卡尔加库斯问。

“基利耶，我去替您找他。”

卡尔加库斯尽量让自己好过一点儿，开始在思考最近发生的一切。

巴利斯塔、马克西姆斯和塔奇恩走进了车厢。

“好点儿了吗？”巴利斯塔问。

“我们改变行车的方向了吧？”

“我们在往东北走，去找纳乌罗巴特斯的营地。”

“为什么现在去？”卡尔加库斯声音非常虚弱。

“我们现在还能有别的指望吗？”马克西姆斯说道。

“你是说，为什么我们之前不直接去找他？”巴利斯塔说。

卡尔加库斯哼了一声。

“为什么乌鲁根底人让我们在塔奈斯河南侧上岸？”巴利斯塔开始思考，皱起眉头，“为什么不是北岸？从北岸上来，我们可以往东北走，穿过河流往上出发。”

马克西姆斯和塔奇恩感觉事有蹊跷，但是他们也想不明白。

“为什么古伽和安东努巴卢斯带着我们向东走，穿过阿兰人和赫卢利人有领土纷争的区域？”

卡尔加库斯喘着气，喃喃自语：“小兔崽子，现在倒是聪明了。”

“他妈的，故意的！”巴利斯塔恍然大悟，“他们希望阿兰人来进攻我们。”

“可能性很大。”卡尔加库斯嘟囔着。

马克西姆斯忍不住骂了起来。

“为什么呢？”巴利斯塔想不明白。

车外的警报声打断了他们的对话，沃尔夫斯坦钻了进来。“东南边有骑兵！”

所有人冲了出去。卡尔加库斯听到他们骑着马离开的声音。

过了一会儿，卡尔加库斯确定自己还可以行动，便用还完好的左手撑着，一点点爬了出去，掀开帘子，观察外面的情况。

只有一个骑兵往车队处骑来，尽管有些距离，还是可以发现他的马已经筋疲力尽了。

一部分骑兵正对着这个敌人，狠狠地盯着他，巴利斯塔和安东努巴卢斯在车队四周观察情况。

“这小子倒是不笨。”卡尔加库斯自言自语。

“卡斯特里西乌斯！”马克西姆斯吼道，“你个浑球儿。”

卡斯特里西乌斯骑了过来，看出来他打算下马。

“怎么回事？”巴利斯塔问道。

“我当时骑着马，突然有一队阿兰人从南边冲了出来。大概有十二个人追着我跑，我向东边跑，他们还一直在追，昨晚上总算摆脱他们了。”他脸色苍白，喘着气说着。

“你受伤了。”

“只是擦伤。”他摸了摸自己的左腿，“我还没到该死的时候呢。”他笑了笑，“万幸大家都没事。”

那耳喀索斯听到了外面的骚动。他从混乱的车厢中爬出来，想看看发生了什么。快到晚饭的时间了，一匹脱缰的马受到了惊吓，可是没有办法从密闭的车阵中跑出去，它只好在里面乱跑，打翻弄乱了不少东西。有人跟在马后面大喊大叫的，情况更是混乱了。其他的马，因为眼前发生的事情，显然也有些躁动。

那耳喀索斯觉得还是让其他人来处理吧，他返回车厢内，清点所有人的财物。他移动了一个很重的包裹，突然一卷纸草书掉了出来。那耳喀索斯曾经受到过书记官的训练，认识字，他打开了书卷的第一页，靠近灯阅读了起来。

伟大的太阳神菲巴斯，这个故事要从阿尔戈号上的人们说起……

是罗德岛阿波罗尼奥斯的《阿尔戈船英雄记》。

那耳喀索斯突然想起来什么。马斯塔巴特斯说过关于史诗的事情，有人否定了马斯塔巴特斯的说法，连日来不断发生的肢解惨案，在诗歌里，阿普瑟托斯就是被肢解了……

外面传来了一些噪音，那耳喀索斯想都没想就把书卷塞进了长袍里。他必须得告诉别人，必须告诉巴利斯塔。

那耳喀索斯从车上蹦下来，营地依旧是一片混乱。

“你手里拿着什么呢？”

声音从背后传来。

他转过身看一眼。“没什么。”

“把那个东西给我看看。”

那耳喀索斯掏出了书卷：“我只是在整理东西罢了。”

“那是自然。”

那耳喀索斯将左手拿着的书卷，递给对方。

对方突然用右手紧紧扼住了那耳喀索斯的脖子，书卷掉到了地上。那耳喀索斯用手拼命抓着对方的右手，可惜对方力气太大，完全不是对手。他现在也叫不出声音，只能被拽着，拖到了篷车的后面。

对方用两只手掐住了那耳喀索斯的脖子，那耳喀索斯感到黑暗逐渐袭来，脖子上的疼痛感不断加剧。

临死前，那耳喀索斯听到的最后一句话是。

“他妈的，不过是个死奴隶。”

第十五章

一个萨尔马提亚车夫去上厕所的时候，发现了尸体。尸体离车队较远，但还没到哨兵巡逻的位置。看得出来，杀手没打算藏尸体。

天色灰暗，快到黎明了。所有人必须抓紧时间。燃烧的火把发出嘶嘶的声音，牛轭已经安置在牛的脖颈上。临时防御营地还没有成型，大家正在安排车的队形，侦察兵已经出发执行任务了。其他的人正在吃着早饭，有两个奴隶挖了一个坑，打算做那耳喀索斯的坟墓。

巴利斯塔一行人正在检查那耳喀索斯的尸体。

“先割断喉咙，再掐死。看这个掐痕，真是死得透透的。”马克西姆斯说。

“是先掐死，再割了喉咙。”巴利斯塔更正，“如果已经割断了喉咙，有什么必要再掐喉咙呢？”

“那掐死了，又补一刀，这是为什么呢？”

“置对方于死地。确保他不是暂时的失去知觉。”巴利斯塔注意到那耳喀索斯头发上的血迹，“凶手用死者的头发擦拭肩上的血迹。”

“是你说的吧，希腊人和罗马人觉得这样做可以防止死人的灵魂回来报仇？”马克西姆斯显然是不相信这些南方佬的言论。

“可怜的那耳喀索斯，”希波托俄斯叹了口气，“他是个好人。”

“不过对你而言，他是不是老了点儿？”卡斯特里西乌斯讽刺地说着，“你是喜欢年轻的男孩儿吧，屁股特别紧的。”

希波托俄斯懒得理他。“阿兰人袭击的时候，他表现得很勇敢，这在奴隶书记官中是非常少见的。”

“你应该知道是怎么回事吧。”卡斯特里西乌斯打断了对方。

“你什么意思？”希波托俄斯的手搭在了剑柄上。

卡斯特里西乌斯咧着嘴笑了，一脸调笑。“没什么意思啊。他可是你的奴隶，你应该知道他的行踪吧。”

车队处传来吼叫声，一切准备完毕，可以出发了。

巴利斯塔松了口气，还好两个人的注意力转移了，不然非得打起来。

马克西姆斯故意摆出一副看着别处的样子，巴利斯塔知道他的意思。

“走吧！再不走就来不及了。”

两个奴隶继续处理那耳喀索斯的坟墓。他们拿走了那耳喀索斯的靴子、皮带和钱包。其中一个人从钱包里掏出一枚硬币，放到那耳喀索斯的嘴里。剩下的财产都交给了希波托俄斯，不过希波托俄斯让他们自己拿着就好。他们连忙谢过希波托俄斯，之后便把那耳喀索斯的尸体放进了坟墓里，盖上了土。坟墓不深，不过阻挡动物来吃尸体，应该是够了。

巴利斯塔在西北边站第一班岗。两个赫卢利人从南边过来，就像阿兰人上次的袭击路线。游牧民们很了解草原，知道怎么判断眼前的景象。大约四小时后，马克西姆斯过来换班。巴利斯塔看到了秃鹰、乌鸦和匆忙躲进洞里的野鼠。除了车队和坟墓，这片广袤的草原上可谓人迹罕至。

换班后巴利斯塔便往车队赶，去陪着卡尔加库斯。这个老家伙身体恢复了不少，但是脾气依旧那么糟糕。

“从离开塔奈斯河到现在，已经有二十天了。”巴利斯塔说。

卡尔加库斯咕哝了一声。

“我估计，还有两天就到六月十三了。”

“天越来越热了。都不下雨的。妈的，夏天要到了。”卡尔加库斯喃喃自语。

“你记得吗？我六月结的婚。”

卡尔加库斯投来了惋惜的眼神。

“朱莉娅的家人说，六月十三之前结婚不吉利。在那之前，台伯河还没有把维斯塔神庙的污秽之物送到大海中。当时他们是用拉丁文的诗句告诉我的，过了好久我才知道这是奥维德写的。”

卡尔加库斯还是没说话。

“婚姻并非适合所有人，我想我的儿子了。嘿，要不要聊聊丽贝卡。”

“不想。”

“随你好了。”巴利斯塔点点头，“你知道吗，罗马祭司的妻子，在六月十三日之前都不能跟她们的老公行房。”

“关我屁事。”卡尔加库斯说。

“就是这么一说。”巴利斯塔撇撇嘴。

“你又这副死样子。”卡尔加库斯瞟了他一眼，“你到底想说什么？”

“丽贝卡。”

“除了她。”

巴利斯塔温和地笑了：“你还记得在阿瑞忒吗，有个苏布拉的信使，被波斯人击中，锁骨中箭的那个。”

“最后死了的那个吧。”卡尔加库斯说，“后来在他的尸体上发现了弗鲁曼塔里伊的工作证件。”

“对，就是他。”

“我们的人中还是会有那群混账玩意儿吧。”卡尔加库斯说，“哎，哪儿都是他们，皇帝从来不相信任何人。加里恩努斯根本就不相信你，对吧？”

巴利斯塔叹了口气。他决定换个方式。

“在安条克，色西昔姆大战之前，我读了希腊人卢奇安的很多书。”巴利斯塔笑着说，“在我被戴着面具的刺客袭击之前，我正好在读他的讽刺作品《舞蹈》。真是见了鬼了。”

“你又在炫耀什么呀。”卡尔加库斯抱怨的声音很大。

“其中一个讽刺故事，跟大草原倒是有关联。”

卡尔加库斯微张着嘴，呼吸空气时发出嘶嘶的声响。

“有一个塞西亚人，他的生死之交向博斯普鲁斯国王提亲，却被这位国王狠狠地羞辱了一番。所以这个塞西亚人说，要取下这个国王的项上之头。”

“瞎扯。”

“这个塞西亚人就想办法，当上了派往博斯普鲁斯的大使。他们处理的都是一些普通的事情，比如贡礼是多少、放牧权多大、对罪犯的惩罚，等等。不过这个塞西亚人说，他有一些私人的业务要跟国王谈。”

“希腊人真他妈无聊。”卡尔加库斯似乎没有听进去。

“不管怎么说，”巴利斯塔知道得赶快结尾了，“这个塞西亚人想了各种办法，让国王答应自己一个人进了某座神庙。”

“蠢货。”

“外面的人还锁上了门。”

“切。”

“当这个塞西亚人从庙里出来的时候，他在斗篷下藏了什么东西。他跟所有人说自己一会儿回来。”

“接着他跳上了马，把国王的头送给了自己的朋友。”卡尔加库斯直接打断了巴利斯塔的话。

“故事就是这样。”

卡尔加库斯笑了。“我以为你不喜欢希腊故事呢。”

“我又没说我会相信。这个故事的重点其实……”

“在于做事情的方法。”卡尔加库斯替他说完了这句话。

巴利斯塔点点头。

“其实不用说那么多废话，”卡尔加库斯抬起头，“我知道。就在过去，皇帝塞普蒂米乌斯·塞维鲁想除掉恺撒，于是他派了五个大使去高卢，他们要求单独与恺撒见面。不过多疑的恺撒将他们逮捕起来，发现了身上藏着的刀，在严刑逼供下他们承认自己是弗鲁曼塔里伊，奉命来杀死恺撒的。”

“你怎么知道的？”

“我跟你一块儿进的罗马帝国。我可不像你一样爱显摆。”

巴利斯塔笑了，他习惯了卡尔加库斯的说话风格。

“你觉得我们可能只是一个幌子，目的是要让弗鲁曼塔里伊靠近纳乌罗巴特斯，然后杀了他。”卡尔加库斯问道。

“是。”

“但是这个弗鲁曼塔里伊已经开始动手了。”

巴利斯塔觉得这个推测不准确。“那人下手的作风很是诡异。”

“你骑马骑太久，给太阳晒得脑子都晕了吧。那个杀手就是个疯子。”

“就是个疯子？他至少杀了三个人。”

“两个奴隶一个宦官。或者杀了其他奴隶。但是他杀死的人都没有什么战斗力。说实话，这哥们儿估计也不能给我们带来多大威胁。”

巴利斯塔笑了。“你真是恢复得挺好啊，这才是你啊，完全是个没同情心的老浑球儿。估计过不了多久，你就又能骑马上战场了。”

卡尔加库斯骂了几句巴利斯塔。

然后他们靠着马车，没有说话，氛围很是融洽。

“大人，”沃尔夫斯坦走了进来，“前面有一个T形架。”

巴利斯塔出去勘查情况。前方是一片坟地，墓地上有个T形架。远远地就能看见，架子上钉着一个人。

巴利斯塔放上马鞍，骑马前进。他快到了的时候，已经有不少人赶过去了，他们为巴利斯塔让出了道路，而架子上的人，不是别人，正是失踪了的百夫长赫德奥纽斯。

巴利斯塔下马，走上面前陡峭的、长满草的斜坡，风吹过他的耳畔，从较高处，他可以看到阳光下的草原上似乎闪烁着光。

百夫长的两只前臂钉在了T形架的横梁上，膝盖钉在了纵梁上。他的身体扭曲着，头耷拉着。他全身赤裸，显然腿也断了。他浑身上下全是细小的伤口，T形架的木头上沾满了血迹和污渍。

巴利斯塔不喜欢赫德奥纽斯，但是这种死法实在是太惨了。

主神沃登被长矛刺伤，倒挂在一棵树上。一直吊了整整九天，没有喝上一口蜜酒，也没有吃到一片面包。但是九天之后他获得了无上的智慧，他死了，却又重生了。巴利斯塔不知道那些基督徒们的主神是怎么熬过来的。

一阵风吹过，吹动了百夫长的头发。

巴利斯塔身后，有人在讨论把百夫长放下来。

“不行，”安东努巴卢斯声音凌厉，“不能放下来。阿兰人把他放在这里不光是为了吓唬我们，也是为了耽误我们的行程。我们必须马上出发，他们正在不断靠近！”

百夫长的头动了动，他睁开了眼睛。

“天啊，他没死！”

这下人群骚动起来，人们纷纷下马，跑去斜坡上一探究竟。

突然一支箭射了过来，离巴利斯塔也就一掌的距离，那支箭直直地射入了赫德奥纽斯的胸口。

安东努巴卢斯手中举着弓，他没有下马。

瞬间鸦雀无声。

“他已经死了。”安东努巴卢斯说。

第十六章

天刚蒙蒙亮，沃尔夫斯坦已经坐在萨尔马提亚车夫的旁边。车夫挥舞着长鞭，击打着牛背，一阵阵尖锐的响声使牛不由得发出低沉的吼叫。稍事休息后，它们继续奋力前行。

车厢里卡尔加库斯又在抱怨。其他人都出去巡岗，各司其职，就他一个人在车里。昨天古伽说他还需要休息，但是他心里可是一万个不乐意。一直待在车厢里不得动弹，让他火气更旺。

沃尔夫斯坦也想骑马，但是自从阿兰人发动袭击后，他们损失了一部分马——两个信使每个人都带走了四匹马，所以现在只剩十五匹马，只有到了可以战斗的年龄的人才有资格骑这十五匹马。沃尔夫斯坦在上次的突袭中虽然活了下来，但是他知道自己不是一名真正的战士。他没有杀死一个阿兰人，实际上他根本没杀过人，他甚至都没打过人，但是他活了下来。沃尔夫斯坦急不可耐，他希望自己成为一名战士。再过一个冬天，他就到了马克西姆斯第一次战斗的年纪，再过两个冬天，他就到了巴利斯塔第一次出战的年龄。

沃尔夫斯坦觉得，能坐在驭车座上也不赖。在乌鲁根底人的统治下，萨尔马提亚人会说日耳曼提亚语，所以沃尔夫斯坦也学了几句萨尔马提亚语。这会儿，两人正轻松地聊着天。但大部分时候车夫不会说话，沃尔夫斯坦觉得这没什么大不了。他正好可以利用这段时间思考自己的人生。此刻，这个年轻的盎格鲁人腿上放着弓箭和剑。如果阿兰人再次发动袭击，他将像一个真正的男人一样战斗。

就这样，太阳升起来了。

> 黎明又一次到来，
> 我将独自舔舐苦难。

清晨，当太阳刚刚探出头的时候，微弱的阳光照射在草叶尖的水珠上，不住地闪动着。但是其他的地方还是阴暗的，尤其是河道。在这种明与暗的对比下，树木、灌木给人一种荒凉的感觉。

现在，太阳已经完全挂在天空中了。车队于是也加快了行进的步伐。一时间，皮鞭的挥舞声、车轴的滚动声、锅碗瓢盆的碰撞声不绝于耳。

沃尔夫斯坦回想起昨天看到的惨状，其实他很讨厌那个百夫长，看到他得到如此下场还真大快人心。那时候他还活着，忍受着巨大的痛苦，简直活该。赫德奥纽斯是个残忍的家伙，是块当暴君的材料。想起他以前对奴隶的种种恶行就让沃尔夫斯坦觉得恶心。最后安东努巴卢斯的那一箭，也是众心所向，这让他更崇敬这群赫卢利人了。

还有一些浑蛋也应该受到这样的惩罚。以弗所的贩奴人，拜占庭的商人，奥尔比亚的船长，伦巴第的骑士，还有玻里斯提尼斯河、维斯瓦河到苏维汇海沿途的商人，他们统统都应该这样死！他们的所作所为无比残忍，如果让他们痛快死去简直是便宜他们了。他们就应该像赫德奥纽斯那样死，钉在架子上慢慢地被折磨死，或者拿根棍子，往他们屁眼里捅，让他们不堪折磨而死。一定要让他们慢慢儿地死，沃尔夫斯坦在心里默念。也许复仇之路不好走，几个月，或者几年，也许这条路将像琥珀之路一样漫长。

篷车遇到了一处凹槽，猛地停住了。沃尔夫斯坦连忙伸出手去抓紧车夫的胳膊。萨尔马提亚车夫脸上露出了挖苦的笑容。车厢里，卡尔加库斯在不停地骂着。

沃尔夫斯坦的心情稍稍放松了些。卡尔加库斯这个老头对他不错。马克西姆斯和巴利斯塔对他也很好。如果不是命运的捉弄，巴利斯塔一定在盎格鲁士兵中广受欢迎，他是个很大方的人，无论什么战利品都愿意和士兵分享。塔奇恩也不错，至少他从来没伤害过自己，一想到塔奇恩，沃尔夫斯坦就忍不住想笑：塔奇恩总是在炫耀自己的语言能力，说自己会日耳曼尼亚语、希腊语、拉丁语和他的母语，但把这些混在一起时，他的发音要多滑稽有多滑稽。沃尔夫斯坦心里明白，这些人不可能成为他的家人，但是在伦巴第人入侵之后，这是他头一回有安全感。

想着想着他觉得很好笑。在完全陌生的茫茫草原上被阿兰人追逐，车队里还有一个可怕的杀手潜伏着，自己竟然会有安全感。

不过跟着这支罗马队伍也不都是好事。那个罗马军官卡斯特里西乌斯就是个奇葩，天天嘟哝着好的灵、坏的灵，听着真瘆人。不过他不是最大的问题，最大的问题是讨人厌的希波托俄斯。在拜占庭的时候，自己已经很明确地拒绝了这个浑蛋的提议，真他妈的恶心人，他到底在想些什么啊！在大草原上，他竟然还有脸再来问我。在多次拒绝后，沃尔夫斯坦经常发现希波托俄斯在盯着他看，估计他又在钻研相面术，说看一个人的脸就能看到他的灵魂，简直神经病。如果阿兰人或者草原上其他部落的人突然射中了希波托俄斯，他可不会同情这个恶心的家伙。这种突然袭击的想法是沃尔夫斯坦在之前的战斗中学到的。在这广袤的草原上，一切都可能发生，甚至你还没注意到对手的存在，就已经身中数箭。

沃尔夫斯坦抚摸着腿上的弓箭。弓箭袋上装饰着花纹，花纹中有一部分是阿卢伊斯个人的象征，因而十分突出。这个标记的形状类似于拉丁文的“X”，上面多了一道弧线划过。阿卢伊斯牺牲后，安东努巴卢斯便把这个弓箭袋送给了沃尔夫斯坦。过去阿卢伊斯教他如何在马上射箭时告诉过他，这套弓箭很适合沃尔夫斯坦使用。

阿卢伊斯是沃尔夫斯坦的第二个朋友。过去的奴隶生涯中，他曾经有个朋友叫博托，是弗里斯人。博托对他很好，一直照顾他，在他最苦难的日子里帮助他。但是一年前，他在黑海的风浪中坠入大海，消失得无影无踪。沃尔夫斯坦叹了口气，为博托和阿卢伊斯祈祷。

每一天，世界都在不断地缩小。
每一天，都有人会离开这个世界。
经历过寒冬的侵袭，
人才会变得睿智。

在阿卢伊斯和奥克乌斯这两位赫卢利人的教育下，沃尔夫斯坦总算学会了如何骑射。现在他的技术可不比达提乌斯和奥都斯差，要知道他们俩之前是赫卢利人的奴隶，后来恢复自由身成为赫卢利人的一分子。说到这儿，沃尔夫斯坦其实非常羡慕那四个恢复自由身的赫卢利人的奴隶。有两人还做了信使呢！在那场袭击过后，剩下的猩红勇士为了表彰他们在战斗中的卓越表现，赋予了他们自由。作为自由的赫卢利战士，他们各自挑选了自己的标志，铭刻在自己的盾牌上。哎，现在回过头来想想那耳喀索斯，真是个苦命的人。还没被奖赏呢，就已经一命呜呼了。不过如果他没死，希波托俄斯会赋予他自由之身吗？再看看他自己呢？更惨，那天明明勇敢地冲进了混乱的战场，可是又获得了什么呢？没有承诺，也没有奖励，什么都没有。

如果能像达提乌斯和奥都斯那样，沃尔夫斯坦愿意付出沉重的代价，哪怕像主神沃登一样，失去一只眼睛也心甘情愿。如果巴利斯塔最后赋予他自由，那么他便可以以自由人的身份留在帝国中。但是他曾经是个奴隶，这个过去永远不会被忘却。人们会对他指指点点，偷笑他曾经是个奴隶。在希腊或者罗马，只要你曾经是奴隶，那么便不可以做地方长官或者应征入伍。更不用说像达提乌斯和奥都斯那样，成为一名骄傲的自由的战士，拥有铭刻着自己标志的盾牌。

那些仗着自己是罗马帝国居民的人真不知道在自鸣得意些什么！一想到这儿，沃尔夫斯坦就觉得气不打一处来。他们竟然好意思将自己能居住的地方等价于自己用军事入侵、暴政欺压的地方，他们将自己居住的地方称之文明之邦，其他民族居住的地方则是蛮荒之地。他们竟然蠢到看着几百年前的文献来认知这么多完全不同的民族、不同的部落、不同的国度，只是因为他们居住在文献描述的地方。继续抱着这种愚蠢的想法吧，早晚有一天你们罗马人会吃大亏的。沃尔夫斯坦鄙夷地哼了一声。单单依靠文学、人种学，像希波托俄斯、卡斯特里西乌斯，还有死去的宦官马斯塔巴特斯一样，是永远无法真正理解赫卢利人的。沃尔夫斯坦觉得可能他们都不知道达提乌斯和奥都斯是谁，所以就更不指望他们能理解为什么达提乌斯和奥都斯愿意为赫卢利人卖命了。

阿卢伊斯曾经说过，沃尔夫斯坦将成为一名优秀的赫卢利战士。他要不要找卡尔加库斯谈谈？让他帮忙劝劝巴利斯塔，让自己恢复自由身？如果现在，他在这片草原上能够获得自由，他就可以请求安东努巴卢斯，将他纳入纳乌罗巴特斯麾下。如果他们同意的话，就算再当一回奴隶也无所谓。他宁愿当赫卢利人的奴隶，因为如果跟了赫卢利人，那么只要勇敢坚毅，他就有机会获得真正的自由，拥有一个不会被过去牵绊的未来，在赫卢利人中，他有机会成为国王的左膀右臂。

但是这样发展下去的话，他就必须放弃自己的复仇计划。换句话说，那些浑蛋就不会受到应有的惩罚。不，他们必须受到惩罚！复仇是他目前活下去的最大动力，没有什么能比复仇更重要了！首先，沃尔夫斯坦必须完成他的复仇计划，之后他才会考虑加入赫卢利人的队伍。

突然传来了赫卢利人的吼叫声，这声音是警告声！

他判断这声音是从车队的后面传来的。但是现在他正坐在右侧车队的第一辆篷车上，无法观察到后面的情况。于是他一只手抓住车身，整个人侧身出去，往后观察，但是后面的篷车和车队移动时掀起的灰尘完全挡住了他的视线。

法拉斯骑着马冲过来，他简要地对萨尔马提亚车夫下达命令。车夫立即挥舞鞭子，篷车突然开始加速，牛喉部的垂肉晃动着。法拉斯继续向前，朝着安东努巴卢斯的方向奔去。

“怎么了？”卡尔加库斯探出头。

“后面有警报。”

卡尔加库斯皱起了眉头。

沃尔夫斯坦冲着车夫吼了起来，现在的状况他只能提高音量，才能让对方听到。“怎么回事！”沃尔夫斯坦一字一句地吼着。

车夫为了更好地控制车辆，直接站了起来，他把自己的胡子往后捋。“很多灰……很多骑兵……阿兰人！”

马克西姆斯骑着马，位于队列前部，和所有人一样，他身着铠甲，做好了战斗的准备，但是在热辣的阳光下，他大汗淋漓。现在他一直在想着女人。

自从离开塔奈斯那个镇子后，他就再没碰过一个女人。三天在河上，三天等着篷车和马匹，又在大草原上待了整整二十一天。二十七天，将近一个月了，都没有上过一个娘儿们。现在的他饥渴难耐，是个女人他都想睡，哪怕是草原上的恶灵，只要是个女的就行，说起来，队里还真有个女人，那个哥特老太婆——算了，还不至于饥不择食到这种程度。虽说有时候也担心：难道自己真的不行了？现在的他，其实已经渐渐习惯了没有女人的日子。他记得巴利斯塔和德米特里厄斯曾经说过一个不举的希腊作家，他形容自己的阳痿是“总算从暴君的手中获得了自由”。从这个方面来讲，说实话，马克西姆斯宁愿被判终身监禁。

“咦噗——咦噗——咦噗——”

后面传来了警告声。

马克西姆斯想，等他们到了纳乌罗巴特斯的营地，事情能否会有好转。他后来才知道，这些游牧民对性的态度很不一样，他甚至还听说，如果你睡了他们部落的女人，就会被他们杀死。不过，谁知道呢，万一他们的老婆自己也很想试试异域风味呢。他还听说，赫卢利人东部的一些分支其实态度没有那么严苛，只要不被他们发现，睡一睡他们的老婆问题不大。阿兰人呢，他们有不少老婆，可是你要是多看他们老婆几眼，就会被开膛破肚。赫卢利人的态度就开明很多，跟阿伽杜尔索伊人一样，他们会彼此分享各自的女人。这还有说法，分享了女人之后就不会心生嫌隙，会让他们成为真正的兄弟。

“咦噗——咦噗——咦噗——”后面的警报声一直未停。

在这片大草原上，赫卢利人要是真心欢迎你，睡睡他们的女人也没什么关系。奥克乌斯曾经嘲笑他，说如果他们的女人不觉得你太丑的话，应该是会愿意跟你的。马克西姆斯看着对方那畸形的脑袋，被对方这么评价觉得甚是可笑。其实他问过安东努巴卢斯，客人们是可以睡女奴隶的，反正她们没有选择权，对男性的审美无关紧要。

马克西姆斯觉得被女人拒绝根本不算个事儿，反正对他来说，被拒绝也不是什么稀罕事。总会碰到一两个愿意跟你睡的。其实马克西姆斯比较在意的是实战问题。就像语言一样，你长时间不去说一门语言，突然要用了，再捡起来就没那么容易了。如果长时间没有性生活，他还能捡的回来吗？床上技巧这个东西，会比长时间不说希腊语，再学回来难吗？

警报声越来越大，越来越近，一直在响。马克西姆斯转过头，观察车队的情况。篷车的速度快了不少，拉车的牛已经尽力了。灰尘四起，车队旁有一队骑兵正在说着什么，其中有一两个骑兵开始加速。

出事了！虽然看不见，马克西姆斯的经验告诉他一定是哪儿出事了。

马克西姆斯首先环顾四周，观察周边的情况。草原在他的面前展开，一些野鼠在草原上乱窜。这片平原十分空旷，左侧几百步的位置有三个坟冢，东北方向一点五英里开外有一片树林，后面可能是一条小河。树的后面，在蔚蓝天空的映衬下，一线淡紫色的灰尘在地平线上升腾起来。当马克西姆斯准备掉头时，他已经注意到了树林处的异动。

于是马克西姆斯装作观察东南方向的情况，用眼角的余光注意着树林处的动静。一阵北风吹过，叶子轻轻摇晃。他确定树林处有东西。此时一棵树接着另一棵树在晃动，似乎有什么在树林里移动，从动作的高度判断，肯定不是野鼠，应该是野马或者野鹿。现在只能看到枝丫在晃动。而他的马正低下头吃草。他又等了一会儿，此时已经没有任何动静了。于是他骑着马向大部队冲过去。

马克西姆斯现在知道是怎么回事了。车队后面三四英里处，一队人马扬起阵阵灰尘。灰尘直直地向上升，隔了一段才被南风吹走。情况非常不妙——根据经验判断，这是一队迅速移动的骑兵，按照灰尘的浓度和广度，这队人马数量相当可观，少说也有一百人。

“山峦是能提供保护，但是那儿没水啊！”安东努巴卢斯跟其他赫卢利人商量着。马克西姆斯加入了自己的骑兵队伍，大家一边保持速度，一边商讨应该如何应对当下的情况。

“殿下说的对，现在情况紧张，”奥克乌斯开了口，“纳乌罗巴特斯的兵和我们会合还需要一段时间，我们得撑住。”

“我们一定要到有水源的地方去。”安东努巴卢斯斩钉截铁地说道，“河水可以护住车阵的一侧，剩下的篷车排成一个半圆形。”

大家都同意这个计划。

“有个事我得告诉各位，”马克西姆斯说道，“但是这个计划可能行不通。有什么东西在那个树林里移动，很有可能是对方设的埋伏。”

大家陷入了沉默，嗒嗒的马蹄声似乎是在消化这个不好的消息。

巴利斯塔打破了沉默。“我先带着四个罗马士兵和我的人过去看看。如果真有伏击，我们先应付着，看看能不能打开这条路，如果没有什么事，行车阵留一个口子，我们会回来找你们。”

赫卢利人同意巴利斯塔的做法，于是他们先骑回到车队旁边，守护好队伍，巴利斯塔用拉丁文向卡斯特里西乌斯解释了情况，让他安排四个骑兵过来帮忙。

现在马克西姆斯在巴利斯塔的左侧，希波托俄斯在右侧，塔奇恩跟在后面，没有了卡尔加库斯，大家都觉得有些不习惯。

马克西姆斯将系在马鞍上的头盔取下戴在头上，接着取出后面的小圆盾，紧紧地系在左臂上。他喜欢他的新盾牌，既能起到一定的保护作用，同时他的左臂也能自由活动。一旁的巴利斯塔也开始了准备工作，跟往常一样，他左手检查放在右侧的匕首，确定能够顺畅地拔出，接着按照同样的方法，用右手检查左侧的剑。随后他摸了摸剑鞘上的药石。

“头盔和盾牌！”马克西姆斯提醒巴利斯塔。巴利斯塔点点头，将装备佩戴完毕，他佩戴头盔的时候有些笨手笨脚，马克西姆斯咧着嘴笑话他。

在战斗前，巴利斯塔会开始紧张，尽管经历了大大小小那么多次战役，巴利斯塔还是会有这个习惯。甚至有一次，巴利斯塔系鞋带的时候突然就吐了。马克西姆斯其实并不明白巴利斯塔为什么每次都这样，他每次战斗之前也能感觉到浑身上下热血沸腾，胳膊有一些微微的颤抖，但是那是激动，跟巴利斯塔这种紧张可完全不一样。

其他人追了上来，卡斯特里西乌斯骑着马来到了希波托俄斯的身边，他身后还跟着两个罗马兵，巴利斯塔让塔奇恩跟着马克西姆斯，剩下的两个罗马兵护住了塔奇恩的左翼。

巴利斯塔审视着自己的队伍，接着他带领着大家向河边冲了过去。

现在的巴利斯塔，给人一种淡定自若、实力非凡的印象。头盔下，他的神色凶狠坚毅，已经做好了战斗的准备。跟刚才紧张的样子比起来，简直判若两人。马克西姆斯很清楚，一旦战斗开始，巴利斯塔绝不会掉链子。他也知道，巴利斯塔现在心里满是忧虑。

巴利斯塔一行冲过平原，进入到树林之中。目前看来树林里没有其他人的迹象。

马克西姆斯和巴利斯塔此时回过头观察车队的情况。追赶者似乎更近了，但还存在一定距离。但是他们清楚，滚滚灰尘中是阿兰骑兵的黑色身影。

“如果不出意外，车队会在阿兰人追上之前赶到水源处。”巴利斯塔大声说着，确保所有人都能听到他的话。

“如果没有人在河边伏击他们的话……”马克西姆斯说着。

“如果没有。”

此时一对鹧鸪从草丛深处飞了起来。一个西利西亚士兵的马匹似乎被吓到了，往后退了几步。目前树林处没有其他动静。

马克西姆斯让右手拇指上的骨戒滑到关节处，他取出弓，架好箭，按照赫卢利人教他的方式摆好姿势。这次跟来的罗马士兵们是从骑箭兵队中选拔出来的，他们也架起了箭，做好战斗准备。马克西姆斯在思考他们能不能适应游牧民的弓箭。

现在巴利斯塔一行距离深处可隐蔽的树丛约有两百步距离。正当大家要放松警惕时，他们发现了敌人的踪影——尖顶帽子、彩绘的弓箭、绣花的衣服和裤子，身旁还挂着一柄长剑。这一队阿兰骑兵就像幽灵一般出现在他们面前。

这群阿兰骑兵也发现了巴利斯塔一行，于是阿兰兵们叫喊起来，他们衣衫褴褛，看上去十分不协调。不难发现对方不到二十人，没有穿戴盔甲，没有自己的旗帜，显然也没有自己的领导。

“肯定是之前在这里隐藏的队伍里留下来的人。”马克西姆斯思忖着。离开的人要么是把赫卢利人往南边赶，要么就是去通风报信了。剩下的人应该是为了拖延时间，好让他们的人来抓我们。

“近距离作战！贴身肉搏！扰乱他们的队伍，让他们逃跑！”巴利斯塔嘶吼着，“不能让他们靠近篷车！”

阿兰人向前冲过来，射出第一支箭。罗马人不甘示弱，开始反击。一支箭笔直地冲着马克西姆斯飞过来，他一个闪避，那支箭在离他一手左右的距离飞了出去。马克西姆斯瞄准对方，开始射击，可惜箭射歪了。他射出了第二支箭，与此同时二人之间的距离越来越小。箭矢在空气中来回穿梭。右侧，希波托俄斯的马瘸了，他只好停下来。而一个阿兰人趁机蹿到了马克西姆斯的后方，一箭击中了他的箭袋。距离太近了。此时他没看见塔奇恩去哪儿了。马克西姆斯用力射出一箭，由于反作用力，整个弓都颤抖了。这支箭深深地扎进了对方马匹的气管中，对方连人带马摔了下去。“就是这样！”于是他降低了自己的目标，但是这次没有射中。

没时间了。马克西姆斯把弓放回袋子里，直接拔出了剑，他明显感觉到剑柄上的汗。此时有两个阿兰人靠近了他，他放下缰绳，用膝盖控制着自己的马，向左侧的阿兰人进攻。

三个人瞬间相遇了。多年的战斗经验让马克西姆斯在这种危急关头依旧保持冷静。他用系在左手上的盾牌挡住了左侧的进攻，飞溅的木渣划伤了他的颧骨，差点儿就伤到了他的眼睛。他感觉到自己的左膝撞到了什么，疼痛感瞬间袭来。撞上的另一个人也疼得龇牙咧嘴。这时右侧剑光一闪，马克西姆斯迅速转身，敌人也只好向前倾，此时马克西姆斯用剑挡住了对方的攻击。他回身的一瞬间猛地挥动剑，狠狠地刺进了敌人的身体。敌人因疼痛大吼，扔掉了自己的武器，血液迅速浸染了他那绣花的衣衫，他已经不足以构成任何威胁。

此时马克西姆斯左手抓住马鞍的一角，让自己回到正常的位置，右手借力猛地挥动长剑，向左侧的敌人发起攻击。对方迅速回击，用剑挡住了马克西姆斯的攻势。二人膝盖抵着膝盖，没有多余的空间调整姿势。他们的剑似乎如锁住了一般，使得马不得不绕着圈子行进。马克西姆斯注意到对方的武器是一柄萨珊长剑，没有手柄，于是他用力将对方的剑往下压，同时腾出一只手来，打算掐住对方的脖子。双方僵持不下，剑刃由于摩擦和撞击发出"嗡——"的响声。就在剑刃马上要碰到自己手指的时候，阿兰人猛地抽走了自己的剑。马克西姆斯差点儿失去平衡，但是在调整的过程中给对方来了一剑，虽不至毙命，但是也够他受了。对方因为疼痛蜷缩起来，就在这时马克西姆斯对着对方的脖子，向下砍了一剑，了结了敌人的性命。

周围没有离马克西姆斯很近的敌人了，于是他缓了口气，继续搜索巴利斯塔的位置——离他仅几匹马的距离。现在巴利斯塔和敌人的战斗处于胶着状态，马克西姆斯准备去帮忙。还没等他到那儿，那个阿兰人已经摔倒在地。卡斯特里西乌斯和两个士兵也赶了过来。塔奇恩正准备骑上马。希波托俄斯比较远，他站在地上，结束了一个阿兰人的性命，脸上露出了胜利的笑容。不一会儿第三个士兵出现了。没有人看到第四个士兵去哪儿了。现场只有几匹小马和部分阿兰人的尸体。剩下不超过十人的阿兰骑兵，正向着车队的方向奔去。

"他们跑了！"一个士兵喊着。

“他们正朝着车队的方向跑！”巴利斯塔指挥道，“所有人跟紧我！必须阻止他们！”

等所有人上马，巴利斯塔带着他们飞速追了过去。但是现在巴利斯塔一行与阿兰骑兵的距离太远，显然无法在阿兰人追上车队之前截住敌人。

车队正朝着水源处进发，等于说在不断地靠近阿兰骑兵。现在车队上的五个赫卢利战士呈扇形展开，保护着车队。

巴利斯塔一行快马加鞭，情况不容乐观。

赫卢利人和十个阿兰骑兵之间箭矢纷飞，箭刃反射着阳光，相当刺眼。阿兰人的一匹马向一侧闪避箭矢，坐在上面的阿兰骑兵没掌握好平衡，摔下马鞍，一个赫卢尔也摔倒了，他的马围着他，用鼻子蹭他，他挣扎着想站起来。此时阿兰人直接抓住了摔倒的赫卢尔的大腿，把赫卢尔的马向南边赶。

剩下的阿兰骑兵正在往南边飞奔，但当他们经过车队时，他们攻击了南侧领头的篷车，拉车的牛显然受到了惊吓，加速奔跑起来。

阿兰人逃之夭夭。

“卡尔加库斯和沃尔夫斯坦在那辆车上！”马克西姆斯叫着。

剩下的篷车继续向前移动，而被攻击的篷车已经消失在视野中。

“必须追上那辆车！”巴利斯塔吼道。

第十七章

塔奇恩在高加索的群山中长大，他是一个苏阿尼阿士兵，不是贵族，因此他不擅长骑术。现在他不得不骑马。他好不容易适应的那匹萨尔马提亚马在战斗中牺牲了，现在他的这匹马是阿兰马，非常狡猾、不好对付。于是他只能胆战心惊地骑着它，紧紧地抓着马鞍前的角。

巴利斯塔和其他五个人在前面骑行。塔奇恩真希望能像他们那样潇洒帅气地骑马，然而他知道，在现在的速度下，如果放手他肯定会摔倒。

前不久的那场战斗打得真漂亮。一想到这儿，塔奇恩忍不住大笑起来。一个阿兰人在巴利斯塔的背后举起了弓箭，塔奇恩对着他的肩膀稳准狠地砍了下去。一次强有力的攻击，真是英雄般的一剑。这么算来，他救了巴利斯塔一命，自己还了欠下巴利斯塔的恩情。但是没有人看到这一幕啊，那还能算吗？塔奇恩觉得生气，自己究竟在想些什么呢？这种想法就像那些贪婪的希腊商人一样，作为一个苏阿尼阿士兵不应该有这种想法。难道荣誉跟橄榄油一样，是可以用金钱或者其他东西衡量的吗？需要别人的见证吗？

卡尔加库斯本身就有伤，现在还在那辆掉队的篷车上，保护他是塔奇恩的责任，除非自己死了，否则谁都不能伤害卡尔加库斯的性命。就这么简单。塔奇恩决定不再多想，要学着怎么好好骑马才是正事。他放开手，不再去握着马鞍上的角，他握住了缰绳，上下移动的手肘发出了奇怪的声音。他想用这种方法让马加速，可惜事与愿违，他的这种骑马方式反而让阿兰马失去平衡，这匹马显然有些恼怒，塔奇恩感觉自己的马鞍在往一侧滑。他连忙抓紧马鞍。还是保住小命要紧。毕竟，他还没还清欠卡尔加库斯的恩情，当年那个老头和巴利斯塔可是在阿隆塔斯河救了自己的命。

现在巴利斯塔一行正经过七辆篷车。巴利斯塔调整了方向，于是剩下的人沿着南侧三辆篷车移动。拉车的牛似乎压抑着疼痛和怒火在赶路。篷车也在“尖叫着”：在重物的负担下，车身和车轮都发出了吱吱呀呀的声响。在这种强度下，这些篷车没有散架可以说是奇迹了。

安东努巴卢斯沿着篷车骑行，他叫住了巴利斯塔。现场各种声音混杂，塔奇恩根本听不清他们在说什么，只看见巴利斯塔耸耸肩，继续向前进发。

他们穿过滚滚尘土，似乎要穿越到另一个世界。前方不远处停着一辆篷车，那辆篷车的马站在阳光下，低头吃草，看上去一片平和。

塔奇恩心里一沉：游牧民骑兵已经围绕在那辆篷车旁边。我们怎么会迟到了呢？老天爷啊，这里发生过什么！要知道为了报复卡尔加库斯，车上的所有人估计都被杀光了。可怜的沃尔夫斯坦，他还那么年轻，就这样惨死。

前方的游牧人竟然掉过头向他们赶来，而双方相遇时，塔奇恩注意到了对方红色的头发和极长的头骨。原来是奥克乌斯和法拉斯，还有做过奴隶的奥都斯。除了骑手，马背上还分别坐着三个人。是卡尔加库斯，还有沃尔夫斯坦和萨尔马提亚车夫。感谢上苍，原来是赫卢利人赶了回来，救下了他们。

两队相遇，巴利斯塔放慢了马的步伐。

“如果想保护你的东西，可得抓紧了！”法拉斯说，“我们在河岸那边碰头，现在很缺人手。”

他们继续小跑前进，此时塔奇恩注意到奥克乌斯的手臂上沁满了血。

巴利斯塔观察着周边的情况，自己的车队已经消失在视野里，而阿兰人的大部队正在逼近。塔奇恩现在可以看到阿兰人队伍前排的骑兵了，证明双方的距离大概有一千步。

“卡斯特里西乌斯，”巴利斯塔说着，“带着那三个罗马士兵跟在篷车车队后面，保护他们的右翼，以防向南边跑的阿兰人杀个回马枪，射击牛群。”

四人领命，迅速赶往篷车处。

“马克西姆斯、塔奇恩，跟我走。”

三人来到掉队的篷车跟前，巴利斯塔将绳递给塔奇恩，示意马克西姆斯也照做，然后二人相继上了马车。车外，塔奇恩看着他俩的马，疑惑地想着：这两个北方佬，到底有什么是他们不会的呢？

不一会儿，两人从车上下来，带着一个沉重的木箱子，里面装着一半的黄金和外交礼物。巴利斯塔用匕首划开箱子密封口，将箱子打开。两人从箱子里捧出一部分金币，放进钱包和靴子里，实在装不下了，巴利斯塔一声令下，两人举起箱子狠狠地向外甩出去，木箱摔碎了，很多金币掉了出来，在草丛里闪闪发亮。看着眼前的一幕，塔奇恩觉得十分可惜。

“塔奇恩这里有你需要的东西吗？如果有你特别想要的就拿走吧。”巴利斯塔问道。

“我是一个战士，钱财是身外物。”塔奇恩说话的样子呆板且生硬。

马克西姆斯笑着到马车里收拾东西。

不一会儿，巴利斯塔和马克西姆斯拿着鞍囊出来了。巴利斯塔还给塔奇恩带了一个，扔给了塔奇恩。而那匹阿兰马选在这个时候靠近其他两匹马，想要咬它们。塔奇恩差点儿失去平衡摔了下去。有趣的是，塔奇恩此时紧紧抓住了那个鞍囊，放开了剩下两匹马的缰绳。

巴利斯塔和马克西姆斯跳上马，放好行李后，他们回过头张望后面的敌人。现在他们已经能看见阿兰骑兵的领头人，这意味着双方的距离不超过七百步。

巴利斯塔看着地上散落的金币。“这是书上的老计策了。在安条克曾经成功过一次。把好东西扔在地上，希望敌人能因此分散注意力。”

他们骑着马，朝着自己的车队飞奔而去，离开的时候，三人距离阿兰人大约有一点五英里远。巴利斯塔估计，等他们到达水源边时，车队应该也刚到，一切顺利的话，他们将与阿兰人拉开距离。

但是没多久他们就追上了车队。往南逃走的阿兰人没有回来闹事，现在身后的阿兰人主力似乎也被甩开了些距离。

突然传来了什么东西碰撞的巨大声响，这声响震耳欲聋，接着响起了人和动物们吼叫的声音。前方升腾起一片蘑菇形状的灰尘。北方四辆篷车中，有一辆车似乎撞上了什么。四辆车中最后一辆万幸绕了过去，没有停下来继续向前赶路。

然而如此巨大的声响也吸引了后方阿兰人的注意，此时，在这样一场事故面前，地上的黄金对他们已经失去吸引力了。现在，阿兰骑兵的步伐不断加快。

“往前赶路！”说完，巴利斯塔便骑马向事故现场进发。

北风吹散了面前的尘土，巴利斯塔一行能够清楚地看见在他们面前发生的事情：散落的木头、行李、牛群，以及蜷曲的人们。车上坐着的主要是罗马使节的随行人员：肠卜师、传令官、两个抄书官和两名信使。其中一头牛的腿卡在类似草原上野鼠那样的动物挖的洞穴里。这就解释了事故发生的原因。现在翻倒的车上，有一个轮子还在转着。

“马克西姆斯，如果车夫伤势不重，把他带走。”巴利斯塔指挥大家，“塔奇恩，看有谁没受伤的，带着他走。”

塔奇恩小心翼翼地下马。他可不想让这匹马趁势溜走，把他自己留在这里。阿兰人就在后面，看看他们对百夫长做了些什么。

事故现场倒着好几具尸体。

“巴利斯塔，车夫死了，脖子摔断了。”马克西姆斯说道。

“带另一个人走。”

一个幸存者蹒跚着站了起来。“救我，我受伤了，我的腿……”是其中的一个抄书官。塔奇恩看见他的右腿上有一道很深的伤口。

塔奇恩把他推到一边，伤员倒了下去，因为剧烈的疼痛呜咽着。

“你！”塔奇恩牵着马来到一个站着的人身边，显然对方因为这场意外受到了惊吓，“你受伤了吗？”

“没，我没有。”是肠卜师波尔塞纳，他的声音低沉而平静。于是塔奇恩帮助波尔塞纳上马，这时阿兰马想要咬他，他对着它的鼻子狠狠地打了下去。马于是开始原地绕圈。

“快走！”巴利斯塔说着。现在巴利斯塔和马克西姆斯已经做好了离开的准备，他们每个人的马上都载着一个人。

这匹马故意在原地打转，加上肠卜师这个累赘，塔奇恩无法上马。

现在他们已经能够看到阿兰人衣服的颜色和飘扬的旗帜，这说明敌人距离他们只有不到五百步！

塔奇恩又尝试着跳上去，可是这匹马故意往一边倾斜，于是他滑了下去。

阿兰人吼叫着，他们马匹的奔跑声音不断靠近。

塔奇恩又试了一次，这匹马又往另一侧倾斜，坚决不让塔奇恩上马。

巴利斯塔骑着马小跑过来，他实在看不下去了，就把肠卜师从小马上扔了下去。肠卜师摔倒的时候愤怒急了，浑身又疼，痛苦地吼叫起来。

巴利斯塔抓紧了小马的缰绳，挡住了它的路让它不再乱跑，他对着塔奇恩说：“快上马！”

箭矢朝他们飞了过来。现在二者之间的距离不超过两百步。

塔奇恩动作笨拙，非常着急地骑上马。

“你不能扔下我！”肠卜师抓住了巴利斯塔的靴子。

一支箭从塔奇恩的耳边飞了过去，他连忙抓起了缰绳。

“对不起了！”巴利斯塔说。

“你这个混账野蛮人！”波尔塞纳恶狠狠地吼道，他紧紧地抓住巴利斯塔，似乎想把他从马上拽下来。

巴利斯塔倾着身子，抓住了对方的脖子，逼迫他松开了手，接着他把肠卜师往后一推，对着他的脸踢了一脚。肠卜师重重地摔倒了。

“他能够战斗，可你不能！”巴利斯塔说着，“对不起了！”

“你个畜生！”肠卜师的声音里充斥着疼痛、仇恨和恐惧，“你会遭天谴的！冥宫的神明有知……”

肠卜师的诅咒淹没在嗒嗒的马蹄声中，淹没在来势汹汹的阿兰人的喧闹声中。

巴利斯塔一行玩儿了命似的飞奔。现在巴利斯塔和马克西姆斯的马背上有两个人，还跟着一个不太会骑马的塔奇恩。现在他们距离河岸还有三四百步的距离，情况非常危急。

没想到的是，留在事故现场的肠卜师和其他罗马随行人员竟然帮助他们获得了逃跑的时间。阿兰人似乎根本没有为金币或者之前出事的篷车停下来，但是刚刚的那辆篷车太诱人了：那里可有能够逮捕甚至直接杀死的罗马人。尽管阿兰人的暂停时间非常短，但是足够巴利斯塔他们逃跑了。

塔奇恩紧紧地握住了马鞍上的角。他让这匹马自己往前跑，这匹马也凭着自己的直觉，紧紧跟着其他的马匹向前飞奔。靠近河岸的时候，三人必须转向，从侧面过去，以免让面前的牛群受到惊吓，发生更大的混乱。这是一次惊心动魄的行动，如果处理不好，这支规模不大的队伍，要面临的后果是灾难性的。

所有车组成了一个半圆形，最后的两辆车靠在一起，将这个车阵封死。

塔奇恩从马上滑下来，心中无比庆幸。他站在马头的一边，跟马一样喘着粗气。此时此刻，他开心地笑了。在塔奇恩的认知里，刚刚发生的一切已经证明了巴利斯塔是个值得跟随的领袖。尽管金币的计划没有成功，但是这是一个不错的计谋。巴利斯塔也很灵敏，他知道谁是战士，而谁连武器都不敢举起来，最终他选择的是战士。塔奇恩确定跟着巴利斯塔是跟对了。此时他的马转动了脖子，对着他的胳膊咬了下去。

巴利斯塔在一片混乱中寻找着安东努巴卢斯。人群和牲畜们都叫喊着。他们手里很多动物都从车阵中跑了出来，停在河水和车阵中间。拉车的牛也都被赶了出去。

年轻的赫卢尔安东努巴卢斯站在中间，他长长的脑袋在一片混乱中格外醒目。他现在正在发号施令，他指着谁，谁就按照他的命令开始行动。

“那儿需要我？”巴利斯塔问道。

安东努巴卢斯看到了巴利斯塔，冲着他笑了笑。巴利斯塔突然觉得，如果他的头不是那么畸形，没有浑身上下那些奇奇怪怪的文身，安东努巴卢斯应该是一个英俊的北方战士。

“到河道这边来，依靠河岸护住自己。你手里有多少人？”

“只有两个：马克西姆斯和塔奇恩。”

安东努巴卢斯看到了他们背后还有两个人。

“他们只是随行人员。”巴利斯塔说，“不会打仗！”

“算上他们吧。”安东努巴卢斯说着，“如果人手够，我再给你派一两个。”

巴利斯塔让身边的人靠过来。两个随行人员拖拖拉拉地走过来，甚至连看都不敢看巴利斯塔。现在他们俩非常恐惧，根本发挥不了什么作用。马克西姆斯骑着马小跑过来。塔奇恩一脸沉思状，牵着马站在那里，跟那匹马保持着一臂远的距离。塔奇恩似乎沉浸在另一个野蛮人的世界里。一看到他，巴利斯塔便对波尔塞纳心生愧疚，一想到之前自己还不喜欢这个肠卜师，感觉就更糟糕了。

现在阿兰骑兵和车队构成的临时防御工事之间的距离，大约四十步。河岸上长着六棵成熟的酸橙树，每棵树的间隔几乎一致。常青藤缠绕在酸橙树下层的树干上。在树和水道之间长着一些带刺的灌木。

阿兰人的狂叫声越来越大、愈发猖狂。

巴利斯塔和马克西姆斯下了马。他们把缰绳绕过马的头，系在了马匹的前腿上，让马匹无法正常行动。尽管有些难度，塔奇恩还是学着他俩，对自己的坐骑采取了同样的措施，接着他跟在巴利斯塔和马克西姆斯后面。他们每个人都从马鞍上取下弓箭。巴利斯塔让马克西姆斯守护住右侧，塔奇恩守住左侧，自己在中间，用酸橙树作掩护。

他们救回来的两个人已经不见了，好像藏在行李车后面就能躲过阿兰人的攻击似的。此时巴利斯塔意识到这两个人都不可能是弗鲁曼塔里伊，只有在这种时候，发现身边有人是弗鲁曼塔里伊是一个天大的好消息。所有的弗鲁曼塔里伊在被调派执行任务之前，都经过严格的士兵训练。可是谁知道这群人里谁是谁不是呢！现在看来绝对是救错人了。巴利斯塔突然在想肠卜师会不会是一个弗鲁曼塔里伊？但是他实在不像在军团里接受过训练的人。

穿过灌木丛，巴利斯塔迅速掌握面前的环境特点。河岸不是一个缓坡，很陡，大约十步、十二步就能到达水边。河岸的土壤看上去松软，容易塌陷。河水大概二十步宽。另一侧的河岸比较高。骑着马上下穿梭可不容易。这些条件对我方而言相当有利。但是也不全是好消息。河水并不深，未过膝盖。河床看上去很结实，对岸的植物也很茂密，在阿兰人过河之前能给他们提供天然的屏障。但是不管怎么说，现在的情况，也不是一点儿优势都没有。

战斗时的咆哮声、吼叫声从巴利斯塔背后传来。显然阿兰人正在攻击车队。但是从声音判断，还没到近距离战斗的阶段。阿兰人应该发起了箭雨攻势，不断靠近车阵。巴利斯塔退了回来，灌木丛上的刺划破了他的衣服。他背靠着中间的酸橙树，利用树木浓密的枝丫保护自己。他继续观察河上和草原上的情况，同时注意用小盾牌保护自己，免得有箭矢穿过树林射中自己。

巴利斯塔透过叶子观察太阳的位置，现在应该刚进入下午。他觉得很饿，他们都没有吃午饭。这一天将会非常难熬。

第十八章

阿兰人的先头骑兵突然出现了。他们从右侧冲过河床，溅起阵阵水花。马的步子迈得很高很大，证明他们之前应该是有过类似的经验。

巴利斯塔从弓箭袋中拿出一部分箭矢插在地上。有人说土里有毒，击中对方能够造成更大的伤害。巴利斯塔其实没有想那么多，他只是觉得这样方便他射击。巴利斯塔将弓箭袋靠在树上，袋子里还剩下大概四十支箭。他抽出一支箭，用拇指和食指确定箭杆是否是直的，确认完毕，他将箭搭在了弓弦上。

车阵处战斗的嘈杂声不绝于耳。

马克西姆斯也做好了战斗的准备。巴利斯塔因为焦虑，感觉口干舌燥，他佩服马克西姆斯的一点就是在战斗时非常镇定，能够很好地控制自己。现在，只有六个阿兰骑兵排成一队出现。是时候让他们吃点儿苦头了！领头的骑兵没有佩戴头盔，一根猩红色的绳子系住了他棕色的长发。他上身穿着浅色的鳞甲。估计这是一个贵族。跟在他身后的士兵没有穿戴盔甲，只是穿着成套的衣服和裤子。巴利斯塔知道马克西姆斯现在在想什么。

突然左侧一支箭飞了出来，差点儿击中了阿兰贵族的脑袋，塔奇恩这个蠢货！巴利斯塔心中狠狠地骂着。现在所有的阿兰人都举起了弓箭，在河两岸寻找着埋伏的人。领头的阿兰人继续前进，一支箭射中了他的战马。这匹马一个踉跄，差点儿把自己的主人摔出去。巴利斯塔向前迈了一步，继续射击。他的箭击中了战马的侧翼。马连连往后退，马上的阿兰人只好趴在马背上。等马退回河岸，它直接跪倒在地。

阿兰人朝着树林不断射击。巴利斯塔又一次拉紧了弓弦。此时他想要射击的那匹战马已经因为疼痛彻底失去了控制，原来已经有一支箭射中了他的脖子。马克西姆斯干得漂亮。于是巴利斯塔镇定地将箭射向了队伍中间的一个阿兰人，对方直接倒在地上。

前面是河水，后面的路又快被倒在地上的马堵住了。阿兰人意识到自己处在一个非常不利的位置。但是骑兵们行动一致，继续向河对岸冲了过来。塔奇恩的一支箭击中了一个骑兵的肩膀，但是骑兵忍着剧痛，坚持骑在马上。虽说是敌人，巴利斯塔也为他们的骑士精神所折服。他敬佩敌人的勇气，尽管这队人马仅仅只是侦察兵。

水花四溅，在太阳下闪着光。不一会儿，身着铠甲的阿兰贵族已经来到了河对岸。巴利斯塔左侧飞出一支箭，可惜没有击中对方，他的右侧也飞出了一支箭，还是错过了。现在这个阿兰贵族正在往上爬，土壤由于他的运动不断地往下滑落。剩下的阿兰士兵迫使自己的马穿过丛丛荆棘，向树林里发起射击，为他们的领袖打掩护，确保让他逃出去。

巴利斯塔稍稍离开了树干掩护自己的位置，闭起一只眼睛，准备射击，突然对方的一支箭从他旁边划了过去。他注意到，此时自己没有采用游牧人的射箭方式，而是换成了传统欧式的射箭方式。又一支箭飞过，击中了离他只有一两步远的枝干。他射出了自己的箭，旋即退回到大树后面。接着他听到了有人跌落在水中的声音，尽管听不懂对方的语言，他感觉得到这是敌人的叫骂声。双方在二十步左右的位置时，金属铠甲能够提供的保护也就有限了。

巴利斯塔稳住自己的呼吸，瞥了一眼外面的情况。没有箭矢再往他的方向飞来。在他视野所及的地方，阿兰人的侦察兵都不见了。可能是身后车阵处前哨战的嘈杂声掩盖了这一小队人马离开时的动静。河水处有两匹马和三具敌人的尸体。巴利斯塔特别注意到第三具尸体。

巴利斯塔有那么一瞬间想跑过去，像荷马时代的英雄们一样，剥下阿兰贵族身上的铠甲。如果在战斗中击败了敌人的领袖，罗马人会给军人一个特别的奖励。但是理智让他决定放弃这个行动。毕竟自己不是阿喀琉斯或者罗慕路斯，阿兰人也有可能随时杀回来。

“饿了吗？”马克西姆斯一路小跑过来。他递给巴利斯塔一袋风干的肉，不管在哪儿，马克西姆斯总能变出吃的。巴利斯塔非常欣赏这一点，他拿出了一把，随后将袋子还给马克西姆斯。

马克西姆斯望着车队的方向。“有帮手了。”他往前走去。

巴利斯塔从马鞍上取下一个酒囊。马正低头吃草，似乎见证着接下来的场面。

卡尔加库斯赶了过来。巴利斯塔直接走过去拥抱住他，在他的额头上狠狠地亲了一口。

“你这是干吗啊！”卡尔加库斯无奈地笑了笑，“我可不是希腊人。”

巴利斯塔捶了下沃尔夫斯坦的胳膊，抚了抚他的头发，接着跟赶来的希波托俄斯握手。巴利斯塔看着过来帮忙的他们开心地笑了，至少现在自己还没死，还看见了这群家伙。

“真是不错的安排呢！”马克西姆斯又在说风凉话，“一个小孩儿，一个老瘸子，还有一个喜欢鸡奸的书记官。啧啧，我们现在可是战无不胜啊！”

“狗嘴里吐不出象牙！”卡尔加库斯的唠叨声，音量之大，在混乱的战场上也遮盖不住，“只会用那根把儿想东西。”新赶来的三个人都穿上了盔甲，卡尔加库斯左手还拎着一把斧子，右手依旧用夹板固定着。

巴利斯塔在想沃尔夫斯坦是从哪儿弄来了那么大的铠甲。这个孩子还真是不错，穿着这么重的盔甲还能自由活动，看来这个孩子比看上去要强壮得多。

“卡斯特里西乌斯在后面，”希波托俄斯说着，“一会儿就到。”

“阿兰人也差不多，一会儿就到了。”巴利斯塔还不忘开玩笑，他尽力让自己平静下来，指挥大家，“希波托俄斯，你站在我和塔奇恩中间。卡斯特里西乌斯过来之后，让他站在我和马克西姆斯中间。卡尔加库斯，护住塔奇恩的后侧，沃尔夫斯坦，你跟我在一块儿。”

“他们还会再来吗？”沃尔夫斯坦问道。

“肯定会的。但是他们过来走了不少路。”巴利斯塔分析，“不管是他们自己，还是他们的马，都已经很疲惫了。如果他们下一轮攻击没有成功，他们会选择休息一段时间，明天再战。”

正当大家准备行动时，巴利斯塔听到两边传来了骑兵的马蹄声。他希望自己对阿兰人的判断是正确的。

这次阿兰人改变了过河的策略。他们将队伍分成两个小队，一队溯流而上，一队顺流而下。两侧的人马组成了一支规模较大的骑兵队伍，将大草原和水源北侧连接起来。敌人在距离他们几百步的位置停了下来，组成一支强有力的箭阵。

卡斯特里西乌斯赶了过来，巴利斯塔挥手致意，让他站在自己和马克西姆斯之间。

阿兰人分成的两队人马，安静地等待着。两队人马的军旗不一样：一队人的军棋上是一些很抽象的设计，一队则是在旗杆上挂起了马尾。巴利斯塔估计一共有一百个战士，也许十个人中有一个穿着盔甲。他们肯定是在等着什么，可能是一个信号。

巴利斯塔注意到身后的车队处没有打斗的喧嚣声。之前，他记得自己看到的是带有巨龙图案的军旗。这群游牧民似乎在展现他们的纪律严明，等待在龙旗下的指挥官发号施令。首领一声令下，他们将同时发起进攻。这对于巴利斯塔一队人马而言，可不是什么好事。尽管目前他们的地理位置占据优势，但是他手里总共才这么几个人，基本上是以一敌二十才有胜算。

一阵风吹过，树叶晃动时发出了飒飒的声响，灌木丛也跟着晃动，似乎在磨着自己身上的荆棘。河的对岸，风扬起了小范围的龙卷风，这是巴利斯塔第一次在大草原上看到这种呈漏斗形的旋风。而夏天热辣的阳光洒在广袤的平原上，似乎要把这里烤干。

阿兰人的军旗在风中挥舞。巴利斯塔希望现在是他站在自己的军旗下，希望是自己带领着一支实力超群的军队，自信十足地准备消灭少得可怜的敌人。他直起了身子，让自己回归现实、分析目前的情况。如果阿兰人的军队指挥得当，如果他们消灭敌人的信念无比坚定，如果他们愿意以一定数量的牺牲换取胜利，这场仗，我方必输无疑。如果是自己领导这样一支军队，会让骑兵来到树林旁边，下马穿过这片树林。其中一部分人射箭掩护，另一部分冲出树林，将树林后的车队一网打尽。但是如果对方真这么干，他自己靠射箭就能干掉至少四五个人，到最后贴身肉搏的时候怎么也得再宰他个一两个。马克西姆斯、希波托俄斯、卡斯特里西乌斯和塔奇恩，每个人杀掉的人不会比这个数少。沃尔夫斯坦和卡尔加库斯还能再干掉几个。尽管这么干，自己的人一个都活不下来，但对方至少也得损失三十来个。

想到这最糟糕的结局，巴利斯塔望向自己那跛腿的马，马正在安静地吃草。在那一瞬间，他的心里有一丝逃跑的念头。不，自己怎么能这么想，人在做天在看，绝不能像懦夫一样地逃走，要跟自己的兄弟战斗到最后一刻。如果真到了那时候，他会让沃尔夫斯坦骑马逃走，在那么糟糕的情况下，那个孩子可能会理解巴利斯塔的用意，骑着马向北方逃走。孩子身上背着阿卢伊斯的武器，当他来到赫卢利人的营地的时候，战场上的牺牲和这套弓箭或许能帮他在赫卢利营地中获得庇护。

巴利斯塔想到了自己远在西西里的儿子们。他们会知道自己的父亲在这片遥远的土地上牺牲了吗？他决定不再持有这种消极的念头：

万能的沃登，如果我倒下了，请让您的女武神指引我前往瓦尔哈拉英灵殿，希望在多年之后，请让她们将我的儿子也带到这里，送到我的身边，让我们得以团聚，直到芬布尔之冬，直到诸神黄昏，直到世界末日。

隆隆的鼓声打断了巴利斯塔的祈祷，他注意到身边的沃尔夫斯坦直起了身子。鼓点缓慢、鼓声厚重，久久回响。

“波斯人也这么搞，好像能有什么名堂似的。”巴利斯塔故意装作不屑一顾的样子，沃尔夫斯坦似乎稍稍放松了。

巴利斯塔从树干后走出来，观察阿兰人的情况，尽管树丛密布，巴利斯塔的视线并未被完全挡住。他看到敌人的一个战士走到了队伍的最前方：战士戴着锥形的镀金头盔，身披银甲，在阳光的照耀下，这个贵族整个人似乎都在散发着光芒，显得英气逼人。战士将头盔摘下，挂在自己的马鞍上。接着举起双臂，开始对神明祈祷，希望他们的神能够给他们接下来的战斗带来好运。

“所有人不要动。”巴利斯塔瞬间做了决定。他手里拿着弓箭，飞速穿过灌木丛，接着滑下河岸，穿过小河，来到了对岸。

在树丛的掩护下，他放慢动作，提高警惕，立直了身子。他可以听见身后所有人都让他回来。“你他妈疯了吗？”别管他们了，他继续小心翼翼地往前走，直到确定自己可以获得一个观察这个贵族的清晰视野。

他架好弓箭，瞄准目标。此时对方有人发现了他，尖叫起来，巴利斯塔毫不在意，借着北风的风力，射击。

巴利斯塔知道放完这箭，他应该马上逃走，但是他必须得知道放出的这支箭，有没有命中目标。箭距离目标大约两百步，相当远的距离，巴利斯塔看着箭飞向敌人，明明是一瞬间的事情，却似乎过了一个世纪。祈祷的战士听到了警告，转过头来观察情况，但嘴里依旧念念有词，没有停止自己的祈祷。这支箭射中了他的大腿，他的神明并没有保佑他，祷告被迫暂停。

阿兰人愤怒的吼声瞬间响彻云霄。巴利斯塔转身撒腿就跑。恐惧和喜悦在他心头交织。他感觉自己像赫耳墨斯一样，冲下河岸，穿过小河，来到自己人藏身的树林之中。身后嗒嗒的马蹄声和神明被亵渎的怒吼震耳欲聋。

巴利斯塔躲到了树干后面，他上气不接下气。其他人已经开始射击了。目前射程太远，命中率很低，但是已经有很多箭在空中穿梭。

“操！你丫把他们惹急了！”马克西姆斯吼着，又忍不住乐了，“最要命的，你还没干掉他，只是射中了他的大腿！算你狠！”

阿兰人吼叫着、射击着。那箭之快之多，简直是下了一场箭雨。不过上有酸橙树，下有灌木丛，给巴利斯塔一队人马提供了天然的屏障。

巴利斯塔调整好呼吸，便架好弓箭，开始寻找他的目标。阿兰人已经快到树林了。右侧一个士兵骑着马猛冲过来，巴利斯塔选中了射杀目标，一箭射中了那匹马的前腿。巴利斯塔下意识地抽出了第二支箭。

阿兰人骑着马想要穿过灌木丛，可是灌木上的荆棘划破了马匹的腿，流着血的马不愿意继续前进，原地踏步转圈。结果很多匹马一会儿就堵在了一起。加上不断飞来的箭，情况越发混乱了。

巴利斯塔放箭，箭深深地插进了一匹马的脖子里。那匹马僵住不动了一会儿，旋即直接倒下，好像受到了神的启示。马上的骑兵赶紧跳下马背，结果后面的马一脚踢了上去，只见这个骑兵疼得在原地打转，偏偏这么一个意外搞得后面的马也失去了平衡，骑手差点儿被甩了下去。巴利斯塔见势，对着这匹马的腰射出一箭，这匹马疼得直转，一阵乱踢，撞到了另一匹马。被撞的马失去了平衡，直接摔倒了，滚到了小河里。

就在这片荆棘丛中，阿兰人的马各种碰撞、踩踏、摔倒，一片混乱，骑兵们也没有办法，被摔得七荤八素，只有很小一部分骑兵还安然无恙地待在马背上，显然这些人成了巴利斯塔一行人的重点目标。现在的状况好比瓮中捉鳖，简直手到擒来。河床上的马匹呢，目标大、动作慢，也就成了活靶子，击中之后，因为疼痛，这些马会乱跑乱踢，四周的马匹和骑兵都因此受伤甚至死亡。不一会儿，河水几乎全都被鲜血染红了，史诗里描写的场景在这一刻成为现实。

现场一片狼藉，无比混乱。可偏偏有这么一个阿兰兵，竟然成功地骑着马穿越了这重重阻碍，像个英雄一般地冲进了树林里。他的马还是受到了惊吓，整个身子立了起来，前面的两条腿在空中扑腾，那一瞬间马背上的骑兵似乎也静止了。好机会！巴利斯塔一箭射中了对方的胸口，士兵直接倒了下去，那匹马冲进了车阵之中，所幸没有造成任何破坏。

又有一个人冲上了岸，这回这个士兵没有骑马。巴利斯塔先射中了对方的左肩。敌人因为冲击力原地打转，但是他竟然迅速恢复了平衡，右手拔出剑，继续往前冲。这时巴利斯塔又击中了他的腹部。他痛苦地弯下腰，左手握住箭，直接跪倒在地。但是他没有放弃，还是挣扎着站了起来，往前迈出了一步。巴利斯塔这次直接对着胸口就是一箭。最终，敌人倒下了。

此时对方阵营里传来了清晰的号角声。困在灌木丛中的阿兰人听到了召唤，开始撤退。还在河上的骑兵直接冲回了自己的阵营。巴利斯塔给逃跑的人补了几箭，不过他们已无心恋战。巴利斯塔觉得果然不出自己所料。在这样的一场战斗中，敌我双方较量的重点不是伤亡人数，而是想要打败对方的意志。长久以来，一直如此。

沃尔夫斯坦筋疲力尽，但依旧热血沸腾。现在的他已经是一个战士了，他第一次杀死敌人。更何况还不止一个敌人，是三个敌人，甚至可能是四个！他永远也无法忘记自己第一次杀人的快感：当时，那个游牧骑兵一直在踢自己的马，可是马却停在河边，不愿往前走。对面的陡坡，充斥在空气中的血腥味，面前人类和马匹那痛苦的惨叫、嘶鸣，这匹马完全陷入了混乱之中。结果马和人都停在那个位置，攻击的机会也就来了。沃尔夫斯坦拉开弓。就在那一瞬间，一种奇怪的感觉突然涌了上来。他感觉自己的手下意识地对准了敌人。好像他之前曾经经常这样瞄准敌人，好像在那一瞬间阿卢伊斯握住了他的手，教他如何瞄准对手进行射击。沃尔夫斯坦松开了弓弦，那支箭笔直地冲着对方的胸膛冲了过去。一剑毙命，那个阿兰骑兵倒下之前，一脸惊讶的表情。

这个阿兰人只是他杀死的第一个人。杀死剩下那几个，基本没费什么力气。沃尔夫斯坦感觉自己就像一个成年战士一样，自如地拉开了阿卢伊斯留给他的弓箭。沃尔夫斯坦知道，现在自己已经是一名战士了。杀人跟杀熊、杀鹿是完全不同的概念。如果他是泰法利人，那么在这个下午，他身上过去所有耻辱都已经被敌人的血擦干净了。不过他不是泰法利人，他是一个盎格鲁人，或许注定成为一个赫卢尔。但是现在他是一名战士，一名具备杀人能力的战士。现在，他可以去实施自己的复仇计划，用那些浑蛋的血来洗刷自己遭受到的耻辱。

当号角声响起，那些阿兰人连忙撤退了。没过多久，他们也停止了对车阵的骚扰。他们没有要求停火，来换回牺牲战士的遗体，只是沉默地撤退了。他们在南边三四英里的位置搭建了自己的营地。巴利斯塔判断的没有错，这些游牧民因为长时间的奔波已经非常疲惫了，无心恋战。

这支阿兰军队至少得有三百人，但不是所有人都退到了南侧的营地中。有一支大约一百人的队伍驻扎在北方大约半英里的位置。撤退之后，阿兰人不再进行大规模的攻击，而是派一支小队，在双方对峙的边界小打小闹。有时候，他们会故意带着火罐，点燃箭矢射击。万幸的是车阵就在小河的旁边，基本不会造成真正意义上的威胁。不过巴利斯塔一行还是提高了警惕。

在对方佯攻的间隙，大家也没什么喘息的时间。在安东努巴卢斯和巴利斯塔的调度下，所有人都没闲着。车队里所有人，包括奴隶、罗马使节，甚至是跟着哥特男巫的老太婆都忙碌起来了。他们把所有篷车牢牢地捆绑在一起，以防万一，每辆篷车都经过了打桩固定。皮草、兽皮、毛毡都铺展开来，钉在了车轮以及车身的缝隙间，以阻挡箭矢、阻碍敌人的攻击。所有的装备都放入小河中打湿，皮革和煮着热水的大锅放在这些装备的后面。所有的行李都被拖了出来。盒子、箱子还有木桶都堆在一起，形成一个屏障。捆在一起的丝绸和其他罗马皇帝送给赫卢利国王的外交礼物上，堆着放腌鱼的两耳细颈罐。

北侧，河的对岸危机四伏。巴利斯塔让大家用绳子把酸橙树连接起来，接着教大家如何缠绕灌木丛的荆棘，从而形成一道天然的屏障，这是北非部落常用的方法。

完成防御工事后，大家连忙收集战场上没有损坏的箭矢，其中不乏阿兰人的。有人觉得，在和阿兰人对战的时候，他们发现自己的箭正朝着自己射过去，会有一种讽刺的乐趣。

夜幕降临，但是没有人放松警惕。总有一小拨阿兰人跑到防御工事处来观察情况。这一晚，月亮特别大，天空中也没有云彩，因此阿兰人行动的影子在月光下特别明显，那黑影看上去就像从死亡之国中逃出来的幽魂。还是有人带着火罐过来，点燃箭矢发动射击。可是没有火之箭矢的攻击更可怕。对方射击的轨道很高，有时候迅速飞来的箭几乎垂直地冲进了车阵里，但是天黑什么也看不见，就更不用说找到对方的射击点了。有的阿兰骑兵使用的箭矢具有特殊箭头，这使得箭在下落的时候会发出尖锐的声响。

尽管阿兰人时不时地过来串串门，现在防御工事基本完成，有一部分人可以好好休息了。巴利斯塔将他手里的六个人分成三轮守夜。每次是四个人执勤，两个人休息，换下的两个人也只有两小时的休息时间。沃尔夫斯坦和卡斯特里西乌斯是最早开始休息的人。卡斯特里西乌斯躺在酸橙树下，用自己的斗篷当被子裹住自己，不一会儿，就传来了打呼噜的声音。但是一旁的沃尔夫斯坦却兴奋异常、难以入眠。今天，他杀了敌人，他这辈子第一次杀人，他正式成为一名战士。他明白自己应该抓紧时间、好好休息，但是他无法抑制内心的激动，希望自己到下一次休息的时候能睡着吧。

沃尔夫斯坦很高兴，今天不用他来准备食物。马克西姆斯把锅悬挂在赫卢利人生的篝火上，煮了点儿鸡肉给大家吃。卡尔加库斯也不知道是从哪儿弄了点儿杂七杂八的食物，扔到了锅里一起煮。他们还有一些行军时吃的饼干，特别的干燥，就着酒下肚，倒也能凑合。张开嘴的那一刻，沃尔夫斯坦才意识到自己其实很饿，只是杀人的兴奋感让他忽视了自己的饥饿感。他实在是太饿了，苹果核都给吞了下去。卡尔加库斯建议大家还是多吃点儿，因为到明天结束之前，也不知道有几个人能活下来。沃尔夫斯坦看着其他地方，故意装作没听见，心里默默咒骂着：你个死老头子，真他妈的狗嘴里吐不出象牙！

巴利斯塔一直都没有闲下来过。他似乎消失了一阵。在午夜之前，又拖着两把铲子和两大捆木头回来，每根木头的一端都是尖的。他把自己人叫起来，开始小声地分配任务。于是所有人按照他的吩咐，在自己的头盔、剑带、剑鞘上缠上了黑色的布，在盔甲和裸露的皮肤上抹了一层泥。盾牌上的装饰物能撬的就撬掉，实在弄不下来的用泥巴遮住。靴子上有铆钉的，也用破布挡住。

七个人准备完毕，浑身散发着淤泥的腥臭味，在月光下的人影一片漆黑，身上没有任何反光的东西。等所有人集合后，巴利斯塔一个个检查他们的准备情况，接着部署任务。卡斯特里西乌斯、卡尔加库斯和塔奇恩在荆棘屏障后面作掩护。其他四个人穿过小河完成任务。巴利斯塔和马克西姆斯会在河岸对面的灌木丛边，观察北边敌人的一举一动。而希波托俄斯和沃尔夫斯坦一人拿着一把铲子，拖着一捆木头。他们的任务是在河岸相对松软的土地上挖坑，将木头尖端朝上插进去，再用一些灌木挡住这些陷阱。由于资源和人员限制，他们一晚上也弄不了几个这样的陷阱，但总归是有帮助的。

四人结伴穿过河流，沃尔夫斯坦并未感到害怕，芦苇丛中敌人的尸体没有造成多大的困扰，而潺潺的河水让他有一种回归故土的亲切感。甚至他们移动时发出的摩擦声，沃尔夫斯坦觉得敌人也不会发现。巴利斯塔指挥马克西姆斯和希波托俄斯往左边走，不一会儿两人就消失在下游的灌木丛中。巴利斯塔接着让沃尔夫斯坦就在原地设置陷阱，接着自己便爬上了河岸，没有发出一丁点儿声响，就这样消失在视野中。

现在只剩下沃尔夫斯坦一个人了。根据星星的位置判断，他工作了一个小时左右。刚开始的时候，沃尔夫斯坦觉得没什么，但是一小时过后，疲惫感不断袭来，黑夜和独处让他觉得压抑。小型夜行动物移动时簌簌的动静越发让他觉得不安。月光下云层在不断移动，形成的影子也在不停地移动，似乎预示着有可怕的事情将要发生。现在，任何一丁点儿动静都能吓得沃尔夫斯坦跳起来。而当一只猫头鹰突然开始鸣叫时，他差点儿都想逃跑了。现在他的神经完全紧绷了起来，就像拉满的弓弦。

在如此静谧的夜晚，他每下一铲声音都特别明显。要知道阿兰人离他们也就几百步的距离，这很有可能引起他们的注意。他决定弯下身子，徒手挖坑。但是现在他无比疲惫，只想睡觉。

他突然听到了河水溅起的声音，那声音源自他的右侧，即河流上游的位置。他逼迫自己不要去在意这种声音，不管是盎格鲁战士还是赫卢尔，都不应该因为这种声响而大惊小怪。况且在这片草原上，河水里有各种各样的鱼，比如鲦鱼、白杨鱼、梭子鱼，等等，还有那些像老鼠一样的小动物，什么田鼠、土拨鼠，等等，有这种声音出现不足为奇。

他把木头插进洞里，用手埋住。现在他的手上全是泥土，有时一个不小心，会碰到灌木上的荆棘，扎得手生疼。现在他把刚砍下来的灌木枝条拖了过来，但是拖动和布置枝条的声音，在静谧的夜晚显得特别大。

这时他又一次听到了河水溅起的声音。但这次可不止有水花溅起的声音，还有什么东西在水中移动的声音。他确定，有什么东西在从上游往下游移动，在不断地靠近自己。

沃尔夫斯坦平趴在河岸边，仔细地听着。可是这次他也只听到了河水的流动声，远处猫头鹰的叫声，都是正常的声音，不是人发出的动静。

沃尔夫斯坦呼了口气，那声音听上去简直就像是在啜泣。他感觉自己大脑被刺激了一下，就像冰块突然裂了一条口子。他正要开始行动，突然那个声音再度响起，他确定，那个声音离他越来越近。

万能的沃登，请您与我同在！

沃尔夫斯坦强迫着自己观察前方的情况。对方似乎带着头巾，因为昏暗看不清他的脸，现在二人之间大概也就三十步的距离。那个人正小心翼翼地往河的下游移动，往沃尔夫斯坦所在的方向移动。

如果现在行动，沃尔夫斯坦知道自己肯定会被敌人发现，但要是自己不动，依照对方的移动轨迹，他还是会发现自己。沃尔夫斯坦将手指插进泥土里，心中开始祷告。

月光如霜，沃尔夫斯坦能够清晰地看到对方在移动，现在，两人的距离不到二十步。

大地之母纳瑟斯，请不要抛弃您的孩子！

突然那人背后，一道影子闪过。他直直地钻进河水中，没有发出任何声响，只有河水里淡淡的水纹，印证了他刚才的行动。

那人继续往前走。他身后的影子似乎跟得更紧了，似乎有钢铁一类的东西在月光下闪着光。

突然，一只胳膊缠住了那个带着头巾的人，只见寒光一闪，手起刀落，那人的脖颈瞬间皮开肉绽，鲜血喷涌而出，旋即跪倒在地，摔在了河水里，那瞬间的声响打破了午夜的寂静。

背后的影子摘下了他沾满泥土的头盔，他金色的长发在月光下显得格外清晰。

“差不多了，回去吧。”巴利斯塔伸出一只手。

沃尔夫斯坦借力站了起来。

二人看着那具尸体。

不要害怕。

不要让死亡的恐惧占据你的灵魂。

但请你一字一句地告诉我：

黑夜无边，

人们都已熟睡，

你将从哪里，

独自，

走向军队的战舰。

沃尔夫斯坦一脸茫然地看着巴利斯塔。

巴利斯塔微微一笑：“是一首希腊古诗。差不多了，回去吧。”

第十九章

因为疲惫，巴利斯塔睡得很熟，但是行军多年养成的习惯，使他的神经变得很敏感，很容易醒来。这一次醒来的时候，他明显感到有人在按他的脖子，不过他很平静。睁开眼，不错，就是那个老家伙，低着头看着他。

卡尔加库斯将手从巴利斯塔脖子上拿开。巴利斯塔笑了。这是他和卡尔加库斯、马克西姆斯之间的一个老习惯，他们会用这样的方式叫彼此起床。有时候，三人之间的这些相似的行为习惯，会让巴利斯塔觉得这是他们之间的专属语言，不发出任何声音就知道彼此想要表达什么。在激烈的战场上、在辩论的法庭上、在寂静的深夜里等等，三人通过这些动作就可以交流自如。

卡尔加库斯将脸转向一侧。在灰暗的篝火下，老家伙的脸似乎也不那么丑陋了，现在的他，面色平和，但透露着哀伤。

巴利斯塔将自己的斗篷铺开，浑身酸痛的他坐在了斗篷上。

“估计再过半个小时，天就亮了。”卡尔加库斯说。

巴利斯塔睡了几个小时。在他睡着期间，风渐渐地平息，云层不断聚拢，遮住了月亮。现在天空是藏青色的，偶尔云层的缝隙处会溜出一丝月光。因为没有风，草原上的植物停止了鸣唱，其他的声音就显得尤为突出：河水流动那哗啦啦的声音，听上去就像是笑声，昆虫在这温暖的六月夜里歌唱，草原上的啮齿动物来回移动，发出了窸窸窣窣的声响。不时他们还能听到马踱步或者咳嗽的声音。

巴利斯塔艰难地站了起来。现在他已经四十一岁了，身体可不比年轻的时候，在地上睡觉，觉得浑身难受。他胡乱穿上衣服，走到荆棘丛边撒尿。完事之后，他重重地坐在了卡尔加库斯身边。

卡尔加库斯递给他一袋兑了水的酒。

“谢了。”巴利斯塔接过来抿了一口。酒特别烫，他直咂嘴。接着卡尔加库斯递给他一些饼干和一大片培根。他先把培根放在裤子上，接着沾着酒啃饼干。现在这情况，可不是穷讲究的时候。

“有什么情况？”巴利斯塔问。

“大概一小时前，一队骑兵从河对岸经过，是从规模比较小的营地过来的。”

“多少人？”

卡尔加库斯摇摇头。“云彩把月亮挡住了，乌漆麻黑，啥都看不清。”

“他们是要来攻击我们？”

“听上去，他们像是去南边的大营地。”

“他们有可能会后撤吗？”

“没有。”

三人陷入沉默中。

现在，除了酒精和培根的香味，还有其他的气味在他们身边围绕：河水的味道、树叶的味道、杂草的味道，等等。夏天还未完全到来，除了树木的气息，他们还闻到了花朵的香气。按道理说，其实还有马的腥气味、很久没洗澡的汗臭味，不过巴利斯塔已经免疫了，现在，他只在乎培根的香味。

阿兰人没有用休战的方法来挽救他们更多战士的生命。这是一个不幸的消息，这场仗真不知道会持续多久。根据观察，在巴利斯塔对面营地的部分骑兵已经转移到了地方主要营地，这对于巴利斯塔的人而言是一个好消息，但是对于守护篷车的人而言则多了一分压力。

巴利斯塔也不清楚应该怎样改善身后这条主要防线。现在的篷车车阵基本不可能移动或者被烧着，想要通过这个车阵也不是一件简单的事。其最大的弱势在于人少，战斗力不高，这个问题实在没办法解决，毕竟现在最缺的就是人手：六辆车基本都是一个战士搭配一个车夫，除了左边的第三辆，上面是两个车夫、没有士兵。车与车之间有五个缺口，各个缺口他们都安排了人做防御准备：一个缺口前站的是一个赫卢利人，尽管都受了伤，奥克乌斯和达提乌斯还是各守护一个缺口，第四个由哥特古伽守护，这样安东努巴卢斯就可以自由移动、指挥战斗。

此外安东努巴卢斯安排了两个战士的奴隶做传令兵。这个安排是经过深思熟虑的，是他们能想出来的最好方法。但是人手少这是一个不争的事实，他们没有任何替补，只有这些人可以用。

东边，天空开始慢慢放亮。一只鸟开始鸣唱，渐渐地，两三只、四五只、几十只、几百只鸟都加入了合唱阵营。大家还没反应过来呢，四周便充斥着鸟的鸣叫声。

“萨尔马提亚人会好好打吗？”卡尔加库斯问，“他们算是阿兰人的亲戚啊！”

巴利斯塔没有马上回答。在这场鸟的音乐会里，他在确定是否会有异样出现，如果有应该如何应对。

卡尔加库斯于是自问自答起来。“乌鲁根底人有自己的家，而在古伽生活的部落里，除了战斗，他们别无选择。”

巴利斯塔开口了：“哪怕古伽还有那个老巫婆都死了，萨尔马提亚人还是改变不了什么，他们的整个部落都已经被奴役了，就算死了这两个哥特人也没用。”

天逐渐亮了，风也越来越大，云层都被吹走了，天空从暗灰色变成了银金色。

随着日光渐足，巴利斯塔、卡尔加库斯他们开始观察草原上的情况。阿兰人行动的时候往往是几个骑兵并排行进、不紧不慢，相反，巴利斯塔他们则是急不可耐地冲了出去，分散开来勘察敌情，然后迅速返回。目前，敌人的营地很安静，草原上只有两个营地的黑影和飘到营地上方的烟，没有其他异样。

守卫者们仔细观察，默默等待。看样子，阿兰人正在吃早餐，空气中传来了燃烧的木头、粪土以及食物香味混杂的气息。

“昨天之后，他们似乎不太情愿发动进攻了。”沃尔夫斯坦说道，他的语气既有希望，又夹杂些失落。

“有可能。”巴利斯塔分析，“但是这种情况也说明，他们不着急攻击我们，因为他们有时间跟我们耗。”

“这他妈的也就是说，那个叫什么纳乌罗巴特斯的，他手里的那群丑八怪、那群赫卢利人并不在附近！”卡尔加库斯摇摇头。

“他们可是游牧民族，行动起来可不比我们差，一有消息一定会第一时间送出去。”巴利斯塔觉得他应该鼓舞士气。

阿尔瓦克和阿尔斯维拖着太阳神车，经过这片天空——天完全亮了，而天边阿兰人的军队也显现出他们的身影。十余人左右的先驱骑兵从阵营中冲了出来，在巴利斯塔一行人对面一字排开，形成了一道屏障。其余人跟在后面，整齐排列，举着专属于他们部落的军旗。此时他们距离巴利斯塔一方较远，在弓箭射击范围以外的距离。据观察，他们现在的人手似乎没有昨天多。

阿兰人的军旗在北风的吹拂下飘动着。这面军旗上的图案像是倒过来的希腊字母欧米伽（Ω），上方有一只典型的鸟的图像。巴利斯塔在想这是不是意味着对方是某个特殊的贵族。

一名信使赶了过来，这名信使是一个罗马士兵的奴隶。他告诉巴利斯塔车阵那边也遇到了相似的情况，不过阿兰人的军队分成了三个部分，两侧的军队对着车阵的两端，中间的正对着车阵的中央。中间部分的敌人数量相对两侧要少。

巴利斯塔向信使道谢，告诉他现在自己这边的情况，让其转达给安东努巴卢斯。他估计最主要的进攻点是自己这边以及车阵的两端。

而河对面的阿兰人只是停在了那里，没有往前推进。

马克西姆斯笑了。“今天不敢站得太近！”巴利斯塔和沃尔夫斯坦也反应了过来，哈哈大笑。

“你们这群小狗日的在笑啥？一群蠢货！”卡尔加库斯老了，视力下降，根本看不清对面发生了什么。

“昨儿巴利斯塔射中的那哥们儿，又在给他们祈祷呢！”沃尔夫斯坦解释道，“不过吃一堑长一智，今天他可不敢离我们这么近了，他现在站的位置几乎都要跟前排的人并齐了！”

没过多久，阿兰军低沉的战鼓擂动，响彻整片大草原，所有人都能感觉到自己胸膛的震动感。接着一阵嘹亮的号角声划破天际，阿兰人发动进攻。

阿兰士兵催促马匹“嗬嗬嗬”的嘶叫声传来，为数不多的赫卢利人用“咦噗咦噗”的叫声呼应。

“准备好战斗了吗？”巴利斯塔习惯性地用拉丁语吼道，声音浑厚而响亮。

“准备好了！”巴利斯塔的手下们和车阵处的罗马士兵回应，后者的声音明显虚弱。

“准备好战斗了吗？”

“准备好了！”

“准备好战斗了吗？”

“准备好了！”

巴利斯塔和他的士兵们连续呼喊了三遍，但是和游牧民的吼叫相比，气势上弱了一大截。巴利斯塔觉得这种传统的罗马军队呼喊，应该没有在远离罗马帝国的如此遥远的草原上出现过。这里毕竟不是帝国境内，这里完完全全是另外一个世界，这里是罗马人口中所谓野蛮人的国度，这里的情况和需要与帝国完全不同。巴利斯塔年轻时在日耳曼尼亚的经历告诉他，在这里，正式发动进攻之前，士兵们的吼叫奠定了整场战斗的基调。

“进攻！进攻！进攻！”巴利斯塔吼起了盎格鲁人惯用的战场上的呼喊。沃尔夫斯坦、卡尔加库斯和马克西姆斯马上做出了回应。塔奇恩虽然不懂，但也学着一起吼出了类似的声音。巴利斯塔在想后面车阵中的赫卢利人是否听到了他的嘶吼，是否会勾起他们过去的一些回忆。

阿兰战马马蹄飞快，整片草原似乎都跟着震动。阿兰人逐渐加速，直直地冲了过来，边冲边射箭，不过箭矢基本都被小河两侧的树林挡住了，落在了荆棘密布的灌木丛里。

巴利斯塔一队人马面对相对庞大而密集的敌人，举起弓箭，迅速而准确地开始反击。对方四匹马倒在了地上，马上的骑兵狠狠地摔倒在地。等阿兰人到达树林的位置，有五匹没有骑手的马匹像无头苍蝇一般乱窜，给他们带来了困扰。

跟在后面的主力放慢速度，将缰绳扔给前方仅剩的几个在马背上的骑兵手里，这些骑兵掉头往自己的营地跑去，每个人都牵着四五匹战马。主力军下马，不断向巴利斯塔一行人逼近。

巴利斯塔将插在地里的箭拔出来，瞄准后开始射击，一直重复着这样的动作。对方的敌人也不断有人摔倒在地或者负伤，巴利斯塔注意到有个敌人踉踉跄跄地站起来，将箭对准自己。

那支箭几乎是贴着巴利斯塔的侧脸飞了过去，击中了酸橙树。巴利斯塔不以为意，继续射击。他明显感到对方的箭越来越近，大约一半的阿兰人骑兵还停在远处河岸的位置。他们也在猛烈地射箭，但是这些箭都被树木和灌木“消化”了。

剩下的阿兰士兵，二十人左右的样子，在往离巴利斯塔较近的河岸移动。

一个阿兰士兵突然倒下，痛苦地捂着自己的腿，另一个士兵直接摔了个狗吃屎，脸直直地拍进了河水里。在前面左侧的位置，一个敌人痛苦地吼叫着，似乎有魔鬼在死命地往下拉着他的腿。其他的敌人选择绕开这片区域，小心翼翼地继续向前移动。昨晚希波托俄斯和沃尔夫斯坦制作的陷阱发挥了作用，现在阿兰人吃了亏，不敢太快前进，只好放慢脚步，这同时也降低了巴利斯塔一行人的射击难度。

“射击水里的人！”巴利斯塔吼道，尽管他也不知道有多少人会听他的。现在的情况，河水里的敌人距离巴利斯塔一方很近，所以说在射击敌人的同时也很容易暴露自己，从而让对方有机可乘。巴利斯塔注意到自己正前方的河对岸，有个射手正在拔箭，巴利斯塔忍住了射杀对方的冲动，先向蹚着水的一个敌人射击。箭深深地插进那个士兵的胸口中，只见他倒了下去，水花四溅。

敌方到达南侧河岸，有两个敌人爬到了河岸上方。巴利斯塔和沃尔夫斯坦马上对着两人射箭，二人急忙后退。现在巴利斯塔什么都看不见，只能看见靠近河岸的敌人。三个敌人爬了上来，可惜巴利斯塔一个都没有射中，沃尔夫斯坦击中了一个，后面四个敌人跟了上来。现在他们面前是昨晚巴利斯塔一行人特意准备的荆棘丛，于是阿兰人只好挥舞着手中的长剑，希望在荆棘丛中开出一条路。巴利斯塔瞄准了对方的心脏，可惜还是偏了，击中了对方的肩膀。

荆棘丛过于密集，阿兰人感觉到用剑砍实在没什么效率，于是两个人蹲在地上，让另一个士兵踩在他们的身上，希望他能借力越过这道屏障。他们正要把第三个士兵扔出去时，巴利斯塔一箭击中了右侧的托举人，右侧突然一下失去了力量，悬在半空中的阿兰士兵失去平衡，重重地摔在荆棘丛中，被灌木上的刺扎得生疼，痛苦地打着滚。但旁边也都是荆棘，痛苦又一次袭来，他不停地尖叫着，衣服上血迹斑斑。巴利斯塔把剑插进了对方的头骨，给了这个阿兰士兵一个痛快的了断。

阿兰人吃了苦头，赶紧往后撤，躲在了河对岸的树林中，以此为屏障继续向对岸发动射击。来回飞动的箭造成了一定威胁，阿兰士兵们都没佩戴防护装备，需要尽量低着头躲避箭。目前看来，形势已经没有刚才那么危急，现在对岸冷不丁会有一个敌人突然冒出来，放一支箭，然后迅速躲在树木后面，而不会像刚才一样一群士兵往这边冲。鉴于巴利斯塔他们都戴着头盔、穿着铠甲，基本不会有生命危险。

巴利斯塔松了口气，靠在了酸橙树的树干上。他发现自己的左前臂上有一道不浅的伤口。不是什么大事，但他自己都不记得是怎么负的伤。不知道还好，知道了就觉得疼。他感觉自己脸上也有些许刺痛感，用手抹开。这时他注意到自己的手上有血液和脑浆，应该是刚刚杀死敌人的时候溅出来的，突然他觉得自己嘴里也有一些奇怪的腥味，他连忙喝了一口酒漱口，啐了出来。巴利斯塔把酒瓶盖好，便探出头观察对面的敌情。没有什么改变，于是他往外射了一箭，对面立即还击，飞回来了许多箭矢，自然也都被树林和灌木挡下来了。现在巴利斯塔也不担心箭会用完，毕竟对方“送”了不少过来。他继续观察对面，朝着一个人影射击。虽说没有射中，但是让对方一直低着头行动也是有用的。

“继续射击！”巴利斯塔下达命令。

一名信使赶来，向巴利斯塔行了一个罗马军礼。他是罗马士兵的奴隶，手里提着一把剑。“大人，安东努巴卢斯让我来向您求救。阿兰人闯进了我们的车阵，他们击溃了车阵的东侧。现在敌人越来越多，很快就会摧垮我们的阵线！”

现在自己的战线上相对平静，巴利斯塔听到了车阵处金属武器碰撞的声响。估计一部分士兵已经开始肉搏了。他边思考对策，边向河对岸放了一箭，那支箭就从一个敌人的脑袋边划过去。

“大人？”信使非常着急。

巴利斯塔站在原地，思考对策。他手里也就这么几个人，能起到什么作用吗？如果他现在离开，敌人会不会发现其实这里根本没有多少人，然后又一次发动进攻？

在这个时候，翻译官气喘吁吁地从另一侧跑了过来，他左手拿着剑，右前臂已经缠满了绷带。

巴利斯塔想不起来他叫什么。“怎么了？”巴利斯塔迫不及待，他估计翻译官带来的肯定不是好消息。

“阿兰人下马了！”翻译官上气不接下气。其实他所在的战线离这里不远，不至于累成这样，肯定是刚跟敌人打斗过。“他们在对付古伽，古伽需要更多人手！”

巴利斯塔不由自主地骂了一句。他注意到对岸阿兰人正在处理伤员，这么看来，现在带几个人过去支援是可以的。他想到昨天晚上阿兰人有派骑兵在河对岸晃荡，这很有可能是个计谋，在河岸处发动攻击无非是想转移我方的部分兵力。现在他可以带着马克西姆斯、塔奇恩、卡尔加库斯和沃尔夫斯坦过去支援，留下卡斯特里西乌斯和希波托俄斯守住这条战线。但是只剩他们两个，对面可至少有四十个敌人，这种安排简直是在开玩笑。

信使和翻译官正眼巴巴地看着巴利斯塔。巴利斯塔心里很乱：妈的！就这点儿人手，去哪边帮忙呢？古伽还是安东努巴卢斯？他看着翻译官，总算想起了他的名字——比奥玛索斯。

“你过来的时候，阿兰人冲进你们的防线了吗？”

翻译官摇了摇头。“但是情况……”

巴利斯塔示意他闭嘴。他迅速在大脑里组织好了自己的计划。

巴利斯塔对翻译官说：“比奥玛索斯，看到西面的那几棵树了吗？塔奇恩和卡尔加库斯就在那儿，把他们两个喊过来。你拿着塔奇恩的弓箭，守住他们的位置。”

“但是大人，我不擅长射箭，手又受伤了！”

“没事，你就时不时地向对面射箭就好了。只要让他们知道我们这边还有人就可以！”

“坚决服从命令！”看来这个翻译官还是下了点儿功夫研究罗马的军纪。

巴利斯塔在等着卡尔加库斯他们过来的时候，瞄准了对面的一个阿兰人，尽管对方的身影若隐若现，尽管随时可能有一支暗箭会向他袭来，他没有移动，只是专心致志地瞄准对方，接着放开了弓弦。那支箭飞了出去，越过河水，却在离敌人胸口一英尺左右的地方被灌木影响，偏离了原本的航线，虽然没有击中，敌人已经吓破了胆，匆匆忙忙地溜走了。

塔奇恩和卡尔加库斯赶了过来。

“捕猎，还是猎杀敌人比较有趣。”塔奇恩红光满面，这个山地里长大的家伙喜欢屠戮人类，“猎杀狗熊或者狮子，都没有猎杀人有趣。”

“小子真变态！”卡尔加库斯嘟囔着。

“你们几个跟我走！”巴利斯塔下达命令。

他们几个弓着身子，向马克西姆斯所在的右侧靠近，万幸一路上没有发生意外。

巴利斯塔对那个信使说道：“你在这里替换马克西姆斯。你也听到我跟翻译官怎么说的了吧？照办就行。”

信使一脸惊慌失措。

“如果你表现得好，这次我能活下来，我就给你自由！”巴利斯塔承诺。他注意到对方似乎还是有点儿失望，“如果我死了，剩下的这些人也都会给你自由的！”

“坚决服从命令！”信使眼睛发亮，有力地接过了巴利斯塔递给他的弓箭。

“兄弟们，时候到了！”巴利斯塔开始用希腊语说话，“马克西姆斯和塔奇恩，你们俩跟着我。卡尔加库斯，给我们打掩护，干掉负伤的敌人。沃尔夫斯坦，用你的弓箭发动攻击，尽量远离混战。明白了吗？”

“明白！”马克西姆斯、卡尔加库斯和塔奇恩点了点头，但是沃尔夫斯坦什么都没有说。

出发之前，五个人检查好自己的武器，做好一切战斗准备。

巴利斯塔用自己的母语吟诵了两句史诗：

但凡并非劫数难逃，
命运总会眷顾勇者。

卡尔加库斯吐了口痰。“你是说，劫数难逃的话，再怎么勇敢也没用呗？”

大家都笑了，只有沃尔夫斯坦无动于衷，一脸愁云。

同往常一样，巴利斯塔抽出自己的匕首，再插回去，拔出自己的宝剑，又插回去，接着摸一摸盾牌上的石头。在进行这一系列的动作之时，他也观察着沃尔夫斯坦，这孩子怎么一脸不爽？这时他恍然大悟：我怎么没想到呢！

“沃尔夫斯坦，”巴利斯塔用自己的母语说道，“如果你活了下来，我将还你自由，如果我死了，他们也都见证着这一切。此战之后，只要你活着，你将获得自由。”

沃尔夫斯坦一下就笑开了。“谢谢您，大人！我们一定能活着！”

卡尔加库斯轻蔑地哼了哼。

巴利斯塔一行人迅速赶往车阵的东侧。最东边的篷车上已经没有人了，篷车的内侧和外侧都在打斗。

巴利斯塔让沃尔夫斯坦绕到已经被冲破的车阵部分的中心位置，接着带领剩下的三个人靠近篷车的内侧。

东侧两辆篷车的防御工事已经被打开。地上躺着一个赫卢尔和一个罗马士兵的尸体。阿兰人踩着他们的尸体往上爬，他们想进攻另一辆有人抵抗的篷车。

巴利斯塔让身边的三个人注意自己的命令。他举起了三个手指，其余人点了点头。当第三根手指弯下去的时候，四人冲到了篷车上。一个阿兰人感觉不对劲，转过身来，巴利斯塔一剑下去，砍掉对方的半张脸。马克西姆斯从巴利斯塔右侧闪身而过，将短剑刺进了第二个阿兰士兵的胸口中。巴利斯塔左侧，一个阿兰人刚好爬上来，被眼前的一切惊呆了，用胳膊护住自己，同时惊讶地张大了嘴巴。还没等他发出声音，塔奇恩先砍断了他的胳膊，接着一剑刺进了他的喉咙，血液喷涌而出。塔奇恩一脚把这个阿兰士兵踢了下去。最先爬上篷车的阿兰士兵彻底震住了，他转过身正准备喊叫警告自己的伙伴时，一支箭射穿了他的喉咙。他慢慢地转身，似乎是要享受人世间最后一缕阳光，接着从篷车上栽倒在地。

一瞬间，四个阿兰人当场毙命。

巴利斯塔示意沃尔夫斯坦靠近他们几个，卡尔加库斯给摔下去的阿兰人补了一剑，确保他们去地狱报到。还有一个阿兰人在防御工事的底下，他刚抬起头，还没意识到发生了什么。塔奇恩从敌人后面刺入一剑，旋即传来痛苦的吼叫声。

“塔奇恩、沃尔夫斯坦，你们俩在这里确保没有人能够闯进来！”

二人迅速到位，沃尔夫斯坦同时放出了几支箭，向敌人宣告这个关口现在开始有人守护。

巴利斯塔和马克西姆斯跳到了另一辆篷车的车尾。卡尔加库斯右手根本用不上，但还是尽力跟在他们俩的后面。他们走进这辆车的车厢中，发现里面横七竖八地躺着很多尸体，大约六七个人，有阿兰人也有自己人。他们估计阿兰人应该会继续攻击其他篷车，于是三人继续往前走。

在隆隆的战鼓声中，阿兰人再一次吹响了号角。巴利斯塔觉得，这很有可能是他们决定停止这次进攻。但是在这之后，他们会继续增援兵力攻打我们还是承认自己的失败呢？

但凡并非劫数难逃，

命运总会眷顾勇者。

他心中默念着这句古诗。

前方大约有六个阿兰士兵想要攻击第三辆篷车，他们背对着巴利斯塔，没有注意到后面有人过来。有两个敌兵溜进了车厢里，打算夹击捍卫者。

巴利斯塔和马克西姆斯站在前一辆篷车的尾板上，彼此相望，同时念道：“一——二——三！”他俩一起跳了下来，落到了第三辆车上，阿兰人听到声音，正准备回头看，以为是自己人过来了。可惜事与愿违，还没等他们完全转过身，巴利斯塔就已经落地了。因为用力过猛，巴利斯塔有些踉跄，但是他没有让自己恢复平衡，而是直接对着右前方的敌人刺出了自己的剑。这个阿兰人连忙抽出自己的剑想自卫，不过他的动作太慢了，巴利斯塔的剑已经插进了他的肋骨。巴利斯塔也借着这个劲儿帮自己恢复了平衡。

这时卡尔加库斯的咒骂声传来，他刚从前一辆车跳下来。

巴利斯塔将剑下的人推到一边，对左侧的敌人发动攻击。对方挥舞着剑，直冲着巴利斯塔的脖子过来，巴利斯塔连忙用盾牌挡住。冲力过大，二人向后退了几步。现在巴利斯塔的战斗姿势就像是一头牛：盾牌护住自己的前方，同时手中举起了长剑，就在大约自己眉毛的高度向前刺，好比牛的角。对面的敌人也举起了盾牌，但是剑没有举起来，而是垂在右侧大腿的位置。盾牌紧紧地护住身体，他们也没有办法攻击彼此，只好慢慢移动，等待对方露出破绽。

巴利斯塔听见左侧金属碰撞的声音以及右侧卡尔加库斯的咒骂。他不敢往旁边看，怕让对方捡漏子，但是从声音上判断自己的两个战友都还没死。

巴利斯塔猛然向对方的脸部刺过去，敌人立即抬高了盾牌挡住自己的头。巴利斯塔一个侧身，改变剑刃的方向，朝着对方的左腿刺过去。对方急忙收回左腿，身体向右后侧靠过去，同时将剑刺向巴利斯塔的头部。巴利斯塔明白对方肯定会做出这样的反应，于是他再一次扭动身体，同时举起自己的盾牌和长剑。盾牌挡住了敌人的剑，而挥舞的长剑击中了对方暴露的右臂。敌人痛苦地扔掉手里的武器，颤抖着在原地打转，巴利斯塔趁机对敌人的右腿补了一剑。

巴利斯塔看了看左边的情况，一个阿兰人倒下了，马克西姆斯正在进攻另一个敌人。而右侧，两个之前准备在车厢里发动攻击的阿兰人回来了，正准备攻击卡尔加库斯。二人小心翼翼地移动，举起了手中的盾牌和剑。巴利斯塔赶过去支援卡尔加库斯。二人之间保持着一定的距离，方便挥舞长剑。

在那一瞬间，四个人没有发出任何声音，根据对方的移动调整着自己的步伐，似乎在进行一场死亡之舞。金属反射着阳光，巴利斯塔在缓慢移动中注意到，对面阿兰人的背后安静地出现了一个影子，影子优雅地挥舞着手里的剑，对面的阿兰人摔倒在地，而另一个阿兰人身体有些颤动，往前趔趄了几步，接着倒在地上吐血。

“多谢！”巴利斯塔说。

“别客气。”安东努巴卢斯说，“再说，我还得谢谢你过来帮我。”

马克西姆斯干掉了面前的敌人，卡尔加库斯给刚才巴利斯塔击伤的第二个人补了一剑。四人站在原地，喘着粗气。

“他们撤退了！”有人吼叫道。随后，敌人的马蹄声和号角声越来越远，越来越远，他们过了好一会儿，才意识到敌人的战鼓声已经消失在天际。

第二十章

卡尔加库斯费了好一番功夫才回到篷车上。现在拖累他的可不光只有受伤的右手，他每次行动，都觉得自己的肩膀在疼。这几次战斗时的活动都没有缓解这种疼痛感，他也早就已经服老了，知道自己的身体完全不能跟年轻的时候比较。

敌人总算撤退了，卡尔加库斯眺望对面的草原。他感受着战斗后身体的疼痛，观察敌人退去时战马奔跑扬起的阵阵灰尘。

“他们走了，没有几个负伤的。”马克西姆斯说道。

“但是他们把战死的士兵都留在了这里。”安东努巴卢斯忧虑地表示，“这说明，他们还会回来的。”

巴利斯塔和安东努巴卢斯在讨论刚刚发生的战斗，还原刚刚发生的一切，想从中汲取经验。

卡尔加库斯觉得他们就是在白费力气。这些年，他参加过的战斗没有一百也有八十，实在是太清楚战争的样子了。其实战争无非就是一场混乱，而每个人都有自己的立场和视角，也就是说，每个人看到的战争都是不一样的。然而每次战争过后，幸存者们都要回忆发生过的一切，希望能够还原事件的始末。就好像如果不跟别人讨论分享，自己的记忆就站不住脚。

“他们的计划很周密，”巴利斯塔说着，“他们兵分两路。一路在水域处发动袭击，而针对车阵，他们搞得好像要从车阵的中间突破，从而牵制住我们的人。但是实际上，他们将重要的兵力放在了攻击车阵两翼上。”

卡尔加库斯看着三只秃鹰飞了过来，落在车阵附近的位置，它们在天上飞舞的样子真是优雅，可是落到地上，就什么也不是了。

“这个计划差一点点就成功了。”巴利斯塔继续表达他的观点，“在西侧，他们选择贴身肉搏，攻击古伽的篷车，而在东侧，他们直接冲破了我们的防线。如果我们后来没有守住那个缺口，把冲进车阵里面的敌人干掉，他们的计划就真的会成功。”

“但是他们的计划失败了，这才是关键。”安东努巴卢斯表示，“游牧族骑兵最厌恶的就是攻击车阵，尽管这次捍卫车阵的只有我们几个家伙。”

“这可不仅仅是在大草原上。”巴利斯塔说道，“在这个世界上，只要士兵装备精良、严格遵循军纪、做好了一切战斗准备，那么攻击这样一个防御工事便是难上加难。进攻方的伤亡数量可谓惊人。”

这次战斗，阿兰人死了不少士兵。地上的尸体至少有三十九具。但是这些尸体算是运气好，三个存活下来的赫卢利人实在是太累了，没精力一个个去剥皮。

这次战斗中，巴利斯塔方牺牲了八个人：赫卢利人奥克乌斯和奥都斯，三个罗马士兵（其中有一个躺在篷车里奄奄一息，因而算了进去）以及三个萨尔马提亚人。

目前，他们对所有的尸体都采取了同样的措施：扔到防线外面。现在他们没人、没时间、没体力去为死去的人安排什么体面的葬礼。

卡尔加库斯觉得，现在死神正在这里徘徊、逐渐逼近。他知道，在巴利斯塔的传统中，遴选尸体的是年轻美丽、皮肤白皙的女人。少女们将会把遴选的战士送往瓦尔哈拉殿堂，在主神沃登那金碧辉煌的殿堂里为战士们奉上美酒，战士们还有机会成为这些女神的爱侣。但是对于像希波托俄斯这样的希腊人，或者卡斯特里西乌斯这样的罗马人而言，情况就完全不同了。在他们看来，有两个名叫“长眠”和“死亡”的战士，双眼冒着寒光，会把死去的人们带往地下世界。那里空间狭小，只有蝙蝠才能通过，在那里，只有永恒的黑暗和寒冷。卡尔加库斯并不知道在喀里多尼亚的传统中，人死后会是什么情况，他很小的时候就离开了自己的故土，一直都在盎格鲁人的身边。他希望自己能够好好伺候某个盎格鲁战士，这样他就有资格进入瓦尔哈拉殿堂。想要进入沃登的神殿，你就必须在战斗中光荣牺牲。其实人的死法有很多，战死也许是一种非常痛苦的死法，但是能换来死后的好日子，想想也就不算什么了。其实摩尼教貌似也不错啊，有很多自愿献身的处女对他们来说真的很有诱惑力，而且据说也不用像战死那么惨。如果这次任务顺利结束，卡尔加库斯觉得自己会愿意多多探索这个新奇的宗教。

无论如何，卡尔加库斯希望这些尸体的灵魂现在已经上路了。一些秃鹰聚集在这里，它们正贪婪地观察着这顿天降大餐。现在还算好，不久之后，夜幕降临，人们熟睡，它们将开始放心地享用这些尸体。

这顿饕餮大餐中，尸体以阿兰人为主。巴利斯塔方的死亡人数没有那么多，不可能喂饱这些秃鹰。现在巴利斯塔和安东努巴卢斯在重新规划防卫方案。水域战线由希波托俄斯和卡斯特里西乌斯负责。二人都是娴熟的刽子手，也一样神经疯狂。翻译官和巴利斯塔承诺即将获得自由的奴隶辅助二者。守护车阵战线的是古伽、两个赫卢利人、三个罗马士兵、四个萨尔马提亚人和一个奴隶。如果这个奴隶在战斗中表现勇敢、并且最后活了下来，也将获得自由。剩下的六个人，即巴利斯塔、安东努巴卢斯、马克西姆斯、塔奇恩、沃尔夫斯坦和卡尔加库斯，组成一支机动队伍，他们在两边有需要的时候挺身而出。

情况依旧让人绝望。二十一个人要面对数量超过他们十倍的敌人。而且当中不少人还带着伤，有的甚至伤势不轻：赫卢尔达提乌斯、翻译官、一个萨尔马提亚车夫、沃尔夫斯坦，这个孩子是在战斗末尾的时候被袭击，右臂上有一条极深的伤口，当然，这份名单中还有卡尔加库斯。

这种情况下要怎么杀出重围呢？！卡尔加库斯自己都感到绝望。他现在在想自己是否真的畏惧死亡。当然他肯定是不想死的，更不用说死亡时将面临的痛苦或者死后会面对一个怎么样的世界。他想要活下去，活着回到西西里，和丽贝卡结婚，好好照顾西蒙，再生一个自己的孩子。但是如果他注定在这片草原上死去，如果这美好的希望永远不会到来，那么自己愿意勇敢就义。他可能会死在巴利斯塔和马克西姆斯身边。巴利斯塔总爱用希腊语说这么一句话——死亡是平等的，无论你是懦夫还是勇士。再如果，他们几个真的有人活了下来，他会如何描述这场最后的战役呢?

“三个骑兵从阿兰人主营地过来了！”有人喊道。

卡尔加库斯拖着疲惫的身体，站了起来，想看看究竟是什么情况。

“泽瑞！泽瑞！”一个阿兰骑兵冲着大家吼道。

“这是他们召唤使节或者是传令官的声音！”安东努巴卢斯说道。于是他站到了篷车上，向对方挥手，示意可以安全靠近。

对方三个人挨得很近，并排前行，不紧不慢。据观察，外侧两个应该是在支撑着中间的人。当他们越靠越近的时候，卡尔加库斯注意到中间的那个人几乎都要从马鞍上摔下来了。

等双方相距一百步左右，即箭矢可以穿越铠甲的距离时，安东努巴卢斯示意对方停下，不可以再靠近。

对方停下了。一侧的骑兵下马，像对待一个麻布袋一样，把中间的人拽了下来。中间的人虚弱地抬起一只手，不一会儿就放了下去。另一个骑兵把他拖到自己面前，在他的脖子上挂了什么东西，接着命令他朝着车阵的方向走。

“他会给你们传达信息的。”站在地上的骑兵用日耳曼尼亚语吼道，随即骑上了马，“他会笑着告诉你们，你们的下场！”接着传来了两个阿兰骑兵的笑声，二人调转马头离开了。

这个人很奇怪，他似乎走在迷雾中，四周什么都看不清。他伸出手向前摸索着什么，每踏出一步都小心翼翼，好像生怕会撞到什么东西。他走路的方向也很偏，根本不是正对着车阵的位置在走，照目前的方向，他会一直走到营地的南端。

“神明在上！”有人用拉丁语感叹道。

“我的天！”

马克西姆斯骂了一句。

卡尔加库斯注意到对方走路踉踉跄跄，几乎快要倒下去。他的手臂也很奇怪。

“跟我来！”巴利斯塔对马克西姆斯说。二人越过车阵往前走去，秃鹰飞走了，发出了似乎抱怨的嘶鸣。

卡尔加库斯下意识地扫视前方的草原。他能看见两个骑兵，已经走了超过半英里远。他能看见对方营地中飘扬的炊烟，以及没有林木遮蔽的河道，据他判断，那里应该没有隐蔽的沟渠，也没有人在灌木中潜伏。

巴利斯塔和马克西姆斯接到了那个人。他们赶紧把那个人脖子上的东西取下来，驾着他的肩膀，扶着他往回走，不难看出巴利斯塔和马克西姆斯刻意想要与这个人保持距离。

“苍天啊，是传令官瑞古鲁斯！”

“他们干了什么！这是人做的事情吗？！”

卡尔加库斯这下看清楚了，但是他真希望他从来都没有见过，实在是太残忍了。

这位罗马传令官的脸上身上全是血。他被截肢了，失去了双手，剩下的手臂刚好垂到腰的位置。伤口的位置没有绷带，显然伤口还被灼烧过。但是这还不是最惨的。他的双眼被挖了出来，原本明亮的双眼变成了两个血洞。

“搭把手，”巴利斯塔说道，“过来搭把手，把他扶过来。”

卡尔加库斯抑制住自己的恶心，尽量小心地扶着传令官，想办法拖着他进到车阵中。

“给他披上毯子，用蛋清敷在眼睛上。”巴利斯塔说道。

“我来照顾他吧。”古伽冷静地说着，用他的胳膊搂住瑞古鲁斯，就像父亲对儿子一样温柔地把他扶进了自己的车厢里。

巴利斯塔将刚刚在瑞古鲁斯脖子上取下的纸条递给安东努巴卢斯，上面写的是拉丁文。安东努巴卢斯读着纸卷上的文字，但没有发出声音。读完之后，安东努巴卢斯冷笑了一声，旋即展开了这封纸卷，对着众人大声朗读道：“把安东努巴卢斯和巴利斯塔交给我们，那么你们就可以安心离开。但是如果不照办，等落到我们手里，绝对让你们生不如死，比这个人更惨！”

随后传来人们小声交谈的声音，他们将刚刚这段话翻译成了不同的语言，传递给在座的所有人。

有人笑了一声，接着笑声传遍了整支队伍。

马克西姆吼叫着骂了起来，接着其他人都冲着阿兰人营地的方向叫骂起来，一句比一句难听。

古伽这时候回来了。

“他怎么样了？”巴利斯塔问道。

“走得很平静。”古伽回答。

巴利斯塔一脸惊讶。

“对他而言，这是最好的选择。”古伽平静地回答，“一个人，没有眼睛、没有双手，你叫他怎么活下去？”

所有人都陷入了沉默。

“阿兰人还阉割了他。”古伽转身离开，头发上的骨头和咒符碰撞发出了声响。

“当然，您觉得您这是在做善事！”马克西姆斯说道，“这种可怖的善良会让你遭报应的！”

古伽没有回答，默默走开了。

巴利斯塔、马克西姆斯和卡尔加库斯站在车阵的中央。卡尔加库斯问道：“你确定大家都不会背叛我们吗？”

“我确定。”巴利斯塔说道，“没有人会蠢到相信阿兰人，他们根本没有怜悯之心。大家都知道他们想将我们一网打尽。”

“阿兰人的国王不在这里。我也没看到苏阿尼阿人。但他们还是想要你的命。”马克西姆斯叹了口气。

“还有安东努巴卢斯，”巴利斯塔分析，“他们想要安东努巴卢斯，而不是其他赫卢利人，有点儿意思。”

“他们正在移动！”沃尔夫斯坦的喊声打断了他们的谈话。

这次更多的阿兰人正在向车阵方向移动，只是距离更远了。大约在三百步的位置停了下来，不少人还下了马，这次来了三四十个人。

除了在其他位置站岗的人以外，大家都挤了过来，看看对方想搞什么鬼。希波托俄斯也赶了回来，站在卡尔加库斯旁边，他留下卡斯特里西乌斯一个人在河岸。

风吹拂着草原，草叶之间摩擦的声音和秃鹰鸣叫的声音，伴着锤击的声音传了过来。锤击的声音停下来后，草原上传来放肆的喊叫声和疯狂的嘲笑声。接着尖叫声传来，先是害怕的叫声，后来是痛苦的叫声，似乎有谁在接受酷刑。

我藏起了我的双眼，
我不敢看，
我不能忍，
我渴望见到的，
我渴望听到的，
却是我最大的梦魇。

希波托俄斯背诵着这首诗。

“索福克勒斯。”安东努巴卢斯说道。

除了希波托俄斯以外，听到这个名字的人都惊讶地看着这个赫卢尔。

安东努巴卢斯权当什么都没有发生。

阿兰人骑上了马，往后退了一定的距离。

草原上立起了三根柱子，每根柱子上都钉着一个人。

“那是谁？”卡尔加库斯看不清楚。

“看上去像是那次被抓走的几个，”马克西姆斯说，“肠卜师、另一个抄书官和信使。可怜的家伙们。”

“可怜啊！”卡尔加库斯叹了口气。

“估计他们就是为了嘲讽我们。”巴利斯塔说道。

一声尖叫划破长夜的寂静。

“至少还有一个活着。”希波托俄斯说道。

“他们可能都没死，”安东努巴卢斯回答，“如果他们能忍受这种痛苦、保持不动，估计得有几个小时，或者一天左右才会死。时间的长短跟钉在柱子上的方法有关。”

“你知道？”巴利斯塔更加惊讶了。

“我的确知道。”安东努巴卢斯平静地回答。

“阿兰人是我知道的最残忍的野蛮人了！”塔奇恩感叹，“他们还喜欢盗窃。当他们穿过高加索山来到苏阿尼阿，让自己的小马吃草时，这群阿兰人就开始偷东西。苹果、梨子、小孩儿，真的是什么都偷。”

“他们把那三个人放在那里是为了刺激我们。”巴利斯塔说着，“如果我们去救他们，阿兰人也就有机可乘了。”

又一声凄厉的喊叫回荡在耳边。

“我们得做点儿什么！”马克西姆斯于心不忍。

“蜡，尤其是蜂蜡特别管用。”塔奇恩说着，“插进耳朵里，基本什么都听不到了。”

“我是说，得为他们做点儿什么。”

“这样啊，那只能给他们一箭，让他们死得痛快。”

“说的对。”安东努巴卢斯点点头。

“这个距离太远了，很难射中。”巴利斯塔判断。

“我可以动手，不过他们是你的人。”

“是啊，”巴利斯塔望着他们，“他们是我的人。”

其他人将巴利斯塔的弓箭递给他，让出空间好让他专心。

现在是六月的某一天。天气晴朗，阳光十足，跟西西里一样热。一阵北风吹来，风力不小，巴利斯塔射击时也需要考虑到这个因素。他与目标之间相隔接近三百步的距离，中间的草丛随着北风晃动，影响了他的视线。他架起弓，上满弦，瞄准对方，放开手指，进行射击。这一箭没中，从中间那人的右侧飞了出去。他知道自己过高地估计了风力对箭矢的影响。

第二支箭还是没有射中，不过比第一支箭更靠近目标了。第三支箭，他射中了目标的腿，第四支箭，他杀死了对方。射杀这三个人，巴利斯塔用了九支箭，花费了很长一段时间。

随后，巴利斯塔一个人走到河边。卡尔加库斯与他保持了一定的距离，跟在他身后。巴利斯塔席地而坐，呆呆地望着河对面。卡尔加库斯坐在离他不远的位置，看着他。马克西姆斯跟他说过当时的场景，卡尔加库斯估计巴利斯塔肯定是在想自己当时把肠卜师从塔奇恩的马上赶下去，让这个人惨遭此劫。早在苏维汇海的那些日子，卡尔加库斯就知道德海姆这个孩子不是一个天生的杀手，他一直都知道，现在，当年的孩子变成了名为巴利斯塔的男子汉，经过这么多年的训练和实战，他可以说是一个专业的杀手了。可是在某些方面，德海姆，或者说巴利斯塔，其实一直都未曾改变。

马克西姆斯走到卡尔加库斯坐着的位置。“阿兰人又开始活动了。”

“还有多久到？”

“倒不是特别紧急，他们的先驱骑手刚刚离开营地。”

卡尔加库斯点点头，站了起来，这时肩膀突然一阵刺痛，他心里又咒骂了几句，随即对马克西姆斯说：“你先回去，我去喊他。”

巴利斯塔正看着其他地方，似乎是河流的上游，几只鸟从芦苇丛中冲向天空，这些鸟体型娇小、动作迅猛，卡尔加库斯也不知道是什么种类。

“阿兰人又来了。”

巴利斯塔看着卡尔加库斯，一脸疑问。

“还有不少时间呢。他们的主力还在营地里。”

巴利斯塔让卡尔加库斯坐下来。“希罗多德说过，游牧人会刺瞎所有的奴隶，这样做可能是为了防止他们逃跑。但是我觉得他的说法不对。如果奴隶瞎了，他们还怎么工作。传令官也可能找得到我们的营地。但是在这片一望无垠的草原上，奴隶怎么可能跑得掉呢。除了河道和坟冢，他们无处可躲。”

卡尔加库斯没有说话，他早就习惯了巴利斯塔的这种对话方式：他喜欢绕着圈子说话，而不是一上来就跟你分享他的思虑。

“卢奇安在《友谊》这本书里讲述的一个故事，就发生在塔奈斯河。因为萨尔马提亚人的一场偷袭，塞西亚人失去了他们的营地和牲畜。一个塞西亚战士在这场战斗中逃了出来，但是他的挚友却被对方抓走了。为了挽救自己的挚友，他找到了萨尔马提亚的国王，说自己想要替挚友赎身。国王哈哈大笑，‘你所有的钱财都被我抢走了，你拿什么来赎回你的朋友？’他回答用自己的身体来赎。国王便说自己只需要对方身体的一部分，即双眼。于是他瞎了，但是他带着自己的朋友游过了塔奈斯河，获得了安全。”

卡尔加库斯保持沉默，他知道巴利斯塔一会儿就该绕出来了。

“这是一个完满的故事吗？后来，塞西亚人受到了这两个人的鼓舞，于是打败了萨尔马提亚人，这对挚友也受到了族人的尊重。但是被救出来的人，每每看到好友脸上的两个洞就感到自责。于是这个人干脆把自己的双眼也挖了出来。可以想象，二人以后的生活只能是坐在车上，守着自己的女人和孩子，在黑暗中度过余生。”

巴利斯塔停了下来。

“他们遭遇那些酷刑，并不是你的过错。”卡尔加库斯劝道。

“那个肠卜师呢？难道不是我的错？”

“我听马克西姆斯说了，他威胁到了塔奇恩的生命，威胁到了你们所有人的生命，当时的你别无选择。”

“你总能帮我开脱罪名。”

卡尔加库斯皱了皱眉，在考虑要怎么说才能宽慰巴利斯塔：“我可没有。你在西里西亚，可干了一些操蛋的事情。折磨波斯的囚犯啊，杀死萨珊国王的宦官，强奸他的女人，等等，当时你又不是别无选择，你完全不需要做这种事情。不过那次你以为你的儿子和朱莉娅被波斯人杀了嘛，这么做也情有可原。”

“哎，又在帮我开脱。”巴利斯塔笑了笑，“你要是个希腊人，绝对会成为诡辩家的。”

卡尔加库斯叹了口气。“切，你就是读太多希腊人的书了。”

巴利斯塔看着他的老伙计。“我在西里西亚的时候，读的是欧里庇得斯，之后就没有看过他的书了。”

“阿兰人可是迫不及待地要听你说教呢！”

“欧里庇得斯不是哲学家，他是一个诗人，还创作悲剧。”巴利斯塔扶着卡尔加库斯站了起来。

“那就是讲废话喽。”卡尔加库斯咕哝着。

“也有道理。”巴利斯塔点点头。

阿兰骑兵现在环绕车阵，队列松散但完整，双方相距大约三百步的距离。

“驱赶狩猎的布局，”安东努巴卢斯分析，“这是大草原上常常使用的狩猎阵型，他们会驱赶动物到一起，再集中攻击。”

“所以说，他们是把我们当成动物一样猎杀吗？”塔奇恩问道。

“当然不是了。面对我们，策略肯定是要调整的。”安东努巴卢斯看上去很高兴，“我估计他们会迅速前进，大量射击，等到了距离二十步左右的时候，有的人停在原地，骑在马上继续射击，后面的人会下马，他们将向前移动，形成……”他耸了耸肩，“锥尖的形状。希腊语是叫锥尖，对吧？就是工匠凿东西用的那个工具。”

“是的。”巴利斯塔回答。

“好的。他们就会呈锥尖的形状冲到车阵，发动攻击。”

“他们会组成几个锥尖呢？”

安东努巴卢斯笑了。“我也不知道。不过我们才这么几个人，就算他们只攻击两处，我们也没有胜算。”

卡尔加库斯心里开始咒骂：真是跑不掉了。话说这个安东努巴卢斯还真是有意思，他知道索福克勒斯，却不清楚怎么用希腊语说“锥尖”。这哥们儿是在开玩笑吗?

“但是，”安东努巴卢斯继续说道，“我觉得上苍是会眷顾我们的。我有观察天相，从鸟的飞行轨迹来看，神明站在我们这边，不久前我还听到了狼的号叫声。”

“是吉兆？”巴利斯塔显然充满疑惑。

“是极好的兆头。”安东努巴卢斯非常肯定。

不远处，剩下的另一个猩红勇士法拉斯也在哈哈大笑。他看上去非常轻松，看着敌人的样子，就像在看一出好戏。车阵的另一端，赫卢尔达提乌斯看上去也是镇定自若。

卡尔加库斯觉得这群赫卢利人肯定是疯了：他妈的，这群人在想什么啊？！对面是人数比我们多好几倍的阿兰人，在这荒郊野外的，只是因为看到了一群飞行的鸟和听到了狼的叫声，就这么肯定自己不会死？这群浑蛋是得了失心疯吧。这片草原上什么时候没有鸟、没有狼？现在前面乌泱泱的全是那群变态的阿兰人啊。这群赫卢利人把头骨搞得那么尖，肯定是伤着大脑了。我靠!

“阿兰人又在干吗？”马克西姆斯问道。

“他们将献祭部分从我们这儿抢去的牛。”安东努巴卢斯回答。

“浪费啊，让我做点儿烤牛肉吃嘛！”马克西姆斯很是不屑。

安东努巴卢斯直接无视马克西姆斯对游牧族人传统的不屑，甚至还饶有兴味地开始跟他解释起这个习俗。“你看到他们用的白刃了吗?就是反光的那个，在牛的右侧。这柄剑就是阿奇内克斯（剑神)。”

“我倒是听过一匹马叫这个名字。”马克西姆斯撇撇嘴。

“阿兰人就跟古代塞西亚人一样，对宗教信仰没有什么宏大的概念，他们的想法跟孩子似的简单明了。他们只崇拜两个神：风神和剑神。他们认为没有什么比生命和希望更重要的。于是他们崇拜风之神，因为风是生命的源泉；他们崇拜剑神，因为剑能带来死亡。”安东努巴卢斯指了指几个萨尔马提亚车夫，“他们也跟阿兰人有类似的信仰。”

“所以说，风能帮助他们的女人怀孕吗？”巴利斯塔很是疑惑。

“他们认为所谓风，就是呼吸。一群头脑简单的家伙呗。他们也不建造寺庙，只是把剑插在地里。快看，他们把牛血倒在阿奇内克斯上了。”

“赫卢利人呢？你们不信奉风神和阿奇内克斯吗？”

“我们怎么会不信？”安东努巴卢斯一脸惊讶，“但是我们不会像他们那么傻，忽视其他的神明：空气、土地、海洋、泉水、沃登、俄瑞斯忒斯、亚伯拉罕、阿波罗神、基督、密特拉神，等等。世上有太多的神明，每个神明都有自己的职责。我们赫卢利人的国王纳乌罗巴特斯是一个很虔诚的人。他总会召集不同宗教的神职人员到宫殿进行交流。今年夏天，波斯使者、基督教神父、柏拉图哲学家都会到陛下面前，针对他们的信仰展开辩论呢！可惜这次摩尼教徒来不了。等你到了我们的主营地，可能会赶上这个活动。”

“听着挺有趣的呢，”马克西姆斯板着脸，“如果我们今天能活下来，真得去凑个热闹。”

安东努巴卢斯又笑了起来。“我不是跟你说了嘛，神明与我们同在。”

阿兰人的战鼓再一次擂响。阿奇内克斯上已经沾满了牛的鲜血，阿兰战士们开始咆哮。

“要不了多久了！”安东努巴卢斯很肯定。

卡斯特里西乌斯从河岸边跑了过来，这时阿兰人的吼声似乎也减弱了。

“那群阿兰人，”卡斯特里西乌斯说着，“他们正在撤离！”

“我说过了吧。”安东努巴卢斯很是自信。

阿兰人的战鼓渐渐平息，而阿兰骑兵们充满自信的吼声变成了焦虑的喊叫。

卡尔加库斯眼看着阿兰人的阵营被打乱，一瞬间，阿兰人纷纷往南部撤离。完全没有秩序、杂乱无章，就像森林里的动物们遇到火灾一样疯狂逃窜。

安东努巴卢斯向北方望去。北面有一支军队正向他们赶来，好似海洋上的巨浪，对方的行动掀起阵阵灰尘，远远望去就像一堵移动的墙。那群骑兵们正飞速向他们赶来，估计至少得有几百人甚至上千人。在他们的头上，飞扬着一面浅色的军旗。

“北方战狼！”安东努巴卢斯一脸肃穆。

“赫卢利军，到了！”

第二十一章

马克西姆斯正在检查自己的马鞍和驮马。他朝马的胃部踢了一脚，让那匹马把气吐出去，收紧腹部，从而自己能把马鞍系得更紧。当他在给马系皮带的时候，那匹马一直想要咬他，报刚才的一脚之仇。马克西姆斯想着：刚给我这匹马的赫卢利人说的真对，这头畜生还真的挺精明、挺狡猾的。

他们已经做好了出发的准备。不过现在队伍里的很多人都没有缓过神来。就在不到四十八小时之前，跟很多人一样，马克西姆斯已经做好死亡的准备。那时马克西姆斯觉得，自己这辈子活的也算值了。他去过许许多多的地方，吃喝嫖赌都享受过了。虽说算不上像那群哲学家说的什么值得尊重的一生，但是自己过得也算硬气，是一个真正的男子汉应该过的生活。当时他已经做好死在巴利斯塔和卡尔加库斯身边的准备。他一直很崇敬巴利斯塔，至于卡尔加库斯嘛，死在他身边总比死在某些莫名其妙的人身边要强一些。马克西姆斯心里清楚，这一天总会到来。

接着空气中传来赫卢利人隆隆的马蹄声和战士们“咦噗咦噗”的叫喊声，似乎整个草原都跟着颤抖起来。他们呈两列横队行进，队伍长度超过了一英里，上方飘扬着带有部落图案和狼样式的军旗。根据马克西姆斯的经验判断，其中应该有两千个战士。

阿兰人慌忙往南逃窜，可是没过多久他们竟然又返回来了！车阵里还有傻瓜说什么神明让他们失心疯了，纯属扯淡，马克西姆斯远远地就看见了南边升腾起的阵阵灰土，足有一英里宽，没过多久，他们就看到了东边和西边也升起了灰墙。

阿兰人用光了他们的运气，原本自己处于优势，做好了准备围剿巴利斯塔一行人，结果最后局势迅速反转，他们成了被赫卢利大军围猎的对象。之后赫卢利人告诉他们，这次阿兰人一个都没有跑掉，其中有不少人死在乱箭之下，还有一百零七个被活捉，其中包括这次阿兰军队的主要指挥官们。

被活捉的阿兰人只好下马，上缴了自己的武器和放在皮带与靴子里的财物。对那些被折磨得很惨的俘虏，马克西姆斯还故意跟人说记得在屁眼里藏一块硬币，免得到了阴间都没鬼搭理。当天下午，活着的俘虏们就得开始干活了，他们的一个重要任务就是处理尸体。这个活儿可不轻松，在这片草原上四处散落着超过两百具尸体，而且在夏天阳光的照耀下，篷车附近的尸体已经开始发臭。当车队的成员把自己的财物整理出来之后，第二波阿兰俘虏就开始将篷车分开。与此同时第三波俘虏收集木柴，搭建篝火。除了萨尔马提亚人把自己的同胞土葬之外，剩下的尸体分成了三波。较小的两部分是赫卢利人和罗马人，剩下的第三部分是阿兰人。阿兰人的尸体数量太过庞大，没有办法全部烧完，只有阿兰俘虏为此感到愤怒，不过他们也说不上话。

这些工作一直持续到第二天白天。赫卢利人换班监督着俘虏们，用马鞭抽打着他们，确保篝火不会熄灭。正午时分，他们点燃了篝火，夜幕降临之前，他们开始处理赫卢利人和罗马人的尸体。俘虏们收集这些尸体燃烧后剩下的骨头，将之放在战斗中幸存的容器中，大小合适、也不失敬意，这些容器接着被放到篓子里，让马驮着带走了。

阿兰人的尸体显然是烧不完的。直到现在马克西姆斯还能看到他们在焚烧尸体。尸体数量太过庞大，篝火堆上总能看到只烧了一部分的尸体。以后也许会有阿兰人悼念在这场战斗中死去的贵族吧，但是这次战争中活下来的阿兰人肯定是看不到了。

这些工作一结束，赫卢利人就让所有的阿兰俘虏排成一列，每个人的脖子上都系着绳索，连在一起。俘虏们一个一个地被拖到了赫卢利人设置的站点。拖过来一个按倒一个。接着手起刀落，阿兰人失去了他的右手，草原上响起凄厉的哭喊声。有的时候一刀不行，还得再多砍几次。之后赫卢利人会将剑刃烧得滚烫，接着按在阿兰人的伤口处，下一个阿兰人奋力反抗，可还是逃脱不了这个劫难。

这个过程持续了很久，消耗了整整五把短剑，但是跟接下来发生的事情相比，这实在算不上酷刑。这个过程中，一共死了四个阿兰人。死因不详，可能是因为恐惧、因为震惊、因为失血过多，或者用塔奇恩的话说，因为耻辱和无望。剩下的九十九个被截肢的阿兰人还要面对新一轮的酷刑，马克西姆斯实在看不下去了。在过去的这些年里，他看到过很多惨象：在阿瑞忒城，波斯人将滚油浇到罗马俘虏的眼睛上。他选择跟着巴利斯塔和卡尔加库斯继续往北走，不想再亲眼见证赫卢利人是怎么戳瞎这群阿兰俘虏的。

不是所有人都像马克西姆斯一样，希波托俄斯、卡斯特里西乌斯和沃尔夫斯坦选择留在原地，亲眼见证这一酷刑。要知道自己可是差点儿因为这群人丧命，见证这些人被折磨真是一场痛快的复仇！然而当巴利斯塔他们回来的时候，选择留下来的三个人显然是震惊了，一句话也没有说。

阿兰俘虏们被排成一列，赫卢利人命令他们往前走，挥舞的鞭子在他们的头上发出响声。这群俘虏什么也看不见，忍受着巨大的痛苦，被脖子上的绳索拽着走。赫卢利人留下一个独眼的士兵，领着俘虏们前进。

马克西姆斯心里松了一口气，总算能离开这个炼狱一般的地方了。他跨上马，刚好看到安东努巴卢斯和法拉斯骑着马小跑过来。自从战斗结束之后，大家就各忙各的，没有好好说会儿话。他们俩向巴利斯塔一行人打招呼，安东努巴卢斯欲言又止。

“你们赫卢利的侦察兵，到底看我们被阿兰人袭击了多久？”巴利斯塔问道。

安东努巴卢斯微微一笑。“你知道他们在那儿？”

“我估计有人在河流上游。”

“也就几个小时罢了。他们在等其他的队伍到位。”

马克西姆斯可不知道什么侦察兵的事情，他一脸茫然地看着巴利斯塔，巴利斯塔神色冷峻，旁边的人都感受得到他的愤怒。

“你们为什么花了这么长时间才过来救援？”

“纳乌罗巴特斯统治着大面积的疆域，集结军队需要很长时间。”安东努巴卢斯似乎已经想好了要怎么回答。

“您的国王可以先派一部分人过来，不是吗？”

“他想确保一网打尽那群阿兰人。纳乌罗巴特斯已经下令给了他们最严厉的惩罚。”

“你们游牧民的马可一点儿都不慢呢，怎么会耽误那么长时间！”

安东努巴卢斯缓了一会儿，说：“当信使到达营地时，纳乌罗巴特斯他，他不在。”

“不在？！”

“他……”安东努巴卢斯看着巴利斯塔，有些难堪，“纳乌罗巴特斯跟其他人不一样。他会跟神明交流，有时会去往另一个世界。”

“你的父亲会去到灵界？！”

巴利斯塔说完，安东努巴卢斯和法拉斯愣了一会儿。安东努巴卢斯看了法拉斯一眼，法拉斯耸耸肩。

安东努巴卢斯问道:“你怎么知道的。”

“虽然你们赫卢利人强调自己的兄弟情和平等关系，但是明明资历比你老的战士，却对你言听计从。而且有时候，你的战士们会不自觉地喊你殿下。”

安东努巴卢斯笑了。“真是聪明呢。果然对得起你的爷爷，老奸巨猾的斯塔卡德。”

“等等，”马克西姆斯开口了，“你们赫卢利人不是会共享女人吗?那谁知道谁是谁的种啊。”

“有道理。”安东努巴卢斯点点头，“但是现在情况不一样了，我的父亲在过去的日子里采取了很多创新的制度。他好比是塞西亚的查摩西斯、斯巴达的吕库古。他改变了赫卢利人的传统，更好地传达了神明的旨意，将美好带来人间。”

“呵呵，看来我们几个很荣幸啊。”巴利斯塔还是板着一张脸，“可不是所有人都有这个荣幸，亲身体会这种美好人间呢。”

安东努巴卢斯面色尴尬。“该出发了。”

他们经过了原来车阵的位置、经过了还冒着烟的篝火架、经过了三个立柱。原本柱子上钉着的罗马人被放了下来，三人的尸体已被火化，骨头正存放在驮马的背篓中。现在上面钉着的是阿兰人的指挥官，三人已经到了濒死的边缘。在他们的上方还飘扬着马尾和他们部落的军旗。

巴利斯塔他们涉水而过，向北方离去。

沃尔夫斯坦呆呆地望着夜空。月色不是那么明朗，但星星特别亮。有的星星是夏基的眼睛，星星中最亮的是阿尔万迪欧的脚趾。那些星星在夜空是闪耀，是神明放在那里守护着我们人类。

晚上，大家都睡了，营地里特别安静。晚风吹过，营地中的绳子轻轻晃动，马时而踏步，时而咳嗽两声。

沃尔夫斯坦的胳膊受伤了。当时车阵，头两辆篷车中间的防护被阿兰人毁坏了，于是他和塔奇恩收到命令，守卫在那个缺口，不让敌人闯进来。等巴利斯塔他们三个离开之后，又有阿兰人想要闯进来。沃尔夫斯坦击中了其中一个敌人，沃尔夫斯坦用剑砍伤了另一个。但是后面来的两个敌人举起了盾牌，想要硬闯进来。其中一个朝着塔奇恩去了，另一个朝着自己冲过来。沃尔夫斯坦先发制人，将自己的剑刺向对方的胸口，但是那个阿兰人速度太快、经验太足、力量太大，用盾牌挡住了剑不说，还让沃尔夫斯坦差点儿失去了平衡，对方马上开始反击，割破了沃尔夫斯坦的右臂，他下意识地扔掉手里的剑，左手捂住伤口，痛苦地弯下了腰。还好这时候塔奇恩及时赶来，精准地给了对方一剑，救了沃尔夫斯坦的命。

当时，他们接到的命令就是守护好这个关口，沃尔夫斯坦的负伤是他们付出的代价。战斗结束之后，古伽和老妪帮助他清洗伤口、缓解疼痛并缠上了绷带。这期间那个奇丑的老太婆一直在念什么咒语。现在，距离自己负伤已经过去了四天，可是胳膊还是很疼，过去两天他一直骑在马上，这对他的恢复没有任何帮助，不过沃尔夫斯坦自己倒是毫不在意。

昨天当他们搭建好营地、吃好晚饭之后，巴利斯塔兑现了他的诺言。巴利斯塔出了一大笔钱给幸存的几个罗马士兵，买下了原本属于他们的两个奴隶。接着他递给这两个奴隶纸卷，上面宣告他们的自由之身。其中一个士兵还用毡子简单地做了两顶尖帽子，送给这两个奴隶。现在身为自由人的他们兴奋异常，可惜象征他们自由的尖帽子完全不合适。

沃尔夫斯坦也跟着大家一起打趣。接下来发生的事情，让他忘记了自己手臂上的伤痛，直到现在还让他感到振奋。巴利斯塔把他叫上前来，递给他两卷纸莎草纸文卷，一张纸卷宣示了他的自由，另一张则是赞扬他在这场战斗中的英勇表现。沃尔夫斯坦真的不知道如何表达自己的感激和兴奋。他直接双膝跪地，亲吻了巴利斯塔的手背，巴利斯塔扶他起来。就从刚刚那一瞬间开始，沃尔夫斯坦知道他不仅获得了自由，也成为了一个真正的男人。现在他的大脑里只有这一个念头，每每想起就觉得自己无比激动。

夜晚很宁静，沃尔夫斯坦知道自己应该去睡了，明天还要继续前进，又得在马背上待一天呢。可是一方面胳膊一直在疼，另一方面恢复自由让他一直兴奋不已，他实在无法轻易入眠。于是他安静地听着鸟儿的鸣唱，听着草原上啮齿动物来回移动的窸窸窣窣，突然他听到了其他声音，那声音离他很近。

沃尔夫斯坦连忙转身，手直接搭在剑柄上，这么一动手臂又开始疼了，他的脸不由地抽搐了一下。

黑暗中出现了一个高大的身影，那个人把头巾推回到自己长长的脑袋上。

沃尔夫斯坦松了口气。

是安东努巴卢斯。

“还没睡呢。”这个赫卢利人用北方话和他交谈。

“你不也是。”

“我必须得检查哨兵啊，你呢？”

“睡不着。”

“你有想过，获得自由之后要做些什么吗？”

“还在想。”沃尔夫斯坦不想回答太多。

“罗马人说你对巴利斯塔还得尽义务呢，现在他是你的恩主。”

“我的确欠他的，但是我可不在乎那群罗马人怎么说。”沃尔夫斯坦说完就后悔了，感觉自己的预期特别幼稚。

“阿卢伊斯跟我说过，你以后肯定能成为一个杰出的赫卢尔。”安东努巴卢斯微微一笑。

沃尔夫斯坦沉默了一会儿。“在我加入巴利斯塔阵营之前，发生了很多事，我需要复仇。”

“可是，就算你报了仇，发生过的事情并不会改变。”

“我必须复仇。”

“我们赫卢利人不讲究这些，在纳乌罗巴特斯的统治之下，我们毫不在乎自己或者他人的过去。”

“这我知道。”沃尔夫斯坦回答。

这下换安东努巴卢斯沉默了。

安东努巴卢斯看着沃尔夫斯坦说着:“复仇是一柄双刃剑。对当事人没有任何好处，仇恨只会像疾病一样不断扩散。这种恨意会影响你的行动、你的思想、你的一切。如果一心只有复仇，你可能永远都无法获得真正的自由。”

沃尔夫斯坦没有回答。

“我把阿卢伊斯的武器给你，是因为我知道他想要你继承他的衣钵。你这么年轻，做得已经非常好了。阿卢伊斯在天有灵，一定为你感到骄傲。其实他一直希望由你来取代他的位置，成为我们当中的一员。”

沃尔夫斯坦没有说话。

夜晚依旧如此寂静，此时此刻，土拨鼠和鸟儿都停止了活动，没有发出声音。

一只猫头鹰从他们的头上飞过，隐约可见它的翅膀是银白色的。

他们俩没有说话，只是坐在那里，过了一会儿，似乎一切又恢复了正常，他们又听见了动物们活动的声音。

安东努巴卢斯转身准备走了。“我觉得刚才就是一个讯号。纳乌罗巴特斯也会知道的。等我们到了大本营，直接问他就好。”

沃尔夫斯坦停在原地，陷入了思考。他儿时听过的诗歌，在心里回响：

疲惫的灵魂无法承受命运的安排，
暴怒不能解决任何问题，
渴望着荣耀的人们，
心中藏着泪水。

是啊，即便他发泄了他的怒火，即便他复仇成功，又会怎么样呢？他什么都改变不了。杀了一个奴隶，总会有另一个奴隶顶替他的位置。像诗歌说的，他可以把这些痛苦的记忆永远地尘封在心底。赫卢利人给了他一个新的选择、新的开始，他可以成为一个战士，如果伦巴第人没有侵略他的家园，如果那群浑蛋没有把他卖给奴隶贩子，他原本就应该成长为一名英勇的战士。现如今，过去被奴役的生活和这场充满杀戮的草原之行改变了他，他现在更强大了。

他打了个冷颤。风越来越大，气温也越来越低，夜空中云彩遮蔽了星星、让月亮藏了起来，躲避天狼的血盆大口。今夜，夏基肯定是找不到月亮了。

又有人靠近了。沃尔夫斯坦转过身，希望看到的是安东努巴卢斯。但是，不是他。

剑刃在微弱星光的照耀下反着些许寒光，那柄剑已经架在了沃尔夫斯坦的脖子上。

“为什么？”沃尔夫斯坦很惊讶。

杀手竟然笑了。“你的灵魂已经被玷污了，仇恨的种子种下去，就无法抹去。”

“我可以改变的。”

“你那肮脏的灵魂只会给你身边的人、给你自己带来无尽的祸患！”

沃尔夫斯坦身处绝境，剑刃直直地指着他的脖子，现在他的右手也无法正常使用，他身处绝境，但是他不能坐以待毙。

“那个年轻的弗里斯人，你那淹死的朋友博托，他的灵魂也不干净。”

沃尔夫斯坦想起了去年在尤克森发生的那场风暴。海浪猛烈地拍打着阿玛塔号，真是个奇迹，那艘三层划桨战船竟然没有翻船。人们高兴坏了，大家都欢呼着，这时有人叫道:“有人落水了！”就在那儿，那艘战舰的船尾，有个人独自在海浪中浮动，只能看到他小小的头，那个人，正是他的朋友，弗里斯人博托。

沃尔夫斯坦竭尽全力，用右手将对方的剑推开，同时伸出左手去抓对方的脖子，那一瞬间右臂疼痛异常。这时他感到自己的肚子上狠狠地挨了一拳，撞击之下他弓下了身子，看到对方抓住匕首的柄，看到匕首之刃闪着寒光，看到黑色的血喷涌而出。

第二十二章

当安东努巴卢斯看到尸体时，他的反应让巴利斯塔感到惊讶。这个年轻的赫卢尔——赫卢利王子，看到自己人在战场上倒下时毫无反应，命令手下对阿兰人施以酷刑时面不改色，却在发现这具尸体之后神色暗淡。他没有掩藏自己的泪水，然后开始生气，不时表现出心烦意乱。

这一天他们没有出发。安东努巴卢斯盘问过了站岗的哨兵，但是他们什么都没有看到。在发现尸体的现场，什么线索都没有留下，只有杂乱的草丛和一摊血迹。沃尔夫斯坦在死后没有被阉割，浅色的头发上沾有血迹，凶手应该又拿他的头发擦拭武器了。这次杀手差点儿将他的内脏掏空，可想而知凶手的身上应该浸满了鲜血。安东努巴卢斯要求严格搜查营地，但是巴利斯塔估计他们也发现不了什么。的确，不出巴利斯塔的意料，只有一个赫卢尔说晚上好像有个戴头巾的人把一些破旧的麻布袋扔到篝火中。但是他完全没有看清楚对方的样子，都不知道是赫卢利人、萨尔马提亚人还是罗马人。安东努巴卢斯让人仔细搜查篝火灰，但是依旧没有任何线索。

安东努巴卢斯命人搭起篝火，他亲手给沃尔夫斯坦沐浴更衣，在他的尸体旁放了很多祭品：送给沃尔夫斯坦使用的、原本属于阿卢伊斯的武器，以及安东努巴卢斯本人的金子和琥珀装饰。从一开始就跟着他们的赫卢利人法拉斯和之前的奴隶达提乌斯，也把自己的东西放到了尸体旁边。

在将第一个火把扔进篝火堆中时，安东努巴卢斯开始吟诵悼词：“沃尔夫斯坦是一个盎格鲁人，原本是赫卢利人的敌人，但是命运对他如此残忍，让他背井离乡、吃尽苦头。但是他的勇气让他继续坚持走下去，让他赢得了自己的自由。在惨剧发生之前，沃尔夫斯坦要求希望跟着赫卢利人走，我凭借着纳乌罗巴特斯授予的权力，接收这个年轻的战士成为北方战狼的一员。邪恶的刽子手，神明将无法原谅你的所作所为，赫卢利人安东努巴卢斯在此宣誓，我将追逐杀人凶手到天涯海角，让他为我可怜的兄弟偿还血债！”

第二天，他们收集了沃尔夫斯坦的骨头，和其他人的尸骨一样，放在驮马背的篓子里带走了。大家再一次向北进发。

巴利斯塔在队伍的最前面，与安东努巴卢斯、法拉斯和这次支援军的指挥官乌利加古斯并排前行。他们几个都很安静，安东努巴卢斯心情低落，不想说话。

在他们身后，三列骑兵并排前进。每列队伍都有两千个骑兵，每个骑兵除了骑着一匹马，至少还带着三匹马。他们的前进速度极快，而在这三列之后的队伍，已经看不见了。

先头队伍一片沉默，巴利斯塔决定转过身去，好好看看这支赫卢利大军。队伍中飘扬着多面军旗，大部分军旗都有自己的部落图案，还有一些带有狼或者其他具有攻击性的动物图样。尽管行军速度极快，他们的队伍却异常整齐。罗马皇帝加里恩努斯的骑兵长官奥雷欧斯，应该会被眼前的场景所震撼。一般罗马军队瞧不上蛮族军队，认为他们的行军杂乱无章，但事实胜于雄辩，赫卢利人的行军堪称一流。但是，这些战马没有佩戴任何铠甲，他们的战士也是一样，别说头盔了，连个盾牌都没有。无论是奴隶还是自由人，他们身上只有一件羊皮外套看上去似乎能有些许的防御作用。每个赫卢尔都背着弓，一侧背着弓箭袋，一侧挂着骑兵用的长剑。他们牵着的替换用的马上，也都挂着弓箭袋。巴利斯塔默默赞叹，显然这群人是真正意义上的轻骑兵，但是他们也做好了和敌人贴身肉搏的准备。或许他们不能跟罗马甲胄骑兵或者波斯重骑兵相提并论，毕竟后者人高马大、身披盔甲，但是在这片广袤的草原上，只要赫卢利人指挥得当，重装骑兵永远都追不上他们。

巴利斯塔的思绪越飘越远，他看着军队行进时扬起的阵阵灰尘飘向南方。抬起头看，在风的作用下，这滚滚的灰尘好似飘向南方的灰云。在无垠天空映衬下，飘扬的烟尘让人感到晕眩。这种情况下有些伟大的哲学家们定是要抒发感慨，缓解伤痛。他想起了自己在皇宫中接受教育时，读过的关于宽慰的文章。他们肯定要让你将悲伤与伟大的事物相比，例如神明、例如圣贤、例如时间、例如永恒的罗马，瞧见了吧，你的伤痛根本算不了什么。他又开始回想他以为自己的妻儿被杀害的时候，那时的他发现，哲学家教的那套东西根本不起什么作用，什么跟那些根本触不可及的事物相比较，什么告诉自己要自我控制，还有一些别的陈词滥调。其实普鲁塔克或者塞内卡说的那些东西，不见得就比保姆安慰孩子时说的话更为接近本质：放心吧，过一会儿就好了。至少后者说的很对。

说句实话，巴利斯塔虽然为沃尔夫斯坦的死感到难过，但是程度并不深。这个孩子生得俊美，身上也有很多好的品质，在跟随巴利斯塔期间把大家照顾得都很好。而且，这是个勇敢的孩子，在他的好友博托去世的时候，也表现出了自己的感情。此外，沃尔夫斯坦也会时不时地开开玩笑。但是他过去被奴役的经历，在心里打下了深深的烙印，他身上有残暴的一面。这么年纪轻轻，就渴望杀戮，实在是可怕。他太小了，根本不懂掩饰自己看着别人受罪的享受感。一想到这么小的一个孩子，竟然跟卡斯特里西乌斯和希波托俄斯一起去现场看赫卢利人是怎么戳瞎阿兰俘虏的，巴利斯塔就觉得恶心。无论如何，这个孩子死了，巴利斯塔还是很难过的，但是他其实心里也有一点儿窃喜，毕竟死的不是他真正最在乎的人：不是朱莉娅，不是自己的儿子，不是他的生死之交马克西姆斯和卡尔加库斯。

另一方面，巴利斯塔又因为自己有着这样的心态感到愧疚。实际上沃尔夫斯坦的死跟自己有着莫大的关联。当时谁知道后来会发生这么多事呢！当年的他，只是把这个孩子从奴隶贩子手中买了下来，带回自己的队伍里，想着未来某一天给他自由。但是没想到他自己竟然成了皇帝厌恶的人，而自己队伍里，所有人也都跟着遭了秧，跟着他前往野蛮的高加索山脉、跟着他来到了这片凶险的大草原。现在他身边的所有人都遭到了诅咒：杀死他的亲信，杀死所有他爱的人。

“再过一天，我们就会到达夏日主营地了。”奥雷欧斯的话将他拉回现实。

前方有一大群绵羊，估计得有一千只。只有两个很年轻的赫卢利人，骑着马看着它们。其中一个牧羊人有着长长的脑袋和染红的头发，就跟猩红勇士一样。牧羊人抓紧赶羊群，让出一条道给自己的军队，可是羊群一下就陷入了混乱，咩咩咩地叫个不停，有的还直接摔倒了，看上去特别滑稽。牧羊人向过来的军队招手，有的先锋战士们也向他们挥手致意。不过安东努巴卢斯无动于衷。他还在为沃尔夫斯坦的死耿耿于怀，根本没心思搭理牧羊人。

看着这两个年轻的牧羊人充满活力的样子，巴利斯塔又想起了年轻却惨死的沃尔夫斯坦。他回想起了儿时背诵过的北方诗歌：

风暴拍打岩壁，

冰雪封锁大地，

严冬咆哮而来，
黑暗如期而至，
召唤深夜恶灵，
召唤北方冰雹，
震慑人类心灵。
人间万事难，
命运不由己。
财富稍纵即逝，
友谊稍纵即逝，
平民稍纵即逝，
贵族稍纵即逝，
世界天旋地转。

大家正在逐渐靠近纳乌罗巴特斯的主营地。首先他们经过了一片荒芜的区域，这里所有的草几乎都被拔光了，直接露出了灰色的地表，上面布满了马蹄踩踏的痕迹。接着他们看到了一大团烟云，远远看过去，升腾的烟雾似乎是雨水，那场景看上去好像是自然规律被打破了，有什么特殊的元素之力、或任性的神明正在将雨水送回云层中。越走越近，巴利斯塔明显闻到了燃烧木头和动物干粪的混合气味，十分刺鼻。最后，他们面前展开了一片宽广的泛滥平原，一条长河向东方流动。河岸一侧是整齐排列的圆形帐篷和篷车，绵延了数英里，其中中间的帐篷最大，是其他帐篷的三倍。这顶帐篷的上方飘扬着一面旗帜。旗帜上面印着一支箭，它穿过三个圆环，箭的后面，三匹狼正在追赶着它。

一个信使来到安东努巴卢斯和乌利加古斯面前。自从上次援救之后，巴利斯塔也说不清楚主事的是他们俩当中的哪一个。信使表示纳乌罗巴特斯将在草地上会见罗马使节，他特别强调，罗马团队中的所有人都必须参加。

乌利加古斯向众人告辞，带着他的军队前往营地的西侧。安东努巴卢斯、法拉斯和达提乌斯跟罗马使节团一起行动。当所有人和驮马准备好以后，这三个赫卢利人便带着他们前往草地。

众人牵着马走在通往河流的大道上。路边的帐篷上，装饰着各种各样的图案，比如树木、小鸟、其他动物和部落标记。他们经过的时候，孩子们睁大了眼睛，有的孩子干脆跟在他们后面，冲着赫卢利战士和在他们眼中的异邦人呼喊、挥手。女人们则显得谨慎小心。有的在帐篷前进行编织或者纺织的工作，有的忙着烧火做饭。她们没有一个人说话。在烟雾之中，似乎周遭的一切都蒙上了一层薄纱，在阳光之下，所有的一切又似乎镶上了一层金边。

在非洲和多瑙河沿岸，巴利斯塔看到过很多部落的营地。眼前的景象他并不感到陌生。不管往哪边看，都能遇到女人们保守、沉静的目光，还有活蹦乱跳的小孩子。有些地方拴着小马和羔羊。过了好一会儿，他才意识到这里有些不对劲：这个地方没有男人、没有老人，对了，也没有看到猪圈。

面前的河流，两侧长满郁郁葱葱的树木。河道很宽，但是水不深。浅滩处布满鹅卵石。他们一行人穿过河流时溅起阵阵水花，在阳光的照耀下像宝石一样四散开去。

草地是个好地方：四面树木环绕，草丛中点缀着鲜花。茂密的树叶遮蔽了六月毒辣的阳光，这里湿润且凉爽。巴利斯塔看到在另一端，一群人闲适地坐在草坪上，他们身旁有两棵压弯了的幼树，尖端被绳索紧紧地拉住了，呈现出弓的形状。这场景让巴利斯塔想起了书中看到的场面：一群智者悠闲地聚在一起，无案牍之劳形，无世俗之烦恼，尽情地享受大自然的美景。如果柏拉图在这儿，势必要进行一场苏格拉底式的探讨。

巴利斯塔一行人在树林边下马，将缰绳系在旁边的树干上。安东努巴卢斯说大家可以带着武器进去，在赫卢利，他们都可以全副武装面圣。

罗马使团一行人将仅存的外交礼物取了出来。作为罗马使节的书记官，希波托俄斯将金城冠（古罗马赏赐给第一位登上敌人城堡插上旗帜的勇士的呈城墙状的金冠）递给巴利斯塔。巴利斯塔将其别在自己的剑带上，有一种恍如隔世的错觉，好像之前在北非赢得这个奖励是他上辈子发生的事情。

安东努巴卢斯领着大家进去。期间树林上飘扬的东西吸引了巴利斯塔的注意。他看了两遍才弄清楚，原来是有个人坐在了橡树的树冠处，看上去很不安全。巴利斯塔环顾四周，发现还有个人抱着梣木，位置也特别高。他们都没有穿戴盔甲，而且只有这两个人。显然不是伏击，但是看上去也不像是站岗放哨的人。

“这是干吗？”马克西姆斯觉得奇怪。

安东努巴卢斯笑开了。“主神沃登可是在生命之树上倒吊了整整九天九夜，参透死亡的奥秘。纳乌罗巴特斯已经很仁慈了。这两人只用在这里挂一天一夜而已，况且他们也没有像主神一样，身负长矛刺伤之苦。”

“他们掉下来怎么办？”巴利斯塔问道。

“挂那么高，要掉下来也得等好一会儿呢。”安东努巴卢斯哈哈大笑。

希波托俄斯和卡斯特里西乌斯跟着安东努巴卢斯和达提乌斯一块儿笑了起来，巴利斯塔注意到法拉斯面无表情。

他们来到了纳乌罗巴特斯面前。这位赫卢利国王坐在一个简易的木凳子上，他的臣子们不分等级围坐在草坪上。包括国王在内，所有人的装扮都是一模一样的：简单的皮质外套、裤子和靴子。纳乌罗巴特斯的双手架在双腿上，被他背着的一个皮革包挡住了。

“泽瑞。”作为一个在大草原上的罗马使节，巴利斯塔入乡随俗，将右手摊平，放在了自己的额头上。

纳乌罗巴特斯没有理睬。

“泽瑞。”作为巴利斯塔的副手，卡斯特里西乌斯也学着巴利斯塔，向赫卢利之王敬礼。

纳乌罗巴特斯还是没有做出任何反应。

这位赫卢利的国王拥有身为猩红勇士那典型的长脑袋。染红的头发和胡子，看上去稀疏而杂乱。他的脸很窄，在红色的文身下倒是显得恰到好处。巴利斯塔印象最深的是他的眼睛。他那灰色的瞳孔透露出一种虔诚和坚定，那是从最诚挚的信徒眼中才能读到的深沉和不可动摇。

“伊桑格瑞姆之子，斯塔卡德的血脉，冷血残暴的德海姆！”纳乌罗巴特斯选择用北方语说话，他的声音很温和，但是音调很高，“老天有眼，让你穿越中土，来到了你宿敌的营地。”

一片死寂，只听见鸟叫。

巴利斯塔清了清嗓子：“我今日以马库斯·克洛迪乌斯·巴利斯塔的名号，罗马皇帝奥古斯都普布里乌斯·利奇尼乌斯·埃格纳提乌斯·加里恩努斯的使节的身份前来。罗马皇帝衷心祝福您和您的子民，他特地派我前来向您进献礼品。”

“即使希腊人带着礼物来，我也怕他们。”纳乌罗巴特斯操着一口北方味的拉丁语，背诵出了维吉尔的诗句，接着又开始用日耳曼尼亚语说话，“我跟特洛伊的祭司拉奥孔可不一样，我才不会害怕希腊送来的礼物。不过说实话，我也不需要这些礼物。如果我的战士们想要些精致的银器摆放在他们的帐篷里，我会带着他们杀回所谓的罗马帝国，让他们随便抢，喜欢什么拿什么。”

“我的皇帝加里恩努斯，希望您能够将一些原本属于帝国的东西还回来。”

“我们是在战争中获得的这些玩意儿，这可是老天爷的旨意。如果加里恩努斯这么想要的话，就在战场上见呗，真刀真枪地拿回去。”纳乌罗巴特斯边说边指了指坐在他旁边的一个人，“在赫卢利享受到真正自由和兄弟之情的人，是不会愿意回到你那所谓的帝国再一次被奴役的。比如说我的兄弟阿特米德奥如斯。”

“我们历经艰险来到这里，就是为了让那些想回去的人跟我们一起走。”巴利斯塔回答。

“的确是危机四伏啊。”纳乌罗巴特斯盯着巴利斯塔的头，“我都看到了。你和我的赫卢利兄弟们经历的困难，实际上，你们旅程中的每一步，我全都看到了。我的分身巴库斯，其实一直跟着你们。”纳乌罗巴特斯发现巴利斯塔对他刚才说的话毫无反应，就补充解释道，“或者，用你们的话说，我的‘灵’。”

巴利斯塔也不知道说什么好了。他注意到卡斯特里西乌斯和希波托俄斯在听完之后，感觉很不自然。

“我的分身看到了你们发生的一切。阿兰人发动了阴险的攻击，而你们队伍当中，也有着险恶的动向。”纳乌罗巴特斯一脸严肃，“那个杀手很狡猾，他竟然躲过了我的分身。如果他敢在我的领地上惹事，我得让他好好看看他的下场。”

纳乌罗巴特斯一声令下，一个囚犯被带了上来。囚犯已经被五花大绑，但他仍旧奋力地挣扎着。他的嘴被堵住了，但是能听到闷在胸腔的喊叫。四个年轻的赫卢利人粗暴地将他拖向了之前看到的弓形处。

“这个令人作呕的囚犯，竟然背叛了神明赐予赫卢利人的规则制度。他不仅是一个小偷，更是一个杀人犯，简直无法无天。一个男人要去睡一个女人时，这个杀千刀的浑蛋竟然闯了进去，在别人最没有防备的时候将对方杀了！”

四个赫卢利士兵将这个人的双腿，绑在了两棵幼树的尖端。

巴利斯塔听过这种刑罚，但还是第一次亲眼看见。

“让你们罗马使节团队里那个隐藏着的刽子手看看，如果他胆敢在赫卢利的营地里乱来，会得到什么样的下场！”随后，纳乌罗巴特斯点了点头。

一个赫卢利战士举起了斧头，将绑着幼树的绳子砍断。过了一会儿，幼树恢复到本身直立的状态。而在这两棵树上，挂着刚刚被撕开的肢体。

第二十三章

肢解刑罚过后，纳乌罗巴特斯让罗马使节奉上他们的礼物。经历过这样一次崎岖的旅途，剩下的礼物算是保存得很好了。纳乌罗巴特斯首先端详着一件带有紫色条纹的白色长袍，袍子下边的血迹清晰可见。他又观察起了一双留给罗马议员的靴子，工艺精细、样式精美。而最令他惊讶的，莫过于十二根束棒。在罗马帝国，束棒意味着惩罚，棒子上的斧头象征着生杀大权。在看完这些罗马使者的礼物之后，纳乌罗巴特斯抬起头，那眼神越过了罗马使者、越过了那具残缺的身体、似乎是越过了凡人能看到的一切，然后用无比洪亮的声音宣布：总有一天，他将成为真正意义上的罗马帝国执政官。当时所有人，包括马克西姆斯在内，都没有任何表情。

纳乌罗巴特斯将罗马人送来的银质餐具分给自己的手下，他并没有发现餐具上的图案是罗马英雄正在斩杀蛮人。之后这位北方狼王便让罗马使者退下了，并让安东努巴卢斯带着罗马人去给他们安排住处。

他们住的地方在营地的一隅，有四个圆形帐篷。对于一个十七人的队伍而言是绰绰有余了。最西边的帐篷是最大的，里面住着巴利斯塔、卡尔加库斯、马克西姆斯和塔奇恩。旁边的帐篷里住着卡斯特里西乌斯、希波托俄斯、翻译官、一个抄书官和一个信使。第三顶帐篷里住着三个士兵和两个刚恢复自由的前奴隶。最后的帐篷里住着阿曼提乌斯和两个奴隶。大家都不愿意跟一个宦官分享帐篷，而奴隶本身没有什么拒绝的权利。

马克西姆斯觉得在这里住着挺好的，他很快就适应了游牧人的生活。其实跟他之前的经历比起来，这个帐篷可以说是“豪宅”了：足有三十英尺宽，每个人都有地方好好睡一觉。赫卢利人还给他们送来了不少吃的，比如羊肉、马肉香肠，还有很多酿造的马奶。马克西姆斯现在渐渐喜欢上这种马奶了。负伤的卡尔加库斯把那些肉给炖了。

赫卢利人待客很周全，罗马使者们住下的第一个晚上，他们就送来了几个女奴隶供远方的客人们消遣。巴利斯塔和卡尔加库斯都说不需要了，马克西姆斯倒是期待已久。他带着分给巴利斯塔的女孩儿和分给自己的女孩儿，来到了河边，选了一个他认为相对隐秘的场所。尽管已经很久没有性生活了，但他感觉自己表现得还不错，一切都很顺利。过了一会儿——用他自己的话说，过了很长一段时间——结束的时候，他发现自己选址有误。抬起头，他发现不远处有三个赫卢利妇女在河边洗衣服，她们羞赧地笑着。与其说惊讶，不如说马克西姆斯觉得她们对自己刚刚的表现印象深刻。

接下来的几天，一切都挺顺利。巴利斯塔在帐篷里读书，读的是塔西佗的《编年史》，不过最近巴利斯塔不知道怎么了，喜欢在帐篷里朗诵一些书中的段落。卡尔加库斯和塔奇恩基本听不懂巴利斯塔在说什么，巴利斯塔只好直接去问马克西姆斯的想法。没过多久，马克西姆斯就被这些政治观点、文学手法逼得受不了了，随便找了个理由跑了出去。

马克西姆斯在营地里晃悠着，不知不觉走到了一个规模很大的市场。他给了赫卢利官员一些钱之后，官员便让一个商贩卖给他大量的大麻叶，在马克西姆斯看来，价钱应该是公道的。随后他往回走，思量着去哪儿吸食这些烟草的时候，遇到了一个之前在河边碰到的赫卢利妇女。凑巧的是，这个女人会说希腊语。马克西姆斯感受到了自己的欲望，不入虎穴，焉得虎子，他决定大胆地试探一下这个女人。一开始他觉得好像自己做错了，那女人只是盯着他，脸上露出了莫测的表情。但是令人惊讶的是，接下来，这个女人没再多说什么，直接拉着他的手走进了帐篷。

马克西姆斯走进帐篷的时候，发现屋内有男性物品，诸如弓箭和箭袋、狩猎用的矛和几柄剑，不过这些东西都被封好了，似乎很久没有使用了。接着这名女子在帐篷外面挂上了箭袋，关上帐篷，整理衣物，收拾床铺，让马克西姆斯过来躺在她的身边。不知道为什么，马克西姆斯觉得自己有点儿不在状态，可能是因为对方染红的头发让他觉得别扭，接着他脑海中浮现起了阿瑞忒妓院那两个金发婊子的模样，帮助他调整自己的状态。没过多久，他就重展雄风。事后二人简单聊了几句，那女人一脸忧伤，便让他离开了。

第四天清晨，巴利斯塔在帐篷里发表着“演说”，内容是塔西佗分析的独裁统治下人们的道德败坏。卡尔加库斯在外面做饭，因为受伤的胳膊行动迟缓。而马克西姆斯正在想着那个忧伤的女人，思忖着自己是不是应该再去看看她。

安东努巴卢斯出现在帐篷门口，大家招呼他进来，卡尔加库斯也跟着走了进来。马克西姆斯给每个人倒了一些马奶，心里想着总算能让巴利斯塔消停会儿了。

“什么时候纳乌罗巴特斯会再接见我们？”巴利斯塔问道。

“还不清楚。”

“除了赎回人质以外，我们还有一些事情，希望能和他单独商讨。”

“我肯定他会再见你的。不过作为法规的象征，我们的王非常忙碌，最近这几天，他一直分身乏术。”安东努巴卢斯一脸严肃，“王身上的‘灵’为他带来了圣人的讯息，劝告他不要用王这个称呼，应该改用‘大哥’(First—Brother)。”

“我明白，要改变人民接受新的法规并不容易。”巴利斯塔点点头，“伟大的雅典政治家索伦，在完成了他的改革之后便远走他乡，罗马独裁者苏拉，最后也退隐江湖。当一个人想要引入皇帝的法规，总会影响到奥古斯都的生活。”

安东努巴卢斯狠狠瞪了巴利斯塔一眼。“在这儿可没有谁敢对我们的‘大哥’不敬，这是上苍的指示，所有的赫卢利人都会遵从。”

“不过人们往往都习惯过去的做法，因而在遇到变革的时候难免会抵触……”

“子虚乌有！如果有人抵触，那只能证明他们不是赫卢利人！”

“跟我说说你们的改革呗，特别是关于女人的。”马克西姆斯赶紧说话。

对话的方向有些跑偏了。其实巴利斯塔说的内容没有问题，不过听上去像是安东努巴卢斯在对自己父亲的统治表忠心。在那一瞬间，马克西姆斯在想巴利斯塔是不是接到了什么秘密指令：除了让他挑拨离间，让赫卢利人和他的哥特部落反目成仇这个不可能的任务以外，加里恩努斯还让他采取进一步的行动？马克西姆斯想到了什么，又一瞬间消失了。于是他露出了一副和善的笑脸。“跟我说说你们女人的事儿呗。”

安东努巴卢斯哈哈大笑。“外族人总爱问这种问题。”

“你们会分享自己的女人吗？”马克西姆斯问道。

“就像在柏拉图的《理想国》里一样？”巴利斯塔补充了一句。

“并不是这样，我们的规矩可比柏拉图的那套东西要好得多。”

现在对话的走势渐渐平稳了。不过马克西姆斯担心柏拉图的那套东西是不是比塔西佗的还无聊。这个年轻的赫卢尔似乎要开始长篇大论了。

“柏拉图抛弃了婚姻、家园和家庭的理念。他让孩子离开自己的母亲。在他理想的城邦之中，人们像猎犬一样交配，他还管这个叫‘节日’。交配这种事情还得要抽签决定。而为了实现所谓的最优配对，抽签根本就是幌子，其实早已经内定了。这种做法简直是残忍，有违自然法则，全都是谎言。”

“你们的就比柏拉图的强？”巴利斯塔问。

“那是当然。这世上家庭的组建就是遵循自然的法则。圣人告诉纳乌罗巴特斯，男人应当三妻四妾，有自己的财产。在大草原上，要是没有自己的财产，你让一个战士怎么活？而战士们拥有的财产数量，那是由他们的勇气决定的。但是为了维护男人们之间的和谐，让大家成为真正的兄弟，我们会分享自己的女人，不确定孩子是谁的种，所以每个赫卢尔都会将所有孩子视如己出。”

“那怎么防止乱伦？”

“我们的部落很大啊。没有人会在自己女人怀孕的时候跟她睡的。”

“所以说，猩红勇士的身份是通过他们的母亲确定的？”

“也有例外，比如说一个猩红勇士的女人跟一个不是猩红勇士的男人睡了。”

“例外？”马克西姆斯这下来劲儿了。

“如果对方是一个伟大的战士，或者其他的原因。”

马克西姆斯站起身，咧开嘴笑了。“那太好了，我打算去看看前几天碰到的一个女人。”

“她叫什么？”安东努巴卢斯问。

“奥林匹亚丝。”

安东努巴卢斯的脸上露出了奇怪的表情，也不是拒绝，更不是敌意，似乎最主要的是同情。“去吧，不过你要知道，欢愉是短暂的。”

“我可没那么短。”马克西姆斯一脸自负。

走出帐篷，马克西姆斯这才想起来他打算告诉巴利斯塔的事情。之前奥林匹亚丝告诉过他，其实在这个夏天，罗马使团是第二批来访的外交使团。乌鲁根底的国王海撒纳在他们抵达的前两天，已经来到了这里。

他回到了以弗所，在陶工聚居地的小巷子里迷失了方向。刚刚下过雨，墙上、地上全是水，人走在稀泥地上，每迈出一步就嘎吱作响。天边，星辰正逐渐隐去，退出夜幕。

他蹲在门口，猫着腰，喘着粗气。那扇门已经上锁了，他不敢敲门。巷子众多，九曲回肠，一些奇怪的声响在此处回荡。那是暴徒的低吼，一会儿从左边传来，一会儿从右边传来。那声音一次比一次更靠近。如果自己没有迷路，如果自己能够到达神道，就能够在集会场所找到一个避难所，那该有多好。

暴徒们将他团团围住，他已无路可退。对方步步逼近，那眼神冰冷而残酷，似乎象征着死亡。

他猛地睁开眼睛，心跳飞快，大汗淋漓。帐篷里很黑，什么都看不清楚，他迫使自己朝着帐篷的门口处望去，那里隐约能露出些许光亮，将他拉回现实。身边士兵们睡得正香，鼾声震天。他确定刚刚只是一场噩梦，没有恶灵在追杀他。

他心里默念着：感谢上苍！

他犯下一个错误，竟然误读了神明的旨意。尽管他只错过那一次，但那一次在他的心里留下了深深的烙印。受到公正裁决的人，他们的灵魂不会骚扰自己，然而那个以弗所的小女孩是无辜的，因此女孩的灵总来找他索命。他告诉自己不能再犯下这种错误，因此他对所有的人都采取了肢解的处理手段，万一自己杀错了人，他们的灵魂也无法侵扰自己。如果时间紧急，来不及处理尸体，那么舔对方的血液并吐出、再用死者的头发擦拭凶器上的血也是可以的。要知道尽管伊阿宋杀死了阿普绪耳托斯，后者的鬼魂可没有来找他的麻烦。

据说杀死无辜者的刽子手出现在神殿中，会遭受天谴，神明会令他疯魔。但是他曾经在神庙中待过，什么事情都没有发生，自己还是活得好好的。但是为了让自己摆脱那个小女孩儿的魂魄，他需要洗涤自己的罪孽。不过他手头现在没有进行仪式的物料：就算没有祭司，也得要一头乳猪和自己独处的空间。可惜自从踏上大草原的那一刻起到现在身处赫卢利人的营地之中，他就没有机会，更别提什么乳猪了。

他躺在那里，思考着纳乌罗巴特斯的话。那天在草地，大家在听完纳乌罗巴特斯的话之后，很多人都暗自觉得好笑。一群蠢货！他相信纳乌罗巴特斯的灵的存在，正如同他相信沃尔夫斯坦的灵一样。这些灵都是真实存在，并且很有可能是致命的存在。如果自己在赫卢利人的营地里下手，风险太大。他觉得自己的死亡无关紧要，只是如果自己死了，上天托付的任务就必须画上终止符，那可就得不偿失了。他清楚自己不能在纳乌罗巴特斯的灵巴库斯眼皮底下动手。只要罗马使节团离开此处，他就又可以执行上天给他的使命了。

杀死接下来的这个目标，肯定会让巴利斯塔痛苦万分。可惜巴利斯塔看不见他这个老朋友肮脏的灵魂。但是自己可是上苍派来的清洗者，要除去这些心怀恶灵的人类。如果留着他，那么只会招惹来更多的恶灵。其实很长一段时间以来，他自己也不确定这个目标是不是该杀，但现在，他很确定，而且必须尽快干掉他。或许在赫卢利人的营地还有机会，在一些紧急的时刻，比如说发生了冲突、战斗，或者是在狩猎中发生了骚动，这时纳乌罗巴特斯的灵一定会分身乏术，那么自己就可以动手了。

要知道，神明要一个人死，他就不得不死。

见过安东努巴卢斯的第二天，巴利斯塔穿过一排排整齐的帐篷和蓬车，来到了当地的市场。卡尔加库斯和马克西姆斯陪在他身边。塔奇恩又不知道跑哪儿去了。

现在离七月初一还差八日，天气炎热。赫卢利人有的坐在荫蔽下，有的在篷车底下待着，躲避炙热的阳光。乌利加古斯的士兵回来之后，部落里的人就更多了，但是营地里依旧秩序井然：每个帐篷之间大约是一箭之隔，路上也没有垃圾，而且这么热的天，这么大型密集的部落里也没有难闻的味道，真是令人啧啧称奇。

集市规模庞大、生意繁忙、管制严格。在市场中到处都是赫卢利人的监督者，检查商贩们是否可以在这里做生意，收集每笔交易的税费。这里的货物也是琳琅满目。从河边往北走，分别有蜂蜜、蜡、牛羊、奴隶以及诸如貂、松鼠、狐狸身上的各种皮草。此外很多琥珀，有的呈色十分罕见。东边远道而来的车队带来了丝绸和香料。此外还有酒、葡萄干、橄榄油和一些金属制品，其中以武器为主。在市场中，巴利斯塔发现赫卢利人基本都不缺金子，不光是身为贵族的猩红勇士，普通人也可以穿戴丝绸。

巴利斯塔看着面前贩卖的鱼，思忖着这些鱼到底新不新鲜。马克西姆斯还在跟卡尔加库斯大聊特聊自己的性生活：后来她问我愿不愿意带上她的姐妹一起做。他们都没有注意到信使匆匆赶来，而信使告诉他们，大哥想要见他们。

在过去的路上，巴利斯塔想着这样也挺好的，只要纳乌罗巴特斯放他们走，他们就可以抓紧回到帝国。其实当马克西姆斯告诉他乌鲁根底的国王海撒纳已经见过纳乌罗巴特斯之后，他就明白此次罗马宫廷派给他的任务，肯定是完成不了了。海撒纳故意让古伽拖慢他们的行动，绕了个大圈子，而乌鲁根底国王自己直接先过来了。估计洗劫塔奈斯时，这两个部落就已经结成了同盟。

纳乌罗巴特斯在草地接见他们。这片草地还是老样子，既是皇室开会的场所，也是就地正法的刑场，让人浑身不舒服。清风不仅仅拂过翠绿的叶子和美丽的花朵，同时也经过了挂在枝干上的尸块。不过这次没有人倒吊在树上了。

纳乌罗巴特斯还是坐在木凳上，他的臣子们依旧席地而坐。卡斯特里西乌斯和希波托俄斯站在稍远一边。而在赫卢利人的大哥前面，站着一个面容奇怪的人。这个人皮肤黝黑，一头黑色的卷发，身着天蓝色的外套和黄绿条纹的裤子，手上拄着一根乌木拐杖。巴利斯塔知道之前自己见过类似打扮的人，

“罗马皇帝的特使，马库斯·克洛迪乌斯·巴利斯塔，我的族人们更愿意称呼他为盎格鲁人的德海姆，伊桑格瑞姆之子，斯塔卡德之孙。”纳乌罗巴特斯招呼巴利斯塔他们过来参加会议。巴利斯塔看面前的赫卢利人都坐着，自己也就坐了下来，手下人也就跟着一起席地而坐。巴利斯塔估计，纳乌罗巴特斯之所以刚刚这么介绍自己，是为了让面前这个着装怪异的人知道自己的身份。

“这位是派末冒，”纳乌罗巴特斯眼睛里闪着光，看上去心情不错，甚至可以用兴奋来形容，“派末冒先生是从萨珊国王沙普尔的领土上远道而来。他是先知摩尼的使者。他将向我们传授光明的福音。”

纳乌罗巴特斯语气中透露着不屑，赫卢利人自己也偷偷地笑开了。那位摩尼的使者倒是坦然自如。巴利斯塔怀疑他是否真的意识到了自己面对的是一群怎样的人物。可能这个人根本没有看到树上那肢解的尸体，或者是他的信仰支撑自己继续待在这里。

巴利斯塔想起了自己是在哪里见过类似装扮的男人。大约四年前，在卡莱。那是一个温暖的春日清晨，巴利斯塔被带到了萨珊国王的面前。引见官克勒图尼乌斯和他在一起。当时沙普尔左侧的一众祭

司中，有一个人跟面前这个人的装扮一模一样。

“你会说北方人的语言吗？”纳乌罗巴特斯问道。

使者鞠了一躬。

“跟我们聊一聊，你的摩尼大人是怎么知道先知的真理。”

使者正了正身子。“摩尼是真理的使者。当他还是个孩子的时候，在他十二岁那年，他神圣的分身出现在他的面前。这位分身，也就是我们所称呼的‘神我’，告诉他要禁欲、保持自己的无瑕清白。但是当时摩尼还小，神我出现的时机并不合适。而当摩尼二十四岁的时候，神我再次现身，摩尼接受了神我的启示，并开始传教。”

巴利斯塔参加过很多次宫廷会议，他知道怎么装出一副很感兴趣的样子，同时让自己的思绪飘到九霄云外。他在想为什么纳乌罗巴特斯要召唤他们过来听这个。可能是通过这种方式展示自己的包容，说服巴利斯塔在内的罗马使者们，从而影响到加里恩努斯以及他所代表的罗马帝国。巴利斯塔知道，依着纳乌罗巴特斯的性子，这位大哥肯定是要反复盘问这位远道而来的使者。他们之间的对话自然比不上柏拉图想象的、苏格拉底式的对话，没有那种戏剧张力和智慧。或者纳乌罗巴特斯这么做就是想证明自己的影响之广泛——萨珊王朝的人都专门来见我。

“第一人和他的五个儿子一起，做好了战斗的准备，与黑暗宣战。然而黑暗王子发起了反击。”

这位使者开始叙述一个非常复杂的故事，这个故事发生在光明的“伟大之父”和黑暗之王之间。实际上到现在善与恶的交锋，在每个人的内心、在宇宙范围内都在进行着。巴利斯塔觉得这个故事阵容太大，容易让人产生困惑，而且在战争的描绘方面差强人意。而且仅有几次肉戏，竟然还是早泄。

使者还在喋喋不休，接下来好像是第一人的儿子们牺牲了自己，堕入黑暗。于是开始了一轮救赎的故事。

巴利斯塔在想，可能事情跟他之前想的不一样，甚至可能是反过来的。纳乌罗巴特斯是想让萨珊王朝的使者看到：现在罗马使节都来找我了。你们这群东方佬，看看罗马人对我们多尊重。

巴利斯塔继续整理自己的思路。或许纳乌罗巴特斯就是在作秀。罗马使团一路艰辛、苦难重重、进度缓慢，这种表现很有可能就是在吸引阿兰人攻打他们，从而让赫卢利人和乌鲁根底人找到发动战争的合理借口。阿兰人自己打破了维护草原和谐的誓言，因此就算赫卢利人和乌鲁根底人要发起战争，神明也不会持反对意见。比如他们就可以说是阿兰人攻击了罗马使团。要知道这是亵渎神明的事情，而且现在罗马使节就坐在这群人中，他们在路途中遭遇了阿兰人的攻击，他们就是阿兰人亵渎神明的罪证。

“够了！”纳乌罗巴特斯高声呵斥，打断了对方。正说着禁欲可以让神明感到满意的派末冒停了下来。

“可怜的摩尼！”纳乌罗巴特斯发表自己的观点，“我知道，他的本意是好的。可他的所作所为，似乎是听信了一个喝醉的哲学家的胡言乱语。不管他怎么努力，错了就是错了。”

纳乌罗巴特斯露出了狡黠的笑容。“而且摩尼可是个狡猾的家伙。他竟否认自己奴隶的出身。”

“那是他的敌人恶意诽谤！”派末冒毫无畏惧，“摩尼的父亲是埃克巴坦的市民，他的母亲更是帕提亚皇室之后。”

纳乌罗巴特斯直勾勾地盯着他。“你见过摩尼的‘神我’吗？”

“没有。”使者面露难色。

“我见过。”纳乌罗巴特斯叹了口气，“他侥幸躲过巴库斯的追捕！但是，不管这位‘神我’逃到多远，都逃不出巴库斯的手掌心，就像洛基逃不出神明们的追捕一样，这就是他们的宿命。我的巴库斯曾经用整整九天九夜想要感化他，但是这位似乎酒劲儿始终下不去。”

“先知之印是不会喝酒的。”派末冒勇敢地反驳对方。

纳乌罗巴特斯不屑地摇晃着一根手指。

使者只好选择沉默。

“你留在这儿。”纳乌罗巴特斯对使者说道，“你将会知道什么才是真理。摩尼不过只是向你展示了真理的某个侧面罢了。但是所有的神灵，其实只是‘第一人’的部分而已。摩尼有些事情说的是对的，光明之国在北方，耕耘土地是那些微不足道的人该做的事情。可惜他实在是愚钝，竟然看不到赫卢利正是光明的国度！”

摩尼使者一脸惊恐。

纳乌罗巴特斯拍了拍手。“明天，我们将向这位远道而来的使者，展示他们的摩尼小看的土地。明天我们狩猎！也该展示我们王室的威严了！”

第二十四章

此时距离黎明还有两个小时，巴利斯塔和马克西姆斯在黑暗中穿戴完毕。他们在前一天晚上已经准备好了狩猎的衣物和武器。俩人出发时尽可能保持安静，但卡尔加库斯还是被吵醒了。尽管胳膊受了伤，前天晚上也跟他说清楚了，老家伙依旧习惯性地骂了起来：“敢再大声点儿吗？死人都能被你们吵醒了！”

室外很冷，风吹在皮肤上有些许的刺痛感。巴利斯塔穿上了厚重的皮衣，跺了跺脚。塔奇恩牵来两匹萨尔马提亚战马。天很黑，巴利斯塔和马克西姆斯摸索着给马上鞍，马呼气时直接喷到了他们的脸上。接着他们检查自己的武器装备。上马时，塔奇恩帮着他们握紧缰绳。

过了一会儿，卡斯特里西乌斯和希波托俄斯出现在视野中。翻译官比奥玛索斯把这二人的马牵了过来。四人会合后，向塔奇恩和翻译官挥挥手，准备好参加狩猎。

临行前卡尔加库斯走了出来。“别像二百五似的，永远不要相信损坏的弓、嘶鸣的狼、聒噪的渡鸦、低吼的野熊。”

“放心吧。”巴利斯塔点点头。

“小心盘绕的蛇、燃烧的火、空中的箭……”

“知道啦！”巴利斯塔冲着卡尔加库斯咧着嘴笑了，随即指挥马匹前行。卡尔加库斯摇了摇头，觉得自己也是越来越谨慎了，他发现自己年纪越大，操心的事儿就越多。

人们从营地的各个位置聚集起来。巴利斯塔一行人跟着一群士兵，朝着南方移动。

平地上已经有人生起了篝火，似乎从未停歇的北风将火星吹上了夜空之中，军旗在篝火上方飞扬，赫卢利的士兵们各就各位。王室狩猎是一项巨大的工程，在安东努巴卢斯的指挥下，前一天下午，已经有四千名骑兵出发进行准备工作。今天早晨还会有一千名骑兵跟随纳乌罗巴特斯出发。

巴利斯塔一行人和其他受邀之人汇集到一起，他们上方旗帜的图案是一支箭穿透了三个环，后面有三匹狼在追赶着。巴利斯塔跟法拉斯打招呼，不过对方似乎心不在焉，只是点了点头简单示意。汇集者二十人左右，安静地等待着大哥的到来。空气中飘荡着皮衣摩擦和缰绳移动的声音，时而篝火处传来噼里啪啦的声响，竟有些突兀。

纳乌罗巴特斯骑着马出现了，他的两侧是乌利加古斯和来自特拉佩佐斯的前奴隶阿特米都如斯，身后跟着一脸郁闷的摩尼使者派末冒。纳乌罗巴特斯对着夜空高举双手，向月亮女神、狩猎女神阿耳忒弥斯，以及一些其他与狩猎相关的神明祈祷。游牧民没有奠酒祭神的仪式，祷告完毕之后，这位赫卢利人的“大哥”打了个手势，大家向着南方的大草原移动。

太阳还未完全升起，天色已经渐渐明朗了起来，看上去今日会是个好天气。风力稍稍减弱了，感觉也没有之前那么刺骨。东边地平线上透露着淡淡的金光，周围的天空呈现出微弱的淡蓝色，再往上看，紫金色的云朵呈扇形从东南侧铺开，那样子好比沙漠中的沙丘，厚重而稳固，但是云层的缝隙中，人们可以瞥见纯净的、海蓝宝石般的碧空。在天幕的映衬下，一群鸟儿飞向高空之中，这场景让人觉得辽阔和深邃，感受到自然的伟大和尊严。

众人不紧不慢，骑着马小跑前进。其中最前面的是赫卢利人的“大哥”，光着脑袋的他哈哈大笑。乌利加古斯和阿特米德奥如斯看上去也是心情大好。但跟在后面的赫卢尔法拉斯则显得心不在焉。

太阳升起来了。纳乌罗巴特斯停止前行，在马鞍上鞠躬，并向太阳致以飞吻。向太阳朝拜完之后，他让巴利斯塔一行人骑着马，来到他的身边。之前跟在纳乌罗巴特斯身边的赫卢利人也就顺势往后移动，但纳乌罗巴特斯要求派末冒留在原位。

“在我还是个孩子的时候，父亲的朋友潘尼特乌斯教会我如何狩猎。他是个严厉而且负责的老师，对我倾囊相授。在大草原上，他是个令人闻风丧胆的战士，一个伟大的猎手。一直以来，在我心中他都是一个勇敢坚毅的人，可惜，在两年前，他丧失了这份勇气，这也意味着死亡离他不远了。”纳乌罗巴特斯哀伤地摇了摇头，“我到现在也不敢相信，当年那个勇士在面对死亡时竟会是那般反应。”

众人也不知道该怎么接纳乌罗巴特斯的话。

过了一会儿，纳乌罗巴特斯又振作了起来。“但是面对死亡的反应并不能决定一个人的好坏，即便一个坏人，面对死亡时表现勇敢并不能改变他的本质，反之亦然，一个好人即便面对死亡有怯懦的表现，也不能质疑他勇士的本质。记得一次我忘记带猎矛，他打我打得可凶了，曾经胖揍了一顿未来的赫卢利‘大哥’，他可一直都没有原谅自己。”

说完，纳乌罗巴特斯自己笑了起来。

旁边的人们也只能应付似的笑了笑。

“你小的时候被打过吗？”纳乌罗巴特斯突然转向派末冒。

“经常。”摩尼使者回答。

“嗯，其实我觉得你小时候应该多被揍两顿。当你的摩尼还是个奴隶的时候，他可是经常被揍，对他以后大有帮助呢！”

派末冒选择沉默。

“大部分的享乐只会啃噬人的心智。”纳乌罗巴特斯说着，“哪怕是喝酒或者上床，一旦过量都会给人带来损害。读书也是一样，不能读的太多。但是打猎可不一样，越多越好。强身健体、提升勇气，还能充分锻炼一个人的武术技能。一个男人必须会骑射、会运动，经历过狩猎的洗礼，忍受寒冷和炎热、饥饿和干渴，能承受各种磨难。帕米拉的使者曾对奥登纳图斯说过，要一直住在深山野林之中，面对野外的狮子、豹子、狗熊，等等。也不怪波斯人一见到他就落荒而逃，你们罗马人呢，则把一半的江山都给了这样的英雄。”

巴利斯塔想着，不出意外，奥登纳图斯的使者见过赫卢利人了。如果是真的话，这个讯息非常重要。这时候巴利斯塔觉得自己不应该指出，实际上帕米拉之王是代表罗马皇帝加里恩努斯来管辖东部行省的。

“狩猎还有其他的作用，”希波托俄斯说，“狩猎有道德上的价值。”

马鞍上的纳乌罗巴特斯转过头，审视着希波托俄斯。

“往往猎人在瞄准猎物的时候，会有失手的时候。”希波托俄斯分析着，“这种情况经历的多了之后，猎人会渐渐明白运气的不可控性。狩猎本身，比任何哲学演说更能锻炼一个人的自控能力。”

纳乌罗巴特斯直直地盯着希波托俄斯。

除了马匹跺脚和缰绳摩擦的声音之外，众人一片沉默，面色凝重。

纳乌罗巴特斯突然大笑了起来，听得出来他非常满意希波托俄斯刚刚说的那番话。他骑着马靠近希波托俄斯，拍了拍他的肩膀：“小子，你能成为一个出色的赫卢尔。”

众人继续往东南方向行进，中午时分抵达了伏尔加河。大草原似乎也厌倦了自己的一马平川，在此处有了些许的起伏，这里明显植被更多，有灌木丛、池塘，还有伏尔加河的支流，河水在阳光下闪闪发光。

骑兵们已经在此处等候多时了，纳乌罗巴特斯和他的随从们来到了队伍的中间，其他的人护卫在他们的两翼，从而形成了狩猎的方阵。两列骑兵在狩猎主方队的两侧先行出发，穿过灌木丛消失在视野之中。在这场王室狩猎中，约有五千骑士在河的两岸围成了半圆，为这场狩猎活动保驾护航。

现在天气很热，巴利斯塔脱下外套，卷起来捆在马鞍后角上。众人从马鞍侧面的口袋中拿出风干的肉和发酵的马奶，在马上吃着东西果腹。尽管赫卢利的“大哥”在众人之中，团队整体的氛围轻松愉快，不过有两个人例外，一个自然是摩尼使者，另一个则是赫卢尔法拉斯，他看上去心事重重的样子，尽管天气炎热，也不至于让法拉斯像现在这样汗流浃背。

“我们的狩猎是一场真正意义上的狩猎。”纳乌罗巴特斯说着，“希腊人步行打猎，用网捕捉猎物。这跟我们北方原始森林部落的方法相比，完全没有强到哪里去。罗马人竟然还坐在垫子上，在竞技场上观看屠宰野兽，我真是见不得这种可鄙的行为。罗马帝国的富豪中，没有几个人会像我们这样骑着马真刀真剑地捕猎。如果以后发生战争，这些人能有什么用？波斯人吧，能稍微强一点儿。可惜在他们所谓的‘天堂’，猛兽没有什么好的存活条件，也没有真正的自由之心。所以说，在我们大草原上的狩猎才是真正意义上的狩猎。没有网、没有墙，只有骑兵护卫。要获得骑士精神、要真正锻炼箭术、要磨练战士的勇气，我们的狩猎才是战士应该经受的真正考验。如果运气好的话，我们会在河岸旁猎到野熊。”

“时间到了。”纳乌罗巴特斯一声令下，他的军旗飘扬着，号角声响彻草原。

“你们记住，我们赫卢利人可不是波斯人，不用等着国王下手才能射击。我们是赫卢利人，我们是兄弟！”

众人开始行动。巴利斯塔左侧是马克西姆斯，后面跟着希波托俄斯和卡斯特里西乌斯。他的右边是纳乌罗巴特斯、派末冒和法拉斯，他刻意和右侧的众人保持距离。派末冒手里拿着弓箭，看上去十分别扭。一方面派末冒此行的任务是要感化纳乌罗巴特斯，他自己所信仰的摩尼教是反对杀生的，也难怪他现在是这样一个状态。

巴利斯塔调整拇指环的位置，抽出箭搭在弓弦上，试了试手中的反曲弓。阳光直直地照在他的脸上，他的坐骑很乖巧地等待着主人的下一步指令，纳乌罗巴特斯的军旗在他的头上飘扬。巴利斯塔感受到风速再一次上升起来，风力不小，刚刚喝完酿造马奶的他，感觉到有些晕眩，后悔自己喝多了。

他们缓缓地走过前方绿油油的斜坡。兔子和土拨鼠在他们的身边慌忙逃窜。众人开始射击猎物，箭嗖嗖地飞过。巴利斯塔架起了弓箭，可惜错过了。其他人中有不少击中了，这群小动物因为在高速奔跑中受了伤，在地上或翻滚、或摔倒，草地上散落着白色的尾巴和内脏。

前方的橡树扰乱了猎人们的队伍，当他们从橡树林中出现时，一小群野驴出现在视野之中。赫卢利人高兴地吼叫着，自动缩短了众人之间的间距，骑着马小跑而上。众人熟练地拉开弓箭，不一会儿野驴们便无一生还，不过巴利斯塔这次又失败了，连一头驴都没有射中。

一只苍鹭从头顶飞过，纳乌罗巴特斯下达了命令，于是其他人都停止了射击。他右手握着弓，左手拉开了弓弦，仰起身子对着那只鸟儿射击。箭刺穿了这只苍鹭，只见它笔直地落了下来。赫卢利人纷纷鼓掌，巴利斯塔也表示赞赏。这一箭射得漂亮，而且巴利斯塔注意到纳乌罗巴特斯两只手都能很好地操纵弓箭。

摩尼的使者此时双眼已经盈满了泪水。巴利斯塔一直不明白这些和平主义教派到底是怎么突然就流传开来：摩尼教啊、基督教啊、爱色尼派啊，等等。如果那些主神、上帝、神明什么的，真的不想让人类打猎，那么为什么要让这件事情如此有趣？在摩尼教派中，除了未选中者之外的教徒还是可以狩猎的，基督教则是明令禁止杀生，至少不能杀人。如果有哪个统治者被他们误导，加入这些个宗教，那宗教自己就必须改变基调。当然这个可能性几乎为零。

众人距离河流很近了，大约两个弓箭的射程。巴利斯塔已经感觉到了河流的气味。他可以看见弯曲的河流和其间分布的树林与芦苇。纳乌罗巴特斯下令众人调整完队形再出发。号角声再一次响彻草原。随后众人停在原地，等待纳乌罗巴特斯的下一步指令。阳光的暴晒下，骑手和马匹都汗流浃背，烦人的马蝇让情况更加糟糕。

前方的灌木丛错综复杂，进去之后的狩猎难度很大，甚至会带来危险。骑手们的队列也必然会散开。巴利斯塔活动着四肢，又试了试弓箭，为接下来的狩猎做好准备。现在他的手上全是汗，衣服也紧紧地贴在背上。多年的经验告诉他，进去之后，情况会很混乱。

纳乌罗巴特斯回过头，发出了“咦噗——咦噗——咦噗——”的吼叫声。

赫卢利战士们也回应着喊道：“咦噗——咦噗——咦噗——”

此情此景，巴利斯塔也忍不住呼喊起来，身边马克西姆斯也跟着发出了咆哮。现在所有人都吼叫着，只有派末冒和法拉斯例外。巴利斯塔注意到后者虽然张开了嘴，装作吼叫的样子，但并没有发出任何声音。

纳乌罗巴特斯用脚后跟踢了踢自己的坐骑，马向前冲去，众人随后跟着前进。

巴利斯塔放下缰绳，让马选择要往哪边走。阳光下，骑士们的身影在他周边一次次一晃而过。巴利斯塔猫着身子，躲避树木的枝干，向前出发。

一只熊出现在众人的视野之中，正面对着骑手们。赫卢利人兴奋异常，大声吼叫着。这头熊发现了危险，赶紧转身逃窜。猎人们紧追不舍。巴利斯塔瞥见了熊毛茸茸的、红棕色的肢体，立即举起了弓箭，此时纳乌罗巴特斯在他的前方，摩尼使者早已不知所踪。

巴利斯塔发起了射击，可惜没中，纳乌罗巴特斯也架起了弓箭，可是就在箭出弓弦的一瞬间，熊突然转向右边逃跑，纳乌罗巴特斯的箭扎进了土地里。于是众人继续追击。

熊面朝下摔倒在落叶之中。它摇晃着站了起来，尾巴一直在摇动。一支箭射中了他的前腿。此时乌利加古斯就在熊的对面，他急忙往后退，此时又有两只箭射中了熊的侧翼，熊往一侧倾倒。

“上！”纳乌罗巴特斯吼道。

众人现在的位置离河流很近，熊倒下时引起了芦苇丛中动物的一片骚动。能游泳的动物都跳入河中，众人可清晰地听见水花飞溅的声响。水鸭在他们的头顶飞过，猎人们都放慢了脚步，继续射击，谨慎地往前走。

巴利斯塔的右侧是纳乌罗巴特斯，左侧是马克西姆斯。有那么一会儿，只有这三个人在一块儿。后面突然有一支箭飞过巴利斯塔和马克西姆斯之间。他们根本顾不上抬起头观察是谁在射击，只好吼叫着以作提示，告诉后面的这里有人。

突然一个体形巨大的物体搅动着芦苇。苇絮不断地飘过、消失不见。纳乌罗巴特斯口中念念有词，祈祷这能是自己的猎物。

一头成年牡鹿突然出现在众人的视野之中，那高贵的鹿角舒展开来。它立即意识到了危险，开始奔跑起来。纳乌罗巴特斯拔出剑，追了上去。牡鹿调转了方向，低下头，用鹿角撞了过去。纳乌罗巴特斯的马急忙侧身，可是已经来不及了，一道血光飞溅，而在双方交错的瞬间，纳乌罗巴特斯猛地挥剑，锋利的剑刃直直地插进牡鹿的脖颈中，牡鹿瞬间倒下，当时纳乌罗巴特斯几乎要将这头鹿斩首。

“还好你的那位摩尼使者没有看到这一幕。”马克西姆斯说。

牡鹿倒在了河岸边。跟随在纳乌罗巴特斯身边的人们围拢过来。巴利斯塔和他的罗马使者们正在摩擦着马，在马身体没有凉下来的时候不能让它们去喝水。赫卢利人搭起了篝火，收集、处理众人射杀的猎物。纳乌罗巴特斯在一旁处理自己右腿上的伤口，安抚自己的马，之后剥了牡鹿的皮、把牡鹿分割成很多块。接着他把一部分献祭给女神阿尔忒弥斯和其他神明，把剩下比较好的部分分给身边的人，只把肝脏留给了自己。

他们用篝火烤肉，肉鲜美多汁，加上木头的香味，众人吃得都很开心。大家一般有盐就够了，不过纳乌罗巴特斯发现没有醋的时候发了脾气。过了一会儿，他开始喝酒，气氛缓和了下来。巴利斯塔庆幸自己不是那个忘记带醋的赫卢尔。巴利斯塔和纳乌罗巴特斯等赫卢利人一起喝起酒来。河岸边众人开怀畅饮。

大家喝得昏昏沉沉，跑去树荫下休息。巴利斯塔躺在地上，闭上眼睛的他似乎感觉到了光影的晃动。

“着火了！”巴利斯塔无动于衷。

“着火了！”巴利斯塔睁开了惺忪的睡眼。

他硬撑起了一只胳膊。不知怎么了，“睡眠与死亡相伴”这句希腊俗语突然闪现在他混沌的脑海当中。

一个赫卢尔赶到纳乌罗巴特斯身边，纳乌罗巴特斯也是迷迷糊糊地刚醒。

“北边有人在灌木丛处放火。”

“多远？”

“根据今天的风向，很快就会到这里。”

“哼。”纳乌罗巴特斯抚了抚稀松的胡须，“谁管篝火的？决不轻饶！”

“不，大哥，火是从外面的草原上点燃的，不在我们哨兵的监控范围之内。”

纳乌罗巴特斯眼神一下变得凌厉起来。“通知所有人，立即收拾好东西，向西撤退，越快越好！”

这名送信的赫卢尔迅速离开传达命令。

纳乌罗巴特斯的命令引发了一系列连锁反应，人们都开始行动，但是现场状况非常混乱、乌烟瘴气，远没有打猎时的气宇轩昂。士兵们半梦半醒，挣扎着站了起来，基本都是酒没有醒的状态。他们的马匹在西侧，慢慢悠悠地吃着草。一些相对清醒的人过去整理马匹。

巴利斯塔站了起来，系好自己的剑带。他头疼得像裂开了一样，嗓子干得冒烟，胃里翻江倒海。有十来个骑兵从河边过来，在芦苇丛中行进。巴利斯塔弯腰去拿箭袋的时候，他身边的一个赫卢尔直起身子，手里拿着水和食物。突然他跪了下来，表情十分困惑，接着这个人直直地倒在了地上。巴利斯塔这时看到这个赫卢尔背后已经刺入了一支箭。突然另一支箭飞来，刚好落在了巴利斯塔脚旁边的落叶上。

“马克西姆斯！”巴利斯塔拿着箭袋，迅速跑到离自己最近的大树下。马克西姆斯跟在他的身后。两人一起藏在了橡树粗壮的树干后。

马克西姆斯狠狠地吐了口痰。

巴利斯塔向外看了一眼，那些骑兵正在向他们逼近，边骑马边射击。他连忙撤了回来，放下弓箭，抽出了自己的剑。

马蹄声声，不断逼近。巴利斯塔和马克西姆斯相互对视，指了指树干的两侧，接着默契地点点头。

根据马蹄声判断，敌人就在他们对面。

一、二、三！

他们举着剑，从树干的两侧跳了出来。

敌人的马匹显然受惊了，而骑兵刚好就在同一时间射出箭矢，箭矢往天上飞了出去。巴利斯塔的剑刃击中了马匹的前腿靠近膝盖的地方。骑兵连忙拔剑，同时受伤的马匹摔倒时也连累了一旁的巴利斯塔，他自己也摔倒了。等巴利斯塔在地上挣扎的时候，他发现敌人从马背上跳了下来，马匹踉跄了几步，倒下了。

“跑啊！”巴利斯塔感觉到有人把他扶了起来，“快跑！”是马克西姆斯。

对方拔出了剑，马克西姆斯象征性地朝对方舞了舞剑。此时巴利斯塔注意到，敌人的衣服是透湿的。

二人在混乱之中逃跑。他们突然看到摩尼使者派末冒已经吓傻了，呆呆地站在原地，嘴张得老大。巴利斯塔用力地拽着他的胳膊，冲他吼着：“跑啊！”接着继续上路，他们并无暇顾忌摩尼使者究竟有没有照做。

斜坡的底下是一片荆棘，他们没有办法只能直接冲了进去。没一会儿，荆棘刺已经穿透了巴利斯塔的长袍和裤子，刺扎入肉的疼痛感袭来。

“往那儿走！”马克西姆斯钻进了两棵靠得很近的榆树之间，巴利斯塔随后也跟了上来。

马克西姆斯狠狠地骂着。

巴利斯塔喘着粗气观察身后的情况。敌人骑兵很多，不过不少人已经摔倒了。有一个骑兵绕着圈子，大声喊着：“纳乌罗巴特斯和巴利斯塔！”那声音非常刺耳。

巴利斯塔看到了纳乌罗巴特斯。纳乌罗巴特斯一手握着一柄剑。但对方身边有三个士兵维护，无法下手。

乌利加古斯不知道从哪里钻了出来，他直接冲向一个骑兵，对方从马背上摔了下来。纳乌罗巴特斯连忙从这个方位冲了出去，可是对方骑兵发现了他，于是他连忙折回。对方朝他射了一箭，击中了他的腿。纳乌罗巴特斯继续逃跑，骑兵在后面追。纳乌罗巴特斯突然转过身伏在地上，将自己的剑冲着对方的马投了出去。马倒下时，他赶紧朝着马摔倒的对侧翻滚。马上的骑士倒是安全地跳了下来，不过纳乌罗巴特斯没用多久就结束了他的生命。第三个骑兵被箭击中，纳乌罗巴特斯往回走，剩下的士兵围攻起了敌人最后一个骑兵。敌人连人带马摔倒在地，消失在围攻之中。

这场刺杀开始得快，结束得也很快。

巴利斯塔和马克西姆斯从荆棘丛中走了出来，加入了围绕在纳乌罗巴特斯身边的众人。

赫卢利人的“大哥”坐在地上，他的左肩和左腿都负了伤。尽管皮肤上都是文身，大家都看的出来他面色很虚弱，流了很多血。他的人正在把他的衣服割开，好处理伤口。

纳乌罗巴特斯睁开了双眼，盯着巴利斯塔，“就这一天，身上多了三道伤口。”他笑了笑，“盎格鲁人，你应该感到荣幸。这些阿兰人的死士，此行是为了杀两个人——我，还有你。”

“我们应该赶快上马。”巴利斯塔说，“除非有人想在这里活活被烧死。”

第二十五章

卡尔加库斯知道，自己很难搞清楚这次狩猎到底发生了什么，大家七嘴八舌、添油加醋、以讹传讹，传着传着也就无法还原事情原本的样子了。每次都是这样，只有傻子才信。

现在是七月初一，距离上次意外，已经过去整整七天了。他在和幸存者的聊天中，总算摸清了在这次狩猎中阿兰人设计了怎样的埋伏。有人在北边的干草丛中点了火，知道风力会将火传到赫卢利人狩猎的地方。在一片混乱之中，一支“敢死队”蹚过河流而来，偏偏赫卢利人没有在河岸布置哨兵，阿兰人这次的确是打了个措手不及。多亏了赫卢利人的勇气和运气，或者用纳乌罗巴特斯的话说，神明的眷顾，才让敢死队的主要目标逃出生天。

卡尔加库斯觉得，他应该在场才对。自己老了，胳膊、肩膀到现在也没有好利索。可是自己应该在那里，在巴利斯塔身边。一想到差点儿要失去巴利斯塔，这个老头子就觉得难过。这么多年，二人一直在一块儿，偏偏这个孩子现在还遭受着诅咒：杀死他的亲信，杀死所有他爱的人。其实这个诅咒不光针对巴利斯塔，也针对他自己。派松妮萨诅咒巴利斯塔不会死去，但会一直生活在痛苦之中。如果地狱里的恶魔真的听到了这个诅咒，那么诅咒会如何实现、怎么实现都不好说。可偏偏下诅咒的人，竟然是赫卡忒的女祭司。无论如何，卡尔加库斯决不能让巴利斯塔在这片异邦的领域里被人杀害。他暗自下定决心，除非巴利斯塔离开这片诡异的领域、安全回到西西里、坐在陶洛米尼乌姆的别墅里，否则他不会离开巴利斯塔半步。

当卡尔加库斯陪着巴利斯塔等人穿过赫卢利人的营地去开会的时候，他一直在想着那次伏击。客观地说，那次伏击安排得非常巧妙。阿兰人选择的时间、地点简直是完美，可是怎么会有这种巧合？他们是怎么知道赫卢利人没有在河岸安排哨兵？是怎么知道狩猎就会在那里结束？显然，赫卢利人当中有奸细。巴利斯塔是对的，不是所有赫卢利人都满意纳乌罗巴特斯所谓的卓越的变革。原因很简单：谁他妈的希望自己的生活，突然发生翻天覆地的变化。

市场上一个商人也没有。空地上乌泱泱的，全是聚集在这里的赫卢利人。作为宾客，巴利斯塔一行人跟在赫卢利人的后面。突然鼓声雷动，越来越多的族人涌了过来，集结成队。不过还是有很多人聚拢在此处，还是有人头涌动的情况，就像水流一样向前挤。

远处，纳乌罗巴特斯站在一处篷车上。他行动不便，用一根矛辅助自己移动。接着他坐在了自己木制的王椅上，身边没有护卫。

“我们为什么要集会？您想要什么？”赫卢利人对着自己的王吼道。

卡尔加库斯笑了笑。在这位大哥领导的变革之下，赫卢利人没有丧失他们原本平等的传统观念。要知道，这个民族的人可是生生杀死了自己的领袖。

纳乌罗巴特斯举起了长矛，示意大家安静。

“我需要诸位的建议！”纳乌罗巴特斯的声音依旧洪亮高亢，根本不像是一个受重伤的人发出的声音。不得不承认，这个家伙有两下子。

“几年前，”纳乌罗巴特斯开始说，“我们和阿兰人订下了和平协议。我们向阿兰人唯一承认的神明风神和剑神宣誓，还向神明献祭了牛血。但是现在阿兰人，却攻击了我们陪在罗马使者身边的弟兄。他们胆敢违背神明和人类的法律，要杀死正在出访我们赫卢利地盘的罗马使者。做出这种丧心病狂的决定之后，他们竟然在我们狩猎的时候设下了埋伏！他们背信弃义，我们只能兵戎相见！神明会站在我们这边。现在，我们应该怎样发动战争呢？我需要你们的建议！”

话音一落，与会人员炸开了锅，大家吼叫着不同人的名字，希望由这些人来发言。卡尔加库斯知道其中的部分人：安东努巴卢斯、乌利加古斯、阿特米德奥如斯。最后，所有人都喊阿如特，其他的呼声相应地就弱了下去。

阿如特个儿不高，但是人很壮，是一个头特别尖的猩红勇士。他一张口，便说阿兰人的行径简直是对道德的无情践踏。阿兰人非常狡猾，做不出来什么上得了台面的事情。他的发言简短明确。赫卢利人应该马上采取行动，骑着马往南边赶，在大草原上将这群渣滓清理干净。尽管他这个人不太会说话，但是那满口脏话听着十分过瘾，很容易激发人们的情绪，弥补了他演讲上的不足。

下一个发言的是法拉斯。他的措辞更为得体，表示自己坚决支持阿如特的意见。“赫卢利人没有必要等待，必须要让对方知道我们的厉害，要立即给予他们应得的惩罚！尽管目前人数上对方占优势，但是神明站在我们这边。”突然有人打断他，吼道：“当狩猎人员遭埋伏的时候你去哪儿了？”随即便是一阵哄笑。当时他的表现差强人意，不够勇敢。法拉斯却把众人的嘲笑转化成了自己的优势——“我承认，我当时在拉屎。但是想想这群恶心的阿兰浑球儿吧，他们就是那种会趁着别人拉屎的时候偷袭的跳梁小丑！”

显然，当前不是所有人都买阿如特的账。在众人的吼叫声中，阿特米德奥如斯被指定发表言论。

“我的兄弟们，轮到我来打破沉默了。请你们听一听老人言。”

众人开始起哄，估计这不是他第一次讲这句话了。在阿特米德奥如斯的发言中，卡尔加库斯听懂了对方说的第二个笑话，他估计第一个笑话应该是和希腊人话多的名声相关。

讲完笑话之后，阿特米德奥如斯开始回归正题："阿兰人有三万骑兵。而我们能召集的骑兵不会超过一万。如果我们冒冒然去南方与之厮杀，对方庞大的骑兵可能会影响我们的士气。神明不会青睐这种不计后果的傲慢。我们现在应该选择一个战争领袖，他会征集我们下属部落和盟友的军队。但是，我们还是要记住，哪怕这么做，我们也只能拥有两万左右的兵力。我们应该将主营地搬去北边，让阿兰人自己送上门来。如果他们到了我们的草原，我们的纪律和技巧会将他们一网打尽。"

有人用吼叫支持他的观点，但有人说这不过是希腊式的愚蠢意见。随后越来越多的人加入辩论，不过并没有提出任何新的观点。

大约一小时之后，纳乌罗巴特斯也是听烦了这些辩论。他倚着长矛站了起来，对众人演说。这是开会以来第一次，全场一片沉默。

"兄弟们，你们的意见都很中肯，都展示了我们祖辈所流传的自由精神。我很确定，当我说希腊人除了他们所谓的民主之外，并不会教给我们任何有价值的东西时，阿特米德奥如斯不会在意。"

赫卢利人很吃他这一套。

"如果你们认可，我的计划如下。"

众人仔细聆听。

"以阿特米德奥如斯为首的意见中有很多可取之处，我们应该把我们的牲畜、女人和孩子移动到北方。让他们尽可能地远离战场。同时，他们说要选取一位领袖，我也是赞同的，这样有人能够统领我们的战士。"

有一部分人对纳乌罗巴特斯的意见表示赞同。

“但是，以阿如特为代表的意见也是对的，我们赫卢利人不能坐以待毙。我们的不作为将会助长阿兰人的气焰。我们必须对这些破坏誓言的人施以惩罚。征兵结束之后，我们必须向南部进军！”

人群中爆发出欢呼声。

“现在只有一件事情，”纳乌罗巴特斯表示，“你们希望谁成为军队的领袖？”

人们吼着“纳乌罗巴特斯”。不过卡尔加库斯注意到，不是所有人都在喊这位赫卢利“大哥”的名字。

“安东努巴卢斯怎么样？”

“他还太嫩了！”

“阿特米德奥如斯？”

“他太谨慎了！”

“阿如特，我们希望是阿如特！”

“他没有计谋！”

“纳乌罗巴特斯！当然是纳乌罗巴特斯！”渐渐大家都喊起了这个名字。

“你们都同意吗？”

“同意！”

四个赫卢利人爬到了纳乌罗巴特斯所在的篷车上，他们每个人手里都握着河岸上的泥土，接着他们将泥土放在了纳乌罗巴特斯的额头上。

当泥土滑过纳乌罗巴特斯稀松的头发、泥水流过他的脸颊和胡子时，他感谢大家对他的信任以及给与他的荣耀。

会议结束的第二天，马克西姆斯知道自己不应该去看这个仪式。但是他还是想去。用卡斯特里西乌斯或者纳乌罗巴特斯的话说，这是他的灵在作怪。巴利斯塔和卡尔加库斯都强烈反对他过去，马克西姆斯只好撒谎说自己不会去，想骑马出去散散心，离这里越远越好，免得自己忍不住想去。他先骑着马往营地的南部移动，接着偷偷跑了回来，蹚过河流、穿过草地，来到了仪式的地点。仪式在一处灌木丛中举行，他便躲在了一排树后面。透过树叶枝丫，他看到前方站着二十来号赫卢利人，其中大部分人是猩红勇士。他能看见奥林匹亚丝。

安东努巴卢斯来到他们帐篷的那天，马克西姆斯第二次拜访了奥林匹亚丝。当他出现的时候，奥林匹亚丝似乎非常愉快。他们做爱时，奥林匹亚丝一副很享受的样子。完事之后，二人开始交谈，她突然与马克西姆斯刻意保持距离，马克西姆斯总能感觉到她双眼之中的哀怨。他意识到每次去看她，她都是那个样子。第四次，马克西姆斯实在忍不了了，问她为什么这么对他。她惊讶地看着他，告诉他其实他的丈夫是已经死去的菲利姆斯。马克西姆斯过了一会儿才意识到，奥林匹亚丝死去的丈夫，正是在草原上被巴利斯塔杀死的那个上了年纪的赫卢尔。

那天晚上，巴利斯塔告诉了他赫卢利人的规矩，马克西姆斯破口大骂，纳乌罗巴特斯怎么会制定出如此灭绝人性的规矩！他决不能让这件事情发生，不能站在一旁什么都不管！巴利斯塔劝他这是人家的规矩，其他人无能为力。其实这个风俗不是疯子般的赫卢利"大哥"凭空想象出来的。赫卢利人的风俗的确跟别人不一样。在巴利斯塔祖父活跃的那个年代，他们就已经这么干了，这也是赫卢利人在北方臭名昭著的原因之一。"如果奥林匹亚丝想要留个好名声，她必须这样做，她只有这一个选择，我们什么也帮不了她。"

马克西姆斯坐在马背上，远远地望着这一切。菲利姆斯的武器摆在他的坟墓前，他生前最爱的马也牵了过来。接着赫卢利人呜唱起来。马克西姆斯和他们相距太远，完全听不见他们唱的是什么。接着剑光一闪，血光四溅，这匹马倒在了坟墓前。

马克西姆斯听见后面有马蹄声，他没有回头去看。

巴利斯塔和卡尔加库斯已经来到了马克西姆斯的两侧。

“别担心，”马克西姆斯叹了口气，“我什么都不会做。”

巴利斯塔拍了拍他的肩膀。

马克西姆斯看着奥林匹亚丝走上前，今天她穿着一件白色的衣服，乌黑的头发上佩戴着金色的饰品。

她站得笔直，口中念念有词，可惜马克西姆斯什么也听不清。

两个女人走上前，扶着奥林匹亚丝站在木凳上。奥林匹亚丝自己将绳索套在了脖子上，一个女人给她调整好了绳索上的死扣。奥林匹亚丝自己踢翻了木凳。

马克西姆斯站在原地，看着奥林匹亚丝挣扎的双脚，那两个女人握住了她的大腿，用力地往下拉。

奥林匹亚丝死去已有四天。

纳乌罗巴特斯坐在草坪上。

黎明时分，纳乌罗巴特斯亲自用斧头宰杀了一头公牛，接着剥皮、切割牛的肢体。他的伤口制约着他的行动，其他人忙着搭建篝火，把一口大锅架在三脚架上，往里面倒水。纳乌罗巴特斯把牛的关节放了进去，接着点火。

烟气升腾起来，纳乌罗巴特斯便铺开了牛皮，自己盘腿坐在上面。

第一天，等牛肉烧熟之后，赫卢利的主要军队领袖们一个个上前。领袖们包括十个人，安东努巴卢斯、乌利加古斯、阿特米德奥如斯和阿如特均在其中。他们每个人拿了一份牛肉，吃掉。吃完之后，每个人把自己的右靴子放在了牛皮上，承诺将尽快带来一千名赫卢利骑兵参加会议。

接下来，赫卢利下属的部落和盟友们的主要领导人赶了过来，根据他们的能力和兵力承诺自己要带多少人参加战斗。第一个是俄乌特斯人，他们的祖辈早在苏维汇海便跟随者赫卢利人。第二个是阿伽杜尔索伊人，这个民族的人皮肤上印有盘绕的蓝色文身，看上去和赫卢利人身上的红色文身一样密集复杂。接下来是传说中的内尔维人。他们身披狼皮出现，据说每一年他们都会更换身上披着的兽皮。后面跟着的是伏尔加河沿岸的部落领袖，这些部落包括冉噶斯、伊米尼斯卡瑞斯、摩丹斯一直到北部山脉的高特斯库特。

领袖之后，出现的是一些没有明确部落的战士们。这些战士们伤痕累累，看上去精瘦而凶狠，每个人手里都带着不超过十二人的队伍出现。有人会称呼他们为土匪，但是纳乌罗巴特斯不这么认为，他很有礼貌地与这群人交谈。而这些所谓的“土匪”使赫卢利人的军队壮大到接近两万人。

纳乌罗巴特斯在牛皮上坐了整整七天，没有离开，吃喝拉撒睡都在牛皮上解决。他的手下会给他定期奉上食物，给他送来便盆。

巴利斯塔一直默默地观察着这一切。他拒绝将自己的右靴放在牛皮上，尽管这种选择可能会给罗马使者团带来威胁。要知道，现在的巴利斯塔不仅仅是罗马帝国的使者，他自己拥有盎格鲁人的血统，他是斯塔卡德的孙子，他的爷爷亲手把赫卢利人赶出了北界。现在他被人利用，成为这场战争的导火索，但是他完全不想蹚这蹚浑水。

太阳西下，这一仪式将在日落时分结束。巴利斯塔面对着异邦的习俗和陌生的草原，陷入了深深的思考之中。让他在蛮荒之地流浪……事实证明，这些游牧民的习俗，有一部分就像希腊先哲所留下的文字里面记录的。阿伽杜尔索伊人和赫卢利人一样，给自己人文身并且会分享女人。但是也有截然相反的部分，希罗多德写到游牧民会戳瞎他们的奴隶，但是赫卢利人并没有这样做，实际上如果奴隶们展现出了他们的勇气，赫卢利人会赐给他们平等的身份，称呼他们为兄弟。

天空泛起了一抹紫色，看上去就像打伤后皮肤上的淤青。这一天没有人将靴子放在牛皮上。但人群没有散开，他们似乎还在期待着什么。

巴利斯塔曾在卢奇安的书里读到过这种坐在牛皮上的传统。但是卢奇安的书中提到，这是塞西亚人在至少两个世纪之前的事儿了。难道说这一传统，在经历过一系列历史的变迁之后，在大草原上得以恢复，一直等待着赫卢利人将之再现？或者说纳乌罗巴特斯也读到过这个部分？要知道他和他的儿子安东努巴卢斯读过很多书。可能是纳乌罗巴特斯读到过卢奇安的部分，决定让自己的民族在他所谓的“天赐变革”中沿袭这一书中的传统？但是仅仅通过书中的描述来揣测现实，确有不妥之处。谁也说不清楚书中说的是否完全和现实一致，或许一切都与自己设想的不同甚至相反，要知道书里的内容很有可能是现实中的人和事的再加工。

人群中一阵骚动，将巴利斯塔从思考中拉入现实。“他来了！”身边有人说，“钢铁之躯！”一个魁梧的身形进入了人们的视野。

乌鲁根底之王海撒纳舀了一勺肉嚼了起来。他拔出自己父亲奥瑞克的宝剑“钢铁”并将自己的右靴子放在了牛皮上，用他那柔和的声音表示，自己带来了一万名哥特士兵。

海撒纳和纳乌罗巴特斯互相投掷给对方一个眼神，二人似乎已经有了一个周密的计划，此刻时机成熟，无论是谁，哪怕是神明，都无法撼动他们的决定。

第二十六章

7月下旬，野草变黄枯萎，草原开始干枯。在这样的情况下，近两万名士兵和四万多匹战马的队伍完全无法隐藏。尘土像浓浓的烟雾一样在他们周围扬起，仿佛帝国的大城市——以弗所或安条克在燃烧。风将这些灰尘扬起，扬灰形成了一道拱桥，高高地跨过南边的天空。阿兰人不可能不知道他们正在靠近。即使神明迷惑了阿兰人所有的间谍和侦察兵，敌军的噪声顺风也能穿越几英里，有一点儿作战经验的人，只要将耳朵贴在地上，就可以感受到土地的震动。

赫卢利人和他们的盟军在草原上行进。他们兵分四路：一路是由乌利加古斯率领的先锋队，另外三路是由阿如特、阿特米德奥如斯和纳乌罗巴特斯分别率领的三支平行纵队。每个赫卢利人和阿伽杜尔索伊士兵都有几匹备用的战马。一部分内尔维人和俄乌特斯人也有替换马匹。但是绝大多数来自伏尔加河沿岸部落的士兵，以及所有的土匪，都没有配备这样精良的装备。

经过漫长激烈的会议讨论后，部落联盟制订出了非常简明的战略。他们将向西南行进到塔奈斯河，沿着河流向西前进，在到达罗马使团登陆的位置时，乌鲁根底国王海撒纳的队伍将加入大部队。联合部队向南进军到海潘尼斯河（今库班河），然后到达高加索山。当他们到达后，就会散开，包围阿兰人，烧毁他们的帐篷。塔奈斯河和高加索山之间的阿兰人必须应战。

巴利斯塔一行人骑着马跟在纳乌罗巴特斯后。他其实不想蹚这趟浑水，可他无法拒绝。巴利斯塔在脸上围了一条丝巾，可灰尘仍然堵住了他的嘴和鼻孔，迷了他的眼睛。他穿着铁甲衣骑行，浑身已被汗水浸透。头盔的绑带和重量让他感到恼火，炎热、尘土和不适更令他烦躁。他真不想待在这里。

海撒纳在赫卢利人的牛皮大典上现身时，这次外交之行的行动也就宣告失败了。几天后，当巴利斯塔受到接见时，他请求纳乌罗巴特斯准许他返回罗马帝国。这位赫卢利“大哥”用他那双灰色的令人胆怯的眼睛盯了他一会儿，对巴利斯塔说他感到很失望，因为巴利斯塔没能把自己的右靴子放到牛皮上。然而，纳乌罗巴特斯认为罗马人应该讲讲道理，正是由于他们的存在才引发了这场战争。此外，纳乌罗巴特斯神秘地补充，有时间他想和巴利斯塔聊聊过去他们祖辈的事情。跟任何赫卢利人谈论斯塔卡德都不会是什么好事，更何况是和赫卢利的首领纳乌罗巴特斯谈。

巴利斯塔由衷地希望自己没有参与这次远征。整件事似乎考虑不周。阿兰人会知道纳乌罗巴特斯和海撒纳正在靠近。大多数乌鲁根底士兵会步行前进。赫卢利的部队等到乌鲁根底人加入后，他们的联合部队将会行进得更慢。如果他是阿兰人的首领萨夫拉，他会把部队带到高加索山难以进入的峡谷里，并把他们将到达的山路堵上或者设好埋伏。设埋伏并不会用到很多人，这样大部分阿兰人可以随意地骚扰进攻者，或者大胆地反击赫卢利军队中的依附士兵。而且据说，阿兰人大概有三万名士兵。如果他们能在赫卢利人和乌鲁根底人在塔奈斯河下游会合前，就赶上他们中的任何一方，那阿兰人至少会比对方多出两三倍的人手，简直就是胜利在望呀。

第四天晚上，他们在塔奈斯河岸边扎营。此刻，河水依旧向南流。这里的河面很宽阔，淤积了大量泥沙和鹅卵石。士兵们照料好马匹，吃好东西后，便无事可做。他们也无需担心行李搬运车。部落里的所有人，包括赫卢利大哥都不用帐篷，而是直接睡在地上。酗酒、赌博和打架在部落里都是明令禁止的，谁胆敢违反那只有死路一条。考虑到纳乌罗巴特斯在死刑上众所周知的独创性，这些禁令很有效果——到目前为止已有十几个人被处死，死法各有不同，比如开膛破腹。

白天的热气慢慢散去，巴利斯塔穿过宽阔的树林到河里去游泳。马克西姆斯和卡尔加库斯没有动身，不过塔奇恩坚持要陪他去。塔奇恩说他每每想起伍尔夫斯坦那个男孩儿，就会感到后怕。巴利斯塔更想一个人去，不过他并没有争辩。有时候塔奇恩会尊重别人沉默的意愿。

河面上有一群鹅和鸭子。水面泛着怪异的冷光，太阳下山后，河水上泛的光有一种清冷的感觉。巴利斯塔脱下盔甲和衣服，赤身走进河里。他踩着水，享受肌肤触到清凉、干净的河水的舒适感。到了水足够深的地方，他游了几下，潜到水下，然后又浮出水面，把长发上的水拧干。过了一会儿，他爬上岸，用塔奇恩给他带的毛巾擦干身体，接着穿好衣服，但没有把费事的战衣穿回去。

他们并肩而坐，一言不发。巴利斯塔细嗅着河水和植被的气息，倾听着野禽的鸣叫。这声响让他回忆起了自己在北方的时光。他想起了自己的父母。他们现在得多大年纪了啊。他离开的时候父母就已显苍老，但是他的母亲当时不过是他现在的年纪，或者还要年轻。他还能再见到他们吗？他蓦地想起同父异母的兄弟，心生不悦。莫尔加不会欢迎他的归来。此时他想起了一个姑娘，她叫卡德琳。这是他几个月，也许是几年来第一次想起她。

这时候坐在河边是件很惬意的事。一年中的这个时节，夜晚的草原上夜莺不再歌唱，鹌鹑和秧鸡不再啼叫。如果你远离人群和兽群，除了风无休止的叹息外，什么都听不到。他觉得太阳似乎没有燃尽所有的生命，却燃尽了这片草原上的欢乐。此时此刻，巴利斯塔多么渴望能离开这片广袤的草原，这片如同汪洋一般的绿海。

巴利斯塔摆弄着盔甲的绑带。要是在过去，哪怕是有一点点出现威胁的可能，他也会立刻穿好盔甲。多年前，在多瑙河畔的诺瓦埃，当哥特人在城墙外时，一位百夫长告诉他，只要士兵们活得足够久，几乎所有人最后都会相信宿命。开始的时候，这是件好事，他们会留意观察周围的情况，时刻掩藏好自己。但是慢慢地他们会放松基本的警惕，给自己和别人带来危险。这位百夫长认为这种现象背后，有两种原因。有些士兵在多次逃脱险境后，会觉得自己已经用光了所有的运气，再警惕也毫无意义了，因为不管怎么做，他们都注定会死。还有一些士兵陷入幻觉，以为没人能碰得了他们，更别说杀死他们。

巴利斯塔并没有所谓永生的心理暗示。同样，他觉得自己不该死在这里，哪怕是被形势所迫死在其他糟糕的地方，也不能在这里死去。他想起他的儿子们，这是他为回家战斗下去最好的理由。而且他有马克西姆斯和卡尔加库斯的陪伴。三人之间这么多年已经形成了默契，彼此依赖和信任。鉴于三人已经逃离过无数次险境，他们没有理由逃不出这里。如果他们能够逃离这里，或许他可以获准退隐，回到他在西西里岛的庄园。

任务失败了——赫卢利人非但没有攻打乌鲁根底，双方还成为最亲密的同盟——但是大草原上仍然有战争。只要战争持续不断，就能阻止那些部落袭击帝国。没有其他部落介入的情况下，奥登纳图斯可以放开手脚攻打波斯人，加里恩努斯会向高卢进军。巴利斯塔觉得这一定是加里恩努斯派他到这里来的原因。或许罗马皇帝最终会让他退隐。能够平静生活是很美好的事。等他们回家后，他要给予丽贝卡和那个叫西蒙的男孩儿自由。这样老头子卡尔加库斯一定会很高兴。而能让马克西姆斯高兴的事，就太容易实现了。

当他站起来准备穿好盔甲时，忽然听到了仓促奔跑的马蹄声。一个哨兵拦住了马上的骑兵，不过他正确地说出了口令。骑马人询问骑兵的去向，骑兵回答要去找纳乌罗巴特斯。巴利斯塔艰难地穿好盔甲，和塔奇恩一起走回了营帐。

侦察兵带回的消息在部落里传开后，几乎没人能安心入睡。然而巴利斯塔已经睡了几个小时了。他现在正待在一支军队的营帐里，第二天早上要上战场，可是自己没有任何职务，也没有加入到紧急战略会议中，说起来对于巴利斯塔这种久经沙场的将领而言，他感觉非常奇怪。不过他现在筋疲力尽，眼睛都困得生疼。

这次战斗，巴利斯塔的位置不错，视野很好。罗马使团一行人加入了纳乌罗巴特斯的队伍，此时算上巴利斯塔和他的亲信，罗马使团仅剩九名训练有素的战士。在场的还有哥特古伽，他身后还跟着那个丑陋的老妪，两个来自西方的泰法利贵族，以及三个来自遥远北方的食人族酋长。

纳乌罗巴特斯在其军队后方的低地整装待发。巴利斯塔骑坐在一匹萨尔马提亚马上巡视战场。天色渐明，能见度越来越高。太阳升起，阳光燃尽了河面上最后一缕薄雾，一切变得清晰明朗。巴利斯塔注意到在纳乌罗巴特斯的正前方是他自己的部队，这支部队是军队储备力量。他们是赫卢利人中的精英，并且很多都是猩红勇士。五千名士兵并肩列队，站成两排。每个士兵都至少备有四匹替换马匹。巴利斯塔的面前是众多军旗，这些旗帜在沙沙作响的马尾海洋上翻动着。

主力军队在两个弓箭射程之外，分成三支部队，每支部队约五千人。在他们的右方，塔奈斯河畔的林带一侧，是来自伏尔加河畔部落的勇士、各色土匪头目以及游牧民族俄乌特斯人。赫卢利人阿如特担任这支部队的指挥。中间一支部队是由乌利加古斯率领的赫卢利战士。剩下一只部队主要由阿伽杜尔索伊人和内尔维人组成，阿特米德奥如斯为领袖。这三支部队比较紧凑，每个编队由五排构成，纳乌罗巴特斯将之称为“荆棘丛”。

阿兰人在纳乌罗巴特斯的主力军四个弓箭射程之外。他们的部署和赫卢利人一样：三支部队和一支后援的预备队。巴利斯塔只能依稀分辨出，敌军前方骑行将领的身影，但是后面成群的士兵，看起来像是黄褐色大草原上的黑点，停留在原地。

作为一名久经沙场的将领，巴利斯塔用专业的眼光观察着整个战局。纳乌罗巴特斯已经做得够好了。这个赫卢尔已经料到了会是敌众我寡的情况。他在河岸的林带一侧安排了一队人马，并保留了一支后援部队，以防敌军从侧面包抄。目前的情况是，敌军可能会选择过河突袭或是在空旷的大草原上从另一侧包抄，客观地说后者的可能性比较高。所以纳乌罗巴特斯安排了预备队，加上这么多替换马匹，可能会骗过阿兰人，让对方以为这是又一支部队。但是这一计划本质上是防御性的，并无法完成实质上的进攻，没有出其不意的地方令敌军感到不安或惊慌失措。简言之，整个作战计划完全依赖于士兵的战斗素质。

巴利斯塔开始研究敌军的状况。在目前的位置上，他无法精确地判断敌人的数量。目前看来，战场上的阿兰人似乎并没有超过赫卢利人。当然，敌人数量经常会被高估。萨夫拉可能留了一队人马阻止乌鲁根底军队前进，或者留下数量可观的战士警戒他们的部队，当然巴利斯塔不排除其他状况的可能性。去年在里海之门的战役中，萨夫拉派遣了一支队伍设下埋伏。纳乌罗巴特斯已经下达严格命令，今天禁止任何人离队。如果他们能遵守命令，任何掩藏的阿兰人都不会造成威胁。但还有一种威胁，那就是萨夫拉可能派人远远地从侧翼进军，在赫卢利人的视线外快速包围他们。

如果赫卢利人战败了，大部分溃败的士兵会涌向北方和东北方，跑回他们的部落定居地。巴利斯塔向下望着西边的河流。从前一天晚上开始，他就在想哪怕是穿着盔甲，他也可以骑马蹚过塔奈斯河。除了塔奇恩外，所有跟随他的人都是骑马的好手。尽管过程会很曲折，他们还是有能力帮助塔奇恩过河，然后前往迈俄提斯湖。这就意味着把执行任务的其他成员留在纳乌罗巴特斯的军营中，让他们听天由命。可是据他所知，这位赫卢利“大哥”没有理由不释放他们，包括宦官阿曼提乌斯，三个使团职员，两个自由人和几个奴隶。可以确定的一点是，巴利斯塔不想落入他曾经打败的阿兰人领袖手里，也不想跟萨夫拉的依附者绍尔玛格，那个被他赶出苏阿尼阿的王子有任何交集。

阿兰人的动作引起了巴利斯塔的注意。在斜射的阳光下，拉长的影子在他们的队列前快速移动。士兵的小黑点看起来在移动和摇摆。呼啸的北风掩盖了他们的声响。这种诡异的战前仪式让人害怕，而且由于距离太远无法看清，一切看起来像是在完全的寂静中进行的。

纳乌罗巴特斯将山丘上的赫卢利高层召集到身边，其中包括安东努巴卢斯和法拉斯。他们一起骑着马来到山坡下。这位赫卢利“大哥”要到阵前，喊出他认为能够鼓舞士气的话。

巴利斯塔和其他外交来访者待在山丘处原地不动。他注意到和他一起的几个人迟疑地望着那三个来自遥远北方的酋长。的确，这三个人作为食人族竟然这样不起眼，着实让人感到奇怪。

一声神秘高亢的号叫声从赫卢利人部队的左方传来。号叫声混着风声搅动着旗帜。一些内尔维人下马了。他们把衣服扔到一边跳起舞来，锋利的兵器在他们手中闪烁。他们狂野地舞动着，从天神那里引来他们最爱的捕猎者——苍狼的力量。很快他们就会野蛮地撕扯、争斗起来。这让巴利斯塔想起了自己的家乡。年轻的时候，他曾经观看过他的父亲在盎格鲁人的盾墙前，作为主神的一名苍狼勇士跳舞。

整个阵线的战士们都开始按照自己的方式舞动起来，巴利斯塔看着蓝眼睛、刺有文身的阿伽杜尔索伊人、红色的赫卢利人、俄乌特斯人、冉噶斯人、高特斯库特人和其他部落的人们开始了他们自己的仪式。巴利斯塔很清楚士兵需要借助一切可能的帮助，让自己拿紧武器、勇敢应战。他把挂在右臀的匕首从刀鞘中拉出了一英寸左右，开始了自己的仪式。

他看到纳乌罗巴特斯和他的手下转身返回。现在他能听到敌军的战鼓声了。阿兰人正在像云影一样前进，仿佛是草原表面自己在移动。

安东努巴卢斯来到巴利斯塔的旁边，“如果预备队迎战的话，你也应该上。我希望你能回来支持我的……支持‘大哥’。”

“好像我也没得选。”巴利斯塔说道。

他现在能看到一个个阿兰人：他们的战马在狂奔，马腿在尘土飞扬中闪烁，马上的骑兵浑身都是尘土。

纳乌罗巴特斯直起身子，四下环顾，估量战况。看到情况令人满意，他便拔出佩剑，在头顶挥舞起来。赫卢利人击起声音深沉的战鼓。画着三匹狼和一支箭的旗子在上空飞扬，前方几百面军旗向前倾作为回应，紧跟着传来赫卢利战士的呼喊：“咦噗——咦噗——咦噗”。旋即，前线的三支队伍小跑向前行进。

阿兰人正在迅速靠近。他们的声音低沉含混，健硕的骑兵们在游牧族的小马上，看起来十分沉重。士兵们稳住了自己的身体后，便拉起了手中的弓箭。

一瞬间空中布满了双方射出的箭。三万名弓骑兵以最快的速度放箭。箭杆像暴风雨一样落满了大草原，士兵和战马接连倒下。

正当巴利斯塔以为会看到、听到震撼人心的冲击时，双方前排士兵开始转身往回跑，一边跑还在马背上不停地射击。后面的军队也采取同样的做法。两方之间就这样建立起了一道四五十步宽的死亡沟壑。士兵们前进射击，随后旋转坐骑，边撤退边继续射击，然后又掉头前进。前进——撤退，前进——撤退，这是经过长期训练的战斗技巧，看上去兼具了一种死亡仪式或夺命舞姿的美感。

没过多久，飞扬的尘土就使场面变得十分模糊。巴利斯特只能看到赫卢利人的后部编队，战士们转身重新冲进战斗中，许多旗帜在混战的上空摇摆，阵阵箭雨不断落下。

尽管战士们扭动躲闪着，战斗却静止不动。巴利斯塔下马，给自己的坐骑减轻负担，待会儿这匹马很有可能将面对巨大的压力。此时此刻，他希望自己的坐骑也在身边。不过他的灰白马此刻正远在千里之外的以弗所，安全地待在一个朋友的庄园里。

这次只有靠这匹萨尔马提亚战马了。他紧靠这匹高大的枣色战马的头，抚摸着它长着胡须的柔软的鼻子。他轻声细语地对他讲话，让它听话，而没有像它的同类在痛苦和恐惧中嘶鸣。

其他人也下马了，马克西姆斯递给巴利斯塔一些风干的肉和一个酒壶。他们一言不发地吃着喝着，看着翻滚的灰尘中不断倒下的士兵。北风袭来，摇曳着他们的头发，冲击着他们的盾牌。

“看，阿如特的士兵！”有人喊道。

右方的混战正在移动。起初慢得几乎察觉不到，随后不断加快，战斗沿着林带向南退去。

“传令撤退！”纳乌罗巴特斯命令道。

战鼓开始以一种不同的持续节奏击打起来。

可是鼓声并未引起注意。阿如特的部队和乌利加古斯部队左方的间隙越来越大。

纳乌罗巴特斯再次喊出命令，随后一名传令人飞奔到河边。

可是现在为时已晚。阿兰人正在逃跑，阿如特的人在后面穷追不舍。

巴利斯塔看到阿兰人的预备队正在前进。预备队所选的位置很好，既能在左翼擒住阿如特违反命令的士兵，又能冲过他们在河边与乌利加古斯的部队之间的间隙。

纳乌罗巴特斯并没有大声叫嚷，而是平静地对安东努巴卢斯说："带两千名预备军，补上阿如特编队的空缺。"

安东努巴卢斯慢跑着骑下山坡去带领他的队伍。

纳乌罗巴特斯转向巴利斯塔，对他说："你应该跟他一起去。巴库斯告诉我你的守护神和安东努巴卢斯的守护神在精神世界是结拜兄弟。你们应该像在灵界一样，在中土世界并肩作战。"

巴利斯塔回到马鞍上。既然纳乌罗巴特斯的灵从远方带来了启示，自己也就没有必要再跟纳乌罗巴特斯争论。他检查了马鞍，确认了自己的手下都在，然后骑着马去追赶安东努巴卢斯。

安东努巴卢斯敏捷地把部队调动到指定位置。部队就位后，士兵将弓弩放在大腿上静坐在马背上，这时他们看到陷阱弹了起来。

阿如特并不傻。他料到了阿兰人的预备队会从侧翼包围他，或是断他的后路。在很长时间的摇旗吹号后，阿如特让他手下的大部分士兵停在了大约三百步开外的地方。这些俄乌特斯人推挤着，人和马都上气不接下气，不过他们已经准备好听从接下来的命令了。这些缺乏草原战斗经验、激动过头的士兵很明显是因为听到了撤退的鼓声才猛追溃逃的阿兰人。对于这些来自伏尔加河的农民和土匪头目的各色追随者而言，形势可能会非常严峻。但是阿如特有足够的时间，在阿兰人到来之前，把这些俄乌特斯人带回部队。

他们收到的第一个指示就是在塔奈斯河右岸的树林中行进。在阳光的照耀下，士兵们掩藏在水边的柳树和白蜡树下前进。走出林带后，士兵们举起了旗子。现在他们共有几千名士兵，远远地从阿如特的位置一直延伸到安东努巴卢斯处。

“可怜的阿如特。”安东努巴卢斯说。

“要么是他太愚蠢了，被猛攻牵着鼻子走，要么是他太懦弱了，才让这样的事情发生。”巴利斯塔评论道。

“他还不如直接死了呢，”安东努巴卢斯说，“不知道父亲会怎么处置他。”

“阿如特可是带了一大帮人去送死。”巴利斯塔回应。

“哎，法拉斯和达提乌斯跟他在一起。”安东努巴卢斯用听天由命的口吻说道，仿佛他这两个伙伴已经死了。可是他不能违抗他父亲的命令，离开队伍前去营救。

阿如特的战士们迅速后撤，想退回安全地带，可是却回不去了。伏兵冲了出来，将这些溃败的俄乌特斯部落成员团团围住。在阿兰人的众多旗帜中，有一面近处的引起了巴利斯塔的注意。这是一面很宽的旗子，上面画着一个在山上的人，山下都是游牧马匹的尾巴、动物头骨和部落的图腾，而普罗米修斯被锁链缚在高加索山脉的山峰上。这面旗帜是苏阿尼阿王室的标志之一。萨夫拉军中只有一个人会挂这面旗。

“安东努巴卢斯，借我两百个战士。”

这个年轻的赫卢尔惊讶地看着巴利斯塔，“父亲有令，任何人不得离队。”

“我可不必听他的命令。”

“你要冒着生命危险去救一群陌生人？”

巴利斯塔耸耸肩说道：“陷入埋伏的肯定有三四千人。”

“撒鲁斯和阿米乌斯，你们的人跟着巴利斯塔。”安东努巴卢斯看着巴利斯塔说：“多加小心。”

“我只是去分散他们的注意力罢了。”

巴利斯塔骑着马踱步离开队列，转向即将跟随他的罗马人和赫卢利人，“我们要到交战的地方，射几箭，然后向右转，沿着塔奈斯河前进。敌军里有我的死对头，他很可能会被引开来追我，这样就能打开一个缺口，让阿如特和他的一些部下逃走。”

战士们木讷地凝视着他。

“记住，我们过去是要分散敌人的注意力，只是让他们一部分人来追我们，可不是要跟他们战斗。喊出我的名字，引起他们的注意，然后我们从树林子和河流的浅滩处冲回来。”

巴利斯塔意识到他刚刚说的是日耳曼语，因此又用拉丁语重复了他的命令。接着，他又用拉丁语喊出了那句传统的战前呼号。

“你们准备好战斗了吗？”

“准备好了！”

“你们准备好战斗了吗？”

“准备好了！”

“你们准备好战斗了吗？”

“准备好了！”

三次呼喊结束。这八个罗马帝国的骑士，声音虽然不大，却在战争的喧嚣中显得十分勇敢。赫卢利人平静地看着他们。

巴利斯塔束紧头盔，检查了一下捆在左前臂上的圆盾，从弓箭袋里抽出弓弩，并选了一支箭。随着他大腿施加的压力，他的战马开始前进。马克西姆斯和希波托俄斯在他的右侧骑行，塔奇恩和卡斯特里西乌斯在左边，年老的卡尔加库斯和三个随从紧随其后。赫卢利战士们则列成两队，分散在两边。

在带领这些人全速前进时，巴利斯塔体会到了他在整个战役中所看到的东西。乌利加古斯混战的地方在他们左翼闪过。推测起来，阿特米德奥如斯的人马还在远处的尘土中鏖战。他们离阿兰人的预备队还有相当长的距离。在正前方，阿兰人的伏兵正涌向阿如特不断减小的队伍。而巴利斯塔的目标是苏阿尼阿王室的旗帜。

“巴——利——斯——塔！巴——利——斯——塔！”这呼喊声和嗒嗒马蹄声混杂在一起。巴利斯塔真希望现在他正带着他自己的旗帜，这样就能保证那个人能注意到他。

他们正在快速靠近，只剩两百步，越来越近了。

敌人发现了他们。一些敌军勒住马，准备迎接这波新的威胁。

我们只有几百人，他们一定认为我们疯了，巴利斯塔想。

“巴——利——斯——塔！巴——利——斯——塔！”

一百五十步。这时，巴利斯塔拉起了弓，他身边的人也照做了。

还有一百步。他放出一箭，又取出一支，引弓，接着放箭。箭会落到哪里并不重要。

还剩七十步，五十步。箭在两边飞来飞去。他周围只有箭坠落的撞击声，箭雨射到盾牌上发出沉闷的砰砰声，还有士兵中箭时低沉的吼声。

巴利斯塔骑着战马转向右方。他身后的一匹马撞倒在地。其他人都在这匹马周围转向，冲到他的身后。他快马加鞭地冲向树林里。

顺着左肩看去，巴利斯塔看到那面印有普罗米修斯的旗帜在跟着他，后面还跟着大批士兵。他的计谋奏效了。绍尔玛格曾经的王位下铺满了尸骨，那都是他自己犯下的罪孽，而巴利斯塔只不过将他赶下王位，驱逐出母国。他心中的仇恨驱使他猛追巴利斯塔。

现在剩下要做的就是逃离这个杀人如麻的浑蛋，巴利斯塔想。

当他们进入树林时，阿兰人距离他们只有不到五十步。巴利斯塔把头压得很低，贴在马脖子上，以躲避低处的树枝。

伴着一声痛苦的尖叫，又一个骑手从马上摔了下去。

巴利斯塔右转，准备奔回北方，回到安东努巴卢斯等他的地方。士兵和战马在斑驳的阳光下穿梭在林木之间。突然一支箭在巴利斯塔耳边穿过。

所有的编队瞬间溃散了。士兵开始各行其道，在树下的荆棘丛中来回躲闪，跃过落在地上的树枝。马克西姆斯仍然跟在巴利斯塔的右边，卡尔加库斯现在在他的左边。天知道其他的人去了哪里。高声呐喊的追逐声响亮地回荡在他耳边。

前面的地面开始变得倾斜起来。河水在前方流淌着。这是塔奈斯河岸。他踢了一下马，让坐骑跳跃起来。

这匹高大的战马没有拒绝，直接跳了下去。它的蹄子下面什么都没有。巴利斯塔立刻靠回马鞍上，他的身体随着马的奔跑不停颤动着。这匹枣色大马在浅水处登陆时绊倒了，巴利斯塔被甩出了马鞍，落在了马脖子的右侧。

这匹萨尔马提亚战马调整好自己的姿势，在河面上艰难地前行着。借助自己的四肢，巴利斯塔挣扎着重新回到了马鞍上。可是现在他摸不到马鞍上的缰绳，很难掌握平衡。他左臂上的小圆盾现在成了累赘。他在马背上直打滑，这可不妙。慢慢地，他难免会摔下来。他的铠甲的重量一直将他向下拖。

他知道要是这个时候摔下来，自己死定了。更糟糕的是，他会沦为绍尔玛格那坨狗屎的阶下囚。现在只能继续战斗。可是他感到自己最后一点儿握力也在消失。

他的右肩感到一阵剧烈的刺痛。这是由于留在马背上的剑带佩饰拖拽造成的。他抓紧马鞍的犄角，搜寻着马缰绳——幸好缰绳没有划过战马的头。他迅速地向右边瞥了一眼，看到马克西姆斯正在咧嘴笑。他也无奈地冲对方笑了。

他们沿着一条淹没了一半的卵石暗礁全速前进。这一段的河岸太高，战马没办法跳上去，所以他们必须找一处河岸下降或被动物破坏掉的地方。巴利斯塔沿着河岸望去，看到一群手持弓箭的骑兵。

主神啊……

巴利斯塔看到了他们的红发和文身。他向上望去——

对面是一群散乱的罗马人和赫卢利人，没看到任何阿兰人。

第二十七章

巴利斯塔认为，在塔奈斯河这场战斗中，纳乌罗巴特斯最值得称赞的一点就是撤退。作为一名职业军人，巴利斯塔赞同他的决策。

巴利斯塔在战斗最激烈的时候分散敌军力量的做法相当有效。绍尔玛格和他手下的骑兵——流亡的苏阿尼阿人和阿兰人——突然停下来追赶巴利斯塔。当他们在河岸遇到安东努巴卢斯的骑兵时，不得不停止追逐。这样就使得包围圈暂时打开了缺口，让阿如特、法拉斯、达提乌斯和大约两千名俄乌特斯人冲到赫卢利阵线的安全地带。巴利斯塔带领的两百多人中只损失了十个赫卢利士兵和一个罗马战士。当然，由于阿兰人费尽心思地要追杀那些避开陷阱的人，那些没能逃脱的俄乌特斯人，以及来自伏尔加河畔部落的战士和土匪都被屠杀了，死亡人数据说达到了三千余人。

主战场的战斗持续了几个小时。阿兰人预备队前去迎战安东努巴卢斯的部队。整条战线上，骑兵的身体扭动着，锋利的箭刃飞来飞去，人和马在令人窒息的尘土中痛苦地死去。不过这场战役中没有出现肉搏的情景。到了下午中段，箭都快用完了，马虽然有替班也累坏了，又热又渴的士兵失去了激情，战斗才慢慢平息下来。先停下的是阿兰人，但是所有赫卢利士兵都清楚地知道这一天是怎么过去的。赫卢利人还可以再战，但是他们知道这场战斗中，我方已经战败了。

当天晚上，纳乌罗巴特斯下令哨兵就位站岗，并让人给战士们准备好晚饭。随后，整个军队备好马，一声不响地消失了。所有还能骑马的伤员，在朋友的帮助下跟着部队一起走了。至于那些伤势过重而不能骑马的士兵，考虑到他们会成为拖累，已经由他们的亲友亲手结束了生命。大多数人都能平静地面对这一事实。对赫卢利人来说，这样做并不稀奇。

掩护的侦察兵队伍在黎明前正好赶上了大部队。那天早上晚些时候，阿兰人将会占领一个只有热乎的灰土、破烂的武器和死人的营地。

之前赫卢利大军向南方的塔奈斯河的行进用了整整四天，而这次慌乱的撤退只用了两天，加起来也就损失了几百匹死去的战马，一些伤员和一小波掉队的士兵。在他们撤离的过程中，主营地和大部队被迫向北迁移了三十英里，最终到达到了一条穿过大草原的小溪附近。溪水旁边绿树成荫。

离众人抵达现在的主营地，已经过去了四天。纳乌罗巴特斯让众人安心休息，阿兰军队两天内追不上来。巴利斯塔希望纳乌罗巴特斯这么说，是因为得到了间谍或侦察兵的消息，而不是什么神啊鬼啊的告诉他的。但是鉴于纳乌罗巴特斯的优良迷信传统，他和自己的士兵们现在习惯性地进入战备状态，不敢远离自己的战马。

吃过午饭后，巴利斯塔独自一人来到安东努巴卢斯的营帐。营帐门口由两个赫卢利人守卫。尽管这是营地最大的建筑之一，里面还是挤满了武装的将士。营帐中的将士包括护送罗马使团的两个幸存的赫卢利人，法拉斯和达提乌斯，在塔奈斯河战役中，跟随巴利斯塔前往营救的士官，撒鲁斯和阿米乌斯以及将领乌利加古斯和阿特米德奥如斯。此刻巴利斯塔也看到了已经抵达的马克西姆斯、卡尔加库斯、塔奇恩、希波托俄斯和卡斯特里西乌斯。众人盘腿坐在垫子上，佩剑紧贴在手边，其中有几个还在窃窃私语，像是在密谋着什么。可是巴利斯塔一进来，众人便不再说话了。

安东努巴卢斯没有说话，直接站了起来，从身后拔出一把短剑。短剑的金属光泽在从门缝露进来的光线照耀下闪闪发光。

一只嗡嗡作响的苍蝇打破了令人窒息的安静。

安东努巴卢斯用剑指着巴利斯塔问道：“我们是一条心吗？”

“是的。”巴利斯塔伸出他的右手。

安东努巴卢斯用左手抓住巴利斯塔的手腕，右手将剑锋在巴利斯塔的手上划过。鲜血从巴利斯塔的手掌上流出。

这时有人递给巴利斯塔一支角杯，他把手侧过来，让鲜血滴入杯中。他感到掌心很痛。那只苍蝇还在愚蠢地飞着。鲜血滴下来。过了一会儿，有人给了他一块亚麻布。他把角杯递给法拉斯，自己包扎伤口。他感到庆幸的是这块布是干净的。尽管疼痛，他的脸上没有流露出一丝痛苦的表情。

安东努巴卢斯伸出右手，重复了刚刚巴利斯塔的动作。完事后，法拉斯往杯子里倒酒，将二人的血混合起来。

巴利斯塔和安东努巴卢斯把一只手搭在对方的肩上，用另一只手握着酒杯。他们两个向对方移动，二人离得很近，脸都快贴到一起了。巴利斯塔侧视安东努巴卢斯灰色的眼睛，那一瞬间，巴利斯塔觉得这双眼睛和自己父亲如此相像。他们一起举起酒杯，将血酒喝了下去。

“以这把剑和这个酒杯起誓，我们现在是兄弟了，”安东努巴卢斯说，“从今往后，我们兄弟同心，有福同享，有难同当！”

“好兄弟！”巴利斯塔说道。

营帐里的人，包括赫卢利人和罗马人，都举起酒杯欢腾起来，饮着杯中的烈酒。

巴利斯塔微笑着。拒绝结拜的提议，对赫卢利人而言，将会是莫大的侮辱。一个赫卢利人一生只能有三个结拜兄弟。巴利斯塔不清楚安东努巴卢斯为什么给予他这么大的荣幸。或许是出于政治原因，在以后的战斗中，这一举动可以让巴利斯塔跟赫卢利人站得更近。这可能是他父亲纳乌罗巴特斯教他这么做的，也有可能是他过分解读了巴利斯塔在塔奈斯河的行动。剖析一个人的行事动机是很难的，更何况是来自一个拥有其他文化的人的动机。巴利斯塔自己都不确定当时为什么会带人分散敌军。尽管如此，歃血为盟这件事是一种荣誉，而且巴利斯塔很喜欢安东努巴卢斯这个人。至少，他不比他那个同父异母的盎格鲁兄弟莫尔加差。

“既然你成了我的兄弟，那就可以以赫卢尔的身份参加我们的集会了。”安东努巴卢斯对他说。

得了，没辙。巴利斯塔心想。他自己是不太乐意跟赫卢利人蹚这趟战争的浑水。

每个赫卢利人的营地都会留一片空地，以便集会使用。当巴利斯塔和安东努巴卢斯一起到了集会地时，鼓声已经响了三遍。密集的人群让出一条过道，让这位“大哥”的儿子和将领们通过。这一大群赫卢利人全都是长脑袋，染着红头发，刺着弯弯曲曲的红文身，看起来十分怪异。在这样一群人的包围中，巴利斯塔真希望马克西姆斯和卡尔加库斯能跟他一起来。他感到很孤独，对密集空间的恐惧让他感到呼吸困难。

纳乌罗巴特斯登上一辆敞开的篷车。

巨大的、野蛮的欢呼声迎接着他的到来。

“怎么了？”

“为什么开会？”

纳乌罗巴特斯举起他的长矛制止了人群的喧嚣。

“我想听听你们的意见。”

“想问什么就问吧。”

“别废话！”

这些部落成员更加吵闹了。他们身上有暴烈焦躁的一面。很多人已经喝得醉醺醺的了。战败并没有让他们学会服从。

“阿如特在哪儿？”纳乌罗巴特斯问道。

阿如特走到马车前的小片空地。他很不情愿过来，但是又没有办法。很明显，要是他不过来，这帮醉鬼一定会猛揍他一顿。不出所料，这些人一看到他就开始叫喊起来。

巴利斯塔还没有仔细看过阿如特。这是一个矮胖的中年人，拥有猩红勇士标志的长脑壳。他站得笔直，有节奏地将右手握紧、放开，手背上的红蛇文身随着他的动作起伏着，暴露了自己的紧张和不安。

“我是不是被选为了赫卢利人的战争领袖？”纳乌罗巴特斯问道。

人群狂吼着肯定了他的设问。

“在塔奈斯河一战，我是不是下令任何人不得离队，否则处以死刑？

人们再次呼喊，给予了肯定的答案。

“阿如特违抗军令，带着他的人，离开了大部队。”纳乌罗巴特斯说。

人群中传出混乱的呼喊声。

“浑蛋，把他绑起来！”

“上绞刑架，送他下地狱吧！”

“杀了这个狗东西！”

但并不是所有人都草率地要求处死他。

“让他说话吧！”

“他是个英勇的武士，是一名赫卢利人，就让他在树上倒吊一天好了！”

“不能杀他，先听听他怎么说吧！”

“让他说吧，这是他的权利！”

纳乌罗巴特斯举起他的长矛，人群静了下来。

“这是他作为猩红勇士，作为赫卢利人的权利。”

阿如特的目光在人群中搜寻着，然后回到了纳乌罗巴特斯身上。

“我没有下令前进。那些土匪冲出了队伍，伏尔加河的农民跟了上去，然后俄乌特斯人也跟上去了。我控制不了他们。”

他的声音淹没在叫喊声中，大多数人都对他怀有敌意。

“懦夫才会责怪别人！”

“负责任才是男子汉！”

“杀了这个浑蛋！”

“把他扔到荆棘里！”

仍有几个人坚持他们的仁慈。

“这不是他的错！”

“饶了他吧！”

这些部落成员吵着吵着动起了拳头，人群一片混乱。阿如特的几个支持者寡不敌众，很快服从了多数人的意愿。

“杀了他！”

“杀了这个狗东西！”

“上绞刑架！”

“撕碎他！”

纳乌罗巴特斯下令擂鼓。“我听到你们的意见了。现在我要宣判了。”

这位“大哥”望着天空，戏剧性地沉思着。巴利斯塔想知道，纳乌罗巴特斯是不是在跟灵界交流，或者，至少他是想给人这种印象。

沉默持续着。

阿如特的拳头握紧又放开，手背上的红蛇扭动着尾巴。

巴利斯塔想发表自己的意见，却被安东努巴卢斯、法拉斯和乌利加古斯等人压制着。其实巴利斯塔很希望阿如特被饶恕。

“阿如特没有违背命令。”纳乌罗巴特斯说，“但是他不能指挥好自己的人。因为他的无能，我们遭受了不必要的损失，作为无意的杀人者，他应该受到惩罚。”

“箱子，把他放箱子里绞死！”人们大声吼叫着。

巴利斯塔感觉自己要被密集的人群压垮了，他感到自己的头轻飘飘地，有些恶心。

纳乌罗巴特斯挥着他手中的长矛。“他将被放到箱子里吊到高处的树枝上。给他三个面包和一壶水，吊他九天九夜。就这么定了。”

人群回应着：“就这么定了！”

这时有两个人挤过人群，他们被打得浑身是血。其中一个开口说：“我们是阿如特的结拜兄弟，有福同享，有难同当。我们愿和他一起受罚。”

纳乌罗巴特斯点了点头。“你们是真正的赫卢利人。”

集会的人们窃窃私语，表示赞同。

这三人肩并肩站在一旁，一部分士兵开始忙活着制作困住他们的木箱。

安东努巴卢斯转向巴利斯塔。“沃登也被吊在树上九天九夜。有时，主神会援救那些遭受同样经历的人。”

巴利斯塔没有说话。他的思绪早已飘向远方。赫卢利人总是为他们所谓的自由而骄傲。当然在集会时，他们看似可以畅所欲言。但是这种所谓的民主，比罗马帝国的能强多少？帝国的会议并不鼓励用拳头说话，而是更倾向于优雅地表达自己的意见，但是人们都可以坦率地表达自己的意见。可是不管是纳乌罗巴特斯还是罗马皇帝，他们都会忽略所听到的意见，最后，还是由他们自己做出决定。

很久以前，当巴利斯塔还年轻的时候，他对自由的概念没有任何疑义。一个人或者拥有自由，或者没有。一个人或者是奴隶，或者是自由人。一个人可以是日耳曼尼亚的自由人，或者是帝国的奴隶。但在经过多次被迫的远行后，他天真的幻想被打破了。不同的民族对自由有不同的理解。在同一种文化中，自由的意义本身也会随着时间而发生变化。他想起执行任务时读过的史书。对于塞勒斯特所著的《共和国》一书中的议员来说，自由意味着不受任何拘束地与他人公开竞争，竞选高位，然后利用职务之便牟取回报。在塔西佗的表述中，在君主制的背景下，自由的范围缩小到了言论、免受不公正责罚和没收房产的自由。然而，两个历史学家都认为，大多数人把自由当成了一句好听却没有任何实质的口号。

巴利斯塔在想，要是他能重新回到遥远的北方，回到盎格鲁的领地，他自己的民族在他父亲的领导下所鼓吹的自由对他会有怎样的触动。也许哲学家是对的：真正的自由只存在于人的内心。

锤子的敲击声停下来了。阿如特和他的两个结拜兄弟走进了粗糙的板条箱。人们给了他们面包和水后，就把三个笼子钉了起来。

伴随着人们拖拽箱子时的呼喊声，三个笼子被吊起到一棵枝干粗壮的橡树上。现在这群人的心情开始变成了深深的敬佩。但是这三个人已被吊在天地之间，他们唯一可能获得的救助掌控在遥远的、捉摸不定的天神手里。

普布里乌斯·埃格纳提乌斯·阿曼提乌斯致路奇乌斯·卡普尔尼乌斯·庇索

塞索里努斯，禁卫军长官，最卓越的绅士大人：

我怀疑您可能永远都不会收到这封信，还有我写给您的其他信。据说明天阿兰人将会攻打我们。赫卢利人输掉了上次的战役。对于即将到来的战斗，我不觉得他们会比输掉的那次表现得更好，换句话说，败局已经注定。这可不是根据他们令人厌恶的习俗、由天神做出的判断。

我忠于您的命令，并由衷地希望神明会将这封信交到您的手中，因此我立即写了这最后一封信，向您汇报我所收集到的最后一条消息。通过偷听巴利斯塔和马库斯·克洛狄乌斯·卡尔加库斯的谈话，我了解到帕米拉的奥登纳图斯已经派出大使去见纳乌罗巴特斯为首的赫卢利部落。我不知道对方使团的行程和目的，但可以肯定的是，我们有理由担心，神圣的奥古斯都加里恩努斯任命为矫正者的那个叙利亚人，是否真正会对罗马帝国效忠。

很荣幸能够为您效命。我对于安全回到帝国并不抱有希望。即使战争出现逆转，赫卢利人明日能够获胜，人性的回归也是遥不可及的。而且尽管是战争的紧急状态使人忘却了过去，我也无法忘记我的朋友马斯塔巴特斯和其他人的命运。

写于大草原上的赫卢利营地，夏末的某时。

第二十八章

纳乌罗巴特斯的预言成真了，卡尔加库斯对此并没感到意外。现在阿如特和他的兄弟们已经在树上挂了两天。木笼子在风中轻轻地摆动，卡尔加库斯估计这三人还顽强地活着。昨夜，侦察兵来报，预计阿兰人将在今天早晨到达营地。估摸着那些神啊鬼啊的也把这个消息传达给了纳乌罗巴特斯。这位赫卢利之王的身上氤氲着一种幽暗的气质，那个眼神卡尔加库斯在巴利斯塔身上也曾看见过，那是被非人间的灵所束缚的人所特有的。

当卡尔加库斯和塔奇恩一起穿过营地时，手里的火把开始变暗。赫卢利人的大部队在日出之前已经出发了，除了牛的低鸣之外，四周十分安静，让人觉得诡异。可能这些牲畜也感受到了人们的不安。其实今天的战斗，无非就是两种结果。

卡尔加库斯让塔奇恩拿着早餐的主要食材。现在这个老家伙还是带着夹板，他的年岁和战争的疲惫使他迟迟无法痊愈。接下来的这段路很漫长。在纳乌罗巴特斯下令徒劳地向北方撤退后，他同时要求所有人进入战备状态。篷车被安置在小溪南侧的岸上，连在一起，围成一个圆形。耕牛则被赶到篷车车阵中间。诸如马匹、骆驼、山羊、绵羊等牲畜被赶到了更远的地方，非战斗人员也随之撤离。现在妇女和孩子们七零八落地分散在广袤的大草原上。如果此次战斗赫卢利人战败，那么他们终究将难逃一劫，可能不要一两天的工夫，阿兰人就能追上他们。

卡尔加库斯思考着，这次战斗他可能会眼睁睁地看着一个部落灭亡。好比诸神黄昏的前奏，天狼吞下了太阳，世界的终结即将到来。不过他现在也没什么指望的，要知道现在他和一个被诅咒的人行走在中土世界的末端……

杀死他的妻子、杀死他的孩子、杀死他的亲信、杀死所有他爱的人。但是不要杀死他，让他活着，饥寒交迫、虚弱无力、孤孤单单、担惊受怕。就让他在蛮荒之地流浪，永恒的放逐、永恒的漂泊、永恒的仇恨。

现在纳乌罗巴特斯已经带领主要的战斗人员奔赴前线，目前营地中只有一千余人在守护。营地的周长大约为两英里。剩下的人中三分之二是伤员，剩下的三分之一里大部分都是十三四岁的孩子，最大的也不超过十五岁。在昨晚的战事会议上，纳乌罗巴特斯竟然让巴利斯塔指挥这一群老弱病残。

在场很多人都对纳乌罗巴特斯的决定感到诧异，大声抱怨着。巴利斯塔是谁？！他可不是我们的赫卢尔，不是我们的兄弟。更可气的是，他还是斯塔卡德的孙子！赫卢利人和盎格鲁人的血仇不共戴天。要知道他的爷爷，斯塔卡德亲手勒死纳乌罗巴特斯的太爷爷，这还不算，在杀死苏尼都斯之前，斯塔卡德割下了他的生殖器，把那玩意儿塞到了苏尼都斯的嗓子里。

卡尔加库斯并不知道原来背后还有这么残忍的过去，他估计巴利斯塔也不清楚，可能这根本就不是真的。要知道那些民间的传说并不可靠，在不同的环境、不同的需要之下，人们会对其进行修改。赫卢利人怎么可能知道这些细节？要知道当年在战场上，斯塔卡德一个活口都没有留下。这时卡尔加库斯意识到，“没留活口”这件事情也是盎格鲁人自己这么说的。

纳乌罗巴特斯并没有在意这些反对的声音。众所周知，罗马人擅长打防守战。听说巴利斯塔还当过一两天的罗马皇帝，况且巴利斯塔已经和安东努巴卢斯成了结拜兄弟，是自己人。再说斯塔卡德和苏尼都斯的恩怨都过去那么多年了。但同时为了安抚人心，纳乌罗巴特斯安排了一个负伤的赫卢尔阿拉瑞克做营地的二把手。

巴利斯塔将手里的人做了如下划分：受伤的士兵做守卫，比较稀松地分布在车阵周围，年幼的男孩儿们在车阵里面看着牛群，罗马士兵们则跟着他。昨天晚上他已经仔细地考察了这片地形，安排好自己的位置，他将在车阵南侧弧线的一辆篷车上站岗。他选的这辆车个头比较高，是纯木材打造的篷车。等到天亮的时候，这个位置的视野会很好。

卡尔加库斯和塔奇恩在黎明前一小时左右抵达了巴利斯塔选中的篷车，蓝灰色的曙光投射在他们的身上。篷车旁有一个梯子，卡尔加库斯小心翼翼地爬到篷车上。在高处他看见了五个背影，五人裹着宽大外衣坐在地上，看上去让人想起了灰鸦。

卡尔加库斯将手里的容器放下，嘴里咕哝着："几位大爷真是不费事啊。你们几个小狗日的就坐在这儿，让一个老头子跑腿儿，真有良心！"

塔奇恩默默地把其他的食材放了下来。

"我还以为你回不来了呢，老头子！"巴利斯塔笑笑。

马克西姆斯站起来帮塔奇恩给众人分食物。

卡尔加库斯坐在了原来马克西姆斯坐的地方，挨着巴利斯塔。他的另一侧是卡斯特里西乌斯和希波托俄斯。这次营地战斗的副手阿拉瑞克坐在巴利斯塔的另一侧。分发完食物后，马克西姆斯跟塔奇恩便坐到了阿拉瑞克的身旁。

众人喝着暖和的小米粥，嚼着冷掉了的熟羊肉，喝着发酵的马奶，等待着黎明的到来。

“我希望你别怪我多嘴，”马克西姆斯对阿拉瑞克说，“为什么你的头不是尖的。”

“我不是猩红勇士。”

“你身上有些文身还挺好看的，不过不是红色的。我觉着你不是天生就是赫卢利人吧？”

“不是。”

“所以你是……”

“泰法利人。”

“我没其他的意思啊，就是听说，你们这个民族的人，会鸡奸小男孩儿？”

阿拉瑞克咧开嘴笑了笑。

“这是你离开的原因？”

“不，我杀了人。”

“杀人算什么啊？我们这儿谁没杀过人。看那边，希波托俄斯和卡斯特里西乌斯，别看他们一本正经的，手上可有不少条人命。”

“我杀了我的父亲，”阿拉瑞克顿了顿，“还有我的两个兄弟。”

言毕，两人都沉默了。

现在很安静，风向转往南方，风力也变小了。但是风始终在这里，吹拂着这片茫茫的大草原，和干枯的草丛窃窃私语。

马克西姆斯无法抑制自己的好奇心，但这次他讲话的口气明显是变了，不像刚刚那么戏谑。话题转为赫卢利的部落里男人的待遇怎么样啊，阿拉瑞克睡了多少个姑娘啊，等等。马克西姆斯这才意识到，赫卢利简直是在女人问题上最开放的部落了。聊起性事，阿拉瑞克变得更直接了，不一会儿塔奇恩也加入其中。他们聊得很起劲，卡尔加库斯隐约听到他们三人中至少有一个睡过青春期的少女。嗨，就知道吹牛的三个家伙，不过男人大都这样。

巴利斯塔靠近卡尔加库斯，搂着他的肩膀，轻柔地对他说："抱歉让你也搅进来了。"

"你也是身不由己，而跟随你是我的责任。"

"我本应该想个法子把大家从这里弄出去。"

卡尔加库斯轻笑了一声。"说实话，我们已经陷进去了。妈的，我也在找法子，想赶快离开，可惜老子也没辙。"

巴利斯塔轻轻地捏了捏卡尔加库斯的肩膀，接着站了起来，伸展肢体，旁边的人都能听到他关节"咔咔"的掰动声。接着这个高大的北方佬又坐了下来，等待着黎明。

马克西姆斯、塔奇恩和阿拉瑞克又开始讨论起猎犬和马匹。他们在说阿兰人有什么长处，毕竟阿兰人让人恶心的地方太多了，一时半会儿也讨论不出来，还是从他们的长处说起吧。于是马克西姆斯得知阿兰人很会养猎犬，他还设想这次能不能带两只猎犬回去玩玩。此时希波托俄斯和卡斯特里西乌斯一直保持安静，天知道他们俩在想什么，大概是一些神秘血腥的事物吧，估摸着也只有这种东西，才能激发像他们这样的人。

太阳升起来了，天际泛起了银金矿所特有的光泽感。营地上方，天空澄澈，万里无云。但是南边，风暴正在酝酿中，黑色的云团似乎正牵扯着黑夜仅剩的触角。

现在，就连上了年纪的卡尔加库斯也可以看清战场的全貌。在这片大草原的斜坡上，北侧是营地和河流，向南走三英里是树林和与树林平行的河流。卡尔加库斯觉得惊讶，这样一场大战竟然在一个范围有限、不可名状的地方展开。

赫卢利人的队伍距离卡尔加库斯他们也就五十码，很容易观察到他们的动向。尽管此次战役，赫卢利人召集了很多游牧民，但是在上次的战斗中，他们损失惨重，目测头阵士兵不超过一万五千人。不出意外，所谓的盟友们也不愿意再派人过来。赫卢利人自己组成了三支队伍，宽五百码、纵深十码。队伍的左翼是阿特米德奥如斯带领的阿伽杜尔索伊人和内尔维人，中间是纳乌罗巴特斯带领的赫卢利猩红勇士，右翼是法拉斯率领的俄乌特斯人和剩下的赫卢利战士。

战马已经排列整齐。在各路方阵的间隙，卡尔加库斯可以观察到各个队伍的领导者和副手正在巡视队伍，马倌牵着他们的坐骑。大部分士兵坐在与自己战马马首平齐的地上。前方战旗正在迎风飘荡，无数的马匹摇晃着尾巴，踱着步子。

卡尔加库斯很怀疑阿伽杜尔索伊人和内尔维人是否愿意拼尽全力而战。要知道他们跟俄乌特斯人不一样，俄乌特斯人已经跟赫卢利人有着好几代的渊源，阿伽杜尔索伊人和内尔维人与赫卢利人之间没有那么深的联系。经历过上次的战败，这两个种族的领袖肯定会考虑后路，不说彻底退出战斗，至少也会考虑跟阿兰人和解。

对于上次狩猎时的伏击，卡尔加库斯仍心有余悸。赫卢利人当中必定有内奸，能知道这么多详细信息的，至少也是一个赫卢尔。纳乌罗巴特斯在自己的部落中推行了改革，而这个改革必然触动了部分人的利益。纳乌罗巴特斯说自己是受到了神明的启发，但是不是所有人都欢迎这种上天带来的变革。

而且他现在更担心自己队伍里的灾难。当时一起从塔奈斯港口出发的人们当中，都聚集到了卡尔加库斯所在的篷车前，就在他的面前。这些人当中有一个刽子手，这个丧心病狂的疯子肢解了那个宦官、谋杀了年轻的沃尔夫斯坦。卡尔加库斯想着，凶手也可能另有其人，比如当前跟在纳乌罗巴特斯身边的哥特古伽，或者在上次战斗中死掉的士兵，或许，这一系列的惨案根本就不是人类所为。

卡尔加库斯庆幸自己现在全副武装，战马就在篷车的下面。

太阳越升越高，温度也越来越高，所有人在原地等待。卡尔加库斯蓦地想起了可怜的马斯塔巴特斯喜欢念的希腊诗歌，说什么这里总是特别冷，夏天持续不了多久。说起来这片大草原的夜晚的确是让人不舒服，漫长的黑夜让人觉得生命似乎无关紧要、人显得十分渺小。不过这里的春天还不错，卡尔加库斯很喜欢草原上明艳的花朵和芬芳的香气。可是现在呢，枯黄的野草，裸露的土地，还有成片成片的褐色两耳草和灰色苦艾。空气中弥漫的不再是清新的香气，而是灰尘和苦艾枯萎的腥臭。

此时此刻，卡尔加库斯真心想回到西西里岛，回到丽贝卡和西蒙的身边。他开始幻想在陶洛米尼乌姆的美好生活：三人在别墅里享受着地中海的温暖阳光，所有人的脸上洋溢着幸福笑容，那画面如梦似幻、令人神往。可是看看自己现在的处境，他便感到无比疲惫。

一阵狂风吹过草原，扬起层层尘土，形成一面面灰墙。风暴来势汹汹，似乎要撕碎一切。狂风的身后，黑色的云砧堆积，似乎有火舌闪现。

“侦察兵回来了！”马克西姆斯说道。

过了一会儿卡尔加库斯才看清有四个黑点向着赫卢利军队飞奔，黑点之间距离得当，赫卢利军队上方飘扬着印有狼和箭矢图腾的旗帜。他们带回来的消息，众人心知肚明。

篷车上其他人显然紧张了起来，站起身想看得更远，卡尔加库斯似乎慢了一拍才站起来。

下方原本坐着的士兵们都站了起来，挺直了身板，赫卢利军队人头攒动。同时信使飞奔回到队列之中，领袖们赶紧上马，向着众人呼喊着，鼓舞军中士气。

阿兰人的先头部队移动迅速，他们身后扬起了白色的灰尘。看着面前的景象，卡尔加库斯感觉到胸膛中，那熟悉的热血沸腾。

敌人的先驱部队在大约一点五英里的位置四散开，形成一道延展开的屏障。在离赫卢利方较远的河流远处，乌泱泱的骑兵战队出现了。他们在散兵线的后方向左右散开，形成了一个扇形的方阵。

卡尔加库斯很欣赏敌人的干净利落，整个队列一气呵成。先前还是空荡荡的草原，没过多久已经出现了一个完整的战斗方阵，扬起的灰尘弥漫开来，在敌人的阵营前形成了一道淡淡的雾气。透过这层灰雾，卡尔加库斯可以看见战马的颜色，但骑兵只是人影。军队上方旗帜在随风飘扬。

阿兰人的排兵布阵与赫卢利人一致，但是对方的人数显然更多。跟上次战斗相比，这次的人数差距更为悬殊。

在阿兰人的身后，紫黑色的云层笼罩，磷光如同匕首一样划过云层，不一会儿雷声轰鸣而来。

阿拉瑞克骂了一句。

“没事，只是打雷，不是下雨。”巴利斯塔说道，“安东努巴卢斯告诉我，在这片草原上这种天气很常见。”

“黑云笼罩在敌人的头顶，我们头上一片云都没有。在这片大草原上，这可不是什么好兆头。”阿拉瑞克一脸阴郁。

卡尔加库斯呐呐自语：“情况更糟心了。”

巴利斯塔观察着敌军。阿兰人口中念念有词，挥舞着武器。他们的声音和动作出奇地不协调。巴利斯塔正在搜索着对面的山坡，想找到印有普罗米修斯的旗帜。他发现那面旗帜在敌军的中央，紧挨着萨夫拉的旗帜。

吼叫声瞬间传遍了草原，不一会儿跟上了飞奔马蹄的隆隆声和武器的叮当作响。绍尔玛格的旗帜紧跟在阿兰人军队的后面。透过扬起的层层灰土，巴利斯塔发现敌人正在延展自己的左翼。

面对着即将到来的敌人，纳乌罗巴特斯开始高声下令。其身后中间的五支猩红勇士战队正迅速调整队形，扩充右翼军队，防止军队被敌人从侧翼包围。不难发现安东努巴卢斯正在维护秩序。

整天沉浸在那些牛鬼蛇神的世界里，纳乌罗巴特斯难免有点儿神经，但是指挥战争他还是很有一套。他的选择很明智，现在这个最新的方阵导致目前整体的右翼力量薄弱，但成功地避免了在双方的交战中赫卢利方军队重叠、战斗混乱的情况。

如同一场庆典或一支舞蹈，一场战斗也有自己的节奏。寂静在几乎凝滞的战场上蔓延，仿佛那数以千计的战士都对他们即将开始的战斗心怀敬畏。雷声在他们的头顶隆隆作响，似乎天上有一位打铁匠正在辛勤工作。

尖锐的冲锋号混着阿兰人的咆哮刺激着耳膜。敌人蜂拥而至，赫卢利人的队伍眼看就要和他们交锋了。

对巴利斯塔来说，观看一场自己没有参与其中的战斗有一种不真实感。他注视着阵阵箭雨落下，战马飞奔旋转，士兵摔倒在地。令人窒息的尘土淹没一切。战场上混乱的厮杀声在他耳畔回荡。这场面同时具有某种戏剧性。这一切对他的触动不过像是一场罗马圆形剧场的皇家演出。这边有人死了，那边有人奄奄一息。可是这一切与他无关，他无动于衷。

一场战役可以打乱人对时间的感知。巴利斯塔以为他观看这场死亡表演已经几个小时了。然而，当云层完全遮蔽太阳，天色瞬间暗下来的时候，他才意识到此刻还在清晨。这意外的昏暗使得战斗格外阴郁和沉重。当闪电刺破天际，由内而外照亮雷雨云砧时，空气发出嘶嘶响声。大地在战斗中震颤。他想起了诸神的黄昏：巨狼芬里厄杀死主神沃登，九界燃烧殆尽，众神走向毁灭。

巴利斯塔希望一切赶快结束。在这场兵力悬殊的较量中，如果赫卢利人赢了，巴利斯塔便会和他们举杯畅饮。如果双方筋疲力尽，赫卢利人选择撤兵，那么他将会带着自己的人远离这是非之地。

马克西姆斯突然骂了一句。

巴利斯塔顺着马克西姆斯的手指往西看去。一阵灰土在西侧升腾而上，闪电划过天际，对方手中的武器闪着寒光。一群骑兵正沿着最北侧的河流赶来，虽然双方之间仍有距离，但敌人移动迅猛。很明显对方是冲着赫卢利营地而来。赫卢利军主要部队因为向左翼延展，导致其无法顾及目前西侧的战况。

“可能是乌鲁根底人吗？”卡斯特里西乌斯心存侥幸。

“你想多了。”巴利斯塔回答。

“死神畏惧我们的勇气！”卡斯特里西乌斯向远处望着。

“恶兆应验了，”阿拉瑞克说道，“我们必须守卫营地。”

“没用的。”巴利斯塔回答。

阿拉瑞克自顾自地发表自己的言论。

巴利斯塔根本没管阿拉瑞克。他观察着四周的情况，思考应该如何应对。目前情况比较复杂：对方来势汹汹，前方战斗混乱，营地中男孩儿们正看着不安分的牛群，守护篷车的是一群老弱病残。牛群的鸣叫使他想起了之前阿兰人袭击他们的情况，突然他之前读到过的一个计谋浮上心头。

“看牛的男孩儿都是牧民出身吗？”巴利斯塔问道。

“是的。”阿拉瑞克回答。

“他们能控制牛群？”

“废话！”阿拉瑞克显然很不爽，“你不管营地了？”

“伤员中有多少人能骑马？”

“二三十人吧，你要干吗？”

“你们听好了，阿拉瑞克，将看牛的男孩儿跟能骑马的病员集合起来，让剩下的人把四辆篷车拉出车阵，开一个口子。现在，所有人上马。”

大家惊讶地看着巴利斯塔。

“这个好像是波利比乌斯写的，关于汉尼拔的故事。当阿兰人的骑兵很接近我们的时候，把牛群对着他们赶过去。”

“‘大哥’说的对。”阿拉瑞克感叹道，“洛基见到你都自叹不如。你继承了斯塔卡德的狡猾。”

“如果失败了该怎么办。”希波托俄斯问。

“还有一个计划。”

“什么计划？”

“三十六计，走为上计。”

巴利斯塔上马，穿好盔甲，身边跟着自己最信任的卡尔加库斯和马克西姆斯。此时此刻，他开始感到焦虑，马克西姆斯从来都没有这种感觉，但是巴利斯塔每次都有这种焦虑。不管已经经历过多少战争的洗礼，他还是害怕自己会死，更糟糕的是，如果失败，自己会让身边的人失望，甚至让他们丧命，让自己蒙羞。他将自己右臂上的匕首拔出一两英寸，接着将之放回剑鞘，开始了他自己发明的战斗前的祈祷仪式。

他身后的牛群正气愤地低鸣。车阵打开了一个口子之后，牧牛人艰难地控制着牛群，不让它们太早冲出来。而长结鞭的抽打正在不断地加剧牛群的愤怒。

巴利斯塔领着十一名罗马骑士。没有什么用的宦官阿曼提乌斯、抄书官、信使以及两个奴隶留在了车阵中。现在罗马人身后跟着二十个受伤的赫卢利战士和一百个照看牲畜的男孩子。现在巴利斯塔确信这样一队骑兵可以挡住敌军的视线，不让他们发现自己的牛群战术。

对面的阿兰人已经看到了他们，接着迅速转变队形，使队伍呈纵深延展。敌人继续加速，兴奋地吼叫着。巴利斯塔心想，真是正中下怀，这群游牧民果然是无法抵御侵入赫卢利营地、收获战利品的诱惑。

敌军的草原马飞速移动着四条短腿，双方距离不断缩小。五百步、四百步……

巴利斯塔知道现在时机非常重要。

三百步了。

阿兰骑兵双手举起手里的弓箭和武器，没有拉住缰绳控制马匹。

双方间隔两百步。

他们收不住了。

就是现在！

巴利斯塔笔直地向天空射出一箭，箭尾的羽毛在昏暗天色的衬托下十分显眼。

瞬间营地前的队伍从中间分开，排成两队，牛群从队伍中间的间隔疯狂地冲了出去。那声音就好比在洪水中投入了许许多多的石块。头一波牛猛然弓背跃起，一阵乱踢，愤怒地喘着粗气向前飞奔。不一会儿，他们面前出现了牛组成的洪流。

阿兰人显然被眼前的一幕震惊了。他们连忙抓住缰绳，想让飞跑的马停下来，赶快逃跑。可惜他们人数众多，又呈纵队进发，根本无法散开，马们乱作一团，骑手们很难在马背上保持平衡。

牛群扎扎实实地将阿兰人的队伍碾压而过。战马和骑手就这样倒在了牛蹄和马蹄之下。巴利斯塔看着一个阿兰士兵摔倒在地，接着被混乱中的马和牛踩了一脚又一脚，每踩一脚弹一下，从一个活生生的人踩成了布满鲜血的几块破布，粉碎的骨头块依稀可见。

牛群战术这可怕的成功是巴利斯塔自己都始料未及的。刚刚还是生龙活虎、整齐划一的阿兰军团，现在什么都不剩了。现在的大草原上只有一星半点儿侥幸逃走的阿兰士兵，还有分散开的牛群。

敌军西侧战线的士兵仓皇向南逃窜。

“大家跟我走！跟我走！”巴利斯塔骑着马向前飞奔，紧跟着逃窜的敌人。

阿兰人主战队左后翼的士兵已经开始逃跑了，目睹了刚刚惨状的士兵们已经无心再战。

突然一队骑兵逆着逃跑的方向出现了，他们队伍紧密，挥舞着手里的武器，凶狠地叫骂着冲了过来。他们头顶上的旗帜，画着一个巨人被困在山上的图案。

看着丧心病狂般冲过来的宿敌，巴利斯塔笑了笑，绍尔玛格竟然想要力挽狂澜，让侧翼的士兵们回到战场上来，可惜他毫无胜算，反而成了送到巴利斯塔嘴边来的战利品。

“跟我上！冲啊！”巴利斯塔在一片混乱中认准了对方的军旗位置。就在瞬间，那惨痛的记忆涌上心头：地下牢房中，自己赤身裸体地蜷缩在地上，锯齿状的石头割着身体，皮开肉绽，一片血肉模糊。那个折磨自己的人不过几步之遥，报仇的机会到了！

绍尔玛格看到了冲过来的巴利斯塔。他放慢了马匹的脚步，拔出剑，朝着自己的士兵喊着什么。他是要逃跑？还是会战斗？巴利斯塔看出对方正在犹豫。

绍尔玛格身边的两个骑兵显然比他们的主子勇敢，二人直接冲了出来，横在巴利斯塔和绍尔玛格中间。

飞奔着的马克西姆斯先冲着右侧的骑兵冲了过去，卡尔加库斯则朝着左侧的骑兵挥舞着宝剑。巴利斯塔从二人之间冲了过去，绍尔玛格就在眼前。

突然一个阿兰士兵冲到了巴利斯塔的面前，对着巴利斯塔的头就是一剑。巴利斯塔一个侧身躲了过去，连忙舞剑还击，可惜对方躲了过去。他想要绕过这个阿兰士兵，去找绍尔玛格报仇，可是这个阿兰士兵始终紧追不舍。巴利斯塔挡住了第二次攻击，而不远处绍尔玛格正在让自己的马匹掉头。巴利斯塔心中咒骂着，这个孬种想跑。

突然一阵强烈的刺痛感从他的右臂传来，巴利斯塔一心报仇，大意地忽视了一旁的攻击。他现在感到自己的右臂正血流不止。对方又对着巴利斯塔的头砍了下去，巴利斯塔用自己的剑挡住了，与此同时，他明显感觉到刚被刺破的盔甲口子，已经扎进了自己肱二头肌的位置。

伤口的疼痛显然大大降低了巴利斯塔的战斗力，他现在只能进行防卫。他的右臂因为疼痛逐渐失去知觉，不停地颤抖着。

看着剑，看着对方的剑！

他强迫自己不要再去想着找绍尔玛格报仇，而是想办法抵挡对方的攻击，在这场战斗中活下来。

阿兰士兵知道现在自己主导着这次肉搏，他挥舞着手中的武器，每一剑都直戳巴利斯塔的要害。现在巴利斯塔什么都听不见，只有眼前的刀光剑影。

看着对方的剑！

又一道剑光闪过，对面的阿兰人突然顿住了。

马克西姆斯又给了阿兰士兵一剑，只见对方一脸惊恐地从马鞍上摔了下去。

巴利斯塔瞬间又听到了战场上的嘈杂，面前的景象让他感到震撼。

阿兰人纷纷逃窜，不光是西侧，所有的敌军都在逃跑。恐惧笼罩了阿兰军队，转瞬间敌人溃散而逃、不堪一击。

塔奇恩出现在巴利斯塔面前，像疯了一般地哈哈大笑。他含含糊糊地用自己的语言念叨着。他一手是沾满了鲜血的剑，一手拿着什么东西。

他像孩子一般骄傲地举起了手里的血糊糊的一团。

“看，我给您带来了绍尔玛格！”

第二十九章

马克西姆斯喝了整整三天，直到纳乌罗巴特斯追击阿兰逃兵回到主营地的那天下午才停止。在此期间，马克西姆斯各种寻欢作乐，不停地喝酒、不停地吸大麻、不停地做爱。可能是除了在马西利亚之外，他睡女人睡得最多的一次。

他一手支起自己的身体，看着面前熟睡的赫卢利女孩儿，接着喝了点儿水，想要理清楚这几天都发生了什么。

恐惧如同野火燎原般在阿兰人军队中蔓延。赫卢利人想要趁其溃散之时抓住萨夫拉，然而没有成功。阿兰国王身后大约有一千人的贵族护卫。和大部分阿兰士兵不同，他们都身着盔甲，骑着大型战马，其中有的马都穿戴盔甲。当赫卢利人靠近时，这些贵族护卫团围成了环形与之交战，给他们的领袖赢得了逃跑的机会。最后这些人无一生还、全部牺牲，而赫卢利人也没有放弃继续往南追，又杀死了很多阿兰士兵，可是还是让萨夫拉逃跑了。据说现在他逃到了高加索山脚下，指望剩下的士兵护卫他的安全，抵抗不可避免的进攻。

巴利斯塔一行人没有被要求参加追杀萨夫拉，说实话他们自己也无心恋战。马克西姆斯和其他人一起回到了北侧的营地，等着女人和小孩儿们回来花了两天，之后花了三天到达了南边的主营地。一到营地，马克西姆斯便开怀畅饮。现在纳乌罗巴特斯回来了，庆祝胜利的宴席即将开始。

马克西姆斯又喝了几口水，小心翼翼地回到女孩儿的身边，等她醒来后，温柔地和她做爱。这样做能让他感觉稍稍好些。

完事之后，那个女孩儿便又睡了过去。马克西姆斯双手枕着头，躺在床上。他现在感觉很糟糕，一直都睡不好，因为喝了太多一直在出虚汗。他做了好几个噩梦，梦中不断出现被勒死的奥林匹亚丝，还有当时把她的腿往下拽的那两个女人。

马克西姆斯从床上爬起来，蹑手蹑脚地换好衣服，他不想吵醒这个女孩儿。等他离开的时候，他意识到自己已经想不起这个女孩儿的名字了。

太阳升了起来，但还是有点儿冷。天色澄净蔚蓝，他迈步进河水里的时候，感觉到一丝凉意。

一群男孩儿在河边玩耍，他们看着马克西姆斯嬉笑着：没鼻子、没鼻子、再给我来一杯！他捡起一块石头，对着那群男孩儿砸了过去，失手了，男孩儿们笑着跑开了，一直念着：没鼻子、没鼻子！

现在他浑身上下都很难闻：酒精味、汗臭味、女人的体味、大麻的气味。他的衣服和裤腿上还有食物的残渣，头发凌乱不堪。现在的他头疼不已，一直反胃，感觉四肢沉重，恨不得都不听自己使唤了。于是他脱光了衣服，走进了凉爽的河水中，感受着河底轻柔的沙子。接着他游到了河中央，仰着浮在水面上，让流水带着他移动。

在这场长达三天的纵欲之后，他想起了奥林匹亚丝。不知为何，想到这儿，有些模糊，三天的记忆竟然让他觉得难过。他想起了那个被称作爱的字眼，想起了巴利斯塔和朱莉娅，想起了老卡尔加库斯和那个犹太女人。现在自己也不再年轻，如果死了，谁会来悼念自己呢？巴利斯塔是一定会的，卡尔加库斯应该也不会那么绝情，巴利斯塔的儿子也肯定会想念他的。其实他可能也有自己的儿子，不知道是在这个世界的哪个角落里。或许就在这过去的三天里，他已经撒下了种子。他记得巴利斯塔跟他说过，过去斯巴达人认为，性生活越有冲劲，孩子就会越有活力。这么说来，他可能会给赫卢利人带来几个勇猛的战士。活力是这些孩子唯一可以从他身上继承的财富，万幸这个财富可不会掉价。

四周十分安静，隐约能听见离营地很远的地方传来的声音。他现在所在的地方，河岸已经被废弃了，有几只沙锥鸟向下游冲去。不知为何，他突然觉得自己很可怜，可是转念一想，不是所有男人生下来就会喜欢女人。比如德米特里厄斯，比如那个神经的希波托俄斯，他们在男人的身上找到了感官的乐趣。说实话，马克西姆斯对男人从来都没有任何感觉，其实他自己根本就不理解男人怎么会喜欢男人，跟男人睡觉。不过他也承认，相比于女人的种种要求，他更喜欢男人之间的友谊。哎，现在自己在想什么呢，竟然会对一个自己基本不认识的女人有性幻想，偏偏这个女人还在自己丈夫的坟墓前上吊了，不能再想了。

他向上游游去，准备上岸。他看了看自己的衣服，实在是太脏了，于是他把衣服捡起来捆在了一起，夹在胳膊下，另一只手拿着剑带，全身赤裸穿过营地，回到自己的帐篷。估计这个时候巴利斯塔、卡尔加库斯和塔奇恩都在吧。当他走在路上的时候，赫卢利的战士们指着他哈哈大笑，妇女和年纪偏大的女孩儿们咯咯地笑，孩子们则跟在他的身后，嬉笑着喊着：没鼻子！没鼻子！要喝酒！

傍晚时分，罗马使节一行人出发去草地，参加凯旋盛宴。他们走过浅滩，几只野鹤飞过河流，他们的翅膀下，夕阳的光芒和阴影形成了一种猩红色的光泽。马克西姆斯和巴利斯塔、卡尔加库斯一块儿在前面走，卡斯特里西乌斯、希波托俄斯、翻译官和塔奇恩跟在后面。

马克西姆斯现在感觉稍稍好些了，他说服了卡尔加库斯做饭，而且早上也吃了不少，当然如果有培根自己能吃得更多。接下来他基本都是在打瞌睡中度过的。现在马克西姆斯还是很累，在离开帐篷之前，他特意喝了杯没有兑水的酒，让自己稍稍有点儿精神。

他们在草地前面的树林前下马，将马系在树上。尽管八月天气炎热，这里鲜花不再，但草地还是一片葱绿。马克西姆斯不太确定，他估计现在应该距离八月十三日还有八天。马克西姆斯猜想肯定有地下水，不然这些草怎么没有枯萎。他抬头看了看头顶上的树梢，确定没有什么奇奇怪怪的东西挂在上面，破坏这和谐的气氛。这次胜利肯定会让纳乌罗巴特斯心情大好，但是还是小心为上，这哥们的“灵”不知道会不会又从灵界带回来一些诡异的指示。

现在橡树下已经搭起了一个没有屋顶的篷子，十分宽敞。在北风的吹拂下，叮当作响。下风向处人们围着篝火进行着各式各样的活动。

在入口处，有两个赫卢利人穿着阿兰贵族的精致装备，向他们打招呼。入口处的守卫对他们报以微笑，将右手手掌放在自己的前额上向他们敬礼。

有人正一个个宣报着他们的名字。马克西姆斯现在还没有缓过劲儿来，他走在罗马使团的最后。等待的时候，他注意到篷子的屏障是用精美的亚麻做的，上面还挂着一些希腊罗马人结婚时才会使用的装饰。

里面纳乌罗巴特斯正独自一人，端坐在最远处的长椅上。他的面前，两侧长长的椅子向前排开，基本都坐上了人。有人递给马克西姆斯一个银酒杯，让他进行祷告。马克西姆斯不太做这种事情，不过他知道自己应该怎么做。他摆出了一副虔诚的模样，放空自己，接着将杯中的酒一饮而尽。他喝下去之后还是感觉很不舒服，好在他来之前喝了杯没有兑水的酒垫了个底，使他没有咳嗽也没有想吐。

一个赫卢尔带着他们到了罗马使团的座席处。众人坐在纳乌罗巴特斯的右侧，其中巴利斯塔坐在第一个，接着是卡斯特里西乌斯、塔奇恩、比奥玛索斯、希波托俄斯和马克西姆斯，旁边是赫卢尔将领法拉斯。马克西姆斯仔细地观察着周围的情况，还好目前没有发现危险，现在他自己离巴利斯塔不远，所有人都带有武器，应该是安全的。同时他告诉自己这次千万不要喝得太多。

头顶上，深色的云层飘过，人们点起了火把。马克西姆斯注意到纳乌罗巴特斯不是一个人，他的长椅一端坐着安东努巴卢斯和一个七八岁大的孩子，另一端坐着乌鲁根底之王的侄子派瑞格瑞姆和阿如特。看到瘦弱而且晒伤严重的阿如特，马克西姆斯很惊讶，他估计要么纳乌罗巴特斯大发慈悲，要么这哥们还真在笼子里待了九天九夜，天知道他是怎么挺过来的。

一个仆人倒上了两杯酒，把一杯递给了纳乌罗巴特斯，另一杯给了巴利斯塔。二人举杯共饮，接着第二杯酒给了派瑞格瑞姆，第三杯给了卡斯特里西乌斯。现场坐了三十个人，每个人都要和纳乌罗巴特斯一起喝一杯，因此这一举杯共饮的仪式进行了很长时间。递给别人的杯子是银制酒杯，在火把的光亮下闪着光，但是纳乌罗巴特斯自己的杯子是木杯。所有用银杯喝的人都一饮而尽，而纳乌罗巴特斯只是象征性地嘬了一口。

祝酒仪式结束，美食上桌。纳乌罗巴特斯表现得清心寡欲，他的面前是用木头餐具盛放的几块熟肉，而座上宾们的面前是银质餐具。凭经验判断，这顿大餐的厨子肯定是来自希腊的俘虏，很有可能来自爱奥尼亚。

马克西姆斯问法拉斯跟安东努巴卢斯坐在一起的男孩儿是谁。法拉斯有些不自在，靠近了马克西姆斯说道。

“这是‘大哥’在他的灵魂之旅中得到的预言。说等到赫卢利人攻陷希腊之后，他会同时转化为奴隶和奴隶主。但无论何种命运降临到他的头上，他届时都会让出对赫卢利人的统治权。之后安东努巴卢斯将继承他的王位，随后等到安东努巴卢斯要面对他自己的命运时，那个男孩奥都阿瑟将继承王位，把赫卢利人带往一个更好的地方。”

“更好的地方？”

法拉斯耸了耸肩。

“纳乌罗巴特斯竟然相信这个？”马克西姆斯还是疑惑。

“纳乌罗巴特斯就是相信这个。”法拉斯平静地回答。

“那你呢？”

“‘大哥’是神明的代言人。”

第一轮敬酒过后，开始了第二轮祝酒。吃过东西之后，马克西姆斯现在感觉好了很多，跟“大哥”喝酒一饮而尽不成问题。

在第二轮敬酒过后，桌子上只剩下坚果、奶酪和干果。还有不少酒，马克西姆斯开始觉得这样也不错。

一个吟游诗人站在中间歌唱，赞颂着赫卢利人战胜阿兰人的丰功伟绩。吟诵的主要内容是对纳乌罗巴特斯战争美德的赞扬，同时也包括了对盟友乌鲁根底之王海撒纳、巴利斯塔和塔奇恩的歌颂。斩杀绍尔玛格的部分写得还不错。卡斯特里西乌斯和希波托俄斯因为不懂日耳曼尼亚语，显得漫不经心。罗马人卡斯特里西乌斯正盯着树的顶端，似乎陷入了沉思，而希腊人希波托俄斯则直勾勾地看着对面一个年轻的赫卢尔。马克西姆斯希望那哥们是在钻研他的相面术，而不是什么龌龊的事情。

诗歌在对赫卢利的歌颂之中落下帷幕。纳乌罗巴特斯从胳膊上取下一个金环送给了诗人。接着这位赫卢利“大哥”站了起来，众人保持沉默，只听见火把滋滋的燃烧声和篷子屏障被风吹动的声音。

“我们取得了一次伟大的胜利，但这并不是战争的终结。狡猾的萨夫拉逃回了他的老巢，我们杀死了对手许多的骑兵，但是还没有将对方斩尽杀绝。高加索将见证一场鏖战，在群山之间，英勇的乌鲁根底士兵将围剿萨夫拉，用事实证明他们的实力。”

赫卢利人高声应和，发出了“咦噗”叫声。派瑞格瑞姆面色发红，流露出了庄严的神情。

“但是今晚，今晚是我们的庆功之宴！”纳乌罗巴特斯暂停了一下，望向茫茫夜色。

他再次开始说话，那声音深沉有力，似乎是经过了深思熟虑才有了接下来的话：“一个人只能有三个歃血为盟的兄弟。而我的兄弟，是乌利加古斯、法拉斯和阿如特。”

纳乌罗巴特斯打了个手势，三个穿着盔甲的人走到了中间。三人拿着矛、圆盾和白色皮革的箭袋。他们身后有人牵了一匹红色的马。嘈杂声中，这匹马转动着眼珠子，摇晃着脑袋，显得有些不安。

“但是一个人在一生中可以有多个义子。今天我将把这个荣誉给予德海姆，伊桑格瑞姆之子，斯塔卡德之后！”

众人将目光投向巴利斯塔，这个盎格鲁人面无表情地站了起来，走向战马，缓慢地抓住了缰绳。他温柔地说着，不紧不慢地让那匹马平静下来。最后他将自己的脸贴在了马匹的脸上，嘴里一直念念有词。

巴利斯塔将手中的缰绳交还给马倌，接着走到了纳乌罗巴特斯的面前，将箭袋扣在了自己的皮带上，将圆盾按在了胳膊上，手里接过了矛。

巴利斯塔单膝跪地，将矛直立在自己的前方，双手围着矛杆。

纳乌罗巴特斯双手呈杯状，包住了巴利斯塔的双手。“从这一刻起，你就是我的孩子，不管你去往何方，我的灵巴库斯都会守护着你。”

马倌将马牵了出去，巴利斯塔回到了自己的座位上。

纳乌罗巴特斯显然还没有打算结束这场仪式，一个仆人端着闪着金光的酒杯出现了。

“苏阿尼阿人塔奇恩，你亲手杀死了绍尔玛格，这个奸佞小人，他差一点儿成为你们民族的暴君，还给萨夫拉出谋划策。当你喝下这杯酒，在场的所有人都将铭记你在战场上的英勇表现。这是我们民族的传统。”

塔奇恩站了起来，一饮而尽。这时马克西姆斯才注意到那个酒杯是用镀金的头骨制作而成。

绍尔玛格的头骨。

塔奇恩满脸的喜悦溢于言表。

纳乌罗巴特斯转向巴利斯塔，笑着说道:“你的箭袋是用他的皮做的。”

巴利斯塔低下头，看了看大腿上的箭袋。当他抬起头来的时候，神色自如，读不出任何表情。

很久之后，罗马使团一行人蹒跚着走回自己的营地。除了马克西姆斯以外，所有人都回到帐篷里去了。现在他觉得头晕，血液在他的大脑里涌动着。他靠在巴利斯塔插在地里的矛上，吹着凉风，让自己镇静下来。没过一会儿，他就听见帐篷里传来了呼噜声。

马克西姆斯将篝火的灰拨开，露出中间仅存的火苗。他盘腿坐在地上，从靴子里抽出两把小刀，又小心翼翼地掏出了一个包，将一些大麻撒在小刀的刀刃上，接着放在火上加热，过了一会儿他弓着背吸入大麻加热后的烟气。他一直重复的吸食大麻，直到自己感觉轻松一些才停下这一动作。

风晃动着帐篷上的绳索，火光也随之时弱时强。今晚月亮逃过了哈提的追赶，月光穿过在层层云团的间隙，柔和平静地洒向大地。一想到巴利斯塔和塔奇恩面对纳乌罗巴特斯的礼物时截然不同的表现，马克西姆斯不禁笑了出来。

要不了多久，他们就将离开这片诡异的土地了。

一阵奇怪的噪音传来，马克西姆斯明白那绝对不是风声，他转过身体，有些踉跄。

对面一个高大的身影，幽灵一般向他逼近。

马克西姆斯站稳了脚跟。

希波托俄斯脸色煞白，恍恍惚惚地出现，然后站在原地不动。

“太可怕了，”希波托俄斯声音颤抖，“太可怕了！”

马克西姆斯一只手里拿着一把匕首。

希波托俄斯向前走了一步。

“怎么了？”马克西姆斯问道。

希波托俄斯张了张嘴，好像刚意识到自己在哪儿。

“怎么回事？！”

“赫卢利人……我看到……他们……他们……”

“咋了？”

希波托俄斯蜷起自己的手，将拇指放在食指和中指之间，以防止邪恶的东西靠近。

马克西姆斯注意到对方另一只手里也没有武器。

“法拉斯在那儿，还有安东努巴卢斯。他们……他们……”

希波托俄斯似乎在找一个合适的表达方式：“他们在操一头驴。他们看到我笑了，说这是猩红勇士的传统。”

两人沉默了一会儿，接着马克西姆斯哈哈大笑起来，他发现自己根本停不下来。

赫卢利人真是奇葩啊！

图拉真喷泉中的水溢了出来，在街道上往下流。他站在以弗所的神圣之路上，踌躇不前、毛骨悚然。前方秃鹫飞冲而下，它们的翅膀遮住了阳光。天空中有一条笔直的云线，看上去就像用铅笔画的直线。

山脚下的房子在地震中崩塌，那渺小的黑影就好比在那些废墟上移动的蚂蚁。一个男人带着两个金发的孩子走进了哈德良神庙。他知道自己应该杀死那两个男孩儿。

集市上大规模的暴徒涌来。他们像野兽一般搜索着猎物，他们看到了他。他转身向山上跑，可惜他的双腿似乎不听使唤。神圣之路就在前方，不知为何十分陡峭。身后的吼声越来越大，他们会将他撕成碎片。

他在噩梦中惊醒，强迫自己睁着眼睛观察周围的情况。

那个女孩儿的灵魂就站在自己的对面。她只有五六岁，可怜兮兮地看着他，好像当时是他抛弃了她，女孩儿白色的衣服上沾满了血迹，金色的头发上沾着泥土。恶灵不说话，只是看着他，平静地看着。就像那天晚上一样，她伸出了双手祈祷着。

> 赫卡忒，所有地府神明，所有奥林匹亚之神，请您眷顾我，让她离开。

似乎神明听到了祈祷，他看着女孩儿的灵魂身走出了帐篷。

他直起身子，观察帐篷里的情况。其他人都在睡觉，抄书官的呼噜声格外响亮。他躺了回去，感觉到心脏正在急速跳动着。

在以弗所，他真是不应该对那个女孩儿下手。她是无辜的。当时自己真是应该将杀死的女孩儿肢解了，得到不公正死亡的灵魂在尸体被肢解后便无法行动。他自己也得到了教训，以后不会再犯这种错误。哪怕当时自己将刀刃在她的头发上拭干，也不会遭到她鬼魂的骚扰。

他所做的一切都是上苍的安排。从某种程度上说，他所做的一切就是一场战争。不管在哪一场战争中，总有无辜的人受到伤害。所以一个人不需要为自己的战场上的血债遭受报应。

他听见帐篷外有人移动的声音，估计是夜间最后一班哨兵，现在应该快要黎明了。

为什么灵魂现在再度出现？要知道这次，距离自己上次看到她，已经过去好几个月了。地府的神明派她过来一定是有原因的。等众人来到这里的时候，他暂缓了自己的任务。其实他是害怕纳乌罗巴特斯的灵巴库斯。如果他在这里继续杀人，纳乌罗巴特斯的灵肯定会发现的。但是如果自己被杀了，神明的任务应该由谁来完成？

神明派她过来，就是为了让我抓紧完成使命。现在我们即将离开这片土地，时机就要成熟了。

第三十章

巴利斯塔一行离开赫卢利部落时没有欢送仪式。在庆功宴之后的第三天，纳乌罗巴特斯便带着大部队赶往南方。纳乌罗巴特斯计划和乌鲁根底人会合，虽然可能要拖到这个季末，他还是希望在高加索和萨夫拉发动决战。

部队离开两天后，剩下的男人、女人和孩子们在收拾东西，准备年度迁移，即到达塔奈斯河河畔的冬季牧场。纳乌罗巴特斯也已经允许巴利斯塔一行人离开赫卢利部落，开始他们回到罗马帝国的漫长旅程。

巴利斯塔骑着马踱步走出队伍，回过头望着朝阳，阳光有些刺眼，他用手遮住了眼睛。目前队伍整齐前进，现在团队中包括他，一共有十七名骑士。队伍前面的是赫卢利人派给他们的向导、马克西姆斯、卡尔加库斯和塔奇恩。跟在后面的是罗马使团中仅存的成员：翻译官比奥玛索斯、抄书官、信使还有宦官阿曼提乌斯。看着穿着白色上衣、红色斗篷的阿曼提乌斯，巴利斯塔觉得命运真是诡异：这一路那么多明显比那个宦官更强壮、更勇敢的人都死了，而他竟然存活到了最后。

接下来的队伍中，是二十头驮物的牲畜。赫卢利人对他们还是挺大方的。现在他们不缺草原上的小马。这群牲畜被用绳子牵着分成了两列，分别由两个剩下的奴隶看管。虽说没有获得自由身，他们的拥有权倒是一个难题，毕竟他们原本的主人马斯塔巴特斯和赫德奥纽斯已经去世了。

卡斯特里西乌斯带着一个骑兵护住团队的北翼，希波托俄斯则带着另一个骑兵护住南翼。还有两个自由人跟在队伍的最后。他们俩之前是军队中的奴隶，而现在获得了自由身，不过位于队尾可不是什么好事，毕竟一直跟在后面吃灰。

他们在这片大草原西南处向西进发。一切顺利的话，第二天他们将到达塔奈斯的上游河段。那里是一个交叉点，之后他们会走直线到达塔奈斯城镇。赫卢利的向导儒多普斯说十二天轻轻松松就能到。巴利斯塔觉得这个赫卢利人没有必要撒谎，其实除了身上的文身之外，他看上去很坦率。他使用剑的手断掉了三根手指，这也解释了为什么纳乌罗巴特斯派他送罗马使节团离开。

他们走的第一天，天色澄澈，万里无云，偶尔有秃鹫和白嘴鸦飞过。由于穿着盔甲，众人汗流浃背，移动速度比较慢。儒多普斯告诉他们目前不太可能会遇到问题，没必要穿着盔甲。考虑到炎热的天气，他们一致同意儒多普斯的建议。

那天下午，他们看到北方有一团黄色的灰土正在移动，离他们越来越近。儒多普斯告诉他们这是赫卢利的一支牧群。大约一小时后，他们一抬头便看到了黄褐色的平原上零星分布的牛群，像一个个黑点散落在土地上。和游牧民主体一样，他们正在往南移动。儒多普斯说他们的旅程将会十分漫长，牧群里有牛、山羊、绵羊，如果边走边放牧，那么他们一天行进的路程不超过五英里。

第二天上午，他们即到达了塔奈斯河的上游位置。相比之前看到的平原，这里相对要崎岖一些。他们已经看到了河边的树林，闻到了河水的气息。这里河道宽敞，不过主要部分被阴影挡住了。儒多普斯带着他们直接涉水而过。他们先把自己骑的马带到了对岸，后面的小马比较麻烦，几乎是带着它们游过去的。巴利斯塔一直盯着塔奇恩，这个家伙始终不太会骑马。尽管河道很宽，但是水流平稳缓慢，一切进行顺利。相比之下，从这里涉水而过也比爬上较高西岸的隘谷要容易。

他们照看好马匹，生火烤干自己的衣服和行李，开始吃午餐。之后众人在树荫下休息，而马克西姆斯跟着儒多普斯一起吸大麻。马克西姆斯发现自己越来越喜欢这玩意儿了。

巴利斯塔觉得身上又干又脏，也不想吸大麻，便走到塔奈斯河去洗澡。他发现之前有人在河岸边居住过，现在仍留下一些痕迹：两个营房的侧柱与门梁竖在原地，跟其他的残迹相比显得比较突兀。墙壁有的歪了、有的倒了。屋顶上还残存着部分梁柱。篱笆上的编织条散了、倒了。扭曲的木棍散落得到处都是。应该支撑双柱的地基已经歪得不像样子了，偏偏又是白色，看上去就像是尸体的森森白骨。

巴利斯塔被眼前的景象吸引住，他走过去想一探究竟。这里怎么被毁了呢？这里的居民都去哪儿了？估计任何能带走的财物都已经被抢光了。落在他靴子上灰色尘土十分细腻。看上去这里不是被烧毁的，但是肯定发生过打斗。河里有鱼，必然有野禽经过，土壤也很肥沃。巴利斯塔设想，这里曾经有两个家庭，依靠劳动踏实地生活。一家的女儿指婚给了另一家的儿子。他们会宰一头特别壮实的牛来庆祝这一田园婚礼。可惜后来一群骑兵发现了他们，那群骑兵手里拿着武器，很有可能皮肤上印着红色的文身。

越过塔奈斯河对面的那个国家，地势平坦，但是河道干枯。也不知为何，河道到了他们那儿就没水了，好像有巨人用铁锹将河流截断了。在那里长着浅灰色的灌木，和周围的草原形成鲜明的反差，好比大草原上弯曲的黑色文身。

那天晚上，巴利斯塔躺在地上，望着北边天际的闪电。儒多普斯说马上要下雨了。

第三天，大草原换了一副全新的面孔。满眼望去全是棕黑色的草地。北风将云层吹了过来，黑色的云朵层层逼近，向南移动。当众人向西南移动时，远远望去，他们似乎夹在了两个深色的平面之间。

中午时分，天色已经黑得像夜晚，雷声在云层中聒噪，片状闪电的白光让一切显得更阴郁。在打闪的一瞬间，他看到有三个人骑着草原马和他们平行往南走，双方相距大概四分之一英里？还是半英里？现在的情况不好说。

“在草原上有很多人没有归属的部落，无家可归。”儒多普斯告诉巴利斯塔，“在纳乌罗巴特斯胜利之后，这种人只会越来越多。会有很多阿兰、阿奥索伊和斯拉科奥伊的骑兵，还有依附于阿兰人的士兵，等等。”说着说着他耸了耸肩，“当中可能会有赫卢利人，也许我们的兄弟中有人害怕战争而逃走。那群傻子，相比跑路，战争不过是一两个小时的刀光箭雨，受点儿伤罢了。”说到这儿，他举起自己的右手，“死了也比在这茫茫草原上流浪强啊。流浪的日子可不好过，还会玷污自己的灵魂。那些人已经看见了我们的战马、驮马和行李。他们可能想偷走这些行李。不过除非人数够多，一般他们可不敢对我们下手。”

鉴于当前的天气，他们提前驻扎。巴利斯塔决定设置哨兵，保持警惕，以免这些流浪者来犯。每天晚上值班的人通过抓阄来决定。晚饭后，巴利斯塔和马克西姆斯值第一轮班。他们脱下斗篷，坐在营地西侧马匹存放处的两端。

巴利斯塔感觉到风暴中的雨丝。到达塔奈斯城至少还要九天，估计期间肯定会碰上一两天下雨。等到达城镇之后，又要花一两天租船，再用几天穿过迈俄提斯湖，到达博斯普鲁斯之后，还会有新的命令等着他吗？如果有，估计他们只能在潘提卡彭过冬了，如果没有，他们应该能赶在冬天冰封河道前穿过黑海抵达拜占庭。如果在那里也没有新的任务交给他，巴利斯塔心想自己一定要走陆路。那个时候天气估计会很糟糕，不过身为罗马使节他有权力调用皇家邮政部门的资源，穿过多瑙河沿线的行省，如果大雪没有淹没道路，就再翻越阿尔卑斯山脉，向正在麦狄奥拉那姆的加里恩努斯述职。那个时候罗马皇帝应该会在那里指挥集团军。

巴利斯塔没有担心加里恩努斯会责难于他。的确，这次赫卢利之行他没有赎回一个罗马俘虏，也没有让赫卢利人和乌鲁根底人以及其他哥特民族反目，但是大草原上爆发了战争。赫卢利人和乌鲁根底人将在高加索跟阿兰人继续战斗，根据经验估计，这场战争不会那么容易结束。要知道高加索地区那偏僻关口、高地牧场上点缀着许多堡垒，简直是安排伏击的理想地点。这场战斗中三个部落谁都没有余力来侵袭罗马帝国。再加上赫卢利还退还了一半的黄金，他也算是歪打正着，达到了加里恩努斯的要求。

闪电和雷声让马匹躁动不安。

巴利斯塔在思考罗马帝国高层会如何对他。既然加里恩努斯上次没有选择杀死自己，等回去之后，皇帝就更没有理由对自己下手。除非……

巨大的闪电出现，将整个草原照亮了，但仅仅是那一瞬间的事情而已，黑暗又迅速笼罩了一切。

除非新的一轮夺权爆发，而皇家议会决定需要清理门户以稳固中央政府的统治。巴利斯塔远离朝堂已经很久了，实际上他自己也一直没有搞明白这个制度的内在机制。他知道自己在那里有敌人，但也有朋友。根据他上次得到的消息，加里恩努斯还是很信任奥勒良和塔西佗的。

闪电划破天空。

巴利斯塔心想：不知道鲁提鲁斯现在怎么样了。他被派去游说博拉尼人和格莱突吉人。跟前领事费利克斯那个老狐狸打交道可不简单。

在中间位置，有一匹马脱离了缰绳，在往后退，巴利斯塔站起来，浑身肌肉紧绷。一个人影在那匹马的附近出现。

“马克西姆斯？”

一阵狂风吹过，对方似乎没有听到他的声音。

巴利斯塔沿着存放马匹的地方往中间走。

有两个人影在拉那匹马。

“马克西姆斯！”巴利斯塔抽出利剑，“有贼！”

巴利斯塔冲了过去，一个人骑在了马背上，另一个人牵着马。

“马克西姆斯！”

第二个人跳到了马背上。

巴利斯塔觉得有什么不对劲儿。他握紧了剑转身。对方对着他的头砍了下来，他机敏地转身还击。但是那个人一个侧身，逃进了漫长的黑夜。

“马克西姆斯！”

一个人影出现在面前。

“是你吗？”

“废话！”

其他人从营地处往这边赶。

“他们偷走了一匹马。”

第二夜，风暴再度袭来，但没有下雨。午夜时分，有人把卡尔加库斯摇醒了。

“够了够了，小狗日的干吗啊！”

塔奇恩停了下来：“轮到你值班了。”

卡尔加库斯艰难地爬了起来，他觉得肩膀疼。他大声地打哈欠、咳嗽、清嗓子、吐痰、放屁，越大声越好，他现在有点儿起床气，其他人在睡觉而自己起来值班，想着真是不爽，于是想故意吵醒剩下的人。但在风暴中这些噪音也不算什么了。

希波托俄斯和一个士兵在篝火旁等着卡尔加库斯。燃烧的火星在暗夜中升腾、消失。

这个换班的主意真是臭狗屎！卡尔加库斯心想明天早上一定要告诉巴利斯塔。如果两个放哨的人同时回来换班，偷马贼很快就能找到规律，找准时机偷马。不过天气这么糟糕，晚上还出来偷东西，祝那些狗崽子好运。

马匹被分成了两列，呈南北走向。夜色太黑，睡在篝火附近的人几乎都看不见这些马。希波托俄斯向北走执勤，消失在夜幕中。

卡尔加库斯往南走，等他经过马匹面前时，马有些移动，对着他发出嘶鸣。他喜欢马身上的味道。他喃喃地说着话安抚马，而一头赫卢利小马想去咬他。

卡尔加库斯到达马厩的最南侧，狂风吹打着他。因为在室外没有遮蔽物，所以他靠在马厩上，用披风裹着自己。自从来到大草原，卡尔加库斯就没喜欢过这里的夜晚。

狂风依旧呼啸着，天空中没有星星，什么也看不见。月亮也不见了踪影，似乎已经落入巨狼哈提的口中。

这糟糕的天气让卡尔加库斯想起了诸神黄昏。在白昼的尽头，巨狼芬里厄将打破牢笼，巨蛇耶梦加得掀起轩然巨浪而上，赫尔让死灵复活，用死人的指甲制作的巨船纳吉尔法将给诸神和人类带来毁灭。

卡尔加库斯觉得自己不太相信这个故事，这是他能想到的第一个神话故事。盎格鲁人应该都相信这个，但是自己并不是一个盎格鲁人。他只是一个喀里多尼亚奴隶。

即便在日耳曼尼亚长大，自己始终是一个外地人。这些年跟着巴利斯塔，他也未曾真正融入罗马人和希腊人当中。当人们崇敬这些传统神明的时候，他却觉得尴尬，感觉没有一个可信。这些年他遇到的那些新宗教，诸如摩尼教、基督教，等等，倒是让他觉得人真是很具有独创性，连信仰的神都可以再创造了。

卡尔加库斯感觉哪里不对。他微微调整了自己的头，从兜帽中瞥着外面的情况。希波托俄斯鬼鬼祟祟地向他移动，手里拿着一把剑。

其实这段时间来根本没有什么鬼魂，只是一个发疯了的家伙在搞鬼。

卡尔加库斯没有移动。在斗篷的隐藏下他拔出了自己的剑，方便发动攻击。他用余光紧紧盯着希波托俄斯，耐心地等待着、等待着。等到希波托俄斯靠近时，卡尔加库斯立即站了起来，一个转身拔出武器向前刺去，动作一气呵成。

希波托俄斯显然没有想到这一幕，他连忙后退，但是已经太晚了。卡尔加库斯的剑已经划破了他的胸口。

诡异的是希波托俄斯似乎根本没有感觉到痛苦，在闪电的光芒下，他面目狰狞。

卡尔加库斯吼叫着朝希波托俄斯的头砍下去。金属的碰撞闪出了火花，希波托俄斯挡住了这一箭，并发起还击，而这一次卡尔加库斯挡住了对方的一剑。

二人呈环形移动。卡尔加库斯仔细地观察着对手的一举一动，都顾不上喊人。希波托俄斯一只脚在前，把重心放在后腿上，发起了一轮猛烈的袭击。

卡尔加库斯的肩膀显然拖累了他的行动。雷声轰鸣，刀剑激烈相撞。受到惊吓的马匹躁动不已。马的反应肯定会吸引他们过来。卡尔加库斯，你一定不能死。

卡尔加库斯脚下一滑，一个踉跄。希波托俄斯趁机刺出一剑。卡尔加库斯急忙用剑挡住，可惜这回轮到自己晚了一步，剑刺中了他的腹部。

希波托俄斯拔出剑，卡尔加库斯疼得想弯腰。他用剑撑住自己的身体，同时拔出右臂上的长匕首向前刺。他感觉到自己的血在往下流，一直流到了大腿上。

希波托俄斯不断逼近，朝着卡尔加库斯的头砍着。卡尔加库斯用匕首挡住。对方的力量快让他跪倒在地。继续移动，挡住对方的攻击，朝着篝火那边的人吼叫，因为绝对不能死。

剑刃就像嗅到血的猛兽，对方再一次刺中了他。他已经尽力抵挡，可惜身体的剧痛使他反应无法那么迅猛。

双方对峙的时候马连连后退，举起前蹄嘶鸣着。

希波托俄斯向后望了一眼，接着转身逃入了黑暗之中。

卡尔加库斯双膝跪地，面朝下倒了下去，他能感受到草叶摩擦着自己的脸颊。他的双手紧紧压着伤口，他感受到不断往外冒的、温热的鲜血。

这些浑蛋多久才会过来？在怒吼的风暴中，他似乎听到了很遥远的吼叫声。

此时此刻，他惊讶地发现，自己的脑海中没有出现巴利斯塔，没有出现丽贝卡和西蒙。

他听见了浪拍打着石头的声音，闻到了炭火的气味。

隐隐约约地，他看到了一张女人的脸。

第三十一章

“在那儿！”赫卢尔向导儒多普斯将手指伸向前方。

云层在较低的位置迅速移动，将阳光挡得死死的，而巴利斯塔此时却用手挡住自己的眼睛。北风中夹杂着尘土，他什么也看不清。

“那三个坟包的右边，有点儿距离。”

“我看到了。”马克西姆斯说。

巴利斯塔转过头挡住了脸的右侧，防止飞沙吹进眼睛里。可是就在换位置的一瞬间，灰尘还是落进了他的眼睛里，旋即他的双眸就湿润了。

“还有多远？”巴利斯塔问道。

赫卢尔估计了一下。“四英里，可能还要再远一些。”

“有点儿远啊。”巴利斯塔说道。

“没有那么远，”赫卢尔驾着他的马往前走，剩下两个人跟在后面，“他时运不佳，我们今天应该就能追上他。”

希波托俄斯竟然妄想能够逃走？如果他能在卡尔加库斯睡着的时候下手，没有弄出那么大的动静，他便可以说是偷马贼干的。但是他失败了，于是他骑上一匹马消失在黑暗之中。

致命的错误，他只有一匹马。而追踪他的三个人有九匹马。后来中间有一匹马瘸了，他们放走了它，但是仍有八匹马。

这次追捕多亏有儒多普斯。这两天他在追踪希波托俄斯的过程中发挥了大作用。要知道草原上的土地太干了，很难单纯依靠辨认马蹄来追寻杀手。当儒多普斯不确定路线时，他便下马仔细观察草地、触摸泥土。最后他确定了正确的路线，便上马带着他们继续追赶凶手。而这一路，除了有一次发现了马的粪便以外，巴利斯塔根本不知道应该怎么在这茫茫草原上，定位希波托俄斯的逃跑路线。

他们迅速前进。每次一打雷，巴利斯塔的红色萨尔马提亚战马就会往后退两步，将双耳摊平。赫卢利人的草原小马则显得淡定很多。他们觉得马上就要下雨了，从云团的形状和颜色判断，即将到来的将是一场瓢泼大雨。

那天晚上，当他们发现卡尔加库斯时，情况异常混乱。震惊之余，他们需要做决定，接下来应该怎么做。巴利斯塔将卡尔加库斯的头枕在自己的大腿上，彻底地失去了耐心，他怒吼着让所有人闭嘴。他需要静一静，同时思考下一步的行动。

尽管对方只有一个人、一匹马，还是很容易跑过这一队人马。只能派几个人去追，而且需要多匹马备用。巴利斯塔很清楚他需要儒多普斯。另外他肯定会带上马克西姆斯，他已经失去了卡尔加库斯，所以现在他必须确保马克西姆斯的安全。

塔奇恩强烈要求跟着他们去追捕凶手。他痛苦地叫骂着，同时感到自责，是自己没有保护好卡尔加库斯，因此他必须抓住凶手为卡尔加库斯报仇。塔奇恩的心情非常激动，以至没有意识到自己在用母语说话，大家都听不懂他在说什么，但是他的意图非常明显。

巴利斯塔坚持自己的决定。草原上有很多强盗、窃贼，大部队需要战士守护。此外，他告诉塔奇恩，卡尔加库斯需要我们自己的人陪在他身边。

接着他们扔掉了行李，带了六匹马做备用。大部队由卡斯特里希乌斯领导，他手下有两个士兵、两个自由人以及塔奇恩。六个战士应该是足够了，翻译官也表示自己要出一份力。这样看来，除非遇上穷凶极恶的强盗，他们基本上是可以应付路上的威胁。

儒多普斯告诉卡斯特里希乌斯接下来的路线，基本上就是沿着西南方向往前走，八天左右即可到达迈俄提斯湖。翻译官会讲当地的语言，这样沟通也不成问题。沿路一直都有河水，他们的供应充足。巴利斯塔对卡斯特里希乌斯有信心，这个家伙从矿地中生存下来，从遭遇洗劫的阿瑞忒城存活下来，加上他在阿尔巴尼亚的经历，这一路有他带领基本不会出问题。

其实这段时间巴利斯塔一直怀疑卡斯特里希乌斯是杀手，为此他感到很愧疚。而这种愧疚感正在不断地加剧。他在指挥众人时尽量克制这种愧疚，确保一切安排妥当。当两队各自上路后，他告诉自己不能再沉湎于这种情感中，可是，上苍啊，这么些年他竟然都没有问过卡尔加库斯想要什么样的葬礼。

第一滴雨打在巴利斯塔的脸上，随后雨越下越大，似乎击打着大地，雨水在他的脸上流淌，冲刷着他的斗篷。

巴利斯塔冲着儒多普斯喊道：“雨水冲刷了泥土，我们还能追的上他吗？”

赫卢尔眯着眼睛转过身回答：“不用担心，他的马走不了多远了。”

他们各自换了匹马，用肉干和马奶果腹。那个赫卢尔不紧不慢地挑了一匹马，接着下马撒了泡尿。当他们再次动身时，儒多普斯将马散开在草原上行走。

巴利斯塔跟在儒多普斯后面，位于队伍的右侧。他想起了朱莉娅在多年前跟他说过的一句话：死者没有痛苦，而他死后留在这世上的人才会痛苦……

当他赶过去的时候，卡尔加库斯还没死。但是他的眼睛已经没有了光彩，嘴唇微张却什么也说不出来……

巴利斯塔的泪水再度决堤。

希波托俄斯躲在坟墓黑暗的角落里。他知道追赶的人离他不远了，之前他站在坟丘的高处已经发现了对方的踪迹。追赶的队伍中有三个人，每个人都带着几匹备用的马。尽管雨下得很大，根本看不清对方的脸，希波托俄斯很清楚对方是谁：巴利斯塔、马克西姆斯和那个赫卢尔向导。

希波托俄斯希望他们看到了自己的身影。他还特意将马系在坟丘的入口处，以确保他们知道自己所在的位置。

帕勒蒙《相面术》中的一个故事给了他启发，开始了自己的屠戮之旅。

在潘菲利亚的佩尔格有一个带着面纱的女人。作为一个体面的希腊女子，的确应该像她这样遮住面庞，只能看见眼睛和鼻子。但是对帕勒蒙而言已经足够了，他说："极其可怕的事情将降临在这个女人身上。"因为他观察到这个女子的鼻孔非常黑，双眼睁大甚至透露出绿光，她的头来回转动，走路时一只脚似乎要绊住另一只脚，应该十分害怕。帕勒蒙的同伴们惊讶地发现，突然有人跑了出来，叫喊着说那女人的女儿掉进了他们家的水井里，淹死了。那女人摘下她的面纱，撕去了裙子的前摆和上衣，甚至她的亚麻腰带。她全身赤裸地捂着脸痛哭流涕，为她心爱的女儿的死悲恸不已。

这是希波托俄斯开始这一切的第一步。他意识到相面术不仅能够让自己看见一个人的灵魂，还能让他看见一个人的未来。

帕勒蒙曾在吕底亚遇到了一个男人。那个人皮肤黝黑发红，那是一个人喝多了或者在震怒下才会有的肤色。他很强壮，关节粗壮，手指和脚趾都很短，声音粗糙沙哑，他的眼睛透露出邪恶。他龇着牙齿的样子，就像野猪遇到了猎人。帕勒蒙很清楚这个人非常残暴、充满着仇恨，是个彻头彻尾的恶棍、杀人犯、屠戮者。但是当时除了帕勒蒙以外，谁都没能看出来这个人可能会给其他人带来威胁。

这个人的邻居们正在庆祝节日，而他给对方送了一篮子食物。在众多礼品之间，这个篮子是敞开的。上面是一堆牡蛎壳，而下面是一颗被砍下来的人头。

这个故事让希波托俄斯受到了启示。

所有人都在诅咒这个杀手，他的行为玷污了这个节日。帕勒蒙也跟众人一起唾弃他。作为一个相面师，帕勒蒙所做的就是诅咒这个人，他仅仅只是诅咒这个人。

上苍将帕勒蒙的故事传达给了希波托俄斯。他知道上苍有自己的用意。希波托俄斯不会像帕勒蒙那样袖手旁观，放任那些恶人做出伤天害理之事。如果不能防止罪恶发生，神明为何要让人类掌握相面术、让人们通过这种方式来预见一个人的未来呢？当希波托俄斯在阅读这个故事的时候，“神明之猎犬”的概念在他的脑海中萌生出来。这些年来希波托俄斯一直独自一人，秘密地完成上天交给他的任务，这必要的、危险的任务。

他是“神明的鞭子”，专门鞭笞邪恶。

即便在坟冢的深处，希波托俄斯仍旧可以听到外面轰轰的雷声。希波托俄斯邪恶地笑了。这是上天的启示。这个坟墓的位置、布局堪称完美。他之前花了很多时间来检查这些坟墓，目前他所在的这个是最完美的，只有进到这个坟墓里面，才知道它有多合适自己藏身。

他不想杀死巴利斯塔，这个男人的面相表现出来的特点相互冲突，他无法确定是否应该杀死他。但是如果有必要的话，他完全可以下手，事后将剑刃上的血在他的头发上擦拭，防止对方的鬼魂找他复仇。但是他觉得自己必须完全将对方肢解才能安心。得按照阿波罗尼奥斯的《阿尔戈船英雄记》中写的那样肢解。如果不处理干净，巴利斯塔的灵魂将会一直缠着自己。希波托俄斯可不想冒这个风险，一个以弗所的小女孩儿的鬼魂已经把自己折腾得够呛，要是再加上这个高头大马的北方战士，那可就真麻烦了。

马克西姆斯跟巴利斯塔可不一样。他的毛发就像凶猛的禽兽一般乌黑浓密，眼睛一直在移动，证明他的灵魂与真理相背离，容易做出错误的判断。这种人该杀。任何相面师都知道，有着这种长相的人，将会给很多人带来折磨、苦难甚至是死亡。在这场旅程之中，希波托俄斯一直在纠结到底应该是先杀了马克西姆斯还是卡尔加库斯。

至于那个赫卢尔，杀不杀其实无所谓。自从目睹了赫卢利人在上一头驴之后，他断定这个民族的人已经堕落到跟禽兽没什么差别，他们根本就不能算作是人类。不过从目前的状况来分析，儒多普斯的右手断了好几根手指，他是最方便下手的对象。

希波托俄斯不怕死，但是他并不想在这个地下墓穴中死去。神明一定也不希望他在这里死去。神明已经守护着他闯过了许许多多的难关，这一次他们也一定会帮自己的。因为他们交给自己的任务还没有完成，神明会引领着自己走向光明，逃出生天。

回到帝国，回到文明的国土之时，他会迁移到一个新的地方去。可以去北非，或者是像迦太基这样的大城市。西西里岛的锡拉库扎也是一个不错的选择。巴利斯塔在陶洛米尼乌姆的别墅就在离锡拉库扎海岸不远的地方。身为“神明之猎犬”，他需要完成自己针对巴利斯塔亲信的屠杀任务。

届时他可以易容，可以改变自己的名字。此时此刻的突发奇想突然让他觉得一切都很混乱，好像迄今为止，他的人生都是不真实的，这一切都是他自己设计的结果。

人们常说，当一个杀人犯站在神殿或者神庙这些神圣的地方时，神明会让他发疯。他曾经杀死了那个女孩儿，也走进了神庙，但是神明却宽恕了他。

因为他所做的一切，都是神明的旨意。

然而当他抵达希腊之时，他一定要去净化自己，洗清自己的罪恶。只有这样他才能摆脱那个女孩儿的灵魂。他知道，当对方知道自己所做的一切时，找到一个愿意实施这个仪式的祭司非常困难。但是事情总是可以解决的，就像《阿尔戈船英雄记》写的那样，伊阿宋最终得到了喀耳刻为他执行涤罪仪式。更何况相比于伊阿宋，自己离神明更为接近，他能够自己净化自己的罪孽。因为在那个宝贵的作品中，详细描写了他需要的所有仪式。

目前的首要问题，是如何摆脱追捕自己的人。老卡尔加库斯在他胸口的那一剑让他感觉疼痛不已，这势必会影响到行动。他必须鼓足勇气杀出重围。

他有勇气，他相信神明会帮助他逃出生天。

第三十二章

坟丘脚下，希波托俄斯的马系在了入口处。

马克西姆斯停在前面看着马和坟墓的入口。巴利斯塔和儒多普斯绕着坟墓观察情况。这是一处很大的坟丘，占地广，有三层楼那么高，顶端草木斑驳，较低的位置长满了多刺的植物，但显然植物中间藏不住人。目前能看到的就是从坡脚到坡顶往返的脚步，还有坟丘入口处的一些痕迹。根据这些线索来看，希波托俄斯进进出出好几次。除此之外没有别的痕迹了，除了这个坟墓，他已无处可躲。

希波托俄斯现在，就在这里。

“我去看看他的马。”巴利斯塔说。

“我保护你，以免他从入口处冲出来。”马克西姆斯说着。

三人下马，马克西姆斯和儒多普斯让自己骑的马跟在其他备用马的后面，分成了两列。巴利斯塔让自己备用的马，跟在马克西姆斯的马所在的对列后面。接着上马等着他们俩处理好马匹。

两列马站在草原上淋着雨，有两匹马吃着草，剩下的五匹马低着头等着，似乎很不高兴。雷声在上空轰鸣。

马克西姆斯把马上的弓箭包取下来，系在自己的皮带上。他弯着腰，抽出一支箭，挡住雨检查弓箭是否好用。接着他右手拿着箭，左手把弓放回箭袋中，同时盖住箭袋的封口。他沿着坟丘的基底往入口处移动，接着在坟墓入口的左侧站定。他对巴利斯塔点点头。

巴利斯塔用膝盖施力，让马往前移动，慢跑前进。巴利斯塔将左腿勾住马鞍左后方的角，整个身体向右倾，靠在马脖颈部位的右侧。

希波托俄斯的马位于坟墓入口的正前方，从外面望过去入口处一片漆黑，什么都看不见。在这种情况下松开那匹马，很有可能就会有一支暗箭从洞口处飞出来。

离希波托俄斯的马足够近的时候，巴利斯塔让自己的马停了下来，将对方的马夹在自己和入口中间。接着他把缰绳割断，拉着对方的马移动，将那匹马作为挡箭牌，以免暗箭击中自己。当自己移动的位置刚好抵达最佳暗箭射击位置时，巴利斯塔停了下来。

什么都没有发生。

巴利斯塔回到马鞍上坐正，骑着马绕过入口和其他人会合，接着下马将两匹马系到了一列马的后面。希波托俄斯的马非常疲惫，但是没有瘸腿，应该还能再走一段。看来希波托俄斯决定在这里进行抵抗。

“你可以在这儿等他出来。”儒多普斯建议。

“不可以！”巴利斯塔和马克西姆斯异口同声地说道。

“你们进去需要火把。”儒多普斯说，“我帮你们弄吧。”说完他走进了坟丘上的灌木丛中。

“如果我们的盾牌能大点儿就好了。”马克西姆斯看着自己手中的小圆盾抱怨着。

“里面或许能宽敞点儿，要带着弓箭吗？”

马克西姆斯想了想。“跟在后面的带吧。”说完他把捆在臀部的弓箭袋取了下来。

“我在前面。”巴利斯塔立即说道。

“不行。”马克西姆斯直直地望着巴利斯塔的双眼，在雨水下他们的眼睛似乎闪着光。马克西姆斯知道巴利斯塔恐惧密闭空间，知道这件事的人不多。

“我在前面。”巴利斯塔坚持。

“我用短剑，比你带着的那个凯尔特长剑合适。”

“卡尔加库斯跟了我一辈子。”

“我也有参与一部分。”马克西姆斯说，“你还有两个儿子啊。”

巴利斯塔用鼻子哼了一声，没再说话。

“在城墙上战斗时，没有人会让有恐高症的人打头阵。”马克西姆斯把手搭在巴利斯塔的双肩上，靠近他对着他耳语，“你先走，我们两个都有危险。”

巴利斯塔沉默了一会儿，之后点了点头。

他们拥抱彼此，吻了吻彼此的脸颊。

巴利斯塔将弓箭袋绑在自己身上。如果马克西姆斯死了，巴利斯塔无法原谅自己。他感受到了自己心中的软弱。有些人天生就很勇敢，比如马克西姆斯、卡尔加库斯。而巴利斯塔心里清楚，自己跟他们不一样，勇气不过是自己的面具而已。有人告诉过他，勇气就像宝藏，你可以从中掘取很多，但是无法保存。

二人各自站在墓穴入口的两侧。他们右手拿着剑，左手举着儒多普斯给他们准备的火把。此时赫卢尔儒多普斯回到马队的位置，防止有人偷马。

马克西姆斯和巴利斯塔彼此相望。马克西姆斯用唇语倒数：“三——二———一——”旋即他开始行动，消失在漆黑的洞穴里。

主神沃登，请您守护我。巴利斯塔强迫自己走进墓穴中。

马克西姆斯行动迅速。

巴利斯塔只能猫腰前进。别想太多，往前走！墓穴陡峭下行，马克西姆斯手中火把的光亮就在前方，巴利斯塔跌跌撞撞地跟在后面，手肘、头盔上全是灰土。

穴道通向一处墓室，巴利斯塔看到马克西姆斯向左走，于是他决定向右走。

墓室空旷潮湿，在火光的照耀下，巴利斯塔注意到四周苍白的墓壁和骷髅。有一个骷髅双腿岔开，躺在一个腐烂的垫子上，四周是干枯的鳗草。

集中精神，别想太多，往前走！他们注意到墓室的前方又有两个入口。马克西姆斯平贴在其中一个入口旁边的墙面，巴利斯塔在另一个入口的旁边，他力图控制自己的恐惧，调整好呼吸。

巴利斯塔看着马克西姆斯，他们打算同时走进入口中。马克西姆斯用唇语倒数：“三——二———一——！”

巴利斯塔冲了进去。里面比较高，似乎是一条走廊。地上布满腐烂木头的碎渣，他每踩一步都会发出噼里啪啦的声音。十五二十步的样子，他走到了尽头，有些塌陷的墙里嵌着一处墓室。

巴利斯塔抓紧往回赶，去找马克西姆斯。马克西姆斯走进去的部分也是一条走廊，尽头处有另一个墓室，可以看见前方扭曲的人影。

突然有什么绊住了他的腿，他向前摔了下去，手肘和脸部都被刮伤了，火把也扔了出去，他的脸埋进了许多年前留下的篝火堆中，旁边都是厨具餐具。他挣扎着爬起来，捡起火把往前走。他一直忍不住地在心里骂着。

又一个圆形的墓室出现在他眼前，里面也是几乎成白色的黄土。这个墓室只有一个出口，马克西姆斯从那个出口里走了出来。巴利斯塔跟了上去，一直喘着粗气，他知道自己是因为害怕而难以控制呼吸。这一路他们惊讶地发现，尽管墓穴已经深入地下，但是空气闻上去没有陈腐的感觉。

“他妈的，跟兔子洞似的绕呢！”马克西姆斯小声叫骂着。

巴利斯塔尽力挤出一丝笑容。

墓穴中，除了二人的呼吸声和火把燃烧的咝咝声外，没有其他动静。

“得回去了。”马克西姆斯分析，“到上面就不用着急了，我们可以做好准备继续追。”

巴利斯塔尽力挤出一丝笑容。

突然，滚滚雷声在墓穴中回荡。他们觉得很奇怪，这里明明很深，为何能这么清楚地听见雷声？

巴利斯塔现在只想赶快离开这里，他希望二人能够顺利地沿原路返回，离这个地下墓穴越远越好，不用去想黑暗中有个携带武器的疯子正在等着杀了他们。

“准备好了吗？”

巴利斯塔对马克西姆斯点点头。此时马克西姆斯的脸上布满汗水，在火光下闪着光。

这应该是盗墓者挖的地道，又低又窄，就比巴利斯塔的肩膀宽一点儿，而且坡度也很陡。二人只能缩着身体，在里面爬着走。巴利斯塔还需要适当保持与马克西姆斯的距离，以免手里的火把烫到对方。因此他们两个的行进速度非常慢。这条穴道很粗糙，还歪歪扭扭，没有坑木顶着穴顶，不断有泥土往下掉。巴利斯塔让自己保持冷静，不要去想穴道塌陷的可能性。

更响亮的雷声传了过来，他们嗅到了新鲜、潮湿的空气。马克西姆斯一直叫骂着，他正努力从荆棘丛中开辟出一条出去的通道，接着他回到了地面。

巴利斯塔花了好一会儿才跟了上来。马克西姆斯帮他清理了出口附近的荆棘，他自己从穴道里钻了出来。

马克西姆斯暴跳如雷。“这下麻烦了！”

他们穿过灌木丛往之前进去的入口走。风暴没有任何停息的意思，在他们的耳边怒吼着。不一会儿，他们看见倒在地上的儒多普斯，马匹也不见了踪影。

二人赶紧跑到坟丘的高处向四周远眺。不一会儿他们看见了两列马和前方带着马匹的骑手。骑手正在往西南方向小跑前进。在闪电照亮草原的一瞬间，骑手和马似乎停滞了，敌人似乎触手可及。

现在，巴利斯塔和马克西姆斯很容易能够找到对方移动的踪迹。雨已经停了，九匹马也在土地上留下了很多踏下的足迹。但在离开这个墓穴之前，他们还有些事情需要解决。

首先，他们俩身上，除了马克西姆斯随身带着的肉干之外，没有其他食物。好在巴利斯塔带着弓箭，草原上不缺动物，河边还会有水禽，一路上他们可以通过打猎获取食物。另外他们身上也没有水，不过如果大草原上继续像现在这样下雨的话，也有可能应付过去。不幸的是，他们身上能接水的东西，诸如瓶子、兽皮等等都在马鞍上。没有接水的，那他们一路必须沿着河流走。于是二人走回了墓穴，想找找能用得着的东西。可惜二人空手而归，那些厨具餐具要么断了、要么破了，什么都装不了。不过马克西姆斯说的对，他们可以用头盔接水喝。

不过他们的头盔和身上的铠甲也是个问题。巴利斯塔估计走到迈俄提斯湖至少得三天时间，再说希波托俄斯会往哪儿走也不确定。他们很清楚这些战斗装备会拖慢自己的行进速度。所以他们把锁子甲、头盔和盾牌留在了第一个墓室。如果有人进来发现了这些东西可是赚到了，毕竟大多数男人都梦想着有一套质量上乘的锁子甲，并且这种盔甲非常昂贵。

现在，毫无疑问，为了接下来的追捕，他们也只能扔掉长剑、匕首、马克西姆斯藏着的各种短刀以及巴利斯塔的弓箭袋。他们知道如果背着这些东西，要不了两天皮带会把他们的肩膀擦破。

儒多普斯腹部中箭，蜷曲着倒在了地上。巴利斯塔和卡尔加库斯决定先处理他的尸体，他们搜了他的身，发现了一些武器和博斯普鲁斯钱币。他们拿走了钱币，但其实儒多普斯身上的东西对二人而言没有什么实际价值。现在他们需要抓紧赶路了，没有时间埋葬他或者火化他的尸体，然而他们也不忍心将尸体扔在茫茫草原上。于是他们把尸体拖进了墓穴之中，和那些他们扔掉的武器铠甲放在一起。巴利斯塔合上了他的双眼，并在他的嘴里放了一枚硬币。巴利斯塔不清楚赫卢尔的葬礼习俗，放硬币这个事情有没有作用，但是应该不会对他有任何害处。

他们出发时，距离天亮不超过两小时。他们不紧不慢地沿着马蹄的痕迹往前走。尽管他们想早点儿报仇，鉴于现在的情况二人着急也没有用，前面的路还很漫长。

不到四英里的位置，他们看到了一群秃鹫，正扑在希波托俄斯逃走时骑的那匹马上。估计那匹马走不动了，于是希波托俄斯选择结束它的生命。马脖子上的伤口很深，应该是流血致死。马背上仍有马鞍和缰绳，但是希波托俄斯把可能有用的东西都拿走了。

马克西姆斯从马的尸体上割了一些肉放在自己的口袋里，用马鞍制作了一个简易的皮带。他们离开的时候，秃鹫又围了上来。

夜色降临，他们没有停止前进的步伐。前方一英里左右有树林。在云缝间露出的月光的照耀下，他们看到了希波托俄斯逃走时留下的痕迹。

在河水旁，二人费了半天功夫才将火生了起来。潮湿的木头不断冒烟、发出嗞嗞的声响，产生的热量也很有限。他们打算烤马肉吃，可是最后肉的外面都焦了，而里面全是生的。可是他们别无选择，只能吃着半生的肉、喝着河水。在遥远的南方天际，风暴正在酝酿，隐约能看见闪电、听见雷声的低鸣。

他们没有讨论已经发生的事情，也没有讨论可能遇到的情况。二人基本没有说话。巴利斯塔裹着披风，尝试着放空自己，什么都不去想。每每自己忍不住去想卡尔加库斯，他就在心中默念朱莉娅的话：死者没有痛苦，而他死后留在这世上的人才会痛苦……最后，他睡着了。

马克西姆斯把他喊醒。太阳还没有完全升起，东边的天空泛起了鱼肚白。此时此刻，篝火已经燃尽。巴利斯塔觉得又冷又饿，肠胃也很不舒服。他们吃了点儿半生不熟的马肉，巴利斯塔觉得更恶心了，但还是撑着吃了下去。他清楚自己需要食物支撑着往下走。

他们出发的时候，太阳升起来了。阳光拉长了他们的身影，投射在他们的前方。天空蔚蓝，似乎有一些雨云，万一再下大雨，雨水很有可能会将希波托俄斯逃走的痕迹冲刷得一干二净。

气温逐渐回升，大草原重现生机。草地又一次披上了绿衣，黄色的小花绽放。好像风暴让时间倒回，春风再度吹遍草原。鸟儿欢快地歌唱、俯冲、飞翔，蝴蝶在花丛中飞舞。但是这一切的美好在巴利斯塔眼中都是幻象，他一点儿都开心不起来。

在这茫茫草原上，马蹄的痕迹是他们追捕希波托俄斯的唯一线索。巴利斯塔只是盯着那些痕迹，不愿去想他们所做的一切可能都是徒劳无功。

他们穿过一条小溪，小溪的两岸被风暴引起的骤发洪水横扫而过。被冲刷的河岸上，土壤呈红色，有些悬挂着的部分，看上去就像血液浸染的钟乳石。

北风在草原上肆掠。

小溪汇入一个池塘，他们决定就在池塘附近休息。他们躲在池塘岸边较低洼的地方隐藏自己。傍晚时分，巴利斯塔凭借着微弱的月光射杀了一只水面上的鸭子。其他的鸭子显然受到了惊吓，吵吵嚷嚷地飞走了。

巴利斯塔生火，马克西姆斯清理鸭子。熟的鸭子比马肉好吃很多。

巴利斯塔不想提到卡尔加库斯，他知道马克西姆斯也不想。于是两个人保持沉默。

那天晚上，北边的夜空中飘着几片云，根本藏不住巨狼哈提，今天晚上月亮可以安心地逃走了。有些人不觉得月亮具有男子气概，也不认为有一天月亮会被野兽吃掉。比如说希腊人，他们认为月亮是女神塞勒涅，她乘坐一辆由神牛拉动的车在夜空中飞驰。如果卡尔加库斯望着这样的月色，他会想什么呢？他在想卡尔加库斯对待死亡、对待来生会是什么样的态度。他们俩人之间从来都不曾讨论过这个话题。如果卡尔加库斯还活着，估计他们也不会聊这个。他相信等自己死了，他会和卡尔加库斯在瓦尔哈拉殿堂，或者别的地方相聚。这让他心里觉得能好过些。但是有谁能保证呢？这一世已经如此残忍无情，如果有来生，是否真的会更好呢？

第三天，情况更糟糕了。巴利斯塔的脚上起了水泡，他脱下靴子，把脚绑住，继续往前走。可是绑带不断地移动、摩擦，起不了多大的作用。马克西姆斯也很辛苦。他们慢慢走的唯一好处是给了他们足够的时间，观察希波托俄斯逃走时留下的痕迹。可是野草越长越高，找马蹄痕迹也越来越难。

中间他们有两次似乎看到了对方的背影。

大草原无边无际，不断向四周延展。但是巴利斯塔和马克西姆斯知道，他们现在离迈俄提斯湖越来越近了。他们能感觉到空气中的湿气，身边的溪流也越来越多、河道越来越宽，逐渐变成了河流。他们不时会遇到斜坡，而斜坡下的河岸边有树木、水禽，河面倒映着蔚蓝的天空。这种画面感给人以强烈的冲击，但是二人根本无心观赏面前的美景。

他们砍下了一些枝条，当成拐杖使用。

他们整整走了一天，剩下的食物已经吃完了，他们也没有停下来打猎。夕阳西下，二人拖着腿向前走，不一会儿他们听到了海鸟的叫声。巴利斯塔抬起头，看见了杂草丛生的建筑，长期废弃的防御工事的沟渠中，长满了荆棘和瘦削的树。防御工事后面是芦苇地，再往后是一片开阔水域的入口。他看到入口处有一个茅草屋顶。那里只有一个破旧的屋子，屋子的右侧八匹马正在吃草。

有三条狗冲了出来，双目圆瞪，龇牙列齿，狂吠不止。

马显然受到了惊吓，连忙往草地的另一侧后退。

巴利斯塔和马克西姆斯站在原地，依靠在拐杖上。

三只恶狗把他们俩包围在中间。

一个衣衫褴褛的老人从芦苇丛中走了出来，夕阳拉长了他的身影。他吹了一声口哨，三只狗往后退了几步。他将自己的右手放在了前额上。

巴利斯塔清了清嗓子。

老人先开口，用日耳曼尼亚语说："他让我的儿子开船，那是这里唯一的一艘船。"

巴利斯塔和马克西姆斯没有说话。

"他说你们会过来。"这个上了年纪的渔夫伸出双手，以示无辜，"这不是我们的错。请不要责怪我们。他带着武器，特别凶。我们什么都做不了。"他跪倒在地。

"他什么时候走的？"巴利斯塔问道。

"昨天早晨，天刚亮就走了。"

巴利斯塔听到了自己心碎的声音，但有一种信念支撑着他站在原地。

"你的邻居离你有多远？"马克西姆斯开了口。

老人指着西南方："靠近塔奈斯。"

"多远？"

"得走一整天。"

"有其他路吗？"

"那更远了。"

巴利斯塔说："那些马是我们的。"

"是的，是的。他说你们会想要这些马。我们只是看着它们。"老人一副害怕挨打、怯懦的样子，"我们当时没得选。"

"站起来。有吃的吗？"

"是，是，当然有。"老人家颤颤巍巍地站了起来，往小屋的方向移动，"煮熟的鱼，还有面包。"

"管住你的狗。"

"是，是，马上，马上。"

三只狗围着老人走，回到了小屋。

"我们可以边吃，边往塔奈斯赶。"马克西姆斯分析，"我们明天早上之前就会到那儿。在那儿应该能租到船。"

"不，"巴利斯塔回答，"这段时间吹的是北风，对他而言是顺风，估计昨天晚上他就到潘提卡彭了。如果他中间不停继续赶路，那他现在应该在穿过黑海的船上了。一切就都结束了。"

"要让老子抓住他，我……"

"恩。"巴利斯塔突然觉得筋疲力尽，有点儿恶心，同时又饿，"你能去看看马吗？"

马克西姆斯走了过去。

巴利斯塔看着落日，尽力地放空自己，告诉自己不要想太多。

附　录

历史后记

书名

在创作时，这本小说的暂定书名为《游牧民海洋》，因此在之前小说的历史后记中，可能出现过这个名字，实际上指的是同一本小说。

历史与小说

《北方之狼》是《罗马战士》系列的第五本书，实际上这个巴利斯塔出使大草原的故事是我个人杜撰出来的，但是故事背景和细节，我都尽力依据历史史实还原再现。

公元 3 世纪 60 年代的罗马帝国领土范围比较模糊，古代的黑海大草原范围也有待考证。部分学者认为在 263 年，大草原可以划归于罗马帝国的版图之中，但是具体有多少大草原的部分包括在帝国之中尚存在争议。

地点

博斯普鲁斯王国

博斯普鲁斯王国位于克里米亚的东部地区。有部分学者表示其祖先为希腊人，但是受萨尔马提亚人的影响很深，是罗马帝国的附属国，但是有证据显示，该国在公元 3 世纪哥特部落进攻罗马行省时，为哥特人提供了运输服务。关于这个国家的历史可参考 V. F. 加杜克维奇的著作《富足的博斯普鲁斯王国》（柏林和阿姆斯特丹，1971）。关于本书时代背景下该国的相关历史信息，可参考 N. A. 弗洛瓦的著作《公元 242 年—341 年中叶博斯普鲁斯王国的铸币》（牛津，1983）以及 M. 梅尔扎瑞克的著作《博斯普鲁斯王国的军队》（罗兹，1999）。无法阅读俄语著作是笔者无法深入研究该国的一大限制。

还原公元 3 世纪的博斯普鲁斯历史，我主要依据该国的铸币进行推断。公元 242 年至 276 年该国的钱币由列斯库波里斯五世铸造；但是，公元 258 年至 260 年和 268 年至 274 年中有间断。同时其他统治者的铸币也保留了下来：例如 253 年的法萨尼斯，266 年和 275 年至 278 年的泰兰斯以及 275 年的苏若玛特斯。

本小说关于该国的历史重构如下：

法萨尼斯，泰兰斯和苏若玛特斯是列斯库波里斯的三个儿子。三人可能是同父异母，他们的母亲应该来自不同的部落。依据琉善《友谊》中的描写，博斯普鲁斯的国王需要和本国内不同部落的女人结婚。尽管《友谊》是一本古老的历史小说，鉴于当时读者的需要，书本中的内容应当具有一定的可信度。公元 251 年，哥特人在阿伯里图斯打败了罗马军队，罗马皇帝加卢斯取消了对博斯普鲁斯的年度补贴，之前博斯普鲁斯的国王用这笔钱作为军费开支，以及贿赂周边的部落。有趣的是，在克里米亚东部并没有发现很多罗马铸币，从侧面说明罗马帝国是用金块或者银块支付补贴的，这点在当时很少见。公元 253 年哥特人进攻博斯普鲁斯，列斯库波里斯封自己的儿子法萨尼斯为共治者，但是法萨尼斯在战争中牺牲。之后列斯库波里斯被迫为这些北方部落的人提供船只，前往罗马帝国的领域。但最终罗马军队在黑海沿岸的皮提乌斯击败哥特人。

公元 258 年至 260 年间，该国与蛮族部落再次爆发战争。列斯库波里斯通过部落帮助以及背叛者马克利亚努斯和奎伊图斯（260—261）的资金支持，在公元261年重夺王位，并使得国家获得了暂时的稳定。列斯库波里斯当时承认了马克利亚努斯和奎伊图斯的地位，因此其与罗马皇帝加里恩努斯的关系一度非常紧张。公元261年开始博斯普鲁斯的钱币上印有两个皇帝，尽管公元261年马克利亚努斯及其子被杀，该国钱币上还是保持有两个皇帝，直到公元264年结束。

以上故事是下一本小说《琥珀之路》的背景。这个故事是基于当时的历史史迹和钱币记录进行的推理创造，并不一定是历史上真正发生的故事。

罗马行省比苏尼亚的总督控制了博斯普鲁斯的领域。但是在本小说中，跟随巴利斯塔的士兵来自于下墨西亚行省。这是因为这些士兵从拜占庭开始跟随罗马使团的，当时拜占庭由下墨西亚行省负责守卫。

潘提卡彭

当时的很多古城现在掩埋在乌克兰东部克里米亚半岛的现代城镇之下。关于当地考古的介绍，可参 T.H. 尼尔森编辑，G. R. 采赫拉泽的著作《古希腊城邦研究》(斯图加特，1997)，44页—49页；以及 D. V. 格拉麦诺斯和 E. K. 彼得罗普洛斯编辑的 V. P. 托尔斯季科夫的著作《黑海上的古希腊殖民地》第二卷，707页—708页。

塔奈斯

塔奈斯古城位于当代的顿河畔罗斯托夫的西部，即顿河流向亚速海的入海口处。关于这个城市的具体信息，请参考 G. R. 采赫拉泽编辑的 B. 伯特格尔著作《黑海沿海新研究》（牛津，1996），41—50页；以及 T. M. 阿申耶娃关于格拉麦诺斯和彼得罗普洛斯的描述，这部分内容收录在《潘提卡彭》中，详见1047页—1102页。这两部作品都提到在其被赫卢利人/哥特人攻陷后，被废弃长达一个世纪左右。我在书中稍稍安排了一些居民。

大草原

本书中描绘的大草原范围是：西南至黑海，南达高加索，东至里海与伏尔加河。这一设定源于以下两部学术著作：C. I. 贝克威思的《丝绸之路帝国：青铜时代至今欧亚大陆中部历史》（普林斯顿和牛津，2009）以及 R. 巴提的《罗马和游牧民：古代黑海和多瑙河流域》（牛津，2007）。关于大草原的值得参考的介绍还包括 E. H. 明斯的《塞西亚和希腊：从多瑙河北岸到高加索地区古代历史和考古学研究》（剑桥，1913）以及 R. 罗勒的《塞西亚世界》（英语翻译版，伦敦，1989）。

民族

游牧民

关于游牧民族的主要比照著作是 A. M. 哈扎诺夫《游牧民以及外面的世界》（第二版，威斯康星和伦敦，1994）。

关于游牧民的战争，参考 N. 迪科斯莫编辑的《亚洲内陆历史战争（500—1800）》（莱顿、波士顿和科隆，2002）收录了 P. B. 戈登的作品《成吉思汗前亚欧大陆西部大草原的战斗和战争》。A. 卡拉索拉斯的著作《大草原上的弓骑兵，公元前 600 年至公元 1300 年》中的说明和插图也对笔者的创作起到了重要作用（牛津，2004）。

赫卢利

赫卢利人的信息非常有限。在文献素材的累积中遇到了很多问题。关于他们的素材大多在公元 3 世纪以后，而且风格依循古典民族志写作传统，一方面将所有的游牧民描写的基本一致，同时又允许在细节上加以想象创造。本文中主要参考普罗科匹厄斯的作品，该历史学家对待赫卢利人的态度非常消极。由于游牧民没有留下太多痕迹，考古学也没有足够多的研究素材。与当代流行观点相背离的是，现在几乎不可能将考古文物和古代人与政治团体匹配起来。(比如说现在我们得到了一个文物，时间与地点也与当时当地相符，但是我们无法明确这件文物的归属，是属于赫卢利人、阿兰人、萨尔马提亚人或哥特人。)

当前最有影响的研究 A. 艾利加德的作品《赫卢利人是谁？》(斯堪的亚，1987，第 5 页—34 页）相对比较简化。我个人更欣赏 M. 斯昆金，M. 卡赞斯基和奥沙罗夫的作品《从哥特人到匈奴人：黑海北部和大迁移时代》(牛津，2006）31 页—36 页。本书中对于赫卢利人各个方面的重构主要以后者为依据，具体内容如下：

赫卢利人起源于斯堪的纳维亚，即现在挪威和瑞士的位置。在公元 3 世纪早期，这个部落发生了分化。一个分支迁移到北海海岸，即莱茵河的东侧。另一个分支和其下属部落俄乌特斯（可能不止这一个民族）迁移到了亚速海东北侧的大草原。其征服了当地的部落（例如萨尔马提亚）并入乡随俗（包括游牧习俗和头颅变形)。

赫卢利贵族称为猩红勇士（Rosomoni)，他们通过沿袭一些（在我们看来）诡异的习俗来标识自己的特殊身份，例如头颅变形、红色文身、人兽性交、共享妻子以及自愿自焚等等，这些习俗只有这个阶级的人才可以实施。他们接下来的一个层级是平常的赫卢利人，主要包括从波罗的海迁移过来的较低层级的后代和当地加入进来条件良好的人。最低等级是奴隶，包括条件不好的当地融入者和在突袭中抓住的俘虏。本书中阶级的流动借鉴了公元 5 世纪外交家和历史学家普罗科匹厄斯的描述，即赫卢利奴隶如果在战争中表现英勇即可获得阶级的上升，以及普罗科匹厄斯记录的匈奴人的故事。

政治观点上，普罗科匹厄斯认为赫卢利是粗鲁的平等主义者。依据 H. 沃尔弗的作品《哥特人的历史》（伯克利、洛杉矶和伦敦，1988）87 页—88 页中的内容，作者将纳乌罗巴特斯描绘成为一个想将自己打造成为具有魅力的君王，其中也有一部分基于其对乌拉尔至伏尔加之间交易必经通道的垄断权。

本书中的一大主题是文化冲击。从罗马帝国出使的人具有一定偏见，这个部分我参考了伪 - 希波克拉底的作品《空气、水和地》、希罗多德、斯特拉波和琉善的《友谊》。对于学习古典文化的角色而言，我相信这些选材是具有可信度的，他们对于大草原的认识也是从这些著作中习得的。从目前的实际发现来看，我假设普罗科匹厄斯关于赫卢利人的民族志是正确的。当然我这种想法比较单纯，是一个未必准确的设想。关于赫卢利人的其他特征，我使之尽量符合其他游牧民的习俗：像塞西亚人一样吸食大麻，像阿伽杜尔索伊一样分享妻子；这两点取材于希罗多德。此外还加入了匈奴人占卜术和头颅变形的习俗。

其他游牧部落

针对书中其他游牧部落的研究，不像赫卢利人一样深入。

关于萨尔马提亚人的内容，详见 T. 苏里米瑞斯基的作品《萨尔马提亚人》(伦敦，1970) ；I. 利比迪斯基的作品《萨尔马提亚：公元前 4 世纪在乌拉尔和多瑙河之间的亚马逊和长矛兵》(圣日尔曼杜皮，2002) ；以及 R. 布热津斯基和 M. 梅尔扎瑞克，《萨尔马提亚人（公元前 600 年至公元 450 年)》(牛津 , 2002)。

关于阿兰人的内容（尽管他们很有可能是萨尔马提亚人），详见：B. S. 巴克拉克的作品《西部阿兰人历史：从古典时代首次出现到中世纪早期》(明尼阿波利斯，1973)。V. 库兹俄托夫和 I. 利比迪斯基的作品

《阿兰人：大草原骑士，高加索人》(巴黎，1997)。

哥特人：迁徙和部落形成

笔者在文中提到了两种迁徙方式：一种是赫卢利人一样整个部落一起行动，带上女人、孩子以及附属部落。这种迁徙学者们将之称为民族大迁徙。另一种是乌鲁根底人的迁徙方式，即一部分军人迁移，迁移过程中吸收其他人，从而形成一个部落，这也是一种部落形成的方式。当然，部落的形成也包含其他的方式，不在此一一列举。

关于文中迁徙的重要参考，请参见P. 希瑟的著作《帝国和蛮族：迁徙、发展和欧洲的诞生》（伦敦，2009）（作者注：尽管很多学者忽视了这一著作的价值。）

人物

纳乌罗巴特斯

作为赫卢利人的首领，依据拜占庭史学家辛斯勒的记录，此人出现在加里恩努斯时代。部分学者认为，此人与公元6世纪史学家彼得鲁斯·派特里希乌斯描述的赫卢尔安东努巴卢斯（生活于克劳迪乌斯二世）是同一人。我本人不赞同这一观点。

小说中的纳乌罗巴特斯是一种救世主的角色。实际上其具有两个人物的性格：J. 帕尔默《血腥男爵》（伦敦，2008）中的角色：俄国内战中的罗曼·冯·恩琴，与该角色性格重合较多；同时参考了部分《波尔布特：噩梦般的历史》（伦敦，2004）。

比奥玛索斯

翻译官比奥玛索斯设定为阿斯波戈斯之孙，比奥玛索斯之子。该角色原型是博斯普鲁斯王国萨尔马提亚语的翻译。其墓志铭上写着：死于陪伴罗马使节团的任务中。其具体的去世时间应该在公元 2 世纪晚期或者公元 3 世纪早期。感谢布朗大学的瑞秋 · 梅尔斯，她提供给我这个人物的原型。

名词解释

自由

“自由”是本书的第二大主题。关于古代的自由概念，我目前读过最好的著作是 C. 沃斯祖斯基的《共和国晚期和元首制早期的政治理想化的自由》（剑桥，1950）。关于此话题的讨论，在 A. 莫米利亚诺的作品《罗马研究杂志》第 41 期（1951 年），146 页—153 页中关于沃斯祖斯基的评论中有进一步的延展。

谋杀、肢解和玷污

书中刽子手的做法具体如下：切除被害者的肢体，将肢体捆在一起放在腋窝下，舔舐并吐出受害者血液三次，将沾有血迹的武器在受害者的头发上擦拭。这一仪式取材于罗德岛的阿波罗尼奥斯的作品《阿尔戈英雄纪：IV》（467 页—484 页），埃斯库罗斯的《奠酒人》的 439 页，索福克勒斯的《厄勒克特拉》，445 页。当代关于此话题也有一些值得参考的讨论，例如 S. 塔佛编辑的《古代宦官研究》（伦敦和斯旺西，2002）51—70 页收录的文章：R. 巴德莱本《阉割阿伽门农：克吕泰墨斯特拉、阿伽门农和尸体处理术》。

关于法医学的细节，我参考了 D. 斯塔尔的作品《小牧羊人的刽子手：法国开膛手案例以及法医学的诞生》（伦敦、纽约、悉尼和多伦多，2011）。我医学的朋友安迪告诉我如何挖出人的眼球。

谋杀罪的经典著述，我个人参考的是R.帕克的作品《瘴气弥漫：早期希腊宗教的玷污和污染》(牛津，1983)。

血河

第二十章中卡尔加库斯将在车阵附近发生的战役称之为血河。这一想法源于波尔殖民先驱和祖鲁人之间的战争。该战争记录于O.兰斯福德《艰苦跋涉》(伦敦，1972)。

诗歌

书中出现了多处盎格鲁—撒克逊人的诗歌，例如：第六章、第十六章中沃尔夫斯坦以及第二十二章中巴利斯塔引用的诗歌《流浪者》；第十一章和第十九章中出现的诗歌《贝奥武夫》。这些诗歌取材于凯文·克罗斯利—霍兰在《盎格鲁—撒克逊世界》(伍德布里奇，1982)的精彩译作。

巴利斯塔在第二十八章背诵的诗句则取材于理查德·拉蒂摩尔的精彩译作《伊利亚特》(芝加哥、伦敦，1951)。

第二十章中希波托俄斯引用了E. F.沃特林翻译的《俄狄浦斯王》(伦敦，1947)，其原作者为索福克勒斯。

斯巴达

在第十一章中，巴利斯塔过分强调了长老会议在斯巴达中的作用。

狩猎

第二十四章中关于狩猎的部分参考了T.S.埃尔森的著作《欧亚历史中的皇家狩猎》(费城，2006)。不过当时游牧人实际上也经常使用网捕猎。关于狩猎的经典哲学探讨可参见本人的博士论文《从君主制度角度研究狄奥·克里索斯托》(牛津，1990)，156 页—166 页。

相面术

在《里海之门》中已经提到，关于古代相面术的现代研究已经提升到一个新的水平，详情参阅 S·斯温编辑的《观面相，看灵魂：从古典时期到中世纪的伊斯兰教的帕勒蒙相面术》(牛津，2007)。

其他历史小说

《罗马战士》系列中的每一本书，都会参考其他历史小说的内容，以此向其致敬。

赫卢利人发出的“咦噗”叫声，源于塞西莉亚·霍兰德的经典小说《直至日落》(1969)。小说中蒙古人就是这样吼叫的。

在编辑这本小说时，我碰巧发现了儿时阅读的小说，R. F. 塔普塞尔的《马尾之年》(1967)。这本书是我对游牧民战争产生兴趣的起点，书中对于围攻将士的描写，对于蛮族英雄的描述和巴利斯塔也颇有渊源。在我看来，塔普塞尔是一个伟大的历史小说家，他的作品应当再版，让我们的下一代也看到如此出色的作品。

《北方之狼》中关于赫卢利人集会的描写，很大程度上借鉴了尼古莱·果戈里的作品《塔拉斯·布尔巴》(1835 年出版，1842 年再版)。我采用了彼得·康斯坦丁（2003）翻译的版本，该译本非常出色。

《北方之狼》的故事在大草原上发生。关于大草原的描写，我借鉴了安东·契诃夫小说《草原》(1888)。

人物列表

为了避免泄露情节，此处的人物描述与其在《北方战狼》中第一次出现时的身份相符。

阿喀琉斯：荷马史诗《伊利亚特》中的希腊英雄。

埃癸斯托斯：在希腊神话中，此人勾引了阿伽门农的妻子克吕泰墨斯特拉。

埃斯库罗斯：公元前五世纪上半叶的希腊悲剧作家。

阿加埃特斯：笼罩着神秘色彩的塞西亚之王。

阿伽门农：特洛伊战争中希腊军队统帅。

阿格西劳斯：阿格西劳斯二世，斯巴达传奇国王（公元前445年—公元前359年）。据说为了祈祷战争胜利，他会在自己的手上倒写单词VICTORY（胜利），然后把手上的印记按在祭品的内脏上。

埃阿斯：特洛伊战争中的希腊英雄。

阿拉瑞克：泰法利的被驱逐者。现在是赫卢利人的一位将领。

阿尔比努斯：全名德希姆斯·克洛迪乌斯·塞普蒂米乌斯·阿尔比努斯（150年—197年）。由塞普蒂米乌斯·塞维鲁任命为恺撒。但后来塞维鲁改变了心意，将皇位传给自己的儿子卡拉卡拉，并派人暗杀阿尔比努斯。最终计划未能得逞，阿尔比努斯在其行省不列颠称帝。

亚历山大大帝：（公元前356年—前323年）菲利普之子，马其顿国王，阿契美尼德帝国（也称波斯第一帝国）征服者。

阿卢伊斯：年轻的赫卢尔，出身于赫卢利人的贵族阶级。

阿曼提乌斯：全名普布里乌斯·埃格纳提乌斯·阿曼提乌斯，阿巴斯吉人，服侍罗马皇帝的宦官。

阿米乌斯：赫卢利军队中的将领。

阿纳卡西斯：塞西亚哲学家，于公元前6世纪定居雅典。此人有时会列入古希腊七贤之中。

安东努巴卢斯：赫卢利人领袖，出身于赫卢利人的贵族阶级猩红勇士。

奥都斯：曾经是赫卢利人中的奴隶，因为在战争中的英勇表现获得了自由，现在已成为该部落中的一员。

罗德岛的阿波罗尼奥斯：公元前3世纪的作家，著有《阿尔戈船英雄纪》。

提亚纳的阿波罗尼奥斯：公元1世纪的希腊哲学家、圣人。

阿普瑟托斯：美狄亚的弟弟。神话故事中伊阿宋一行为了躲避其父的追捕将其杀害。部分版本中凶手是伊阿宋，其他部分中则是美狄亚。

阿特米德奥如斯：特拉佩佐斯的希腊人。被赫卢利人俘虏并奴役。后来其重获自由，并被任命为军队领导。

阿如特：赫卢利人领袖，出身于赫卢利人的贵族阶级。

奥古斯都：罗马第一位皇帝（公元前31年—公元14年）。

奥勒良：全名路奇乌斯·多米提乌斯·奥勒里安努斯，来自多瑙河的罗马军官，禁卫军成员。在加里恩努斯的统治下，他是巴利斯塔在朝堂上的盟友。

奥雷欧斯：曾经是多瑙河附近的牧羊人，现在是加里恩努斯的骑兵长官。

博托：弗里斯人，巴利斯塔在以弗所购买的年轻奴隶。

贝鲁斯：赫卢尔，出身于赫卢利人的贵族阶级猩红勇士。

比奥玛索斯：巴利斯塔外交使团的随行翻译，详情参见历史后记。

巴库斯：纳乌罗巴特斯的“神我”，灵。

卡拉努斯：自愿跟随亚历山大大帝的随军印度苦行僧。患病后为不拖累军队，自焚殉道。

卡利古拉：全名盖乌斯·尤利乌斯·卡里古拉，罗马皇帝，公元37年—41年在位。童年时期的昵称是“小靴子”卡利古拉，因为他的父亲日耳曼尼库斯将军曾用军服将他打扮成小战士模样。

克莱丽郝：马克西姆斯遇到的妓女。她的故事取材于古希腊同名小说，作者是阿弗罗狄西亚的查理顿。

凯勒巴斯：据说此人为公元3世纪中期哥特酋长。其名字的希腊语形式为Cannabaudes，意指游牧民使用的麻醉性药物，因此罗马人也会拿这个词打趣。

卡斯特里西乌斯：全名盖乌斯·奥里利乌斯·卡斯特里西乌斯，曾在奎伊图斯和巴利斯塔手下担任骑兵卫队队长，后升任更高级别的罗马军官。曾作为罗马使者出使阿尔巴尼亚。现在是巴利斯塔的副手，陪同前者出访大草原。

塞索里努斯：全名路奇乌斯·卡尔普尔尼乌斯·庇索·塞索里努斯。瓦勒良和僭主马克利亚努斯与奎伊图斯手下的雇佣军指挥官。现在加里恩努斯手下任副禁卫军长官。

喀耳刻：神话故事中的女巫。特洛伊之战后，曾阻挠了奥德修斯回乡之旅。

克勒图尼乌斯：瓦勒良的引见官，被波斯人俘获。

克吕泰墨斯特拉：阿伽门农的妻子，在远征特洛伊时背叛了阿伽门农并参与了对他的谋杀。

达提乌斯：赫卢利人的奴隶，因为在战斗中的英勇表现获得了自由，现在是赫卢利部落中的正式成员。

德西乌斯：全名盖乌斯·梅西乌斯·昆塔斯·德西乌斯，公元249年—251年在位，战斗中于阿伯里图斯被哥特人杀害。

德米特里厄斯：马库斯·克洛迪乌斯·德米特里厄斯。茱莉娅买下的希腊奴隶，曾担任巴利斯塔的秘书。后期获得自由，现在以罗马公民的身份居住在皇帝加里恩努斯身边。

狄摩西尼：索罗迈特之子，潘提卡彭的金属工匠，丢失了一个奴隶。

狄奥吉尼斯：犬儒学派哲学家。约公元前412/403年—前324/321年。

欧里庇得斯：公元前5世纪希腊悲剧大师。

尤西比厄斯：皇家宦官。作为罗马使团的一员，在回程的途中企图杀死皇帝，但被发现并被杀死。

费利克斯：全名斯普利乌斯·埃米利乌斯·费利克斯，上了年纪的元老院议员。公元257年为保护拜占庭与哥特人开战。

菲列迪根：博拉尼人之王。

加里恩努斯：全名普布里乌斯·利奇尼乌斯·埃格纳提乌斯·加里恩努斯，公元253年与其父瓦勒良共治罗马帝国。公元260年，当瓦勒良被波斯人抓走后，其成为罗马帝国的国王。

加卢斯：全名盖乌斯·维庇乌斯·特雷波尼亚努斯·加卢斯，功劳显赫的将军，戍守多瑙河地区。公元250年为诺瓦埃成功打退了哥特人的入侵；罗马皇帝，公元251年—253年在位。

哈德良：全名普布里乌斯·埃利乌斯·哈德良。罗马皇帝，公元117年—138年在位。

汉尼拔：（公元前 247 年—前 183 年）迦太基著名将领，于第二次布匿战争中对抗罗马。

赫利奥加巴卢斯：对皇帝马库斯 · 奥里利乌斯 · 安东尼努斯的蔑称，以极其变态闻名于史。公元 218 年—222 年在位。

希罗多德：号称“历史之父”，公元前 5 世纪波斯战争的希腊史学家。

希波克拉底：大约生活在公元前 5 世纪到 4 世纪之间，希腊医师，被誉为西方医学奠基人。

希波托俄斯：强悍的西里西亚人，自称原本是佩林苏斯人；在“山地西利西亚”时成为了巴利斯塔的手下。

海撒纳：“铁血一号”。乌鲁根底之王，前国王奥瑞克之子。

赫德奥纽斯：百夫长，隶属于西里西亚第一混合弓箭手大队。

伊德蒙：神话中“阿尔戈”号上的先知，尽管已经预知到自己的死亡，他还是加入了“阿尔戈”号的旅程。

伊菲革涅亚：神话中阿伽门农长女，为平息阿耳忒弥斯的愤怒，获得前往特洛伊的风，阿伽门农选择献祭长女。

伊桑格瑞姆（1）：巴利斯塔的父亲，盎格鲁人的战争领袖。

伊桑格瑞姆（2）：全名马库斯 · 克洛迪乌斯 · 伊桑格瑞姆，巴利斯塔和茱莉娅的长子。

伊阿宋：神话中阿尔戈英雄们的领袖。

茱莉娅：元老院议员盖乌斯 · 尤利乌斯 · 沃卡提乌斯 · 加里加尼乌斯之女，巴利斯塔之妻。

卡德琳：盎格鲁的女子，巴利斯塔心里一直挂念着她。

柯度斯毕欧斯：潘提卡彭的治安队长。

拉奥孔：特洛伊祭司，认为希腊人送来的木马有诈，但是特洛伊人并不相信他，最后和他的两个儿子被两条巨大的海蛇所杀。

卢克修斯：公元前 3 世纪的希腊医师，曾写过关于相面术的作品。

卢奇安：公元前 2 世纪后期的讽刺散文作家，用希腊语写作。

吕库古：斯巴达传奇立法者。

马穆拉：巴利斯塔的工程官和朋友，在阿瑞忒城的一场隧道攻城战中不幸被埋身亡。

摩尼：(公元 216 年—276/277 年)，宗教领袖，其学说借鉴了基督教和东方宗教，对摩尼教产生了深远的影响。

派末冒：摩尼教的使者，目前可知其在公元 3 世纪活跃。

满艳：摩尼的母亲，据称与安息帝国的王室有亲戚关系。

马斯塔巴特斯：服侍罗马皇帝的宦官，阿巴斯吉人。

马克西米努斯·色雷克斯：全名盖乌斯·尤利乌斯·维鲁斯·马克西米努斯。罗马皇帝，公元 235 年—238 年在位，因其低贱的出身（色雷斯人）被称为“色雷克斯”。

马克西姆斯：马库斯·克洛迪乌斯·马克西姆斯，巴利斯塔的贴身护卫，原为希伯尼安战士，人称“漫漫长路上的穆尔塔夫”，后被卖给了奴隶贩子，成了拳击手、角斗士，最后被巴利斯塔买走，在本部小说中已经是自由人。

美狄亚：科奇斯岛的公主和女巫，帮助伊阿宋取得金羊毛。

米特拉达梯：米特拉达梯六世（公元前 134 年—前 63 年），本都国国王。被罗马帝国军队击败后自杀未遂，要求其高卢护卫杀死自己。

莫尔加：伊桑格瑞姆之子，盎格鲁的战争领袖，巴利斯塔的混血兄弟。

那耳喀索斯：希波托俄斯在以弗所买的奴隶。

纳乌罗巴特斯：赫卢利的国王。

奥克乌斯：赫卢利贵族中的猩红勇士。

奥登纳图斯：塞普蒂米乌斯·奥登纳图斯，帕米拉 / 塔德莫的邦主，加里恩努斯将其任命为指导官，负责监察罗马帝国东部各行省。

奥都阿瑟：预言中其将成为赫卢利人的国王。

奥林匹亚丝：希腊女人，赫卢利人在洗劫特拉佩佐斯时将其掳走。

俄瑞斯忒斯：在希腊神话中，他是阿伽门农和克吕泰涅斯特拉的儿子。

派瑞格瑞姆：优斯奥的儿子，奥瑞克的之子，乌鲁根底之王。

伯里克利：亚西比德之子，塔佩特斯王室的臣子，与公元前 5 世纪雅典著名政治家同名。

潘尼特乌斯：纳乌罗巴特斯父亲的朋友。

法拉斯：赫卢利贵族阶层的猩红勇士。

菲利姆斯：赫卢利贵族阶层的老年猩红勇士。

柏拉图：希腊哲学家，大约生活在公元前 429 年—347 年。

普鲁塔克：希腊哲学家、历史学家，高产作者，写下多本哲学集和专著，大约生活在公元前 45 年—公元 125 年。

帕勒蒙：马库斯 · 安东尼厄斯 · 帕勒蒙，大约生活在公元 88 年—144 年，著名的诡辩者和相术师。

波利比奥斯（1）：巴利斯塔在普南城买的奴隶。

波利比奥斯（2）：公元前 2 世纪的希腊历史学家，其对罗马历史的著作留名传世。

波尔塞纳：马库斯 · 奥里利乌斯 · 波尔塞纳，肠卜师。

波斯杜穆斯：全名马库斯 · 卡斯亚努斯 · 拉提尼乌斯 · 波斯杜穆斯，曾任下日耳曼区总督；公元 262 年起登基成为分裂出来的高卢帝国的罗马皇帝；杀死加里恩努斯儿子萨洛尼乌斯的凶手。

毕达哥拉斯：公元前 6 世纪哲学家。

派松妮萨：苏阿尼阿的波莱谟国王之女，赫卡忒的女祭司。

丽贝卡：巴利斯塔买的犹太女奴。

瑞古鲁斯：罗马传令官。

列斯库波里斯：列斯库波里斯五世（约公元 240 年—276 年），博斯普鲁斯国王，该国为罗马附属国。

罗慕路斯：传说中罗马的创建者。

洛葛仙妮：沙普尔的妾室，巴利斯塔在索里俘获了她。

儒多普斯：赫卢尔向导。

鲁提卢斯：马库斯 · 奥里利乌斯 · 鲁提鲁斯，罗马军官，奎伊图斯和巴利斯塔手下的禁卫军长官。在本书故事开始的前一年，其作为罗马使者出使拜访伊比利亚之王。

塞比尼鲁斯：罗马元老院议员，哲学家普罗提诺的追随者。

萨夫拉：阿兰国王

塞勒斯特：罗马历史学家（公元前 86 年—43 年）

撒鲁斯：赫卢利战斗中的领袖。

萨珊：波斯萨珊王朝的开创者。

绍尔玛格：苏阿尼阿的波莱谟国王的第四子。策反失败后，流亡至阿兰人部落中。

塞内卡：罗马哲学家（约公元 1 年—65 年）。

塞普蒂米乌斯 · 塞维鲁：卢修斯 · 塞普蒂米乌斯 · 塞维鲁（公元 193 年—211 年），罗马皇帝。

沙普尔一世：萨珊王朝第二位“诸王之王”。阿尔达希尔一世之子。

西蒙：犹太男孩，属于巴利斯塔。

索伦：雅典立法者（约公元前 600 年）。

索福克勒斯：公元前 5 世纪的雅典悲剧作家。

斯塔卡德：盎格鲁领袖，巴利斯塔的祖父。

斯特拉博：奥古斯都时代的希腊地理学家。

苏阿度阿斯：那乌罗巴特斯的父亲，赫卢利之王。

苏尼都斯：那乌罗巴特斯的曾祖父，赫卢利之王。

塔奇恩：巴利斯塔和卡尔加库斯救下来的萨珊人。

图拉真：全名马库斯 · 乌尔庇乌斯 · 特拉依安努斯。罗马皇帝，公元 98 年—117 年在位。

图皮奥：全名提图斯 · 弗拉维乌斯 · 图皮奥，罗马军官，巴利斯塔的好友，被萨珊人杀害。

乌利加古斯：赫卢利人的战斗领袖。

优斯奥：奥瑞克的兄弟，乌鲁根底之王。

瓦勒良：全名普布里乌斯 · 利奇尼乌斯 · 瓦勒良努斯，一位年长的意大利议员，公元 253 年成为罗马皇帝；公元 260 年被沙普尔一世俘虏。

韦德里克：菲列迪根之子，博拉尼之王。

维散度斯：那乌罗巴特斯的祖父，赫卢利之王。

乌鲁图图夫：哥特古佳（祭司），海撒纳派他跟随巴利斯塔的出访队伍。

沃尔夫斯坦：巴利斯塔在以弗所购买的盎格鲁奴隶，年轻力壮。

扎马卢斯：印度苦行者，在公元前 18 世纪于雅典自焚。其动机无从知晓。

芝诺：全名奥卢斯 · 沃克尼厄斯 · 芝诺，罗马骑士团成员，曾任西利西亚的总督，加里恩努斯的文献秘书。现在作为罗马的大使出访靠近多瑙河河口的部落。

公元3世纪的罗马皇帝列表

公元 193 年—211 年	塞普蒂米乌斯·塞维鲁
公元 211 年—217 年	卡拉卡拉
公元 211 年	盖塔
公元 217 年—218 年	马克里努斯
公元 218 年—222 年	埃拉加巴卢斯
公元 222 年—235 年	亚历山大·塞维鲁
公元 235 年—238 年	马克西米努斯·色雷克斯
公元 238 年	戈尔迪安一世
公元 238 年	戈尔迪安二世
公元 238 年	普皮恩努斯
公元 238 年	巴尔比努斯
公元 238 年—244 年	戈尔迪安三世
公元 244 年—249 年	阿拉伯人菲利普
公元 249 年—251 年	德西乌斯
公元 251 年 –253 年	加卢斯
公元 253 年	埃米利安努斯
公元 253 年—260 年	瓦勒良
公元 253 年—	加里恩努斯
公元 260 年—261 年	马克利亚努斯
公元 260 年—261 年	奎伊图斯
公元 260 年—	波斯杜穆斯

致 谢

每一年都有一部新的小说出版，每一年我也都会写一封致谢信。我要致谢的人大致相同，但是我的感激和快乐并没有因此减少分毫。

首先我要感谢我家人的爱与支持。谢谢我住在伍德斯托克的妻子丽萨和我的儿子汤姆与杰克，谢谢我住在萨福克的母亲弗朗西丝和伯母特里。

还要感谢我的朋友们：彼得·卡斯格罗夫、杰罗姆·哈伯雷、凯特·哈伯利和杰罗姆·廷顿。

接下来我要感谢的是：林肯学院的玛利亚·斯达玛托普鲁、圣本内特学院的约翰·爱迪诺、瓦德汉学院的理查德·马歇尔。在此我要特别感谢理查德·马歇尔先生，他帮助我整理任务列表和术语表。

最后，我要向出版界的专业人士们致谢：企鹅出版社的亚历克斯·克拉克、弗朗西斯卡·拉塞尔和克莱尔·普赛尔；不辞辛劳的编辑萨拉·德恩和来自联合代理人公司的詹姆斯·基尔。正如我开篇所写的，这本书我要献给詹姆斯·基尔，在合作中我们已经结下了深厚的友谊。